Vera

Barbara Vine

Schwefelhochzeit

Roman
Aus dem Englischen von
Renate Orth-Guttmann

Diogenes

Titel der 1996 bei
Viking, London, erschienenen
Originalausgabe: ›The Brimstone Wedding‹
Copyright © 1995 by
Kingsmarkham Enterprises Ltd.
Umschlagillustration nach einem
Filmplakat der dreißiger Jahre

*Viele der abergläubischen Bräuche in diesem Buch
habe ich dem* Dictionary of Superstitions *von Iona Opie
und Moira Tatem entnommen, denen ich an dieser
Stelle meine Anerkennung aussprechen möchte
für ihr Wissen und ihre Fachkenntnisse.*

Alle deutschen Rechte vorbehalten
Copyright © 1997
Diogenes Verlag AG Zürich
300/97/8/1
ISBN 3 257 06156 0

ERSTER TEIL

I

»Die Kleider der Toten halten nicht lang. Sie trauern dem nach, der sie getragen hat.« Stella lachte, als ich das sagte. Sie legte den Kopf nach hinten und ließ dieses erstaunlich mädchenhafte Lachen hören. Ich hatte ihr erzählt, daß in der Nacht Edith Webster gestorben war und volle Kleiderschränke hinterlassen hatte, und sie lachte und sagte, etwas so Abergläubisches wie ich wäre ihr noch nie vorgekommen.

»Ihre Enkelin ist jetzt hier«, sagte ich, »und verteilt das Zeugs an alle, die was haben wollen. Man sagt ja auch: Wie der Leib zerfällt, so zerfallen die Kleider.«

»Und wer ist ›man‹, Genevieve?«

Ich antwortete nicht, weil ich wußte, daß sie nur Spaß gemacht hatte. Aber ich hab es gern, wenn sie Genevieve zu mir sagt, denn seit ich auf der Welt bin, nennen mich zwar alle nur Jenny, aber getauft bin ich auf Genevieve. Mein Vater hat mich nach einem Oldtimer in einem Film genannt, das muß man sich mal vorstellen, und den meisten Leuten ist das ein bißchen peinlich, aber so, wie Stella den Namen sagt, klingt er richtig hübsch. Dazu kommt natürlich, daß sie eine hübsche Stimme hat, ja eine schöne Stimme, auch wenn sie über das Alter hinaus ist, wo von Hübschsein die Rede sein kann.

Ich erzählte noch ein bißchen von Edith, Sharon hatte sie um sieben gefunden, als sie mit dem Tee zu ihr kam, und eine Stunde später war die Enkelin schon da, so eilig hat sie's mit dem Herkommen zu Lebzeiten ihrer Großmutter nie gehabt. Ich bin nicht besonders taktlos oder unsensibel und hätte sofort aufgehört, wenn ich das Gefühl gehabt hätte, der Tod einer anderen alten Dame könnte Stella zu sehr an die Nieren gehen. Aber was ich erzählte, interessierte sie echt, vielleicht weil sie meint, im Vergleich mit Edith noch richtig jung zu sein – die war nämlich vierundneunzig –, und weil sie denkt, daß sie noch viel Zeit vor sich hat, daß sie zu den Leuten gehört, die jahrelang mit ihrem Krebs leben können.

Sie ist jetzt seit einem halben Jahr in Middleton Hall. Theoretisch sind wir Pflegerinnen für alle Heimbewohner zuständig, aber jede von uns hat drei spezielle Pfleglinge, in meinem Fall waren das Stella und Arthur und Edith. Jetzt, wo Edith tot ist, werde ich wohl jemand anders bekommen, hoffentlich nicht jemanden, der allzuviel Pflege braucht. Nicht, daß ich die Arbeit scheue, ich bin während meiner Achtstundenschicht fast die ganze Zeit auf den Beinen – zu £3,50 die Stunde, was ja nicht gerade üppig ist –, und Arthur klingelt andauernd nach mir, nein, es ist einfach so, daß es schade wär, wenn ich weniger Zeit für Stella hätte. Ich hab sie nämlich wirklich gern, und das kann ich von Arthur oder Maud Vernon und den anderen so nicht sagen. Sie tun mir leid, ich versuche es ihnen so nett wie möglich zu machen, aber gern haben kann man die nicht mehr. Es ist, als wenn sie in eine Dämmerwelt abgetaucht wären, wo sie alles vergessen haben. Meist wissen sie gar nicht, wo sie sind, und reden dich mit den Namen von irgendwelchen Angehörigen an, bis du ihnen sagst, daß du Jenny bist. Stella ist da anders, Stella ist noch voll da. Neulich hat sie zu mir gesagt: »Ich sehe in Ihnen nicht die Schwester, Genevieve, sondern die Freundin.«

Darüber habe ich mich gefreut, wahrscheinlich weil sie das ist, was Granny eine Lady nennen würde, oder doch jedenfalls jemand aus einer anderen Schicht, aber gesagt habe ich nur, daß es ganz richtig ist, mich nicht als Schwester zu sehen, weil ich nur Altenpflegerin bin. Ich hab die Erfahrung, aber nicht die nötigen Prüfungen.

Sie lächelte. Sie hat ein nettes Lächeln, alles noch eigene, ganz weiße Zähne. »Sie wissen ja, daß ich Ihretwegen hergekommen bin.«

Das sagt sie immer. Es ist natürlich Unfug, es ist gar nicht wahr, aber sie hat ihren Spaß daran. Ihr Sohn hat mit ihr eine Reihe von Altersheimen in Suffolk und Norfolk abgeklappert, sie sollte sich eins aussuchen, das ihr auch wirklich gefiel. Ich war mit Edith im Salon, als sie kamen, und nun sagt Stella immer aus Spaß, ich hätte ihr auf den ersten Blick gefallen und deshalb hätte sie sich für Middleton Hall entschieden. Ausschlaggebend sei nicht das Haus oder der Garten gewesen, nicht das Essen oder das eigene Badezimmer, sondern ich.

»Wie man sieht, habe ich es richtig gemacht«, sagte Stella. »Was täte ich ohne Sie!«

Sie hat es gern, wenn ich von unserem Dorf erzähle und von meiner vielköpfigen Familie, ich erzählte von meiner Mutter und ihrem Freund Len und von dessen Mutter, die von ihrer Schwester einen Pelzmantel geerbt hatte, und als sie ihn zum erstenmal anziehen wollte, waren es nur noch lauter Fetzen. Ich erzählte ihr gerade, daß in den Kleidern von einer Toten plötzlich Löcher waren, als wenn die Motten reingekommen wären, da griff sie zu meiner Überraschung nach meiner Hand, drückte sie, hielt sie gut und gern fünf Minuten fest, dann drückte sie noch einmal zu und ließ los.

In diesem Augenblick steckte Lena den Kopf zur Tür herein und guckte mich auf diese besondere Art an, ich wußte natürlich, was los war, und stand auf, aber nicht mit einem Ruck, den Gefallen tat ich ihr nicht.

Stella zwinkerte mir zu. Sie lächelte dabei, und in dem Moment konnte man sich vorstellen, wie sie in meinem Alter ausgesehen hatte. Hoffentlich zeigt sie mir irgendwann mal Fotos von sich als junger Frau, die würde ich zu gern sehen. Daß man in ihrem Alter nicht mehr von Hübschsein sprechen kann, habe ich vorhin gesagt, aber man soll nicht verallgemeinern. Für Siebzig sieht sie nämlich noch toll aus. Kaum Falten im Gesicht, nur um die Augen, und die sind noch strahlend blau. Gewiß, das Haar ist weiß, aber dicht und wellig, eine Perücke, wie so viele sie hier tragen, hat Stella nicht nötig. Und leider wird sie auch nicht mehr so lange leben, daß sie je eine bräuchte. Sie zieht sich immer nett an, trägt Kleider und Strümpfe und anständige Schuhe, und irgendwie fuchst das Lena. Hinter ihrem Rücken – und nicht immer nur hinter ihrem Rücken! – nennt sie Stella »Lady Newland« oder »die Herzogin«, und dazu grinst sie, damit es nicht ganz so bösartig wirkt. Wahrscheinlich wär's ihr lieber, wenn Stella wie die anderen in Jogginganzug und Strickjacke rumlaufen würde. Ich kann's nicht erklären, aber ich finde, gerade wenn die Leute älter werden, müßten sie sich um so mehr pflegen und das Beste aus sich machen. Stella bittet mich manchmal, ihr die Nägel zu maniküren und ihr das Haar zu legen, und das mache ich immer gern.

Sie ist also schon was Besonderes. Wenn sie eine Freundin in mir sieht, so gilt das auch umgekehrt, obgleich ich bisher noch kaum was über sie weiß. Dafür weiß sie sehr viel über mich: wie lange ich verheiratet bin zum Beispiel, daß ich mein ganzes Leben hier in Stoke Tharby verbracht habe, daß mein Mann Mike heißt und Maurer ist, daß meine Mutter ein Pub betreibt und mein Vater in Diss wohnt – und noch viele andere Sachen. Eins weiß sie nicht, das Größte und Wichtigste in meinem Leben, auch wenn es das gar nicht sein dürfte, aber vielleicht erzähle ich ihr auch das irgendwann mal. Von Stella weiß ich nur, daß sie ihr Haus in Bury St. Edmunds verkaufen mußte, um sich hier einzumieten. Daß sie zwei Kinder hat, weiß ich auch, weil die sie besuchen kommen. Was heißt Kinder... Der Sohn ist so alt wie ich, und die Tochter hat selber schon Nachwuchs im Teenageralter.

Bury St. Edmunds liegt zwanzig Meilen südlich von hier, hinter den Brecklands und der Gegend, die wir den *Plough* nennen. Stella hat ihr Haus dort verkauft, als sie zu krank geworden war, um allein zu leben, und sich allmählich mit dem Gedanken anfreunden mußte, daß sie Pflege brauchte. Es ist ein gesellschaftliches Phänomen – so hab ich es mal irgendwo gelesen –, wie viele Altersheime es heutzutage gibt und wie viele Alte, Hunderte und Aberhunderte, die darauf warten, einen Platz zu bekommen. Und fast alle mußten ihre Häuser verkaufen, um sich das Heim leisten zu können, und haben damit, wenn man so will, die Nachkommen um ihr Erbe gebracht.

Das Geld stecken dann Leute wie Lena ein. Dabei gehört Middleton Hall wirklich zur Spitzenklasse. Früher war es ein Herrenhaus, es hat einen wunderschönen Park mit herz- und rautenförmigen Blumenbeeten, Thujen- und Eibenhecken, einem Seerosenteich und einem großen Bestand alter Kastanien. Für Lena spricht, daß sie tierlieb ist, wir haben zwei Labradorhunde und drei Katzen im Haus, die ja so gut für alte Leute sein sollen. Allerdings können unsere Alten für das viele Geld, das sie zahlen, ja auch allen modernen Komfort, Haustiere und Gourmet-Mahlzeiten verlangen. Mindestens. An meinem ersten Tag hab ich nicht schlecht gestaunt, als Sharon vor dem Abendessen Aperitifs gereicht hat, Dry Martinis, wie sie immer in amerikanischen Büchern vorkommen, mit japanischem Reisgebäck und Macadamianüssen in kleinen Schälchen. Aber warum nicht? Ich finde es furchtbar, wenn man alte Leute wie Kinder behandelt.

Stella hat ein schönes Zimmer mit Blick über die Wiesen auf den Fluß und die Wälder. Wenn sie will, kann sie von ihrem Zimmer aus direkt auf die Terrasse und in den Garten gehen, aber das macht sie selten. Sie sitzt mit den anderen im Salon, zum Aperitif ist sie immer da und trinkt Gin mit was drin, das war wohl in ihrer Jugend modern. Meist ißt sie auch im Speisesaal, aber an einem Einzeltisch, sie ist sehr zurückhaltend. Ansonsten ist sie viel auf ihrem Zimmer, liest, guckt Fernsehen und macht jeden Tag eins dieser Kreuzworträtsel, bei denen man um die Ecke denken muß und mit denen ich nicht zurechtkomme.

Alle Zimmer haben ein Einzelbett und einen Kleiderschrank, einen Couchtisch und zwei Sessel, und manche Bewohner haben auch noch eigene Möbel. Stella hat einen
Nußbaumschreibtisch mitgebracht, wunderschön gemasert
und auf Hochglanz poliert. Das macht sie bestimmt selber,
Mary hält sich mit so was nicht auf. Sie hat Fotos und
Bücher, und an die Wände hat sie ein paar Bilder gehängt.
An den Fotos ist nichts Geheimnisvolles, das von ihrer Marianne sieht aus, als wenn die Agentin gesagt hätte, wir
brauchen wieder mal ein Bild für die Fernsehproduzenten
und solche Leute. Auf einem ist ihr Richard zu sehen in
schwarzer Robe und so einem viereckigen Hut, wie man sie
an den Unis trägt. Und dann gibt es noch eins, auf dem
Mariannes Kinder noch klein sind. Inzwischen stehen sie
auf schwarzes Leder und haben mehr Ringe in den Ohren,
als auf einer Gardinenstange Platz hätten. Bilder von Stellas
verstorbenem Mann gibt es keine, er glänzt durch Abwe-
senheit.

Ich weiß weder, wie er hieß, noch was er gemacht hat,
wann er gestorben ist oder sonstwas, und das ist nun doch
geheimnisvoll. Stella ist mir überhaupt ein Rätsel. Sie
spricht nie über ihren Mann, sie erwähnt nicht mal, daß sie
einen hatte. Sie spricht überhaupt nicht über die Vergangenheit, und das ist in so einem Heim sehr ungewöhnlich,
weil die meisten nur dieses eine Gesprächsthema haben, die
Vergangenheit nämlich. Und bei manchen, Maud Vernon
zum Beispiel, ist es eine ganz ferne Vergangenheit, man hat
den Eindruck, daß für sie die Welt 1955 stehengeblieben ist.
Neulich hat sie mich gefragt, ob es Schokolade noch auf
Marken gibt.

Stella aber lebt in der Gegenwart, das ist unser Gesprächsthema. Wir sprechen über das, was die Nachrichten bringen und was im Fernsehen läuft, wir sprechen über neue Filme, auch wenn wir die immer erst sehen, wenn sie auf Video rauskommen, ob nach der neuesten Mode die Röcke zehn Zentimeter über dem Knie oder dreißig Zentimeter darunter aufhören, über das, was sich im Dorf und in Middleton Hall tut und was ich mache – soweit ich es rauslasse. Sie sagt, daß ich ihr fehle, wenn ich freihabe, und ich muß sagen, daß auch sie mir fehlt. Im Grunde spricht sie sehr wenig über sich. Warum habe ich jetzt immer stärker das Gefühl, sie würde gern ganz viel von sich erzählen? Vielleicht, weil sie mich ab und zu so prüfend ansieht? Weil sie manchmal plötzlich das Thema wechselt, als ob sie am liebsten ein Geständnis machen würde? Vielleicht auch nur, weil sie mitunter Sätze anfängt und dann aufhört und lächelt oder den Kopf schüttelt.

Mein Dienst fängt um acht an, das paßt mir ganz gut in den Kram, ich bin Frühaufsteherin, und wenn Mike die Woche über weg ist, wie jetzt bei seinem neuen Job, ist im Haus nicht viel zu machen. Vom Dorf zum Altersheim sind es nur ein paar Meilen. Wenn ich komme, hole ich zuerst die Post. Zeitungen und Briefe liegen in einem Metallkasten mit Deckel hinter dem Schild am Tor. »Middleton Hall. Seniorenresidenz« steht darauf, und links von dem Namen ist – warum, das weiß kein Mensch – ein gemalter Dachs und rechts davon eine gemalte Glockenblume. In dem Postkasten sind immer jede Menge Zeitungen, ein dicker Stoß, aber nur wenige Briefe und Postkarten. Manche von unseren Alten bekommen nie einen Brief, und daß jemand mehr als einen pro Woche bekommt, ist eher selten.

An dem Tag von Edith Websters Beerdigung – es war der dreizehnte – waren nur drei Umschläge in dem Kasten, zwei für Mrs. Eileen Keep, das ist Lenas richtiger Name, und einer für Mrs. S. M. Newland. Natürlich der übliche Packen Zeitungen, dazu Arthurs *Economist* und Lois Freemans *Woman's Own*. Der Brief für Stella war in einem festen braunen Umschlag, etwa 12 Zentimeter breit und an die dreißig Zentimeter lang und so dick, als ob was Steifes drin gefaltet wäre. Ich meinte zu wissen, was es war, und mir wurde ein bißchen mulmig.

Die Hunde liefen mir entgegen, das machen sie immer, und sprangen an mir hoch, und Ben, der frechere, versuchte mir das Gesicht zu lecken. Wir Altenpflegerinnen tragen keine Tracht wie richtige Krankenschwestern, sondern nur weiße Nylonkittel über unseren normalen Sachen, aber ich hatte mich schon für Ediths Beerdigung hergerichtet, deshalb scheuchte ich die Hunde weg und stauchte sie tüchtig zusammen. Als ich meinen Kittel und meine Turnschuhe angezogen hatte, schrieb ich die einzelnen Namen auf die Zeitungen, legte sie auf den Tisch im Salon und ging mit dem Brief zu Stella.

Sie war auf, aber noch nicht angezogen. Sharon oder vielleicht auch Carolyn hatte ihr das Frühstück gebracht, und sie saß im Morgenrock am Tisch. Es ist ein gesteppter Morgenrock aus schwarzem Satin mit roten Biesen an Kragen und Manschetten, mehr das, was Mum einen Hausmantel nennen würde. Stella hatte gebadet und sich gekämmt, aber sie sah ein bißchen mitgenommen aus, wie man das morgens oft in ihrem Alter hat. Geschminkt hatte sie sich noch nicht, aber auf ihren Nägeln war dunkelroter Lack. Ich finde das furchtbar, und wenn sie mich manchmal bittet, ihr die Nägel zu lackieren, mache ich es nicht gern. An alten, bläulich geäderten Händen sieht das häßlich aus, aber das kann ich ihr nicht sagen. Nicht mal eine gute Freundin kann einem so was sagen.

Stellas Stimme klingt weder heiser noch greisenhaft, sondern ganz jung und irgendwie unberührt. Wie die Stimme von einem dieser gescheiten jungen Dinger an einer vornehmen Privatschule, das noch keine Erfahrungen im Leben gemacht und keine Sorgen hat. »Guten Morgen, Genevieve«, sagte sie lächelnd, das sagt sie immer, und dann fragte sie, wie es mir geht, und ich fragte, wie immer, ob sie gut geschlafen hätte und wie sie sich fühle. Eigentlich soll ich ja ihre Zeitung zu den anderen in den Salon legen, aber ich hatte ihr die *Times* mitgebracht und gab sie ihr zusammen mit dem dicken braunen Umschlag.

Komisch, wenn Leute etwas ganz dringend anschauen wollen, ist es nicht so, wie man es immer im Fernsehen sieht, daß ihr Gesicht aufleuchtet oder sie die Augen zusammenkneifen, nein, ihr Gesicht wird ganz leer. Stella zuckte nicht mit der Wimper, als ich ihr den Umschlag gab. Ich hatte das Gefühl, daß sie ihn am liebsten sofort aufgerissen hätte, aber weil ich dabei war, zwang sie sich, ganz langsam und ordentlich und wie unbeteiligt die Klappe hochzuziehen. Stella macht oft ihr Bett selber, heute aber war es noch nicht gemacht, da hatte ich etwas, womit ich mich beschäftigen konnte. Ich drehte mich um und zog das Laken zurecht, und als ich auf die andere Seite ging, sah ich, daß sie das, was in dem Umschlag war, rausgenommen hatte, es lag in ihrem Schoß.

›Das, was in dem Umschlag war‹, sage ich, aber natürlich glaubte ich zu wissen, was es war. Ich hatte es gewußt, sobald ich den Brief aus dem Postkasten genommen hatte. In so einem Umschlag und bei diesem steifen, pergamentartigen Papier konnte es nur ein Testament sein.

Stella hatte sich offenbar überzeugt, daß alles seine Richtigkeit hatte, daß es das war, was sie erwartete, jetzt konnte sie es erst mal beiseite legen. Ob ich zu Ediths Beerdigung gehen würde, wollte sie wissen. »Wenn es jemand aus meiner Gruppe ist«, sagte ich, »geh ich immer hin«, und dabei ließ ich es bewenden.

Ich wünschte, ich hätte es irgendwie taktvoller ausdrücken können, aber Stella nickte nur. »Warum tragen Sie nicht Schwarz, Genevieve? Sie sind sonst so konservativ, ich hätte erwartet, daß Sie in Schwarz zur Beerdigung gehen.«

Ich hätte ihr die Wahrheit sagen können, daß ich nichts Schwarzes habe, aber damit hätte ich sie vielleicht in Verlegenheit gebracht, deshalb zog ich den Kittel aus, zeigte ihr, daß ich meine Jeansjacke und den Jeansrock anhatte, und sagte, und das stimmte ja auch: »Blau schützt, es ist eine Glücksfarbe.«

»Ich hätte mir denken können, daß irgendein Aberglaube dahintersteckt. Sie brauchen also Schutz bei einer Beerdigung?«

Ich finde, daß man überall und jederzeit Schutz braucht, aber das sagte ich nicht laut. Ich erzählte ihr von Granny, die eine blaue Glasperlenkette trägt, damit sie keine Arthritis kriegt.

»Und hilft das?«

»Meiner Granny hat noch nie im Leben was weh getan«, sagte ich, weil ich wußte, daß sie das zum Lachen bringen würde, denn vielleicht wär das bei Granny ja auch ohne blaue Perlen so.

Stella lachte wirklich, aber es war ein nettes Lachen. In meiner Familie haben alle große Achtung vor den Mächten, die über uns wachen, Granny und Mum und meine Schwester Janis und mein Bruder Nick, ja sogar mein Dad, auch wenn er es abstreitet. Aber da soll mir mal einer erzählen, es ist kein Aberglaube, die Socke nicht zu wechseln, wenn man sie verkehrt herum angezogen hat, und zu sagen, daß es Ärger gegeben hat, weil man einem grünen Auto begegnet ist! Allerdings mögen wir das Wort Aberglauben nicht sehr, wir sprechen lieber vom Übersinnlichen oder von geheimnisvollen Mächten. Stella war das Datum wahrscheinlich gar nicht aufgefallen, oder sie hatte sich nicht groß was dabei gedacht. Aber ich brauchte heute viel Glück, weil ich mir von diesem Abend etwas Schönes erhoffte. Und an einem Dreizehnten kommt das Glück nicht von selbst, man muß es sich schon nehmen.

Als ich mit dem Bett fertig war, kümmerte ich mich um Stellas Wäsche. Sie legt immer alles ordentlich zusammen und steckt es in den Wäschesack, so daß ich nicht viel Arbeit damit habe. Doch eins war an diesem Morgen anders: Sie beobachtete mich scharf. Ich spürte es sogar dann, wenn ich sie nicht ansah. Irgendwie hatte ich das Gefühl, daß sie sich jetzt jeden Augenblick einen Ruck geben und sagen würde, sie müßte ein ernstes Wort mit mir sprechen. Mir wurde immer mulmiger. Ich ging ins Badezimmer, legte frische Handtücher raus und klopfte dabei die ganze Zeit auf Holz. Gegen die Unterseite vom Waschtisch, gegen die Rolle mit dem Klopapier, sogar an Stellas Haarbürste. Als ich rauskam, hatte sie das Testament umgedreht oder eine Seite umgeblättert und sah mich lächelnd an.

Ich wußte, was jetzt kommen würde, aber ich wollte es nicht. Seien wir mal ehrlich: In diesen Heimen werden die Alten ständig beharkt – manipuliert ist das Fremdwort dafür, glaube ich –, die Schwester oder die Pflegerin in ihrem Testament zu bedenken. Auch hier in Middleton Hall. Lena hat es in mindestens zwei Fällen versucht, das habe ich selbst miterlebt. Ob sie es bei Edith geschafft hat, muß sich erst noch herausstellen. Jedenfalls hat sie immer an sie hingeredet, sie solle ihr Geld dahin geben, wo es am meisten Gutes tun könnte, und auch an die denken, die ihr »in der Rüste des Lebens« getreulich zur Seite gestanden haben. Sie könne jederzeit ihren Anwalt nach Middleton Hall kommen lassen, sie brauche es nur zu sagen. Und weil ich das alles kenne, will ich nichts damit zu tun haben. Bei dem Gedanken, daß manche Leute sagen würden, ich hätte nur so oft bei Stella gesessen, weil ich auf ihr Geld aus war, kriege ich eine Gänsehaut. Und bei der Vorstellung, daß ich eines Tages wirklich was von ihr erben könnte und mir eingestehen müßte, daß an dem, was die Leute sagen, vielleicht sogar was dran war, wird mir richtig schlecht.

Und deshalb war ich fest entschlossen zu verhindern, daß ich was erbe. Ich würde deutlich und vielleicht sogar grob werden müssen, und das wollte ich natürlich nicht, davor hatte ich eine Heidenangst. Aber warum hätte sie sich sonst vom Anwalt ihr Testament schicken lassen? Und wer sonst sollte die – wie sagt man –, die Begünstigte sein wenn nicht ich, wo sie gestern noch gesagt hatte, daß sie in mir eine Freundin sieht? Ich lächelte nicht zurück, sondern fragte nur, ob ich die Terrassentür aufmachen sollte, es würde wohl wieder ein heißer Tag werden, und sie sagte: »Ja bitte«.

Während ich die Terrassentür aufmachte, klopfte ich wie verrückt auf Holz, ich krallte meine Finger in den Rahmen und traute mich kaum loszulassen, und ich dankte meinen Sternen, meinem Schutzengel, daß ich was Blaues angezogen hatte.

»Genevieve?« sagte Stella.

»Ja?« fragte ich brummig.

»Wissen Sie eigentlich, wie hübsch Sie sind?«

Ich fuhr zusammen, denn das hatte ich nicht erwartet. Aber da sieht man, daß es hilft, auf Holz zu klopfen. Irgendwas hatte Stella von dem Testament und von dem, was sie hatte sagen wollen, abgelenkt. Das Holz hatte die Macht, sie auf andere Gedanken zu bringen, und meine blauen Sachen hatten mich geschützt. Natürlich sagte ich nichts dazu, was soll man dazu schon sagen?

»Nein, nicht hübsch«, sagte Stella. »Das ist das falsche Wort. Schön. Sie sind ein schönes Mädchen, Genevieve.«

»Ich bin zweiunddreißig.«

Stella lachte. Sie hat eine so wunderschöne unschuldige Stimme. »Das ist noch sehr jung. Später werden Sie das begreifen. In Ihrem Alter sieht man es noch nicht so. Schade…« Sie seufzte, aber ich wußte nicht, warum. »Setzen Sie sich einen Augenblick, Genevieve.«

»Ich kann mich nicht lange aufhalten«, sagte ich. Das sage ich sonst nie, wenn sie mich bittet, noch ein bißchen zu bleiben. Aber ich mußte immerzu das Testament angucken, es schien vor meinen Augen größer und größer zu werden. Ich meinte fast den Anfang lesen zu können: *Dies ist der Letzte Wille von...*

»Wir haben heute vormittag alle Hände voll zu tun«, sagte ich, »weil wir um zwei zu der Beerdigung gehen, Lena und Sharon und ich.«

»Ist Ihr Mann diese Woche in London?«

»Ja, bis Freitag.«

»Was bauen sie dort eigentlich?«

Ich erzählte ihr von den drei großen Häusern am Regent's Park, die entkernt und in Luxuswohnungen umgewandelt wurden. Sie wollte wissen, wo die Bauarbeiter wohnten, in einem Hotel oder in einem Wohnheim. »Sie wohnen in einer Frühstückspension in Kilburn«, sagte ich, »das geht jetzt schon Wochen, und vor Weihnachten werden sie wohl nicht fertig werden.«

»Er fehlt Ihnen sicher.«

Komischerweise stimmt das sogar. So ganz verstehe ich selber nicht, daß ich in meiner Situation den einen Mann lieben kann, während mir der andere fehlt, wenn er weg ist, aber irgendwie ist es ein ganz gutes Gefühl, daß Mike mir fehlt. Andererseits heuchele ich nicht gern. Ich konnte mich nicht vor Stella hinstellen und ihr sagen, ich hätte Sehnsucht nach meinem Mann, ich könne den Freitag gar nicht erwarten. Sie sah mich durchdringend an, und ich überlegte: ›Wie soll ich es ihr beibringen?‹ Verrückt, dieser Gedanke, daß ich es ihr sagen könnte, ja daß sie die einzige war, der ich es würde sagen können. Was wußte denn sie von so was? Verheiratet, verwitwet, zwei Kinder, jenseits von Gut und Böse. Was Sex ist, hat sie inzwischen längst vergessen, selbst wenn sie mal Spaß dran gehabt hat, was in ihrer Generation keine Selbstverständlichkeit ist.

Dann kam die nächste Überraschung.

»Sie haben mir mal gesagt, daß Sie gern Kinder hätten«, sagte sie. »Gibt es einen Grund, warum Sie keine bekommen können? Vielleicht hätte ich nicht fragen sollen. Wenn es ungehörig war, brauchen Sie nicht zu antworten.«

Mich haben noch nie Leute gefragt, ob sie was Ungehöriges zu mir gesagt haben, und ich mußte lachen. Sie zog die Augenbrauen hoch und lächelte vorsichtig. Und weil ich irgendwas antworten mußte, sagte ich: »Sie wissen ja, wie das ist: Man wartet einfach zu lange, ich meine, bei uns sind es jetzt dreizehn Jahre, man schiebt es immer wieder auf. Man will wohl auch seine Freiheit nicht aufgeben. Man sagt sich, okay, irgendwann, ist ja noch viel Zeit, aber das stimmt eben nicht.«

»Nein.«

Was ich gesagt hatte, war mehr oder weniger leeres Gerede. Für die Wahrheit hätte ich eine halbe Stunde gebraucht; außerdem wußte ich nicht, wie sie es aufnehmen würde. Ich stand auf, und sie schob das Testament wieder in den Umschlag. Mir fiel ein Stein vom Herzen. »Sie hätten wohl keine Lust, heute nachmittag mitzukommen?« fragte ich.

»Zu Ediths Beerdigung?« Das klang sehr erstaunt. Verständlicherweise. Ich hatte nur gefragt, um sie von dem anderen Thema abzubringen.

»Wir haben einen Platz im Wagen frei. Sie brauchen nicht mit in die Halle. Es wird ein wunderschöner Tag, und die Außenanlagen sind sehr hübsch.«

»Die Halle?« fragte sie.

Sie wußte offenbar nicht, was ich meinte. »Das Krematorium«, sagte ich. Ein Wort, bei dem man einen Knoten in die Zunge kriegt.

Sie fröstelte. Manchmal zieht man, wenn einem kalt ist, die Schultern hoch und schüttelt sich dabei, vielleicht denkt man, daß einem wärmer davon wird, aber Stellas Frösteln war anders, es war, als wäre irgendwas von außen auf sie zugekommen, sie war kurz zusammengezuckt, und dann hatte sie angefangen zu zittern.

»Weshalb um alles in der Welt hat sie sich nicht für eine Erdbestattung entschieden?«

»Keine Ahnung«, sagte ich. Ich wußte nicht mal, ob es ihre Entscheidung gewesen war oder ob Lena es so geregelt hatte. »Sich verbrennen zu lassen ist hygienischer.«

»Es ist abscheulich«, sagte Stella für ihre Verhältnisse sehr heftig.

»Geschmackssache. Also Sie wollen nicht mitkommen? Sie könnten sich draußen in den Schatten setzen.«

»Nein, danke, Genevieve. Der Garten hier genügt mir vollauf.«

Sie hat es nicht ausgesprochen, aber ich wußte, warum sie nicht mitkommen wollte. Sie fährt nicht gern Auto. Wenn es unumgänglich ist, macht sie es natürlich. Als sie herkam zum Beispiel. Der nächste Bahnhof ist in Diss, und das sind zehn Meilen, da ging es nicht anders. Aber nur so zum Vergnügen würde sie sich nie in ein Auto setzen. Ich weiß nicht, warum, vielleicht wird ihr schlecht beim Auto fahren. Ich frage nicht, es geht mich nichts an.

Granny sagt, daß bei einer Beerdigung immer Blut fließen muß, weil sonst der Geist der Toten keine Ruhe findet. Ich weiß, daß man diese Dinge ernst nehmen und daß man sich und andere schützen muß, aber irgendwo ist bei mir Schluß. Mir wurde ganz schlecht, als ich nach der Beerdigung von meinem Großvater den langen Schnitt an Grannys Hand sah. Sie hatte ihr Blut vergossen, damit er nicht herumgeistern muß.

Aber als dann Ediths Sarg in der Versenkung verschwunden war und in der Aussegnungskapelle die Vorhänge zugezogen wurden, bekam ich doch Bedenken. Gewiß, es ist nur eine Kleinigkeit, aber wenn man es nicht macht und was Schlimmes passiert, kann es sich zu einer großen Sache auswachsen. Als Lena und Sharon sich vorbeugten und die Hände vors Gesicht legten, um zu beten, nahm ich die Brosche vom Revers, holte tief Luft und stach mir die Nadel in den Daumen. Es tat nur eine Sekunde weh. Ein dicker Blutstropfen kam raus.

Wir stiegen alle drei wieder in den Wagen und kamen uns vor wie in einem Backofen, weil er eine Dreiviertelstunde in der prallen Sonne gestanden hatte. Sharon setzte sich vorn neben Lena, ich mußte nach hinten, aber darüber war ich nicht traurig, denn Lena fährt wie eine Wahnsinnige. Mike nennt den Platz, wo Sharon saß, den Selbstmörderplatz, mein Dad sagt Schleudersitz dazu. Es ist der gefährlichste Platz im Auto, aber Leuten, die zu Reisekrankheit neigen, wird meist hinten schlecht. Vielleicht hat Stella mal einen

Autounfall miterlebt und hat dabei auf dem Selbstmörderplatz gesessen.

Hin waren wir über die Umgehungsstraße gefahren, aber
zurück fuhr Lena uns durch den Ort. Durch Stoke Tharby,
meine ich, mein Dorf. Als wir auf der Straße waren, die am
Pub auf die High Street mündet, wurde mir klar, daß wir an
dem Haus vorbeifahren würden. Es heißt ›Eberesche‹, aber
aus einem ganz bestimmten Grund ist es für mich nur das
Haus.

Lena donnerte mit sechzig Sachen den Hang hoch und
auf der anderen Seite runter, was unheimlich leichtsinnig
ist, weil auf dieser Straße zwei Autos nebeneinander keinen
Platz haben. Ihr alter Schlitten hat hinten keine Sicherheitsgurte, deshalb hielt ich mich an ihrem Sitz fest; wenn
ihr das nicht gefiel, konnte ich ihr auch nicht helfen. Ich war
heilfroh, daß ich mir bei der Beerdigung in den Daumen ge-
stochen und mir was Blaues angezogen hatte. Auf dem
Rücksitz von Lenas Auto konnte man nicht auf Holz klopfen, da war überall nur Plastik. Schnellfahren ist wie Sekt,
sagt Lena, sie freut sich schon auf ihr neues Auto, weil sie
mit dem ohne weiteres auf hundert kommt, und ich wußte,
daß sie an das Geld dachte, das sie sich von Edith erhoffte.

Wir kamen heil unten an. Es war pures Glück, daß uns
niemand entgegengekommen war. Sharon ist nicht von hier,
sie kommt jeden Tag aus Norwich, und Lena zeigte ihr die
Gegend. »Da wohnt Jenny«, sagte sie, »in der Sozialsied-
lung.« Dabei hat die Gemeinde inzwischen alle Häuser verkauft, auch unseres, und die Siedlung heißt Chandler Gardens. Nur nicht bei Lena.

Sie zeigte Sharon die Kirche St. Bartholomew, das Pfarrhaus und unsere Dorfgemeinschaftshalle. Sie fuhr jetzt ganz langsam, weil Sharon sich ein Cottage ansehen sollte, das gerade ein neues Strohdach bekam. Man hört ja oft von Liebespaaren, die um den Ort oder das Haus, wo der Partner wohnt, ein großes Getue machen. Wie in diesem Song aus My Fair Lady. *In der Straße, wo du wohnst...* Das ist doch bescheuert, habe ich früher gedacht, das sind doch bloß Ziegelsteine und Mörtel, wie kann man sich darüber so aufregen? Wie kann einem ein Haus größer und schöner und bedeutender vorkommen als alle anderen drum rum? So ein Quatsch, hab ich gedacht. Aber jetzt weiß ich, daß es damit seine Richtigkeit hat.

Dabei wohnt er nicht mal ständig dort. Es ist ein Wochenendhaus, und er und seine Frau kommen nicht jedes Wochenende her. Unter der Woche kommt er dann allein, da kommt er zu mir, und einmal haben wir uns dort auch getroffen. Aber warum kriege ich so blödsinniges Herzklopfen und einen trockenen Mund, wenn ich das Cottage auch nur sehe? Ich muß meine Hände festhalten, weil sie sonst zittern. Wenn du einen Vogel rettest und er dir unter den Händen stirbt, zittern dir danach dein ganzes Leben lang die Hände. Stella wollte es nicht glauben, aber es stimmt. So ist mir zumute, wenn ich das Haus ansehe, Neds Haus. Als ob ich mein ganzes Leben lang zittern müßte.

Es ist gar nicht besonders hübsch und nicht richtig alt und hat kein Strohdach, es ist hauptsächlich aus Holz und an das Backsteinhaus daneben angebaut. Lena guckte gar nicht hin. Warum beeindruckt es mich mehr als jedes Schloß? Warum hab ich mich umgedreht, damit ich es, praktisch auf der Rückbank kniend, bis zum letzten Moment sehen konnte? Lena hätte der Schlag getroffen und Stella auch. Der Pikser von der Nadel ist zugeheilt, aber das Blut ist geflossen. Wenn ich heute abend Glück habe – ich muß einfach Glück haben –, ruft er an und sagt, wann wir uns treffen können.

Ich sah noch immer zu dem Haus zurück und wäre fast von der Bank gefallen, als Lena die Kurve zu schnell nahm. Daß wir in eine Vorfahrtsstraße einbogen, schien sie überhaupt nicht zur Kenntnis zu nehmen. Die High Street war wie immer mit parkenden Wagen vollgestellt, aber das sieht Lena wohl nicht so eng.

»Malerisch, nicht?« sagte sie. »Ein bißchen wie aus der Spielzeugkiste, aber das macht nichts. Im letzten Jahr waren sie Sieger beim Wettbewerb um das schönste Dorf in Norfolk, stimmt's, Jenny?«

»Im vorletzten«, sagte ich.

»Und dieses Pub mit dem drolligen Namen, ›Die donnernde Legion‹. Möchte wissen, warum es so komisch heißt.«

Ich klärte sie nicht auf. Und ich glaube, nicht mal Mum weiß die Antwort. Jahrelang hat sie den römischen Soldaten auf dem Wirtshausschild für eine Frau gehalten, weil er einen Lederschurz trägt. Ich weiß es von Ned. Von wem sonst? Lena zeigte Sharon die Weberhäuser, und die machte einen langen Hals, um sie sehen zu können, aber ich schloß die Augen und hielt den Glücksfarn fest, den ich gepflückt hatte, als wir aus der Aussegnungshalle gekommen waren.

2

Wenn man einen Menschen hintergeht, bedeutet das auch, daß man ihn zum Narren hält. Man zwingt ihn dazu, sich dumm zu benehmen, die Dinge nicht so zu sehen, wie sie sind, oder aber sich Dinge einzubilden, die sich so gar nicht zugetragen haben. Narren benehmen sich so oder Leute, die nicht alle Tassen im Schrank haben, wir sehen auf sie herab, oder wenn wir gemein sind, lachen wir sie aus.

Meine Freundin Philippa hat ein Video von einem Film über den Untergang der Titanic. Das Unglück ist lange her, achtzig oder neunzig Jahre, und damals behandelten Männer die Frauen noch wie mimosenhafte Wesen, von denen man alles Unerfreuliche oder Beängstigende fernhalten mußte. In dem Film bekommen die Frauen von den Männern nicht gesagt, daß das Schiff in einer Stunde sinken wird und nicht genug Rettungsboote da sind. »Wir werden ein bißchen später in New York einlaufen«, sagen die Männer, und die Frauen machen eine lächerliche Figur in ihrer Ahnungslosigkeit. »Es ist nicht gut für die Kinder, wenn wir sie wecken«, sagen sie und überlegen, ob sie ihren Friseurtermin absagen sollen.

So ist das mit jedem Betrug. Der Betrogene fragt, ob du krank oder müde bist, wenn du nicht mit ihm schlafen willst. Als er gestern abend anrief, bist du nicht ans Telefon gegangen, weil du nicht zu Hause warst, aber er läßt sich täuschen und sagt, wir sollten uns vielleicht noch einen Apparat ins Schlafzimmer legen lassen, du hörst es oben nicht immer läuten. Wenn du nicht ein ausgesprochenes Miststück bist, verbietest du dir den Gedanken, daß er sich selbst zum Narren macht, aber ganz los wirst du ihn nicht. Das ist der erste Schritt zur Verachtung. Ich sage diese Dinge nicht gern, und ich tu nicht gern, was ich tun muß, aber es bleibt mir nichts anderes übrig. Zunächst jedenfalls. Bis sich was ändert.

Nach Möglichkeit lüge ich Mike nicht an. Das heißt, ich sage nichts, was nicht stimmt. Ich sage ihm nur nicht die ganze Wahrheit. Wenn er nach Hause kommt und fragt, was ich gemacht habe, erzähle ich ihm alles bis auf das eine. Aber ein ganz hoffnungsloser Fall bin ich wohl doch noch nicht, denn ich weiß natürlich, daß auch das eine Lüge, eine absichtliche Täuschung ist. Eins habe ich mir vorgenommen: daß ich Ned nie zu uns ins Haus lassen werde, das ja zur Hälfte auch Mikes Haus ist. Einmal war ich bei ihm. Es war dunkel, und ich hatte mich sehr vorgesehen, aber als ich am nächsten Tag in die ›Legion‹ kam, weil ich für Mum eingekauft hatte, stand sie allein hinter dem Tresen, sie hatten gerade erst aufgemacht, und sagte: »Shirley Foster hat dich gestern in die ›Eberesche‹ gehen sehen.« Sie guckte mich scharf an. »Ich hab gesagt, daß du ihnen die Eier vorbeigebracht hast.«

Mum hält sich Zwerghühner; es klang plausibel. »Okay, ich denk dran«, sagte ich.

»Ein bißchen aufpassen mußt du schon.« Sie war sehr cool. Nach der Ehe mit Dad war sie noch zweimal verheiratet, und der letzte Mann hat sie mit Len, ihrem jetzigen Freund, im Bett erwischt, mit Sitte und Anstand kann sie mir also kaum kommen. »Laß dir bloß nicht einfallen, dir deinen Märchenprinzen ins Haus zu holen. Das wäre dank Myra Fletcher am nächsten Tag in ganz Norfolk rum.«

Ich wußte nicht, was ich sagen sollte. Mum ist in Ordnung, sie würde nie was rauslassen oder auch nur Andeutungen machen, aber ins Vertrauen ziehen könnte ich sie nie. Ich könnte nicht sagen, ich liebe ihn, ich muß ihn sehen, wir müssen uns treffen, ich brauche ihn wie das tägliche Brot, ich würde verhungern ohne ihn. Sie würde mich auslachen. Sie würde ihre dröhnende Lache anschlagen und sagen, der ist fein raus, der Junge, Frau und Kinder in Norwich und eine Freundin auf dem Land, die dichthalten muß, weil sie selbst verheiratet ist. Keine Unkosten, nur das Benzingeld, er kann sie ja nicht mal auf einen Drink einladen. Sie würde mir nicht abnehmen, daß es nicht so ist, wie sie sagt, daß er genauso empfindet wie ich, daß ich sein Leben bin und daß er ohne mich sterben würde, und ich höre sie fragen: Wie alt bist du eigentlich, Jenny? Zweiunddreißig oder fünfzehn?

Seitdem treffen wir uns immer noch hier in der Nähe, aber nicht bei ihm zu Hause und bei mir natürlich erst recht nicht. Er kommt unter der Woche her, und weil Sommer ist und noch dazu ein schöner Sommer, suche ich uns Plätze, von denen sonst kaum jemand weiß, ein Versteck im Moor oder im Wald. Wir begegnen dort nie einer Menschenseele. Auf den Feldern sind keine Landarbeiter mehr wie früher, als ich Kind war, die ganze Arbeit machen jetzt Maschinen, und spazieren geht heutzutage auch keiner. Die Landschaft ist menschenleer, und an den Sommerabenden liegen wir im hohen Gras oder auf einer Lichtung und lieben uns. Heuschober gibt es heute kaum noch, meist wickeln sie das Heu zu diesen Biskuitrollen auf, nur die Strohdecker haben noch welche, sie bauen das Getreide mit diesen altmodischen langen Halmen an, die sie für ihre Dächer brauchen, und letzte Woche habe ich einen Heuschober gefunden, der hatte innen einen Hohlraum wie ein Zimmer. Die Sommerabende sind lang und warm, und den Gedanken daran, was werden soll, wenn der Winter kommt, versuche ich erst mal zu verdrängen.

Zu Mum hab ich natürlich von all dem nichts gesagt, sondern schnell das Thema gewechselt, aber als ich mich schon verabschiedet hatte, ist sie mir nachgegangen und hat mir ihr Weißdornamulett gegeben. Dornbüsche sind angeblich Glücksbringer, weil es heißt, daß Jesus unter einem Dornbusch zur Welt gekommen ist, allerdings hab ich mein ganzes Leben auf dem Land verbracht und noch nie einen Hagedorn in einem Stall wachsen sehen. Mums Amulett ist ein geschnitztes Stück Holz, das man sich an einem Riemchen um den Hals hängt, eine Zierde ist es nicht gerade, aber ich hab es umgehängt, um mich und Ned vor den Shirley Fosters und Myra Fletchers dieser Welt zu schützen. Am nächsten Tag hatte ich es noch um, und Stella fand, daß es »interessant« aussieht.

Und da hätte ich ihr am liebsten wieder von Ned und mir erzählt. Es würde mir guttun, ich habe sonst niemanden. Und als sie von Mike anfing und wissen wollte, ob er die Woche über wieder nicht da wäre, hatte ich es schon auf der Zunge. Was hält mich zurück? Vielleicht ihr unschuldiger, fast kindlicher Blick. Sie ist nicht kindisch, das meine ich nicht, ich hab sie noch nie was Dummes sagen hören oder erlebt, daß sie einen Koller gekriegt hätte. Aber ihre Stimme ist so sanft und jugendlich, sie redet ganz schlicht und echt, ohne jedes Getue, und diese klaren blauen Augen sehen einen an, als wenn sie überhaupt nicht wüßten, was ein Geheimnis ist.

Ich sage nichts, weil ich mir denke, daß sie schockiert wäre. In ihrer Welt ist kein Platz für Liebesgeschichten – *außereheliche* Liebesgeschichten, meine ich. Ich habe noch nie eine so wirklich *feine* Frau wie Stella kennengelernt. »Puppig« sieht sie aus, würde Granny sagen. Wie eine Porzellanpuppe, die nicht wie ein kleines Mädchen, sondern wie eine alte Dame hergerichtet ist. Beim Husten hält sie sich die Hand vor den Mund, und die Lippen wischt sie sich mit einem Zellstofftuch ab, auf dem Rosenknospen sind. Nur die langen scharlachroten Fingernägel passen nicht dazu. Der Anblick geht mir immer durch und durch. Es ist ein ganz sonderbares Bild – das wellige weiße Haar, der Hauch von Rouge und Puder, Perlenkette, geblümtes Seidenkleid und im Schoß diese knotigen alten Hände mit Saphir- und Brillantringen und blutroten Nägeln.

Aber sie trinkt auch Gin. Und sie raucht. Sie hat mir oft erzählt, daß sie seit wer weiß wann vierzig Zigaretten pro Tag geraucht hat, angefangen hat sie mit siebzehn. Irgendwie paßt das zwar zu den roten Nägeln, aber nicht zu der sanften Stimme und den blauen Augen. Ich hab so viele Hollywoodfilme auf Video gesehen, daß ich mir genau vorstellen kann, wie sie in den vierziger Jahren ausgesehen hat – langes, blondgewelltes Haar und Zigarettenspitze. Aber was sie dann sagte, hat mich doch sehr betroffen gemacht.

»Deshalb habe ich jetzt Lungenkrebs, aber damals wußte man noch nicht, wie schädlich das Rauchen ist. Alle rauchten. Und die wenigen, die es nicht taten, galten als Greenhorn.«

Sie mußte mir das Wort erklären.

»Als unbedarft, als nicht ganz trocken hinter den Ohren.«

Ich räumte die Frühstückssachen ab, und als ich die Teetasse vom Nachttisch nahm, sah ich den langen Umschlag, in dem das Testament gekommen war. Er lag in dem Buch, das sie gelesen hatte. Wo mochte das Testament sein? Hatte sie sich vielleicht einen Anwalt kommen lassen, als ich meinen freien Tag hatte? Wenn ich Glück hatte, war die Sache damit erledigt. Und dann sagte sie so leise, daß ich noch mal nachfragen mußte: »Ich bereue nicht, daß ich geraucht habe. Es hat mir Spaß gemacht. Ich weiß nicht, wie ich über manche Dinge ohne Zigarette weggekommen wäre.«

Darauf ließ sich nicht viel sagen. Ich lächelte und machte die Terrassentür auf.

»Könnte ich mein Leben noch einmal leben, würde ich wieder rauchen. Auch nach unserem jetzigen Wissensstand.«

»Eigentlich ganz gut, daß Sie es so sehen, nicht?« meinte ich.

Sie schaute mich mit diesem intensiven Blick an, den sie manchmal hat. »Nein, ich bereue es nicht. Es gibt manches in meinem Leben, was ich bereue. Bitter bereue. Aber nicht das.«

»Kommt Richard heute?« fragte ich. Keine sehr intelligente Bemerkung, aber ich hatte das Gefühl, daß wir uns auf ein gefährliches Thema zubewegten. Außerdem kommt er oft montags.

»Ich hoffe es. Vielleicht heute nachmittag. Haben Sie schon die Postkarte gesehen, die Marianne mir aus Korfu geschrieben hat? Sie liegt an meinem Bett.«

Jetzt kannst du aufatmen, dachte ich, aber ich hatte mich zu früh gefreut. »Ach, wenn Sie gerade da sind, Genevieve, könnten Sie mir bitte mal den Umschlag geben, der in dem Buch steckt?«

Ich tat es. Was blieb mir übrig?

»Ich muß weiter«, sagte ich. »Arthur möchte gern, daß ich ihn draußen spazierenfahre, es ist so schönes Wetter.«

»Den kann heute mal jemand anders spazierenfahren«, sagte sie und nahm den langen Umschlag in die Hand. »Setzen Sie sich einen Moment, Genevieve.«

Und dann kamen die langen gefalteten Blätter wieder zum Vorschein. Wahrscheinlich schaffe ich es nicht, nein zu sagen, dachte ich. Ihr zu sagen: Bitte vermachen Sie mir nichts, Stella… Ich hatte wie immer Ned im Kopf und daß uns mit dem Geld bestimmt geholfen wäre.

Stella hielt die Blätter hoch. »Wissen Sie, was das ist?«

»Ihr Testament?« fragte ich ziemlich unfreundlich.

»Mein Testament? Du lieber Himmel, nein. Hier, schauen Sie es sich mal an! Es ist eine Übertragungsurkunde für Grundeigentum.«

Mir fiel ein Stein vom Herzen. Die Gefahr war vorüber. Ich hätte der Versuchung nicht widerstehen können, das wußte ich, und deshalb war ich froh und dankbar, daß es nicht so weit gekommen war. Ich legte die Hand an das Weißdornamulett. Sie muß mich für ziemlich blöd gehalten haben, weil ich mir unter einer Übertragungsurkunde nichts vorstellen konnte. Aus dem ersten Blatt wurde ich überhaupt nicht schlau. Es war handgeschrieben, in einer schrägen Schrift mit Schleifen und Kringeln, ein bißchen so, wie mein Großvater geschrieben hat. Ich las laut vor: *Diese*

*Abmachung wird am neunundzwanzigsten Juli eintau-
sendneunhundertneunundvierzig getroffen zwischen Tho-
mas Archibald Wainwright, wohnhaft in Palings, Heming-
ford Grey, Grafschaft Huntingdon, von der Königlichen
Marine (nachstehend »der Verkäufer« genannt) einerseits
und William John Rogerson...*

Sie fiel mir ins Wort. »Ich kenne den Text. Hier ist das
nächste...«

Das zweite Dokument war mit der Maschine geschrieben
und sah viel moderner aus, dabei war es nur fünfzehn Jahre
später datiert. Da Stella offenbar nicht hören wollte, was
drinstand, las ich es für mich – jedenfalls einen Teil. Auf der
Vorderseite stand: *W. J. Rogerson Esq. an Mrs. S. M. Newland* und darunter: *Übertragung eines schuldenfreien
Grundeigentums unter dem Namen Molucca, befindlich in
Thelmarsh, Grafschaft Norfolk.* Innen war ein ganz ähnlicher Text wie der, den ich laut vorgelesen hatte, nur war
diesmal »der Verkäufer« dieser William John Rogerson, und
»der Käufer« war Stella.

»Es handelt sich um ein Haus, das ich 1964 gekauft
habe«, sagte sie, und ihre Stimme klang plötzlich ernst und
gewichtig. Ich hatte den Eindruck, daß sie von einem sehr
bedeutsamen, vielleicht dem bedeutsamsten Schritt in ihrem
Leben sprach. Sie sah mich kurz an und sah wieder weg.
»Das bleibt aber bitte unter uns, Genevieve. Es ist nicht...«
Sie zögerte, schien nach dem richtigen Wort zu suchen.
»... nicht allgemein bekannt.«

Was sollte man dazu sagen? Ich gab ihr die Dokumente
zurück, und sie steckte alles wieder in den Umschlag.
»Könnten Sie wohl kurz mit mir nach oben gehen?«

»Wie bitte?« fragte ich.

»Ich möchte Ihnen etwas zeigen.«

Stella ist noch gut zu Fuß. Nicht sehr schnell, weil ihr dann die Puste ausgeht, aber ihre Beine sind in Ordnung, sie hat keine Arthritis wie Maud oder Gracie. Ich wollte ihr meinen Arm anbieten, aber sie schüttelte den Kopf. Die Haupttreppe von Middleton Hall ist breit, und die Stufen sind ziemlich flach, aber schwer zu gehen, weil auf dem blanken Holz kein Läufer liegt. Zuerst habe ich überlegt, warum das so ist, und dann bin ich draufgekommen, daß Lena verhindern will, daß unsere Alten ständig die Treppe rauf- und runterrennen. Ihr ist es lieber, wenn sie langsam gehen und sich am Geländer festhalten müssen oder – besser noch – auf ihren Zimmern bleiben oder im Salon sitzen, weil sie dann leichter die Übersicht behält. Stella ging ganz an der Seite, und als ich sah, wie die alte Hand mit den jugendlich roten Nägeln sich an das rutschige Holz des Geländers klammerte, tat sie mir wieder leid. Und ich ärgerte mich über Lena, weil sie keinen Treppenlift installieren läßt. Bei dem vielen Geld, das sie alle zahlen, müßten die paar hundert Pfund für so was eigentlich drin sein.

Oben mußte Stella stehenbleiben, um wieder zu Atem zu kommen. Ich hatte keinen Schimmer, wohin sie mit mir wollte, ich hatte glatt vergessen, daß hier oben nicht nur Zimmer von Heimbewohnern sind. Am Ende des Ganges ist der sogenannte Obere Salon, nur benutzt den keiner von denen, die hier oben wohnen. Sie sind entweder zu gebrechlich, um überhaupt noch das Zimmer zu verlassen, oder sie wagen sich lieber zweimal am Tag die Treppe rauf und runter, weil sie unten Gesellschaft haben.

Der Obere Salon ist ziemlich klein, ein paar zusammengewürfelte Sessel stehen darin und eine Couchgarnitur, alles um den Fernseher gruppiert, aber es ist ein Schwarzweißgerät, und das Bild wackelt. Das Beste an dem Oberen Salon ist die Aussicht, man sieht meilenweit ins Land hinein. Stella trat mit mir ans Fenster, wir sahen über die Wiesen und das Moor bis zur Little Ouse, die an dieser Stelle zum Waveney-Fluß wird und die Grafschaftsgrenze bildet; auf der anderen Seite liegt Suffolk. Es war ein warmer, klarer Tag, man konnte den Horizont sehen, ohne Dunstschleier und auch nicht rauchgeschwärzt wie früher um diese Jahreszeit. Der Himmel war blaßblau mit vielen hohen Wolken, man sah wie immer im Spätsommer grüne Felder, wo die Rüben stehen, und blonde Felder, wo schon gemäht ist, und Felder, auf denen weiße Segel zu flattern scheinen, das sind die Gänsefarmen. Die Hecken sind wie dunkle Trennstriche zwischen den Wiesen, und das Moor dahinter verschwimmt in einem unbestimmten bläulichen Ton.

»Wissen Sie noch«, sagte ich, »wie sie um diese Zeit die Stoppelfelder abgebrannt haben? Manchmal konnte man vor Rauch den Himmel kaum sehen, und in der Luft war lauter schwarzes Zeugs.«

Sie sah mich irritiert an, als hätte sie mich nicht verstanden.

»Die Bauern«, sagte ich, »haben nach der Ernte die Felder abgebrannt. Nach dem Zweiten Weltkrieg hat das angefangen, hat mir mein Großvater erzählt. Sie sollten eigentlich zwei Meter Abstand zwischen den Stoppelfeldern und den Hecken lassen, aber es war nicht Vorschrift, und viele haben die Hecken mit verbrannt. Jetzt ist Schluß damit, dieses Jahr ist es zum erstenmal verboten.«

Sie hatte den Kopf abgewandt, wahrscheinlich hatte sie gar nicht zugehört. »Schauen Sie mal geradeaus«, sagte sie. »Sehen Sie den quaderförmigen Kirchturm da drüben?«

»St. John's in Breckenhall«, sagte ich.

»Das weiß ich nicht, Genevieve, aber wenn Sie es sagen, wird es schon stimmen. Jetzt schauen Sie vom Kirchturm, von der Kirche von Breckenhall, wie Sie sagen, nach links unten, dort sehen Sie ein Haus, das aussieht wie ein weißer Würfel. Wenn Sie von da nach links sehen, erkennen Sie gerade noch etwas Braunes mit einem roten Dach.«

»Ja, stimmt.« Beinah hätte ich gesagt, daß es ganz deutlich und nicht »gerade noch« zu erkennen war, aber dann begriff ich, daß das eben der Unterschied zwischen jungen und alten Augen ist, und ließ es bleiben. »Ein quadratisches Haus mit rotem Dach. Auf der Straße nach Curton.«

»Genau. Das ist mein Haus.«

»Ein schuldenfreies Grundeigentum«, sagte ich, »befindlich in Thelmarsh in der Grafschaft Norfolk.«

»Ja.«

»Sind Sie nach Middleton Hall gekommen, weil Sie von hier aus Ihr Haus sehen können?«

»Eher im Gegenteil. Hätte ich es gewußt, wäre ich vielleicht nicht gekommen.« Sie lachte ein bißchen nervös. »Nicht einmal Ihretwegen...« Wieder dieses Lachen, verlegen oder schüchtern, jedenfalls nicht fröhlich. »Ich war eines Tages hier oben, ich weiß gar nicht mehr, warum – ach doch, jemand hatte gesagt, hier sei ein Schrank mit Büchern,

aber das stimmte gar nicht –, sah aus dem Fenster und...
und glaubte mein Haus zu erkennen. Ich habe dann Richard
gebeten, mir eine Karte mitzubringen, das entsprechende
Blatt der Generalstabskarte.«

Sie drückt sich immer sehr präzise, sehr korrekt aus, bestimmt hat sie in ihrem ganzen Leben noch keinen Gram-
matikfehler gemacht. Manchmal ist es, als ob sie etwas ab-
liest, was sie sich vorher aufgeschrieben hat.

»Natürlich habe ich ihm nur gesagt, daß ich mich orien-
tieren will. Er weiß nicht, daß ich schon mal in dieser Gegend war, und Marianne weiß es auch nicht. Sie haben keine
Ahnung.«

Sie stützte sich aufs Fensterbrett und sah zu ihrem Haus
hinüber. Ihre Schultern hoben sich, als ob sie fröstelte, aber
vielleicht bildete ich mir das auch nur ein. Ich fragte, ob sie
ein bißchen allein bleiben wollte, ich müßte nun wirklich
weitermachen. Ich dachte mir, sie wäre vielleicht gern allein.
Mit ihren Erinnerungen oder so. Sie drehte sich um, und ihr
Gesicht kam mir plötzlich älter vor.

»Ja, vielleicht. Ganz kurz nur«, sagte sie, aber bis ich an
der Tür war, hatte sie es sich schon wieder anders überlegt.
»Nein, ich komme mit. Mit so etwas vertrödelt man nur
Zeit, und allzuviel Zeit habe ich ja nicht mehr. Außerdem
kann ich nicht behaupten, daß mir der Anblick große
Freude macht.«

Diesmal nahm sie meinen Arm. Sie sah beklommen oder
vielleicht auch nur unentschlossen aus, und ich dachte: Jetzt
sagt sie gleich etwas, was dich umwirft, etwas über das
Haus mit dem roten Dach auf der Straße nach Curton. Aber
sie fragte nur, warum ich das von dem Felderabbrennen ge-

sagt hatte, und als ich es ihr noch mal erklärte, war sie mit
der Antwort offenbar nicht recht zufrieden. Wir gingen
ganz langsam, Stella klammerte sich an mich, ihre Nägel
gruben sich in meinen Arm, es würde blaue Flecken geben,
aber ich sagte nichts, sie machte es ja nicht absichtlich. Und
dann erschrak ich wieder, weil das, was sie sagte, so unerwartet kam, dabei müßte ich ihre Gedankensprünge inzwischen eigentlich gewohnt sein.

»Heute vormittag hab ich im Radio ein Musikstück
gehört, das mir gefiel, Genevieve. Schade, habe ich gedacht,
daß ich es nicht öfter hören kann. Gibt es wohl eine Möglichkeit, Musik aufzunehmen, die mir gefällt?«

Natürlich, sagte ich, sie könnte sich ein Tonbandgerät anschaffen. Es gibt ganz kleine, die nicht viel Platz wegnehmen. Sie nickte. Sie würde Richard oder Marianne fragen.
Außerdem wollte sie gern ein Lesepult haben, um ihr Buch
anzulehnen, wenn sie im Bett saß. Weil ihr die Arme weh
taten und sie so schnell kalte Hände bekam, wenn die nicht
unter der Bettdecke waren. Lächerlich, sagte sie, kalte
Hände im August, noch dazu einem so heißen August.
Dann kamen wir zu der kleinen Galerie, von der man in die
Halle sehen kann. Unten stand Richard und unterhielt sich
mit Stanley, Lenas Mann. Richard war offenbar gerade gekommen. Sie standen mit dem Rücken zu uns und sahen
uns nicht. Richard ist einsachtzig und sehr mager, und Stanley ist klein und unheimlich dick, es war ein gottvoller Anblick.

Normalerweise freut Stella sich immer sehr, wenn ihre
Kinder kommen. Sie sagt »Liebling« zu ihnen und ist sehr
herzlich, und deshalb war ich ganz erstaunt, daß sie Richard

nicht von hier oben begrüßte, sondern meinen Arm noch fester faßte. »Kein Wort von meinem Haus zu Richard, Genevieve«, flüsterte sie mir zu.

Ich sah sie nur an.

»Er weiß nichts von dem Haus und Marianne auch nicht.«

»Ich sag schon nichts«, sagte ich, aber ich war doch ziemlich baff.

Mir hatte sie es erzählt, aber ihren Kindern nicht? Einen Augenblick überlegte ich, ob sie vielleicht nicht mehr ganz da war. Bei Krebskranken kommt das leider manchmal vor, wenn die Metastasen das Gehirn angreifen. Andererseits hatte ich ja mit eigenen Augen die Urkunden gesehen, und als sie zu Richard trat, ihn umarmte und ihm sagte, wie gut er aussah, war sie eindeutig *compos mentis* (wie Lena sich ausdrückt).

Richard ist groß und dünn wie seine Schwester, aber sonst sieht er ihr überhaupt nicht ähnlich. Er hat sehr helle Haare, als Kind war er bestimmt weißblond, und blaue Augen. Stella hat mir gesagt, daß er Arzt ist, praktischer Arzt in einer Gemeinschaftspraxis in Norwich. Er trägt eine randlose Brille, eine dieser Intellektuellenbrillen, aber er hat noch ein richtiges Jungengesicht. Wenn er lächelt, sieht er aus wie achtzehn. Er ist sehr lieb zu Stella, und sollte ich mal einen Sohn haben, kann ich nur hoffen, daß er mich auch so nett behandelt, wenn ich mal alt und grau bin.

Er hatte ihr einen Strauß pinkfarbener Lilien und Schleierkraut mitgebracht. Ich holte einen pinkfarbenen Krug, und als ich ihr den Strauß brachte, saßen die beiden zusammen und redeten miteinander, er hielt ihre Hand, und der

Umschlag mit den Urkunden, den sie auf dem Schreibtisch hatte liegenlassen, war weg. Den Kaffee brachte ihnen Sharon, ich mußte mich um Gracie, meine neue alte Dame, kümmern, aber daß ihre Kinder nichts von dem Haus wußten, daß es ein Geheimnis war, ging mir nach. Und dann fiel mir die Jahreszahl auf der zweiten Urkunde ein. 1964. Sie besaß ein Haus und hatte das *dreißig Jahre* geheimgehalten?

Gracie ist ganz anders als Stella. Sie ist alt und grau, schwerfällig und immer traurig. Seit einem Schlaganfall ist ihr Gesicht schiefgezogen, und ihre Zahnprothese sitzt nicht mehr richtig, was ihr furchtbar peinlich ist. Sie spricht nur, wenn es unbedingt sein muß, und ißt kaum was und deutet ständig entschuldigend auf ihren Mund. Ob sie Kinder hat oder auch nur eine Nichte oder einen Neffen, weiß ich nicht, hier haben sie sich jedenfalls noch nicht blicken lassen. Niemand war auf die Idee gekommen, die Prothese beim Zahnarzt richten zu lassen, deshalb machte ich von ihrem Zimmer aus telefonisch einen Termin und werde sie am Freitag nach Diss fahren. Lena war nicht begeistert, »da hast du mal wieder reichlich selbständig gehandelt«, sagte sie, aber den Termin absagen wollte sie auch nicht, dazu hat sie zuviel Respekt vor Ärzten und Zahnärzten. Wenn Richard da ist, kann sie sich gar nicht mehr einkriegen vor lauter »Herr Doktor« hier und »Herr Doktor« da.

Den ganzen Tag mußte ich an Stellas Haus denken, und einmal ging ich in den Oberen Salon und sah es mir vom Fenster aus an. Davor war ein Feld voller Gänsegewimmel und dahinter die dunkle Fläche des Moors. Ned und ich waren mal in dieser Ecke gewesen, zwischen Hartriegel und Mädesüß, ich wußte jetzt genau, wo das Haus war. Ich glaube, wir haben im Vorbeigehen sogar gesagt, wie verlassen und unbewohnt es wirkt.

Richard kam heraus, ehe Sharon das Essen brachte. Er wollte wissen, welchen Eindruck ich von seiner Mutter hatte, und ich sagte, wenn man ihren Zustand bedenkt, ist sie noch richtig gut drauf.

»Gibt es irgendwas, das ich ihr besorgen könnte, Jenny, etwas, das ich vergessen habe oder worum sie mich nicht bitten möchte?«

Er ist wirklich sehr nett. Einfühlsam wie eine Frau. Wie manche Frauen.

»Sie hat was von einem Tonbandgerät gesagt«, meinte ich.

»Um Musik aufzunehmen? Ja, sie liebt Musik. Kammermusik, Sie wissen schon, kleine, zarte Stücke.« Ich finde es schön, daß er mich ernst nimmt, daß er mich nicht wie eine Schwachsinnige behandelt, nur weil ich Pflegerin in einem Altersheim bin. »Richtig, das hätte mir auch von selbst einfallen können. Ich habe ein kleines Tonbandgerät, das könnte sie haben. Aber nein, am besten wäre es wohl, ihr einen guten Kassettenrekorder mit eingebautem Mikrophon zu kaufen, nicht?«

Ja, sagte ich, und dann könnte er ihr auch gleich ein paar Stücke auf Kassette mitbringen, die sie gern hat.

»Gut, ich denke dran. Sie ist wohl kein großer Fernsehfan?«

»Ein gutes Fernsehspiel sieht sie hin und wieder ganz gern«, sagte ich, »und alte Kinofilme. Wie ich.«

»Ja, das sind die wahren Kenner«, sagte er, bedankte sich

für meinen Vorschlag und war so nett beim Abschied, daß ich einen Augenblick dachte: Ganz gleich, worum Stella gebeten hat, du müßtest es ihm eigentlich sagen. Du müßtest ihm nachlaufen und es ihm sagen. Irgendwas stimmt hier nicht, und wenn Stella stirbt, wenn Stella heute nacht stirbt, und das ist ja durchaus drin, sind da diese Urkunden und das Haus, und niemand weiß Bescheid... Aber dann ließ ich es doch. Ich sah seinem Wagen nach, er fährt für einen praktischen Arzt ein erstaunlich sportlich-schnittiges Modell, aber er fuhr mit Gefühl und brauste nicht mit einem Kavalierstart los, wie Lena es gemacht hätte.

Um vier habe ich Schluß. Ned würde von Norwich rüberkommen, wir waren um sieben verabredet, und an solchen Tagen kann ich an kaum was anderes denken. Er nimmt mich ganz in Beschlag, und wenn ich nicht sehr aufpasse, laufe ich durch die Gegend wie im Traum. Nach Möglichkeit verbringe ich die letzte halbe Stunde meiner Schicht immer bei Stella, dann sitzen wir in ihrem Zimmer und unterhalten uns, oder auch im Salon, wenn ihr danach ist.

Arthur hielt seinen Mittagsschlaf, für Gracie hatte ich im Fernsehen eine Quizsendung rausgesucht, ihren Tee hatten beide gehabt, und zwanzig nach drei klopfte ich bei Stella, aber sie war nicht auf ihrem Zimmer. Sie saß ganz allein im Salon, und wenn man sie so sah, hätte man sie nie für eine hinfällige alte Frau gehalten, die schon bald an Krebs sterben würde. Nein, sie sah aus wie eine Lady, die ihre Freundinnen zum Tee erwartet. Sie saß in einem Sessel und hatte eine Zeitschrift auf dem Schoß. Aber sie las nicht darin, sondern sah aus dem Fenster in den grünen Garten und auf die Schmetterlinge an der Buddleia. Sie hatte das Kinn auf eine Hand gestützt, mit der anderen hielt sie das Handgelenk, so daß das Blut aus den Venen abgeflossen war und die Hände glatt und jung aussahen. Der Friseur hatte ihr die Haare gewaschen und gelegt, und sie trug das Kleid, das ich am liebsten an ihr habe, blaue Seide mit großen beigefarbenen Punkten. In den hellen Strümpfen, die sie immer trägt, würden die Beine von manchen Frauen aussehen wie Baumstämme, aber an Stella mit ihren glatten, wohlgeformten Beinen wirken sie sehr elegant.

Ich hüstelte schüchtern, und sie drehte sich um und schenkte mir ein wunderschönes Lächeln. Auch Richard lächelt sie so an, aber sonst niemanden, glaube ich. Sie hatte Blusher aufgelegt – Rouge, wie sie es nennt – und einen Hauch blauen Lidschatten, aber im Gegensatz zu der armen Maud, die mit scharlachrotem Lippenstift dick aufträgt, nimmt Stella einen Lippenstift in ganz hellem Pink, und ich glaube, sie nimmt einen Pinsel.

»Wie schön, daß Sie noch einmal nach mir sehen, Jenny«, sagte sie.

Ich sagte, daß ich das doch immer mache, wenn es irgend geht, und setzte mich neben sie. Wir guckten uns die Schmetterlinge an und zählten zehn kleine Füchse, sieben Tagpfauenaugen, einen Roten Admiral und einen, der laut Stella Amerikanischer Fleckenfalter heißt. Sie kennt sich aus mit solchen Dingen, mit Wildpflanzen und wildlebenden Tieren. Sie sagt, daß sie zu gern einen Schwalbenschwanz sehen würde, sie hätte gehört, daß es die nur in Norfolk gibt, vielleicht käme einer hierher.

»Vor meinem Tod«, sagte sie. »Vielleicht sehe ich einen Schwalbenschwanz, dann könnte ich glücklich sterben.«

Darauf wußte ich nichts zu sagen.

»Was meinen Sie, Genevieve, ob ich eine Zigarette rauchen könnte? Ich hätte solche Lust darauf.«

»Lieber nicht«, sagte ich. »Strenggenommen ist im ganzen Haus Rauchverbot.« Ich mußte lachen. »Hier auf jeden Fall.«

»Besonders, wenn man Lungenkrebs hat. Dabei ist das im Grunde doch ziemlich albern. Jetzt ist es sowieso zu spät, das Unheil ist geschehen. Da, noch ein Roter Admiral. Er hat einen so hübschen lateinischen Namen. *Vanessa atalanta...*« Sie sah mich an. »Ich möchte Sie etwas fragen, Sie um einen Gefallen bitten.«

»Wenn ich kann...«, sagte ich, aber ich hatte das Gefühl, ich weiß nicht, warum, daß es keine Kleinigkeit sein würde.

»Wenn Sie nicht wollen, müssen Sie es ganz offen sagen.«

»Einverstanden.«

»Wenn ich Ihnen den Schlüssel gebe und Ihnen genau sage, wo mein Haus ist, Genevieve, würden Sie hinfahren und sich ein bißchen umsehen und... und mir sagen, in welchem Zustand es ist?«

»Sie meinen das Haus auf der Straße nach Curton?«

»Ja. Es heißt ›Molucca‹. Kapitän Wainwright, der Besitzer vor Mr. Rogerson, fuhr zur See und war wohl auch in Ostindien.« Sie lächelte. »Würden Sie das für mich tun? Sich ein bißchen umschauen und mir sagen, was für einen Eindruck Sie haben?«

»Ist gut«, sagte ich. Und weil sich das etwas muffig anhörte, schob ich nach: »Wenn Sie meinen, Stella.« Ich zögerte, ich wußte nicht, wie ich es sagen sollte, aber ich wollte es wenigstens versuchen. »Wäre es nicht besser, wenn

Richard das machen würde? Könnten Sie ihm nicht von dem Haus erzählen und ihn bitten hinzufahren? Sie haben einen so netten Sohn, er tut es bestimmt, er würde nicht böse sein oder einen Aufstand machen.«

Sie freute sich, daß ich gesagt hatte, ihr Sohn sei nett, und wurde ein bißchen rot. »Ich möchte, daß Sie es machen, Jenny. Für Marianne und Richard ist es besser, wenn sie nichts davon wissen. Noch nicht jedenfalls. Nicht, bis – tut mir leid, wenn sich das ein bißchen dramatisch anhört –, nicht, bis ich tot bin.« Sie wandte den Blick ab, aber sie sah nicht aus dem Fenster, sondern auf die leere Wand. »Es ist mir peinlich«, sagte sie leise. »Manche Dinge sagt man eben den eigenen Kindern nicht gern… Würden Sie mir den Gefallen tun?«

»Ich mach es gleich heute abend«, versprach ich.

»Ach, und Genevieve… Fahren Sie vorsichtig, ja?«

3

Über die Straße waren es etwa sieben Meilen, Luftlinie natürlich viel weniger. Vom Fenster aus hatten Stella und ich höchstens ein oder zwei Meilen weit in die Landschaft gesehen. Die Straße führt durch Tharby und vorbei an Thelmarsh Mill, sie ist schnurgerade und ohne Hecken, eine Römerstraße, auf der die »donnernde Legion« durch das östliche England marschiert ist. Hinter Newall Pomeroy folgte ich dem Hinweisschild nach Breckenhall. Ich glaubte fast auf den Punkt genau zu wissen, wo das Haus lag – und ich hatte mich nicht getäuscht. Es war eine schmale, gerade

Straße, die Häuser waren alle zurückgesetzt, erst kam das weiße, das Stella nur undeutlich und ich sehr klar gesehen hatte, und dann, etwa hundert Meter danach, ihr Haus.

Das weiße Haus hatte einen Garten mit einem Zaun, dahinter kam ein Feld und dann die Straße, aber bei Stellas Haus reichte das Moor bis an die Haustür. Es hatte das Feld und das, was einmal der Garten gewesen war, mit Stechginster, Wermut, Nesseln, Heckenrosen und Holunder überzogen, so daß Stellas Haus jetzt mittendrin stand. Der Fußweg links vom Haus neben einem Graben voller Binsen und Wasserdost war mit Disteln zugewuchert. Die Samenstände der Weidenröschen sähen aus wie Wolle auf einem Spinnrocken, sagt Ned. Überall wehte der weiße Flaum.

Es war ein warmer, bedeckter Abend, die Sonne hatte sich ganz verzogen. Ich fuhr den Wagen ein Stück in den überwachsenen Fußweg hinein, damit er von der Straße kam. Es ist sehr ruhig hier, wenn die Vögel schlafen und auch die Gänse nicht mehr schnattern. Wer die Gegend kennt, der weiß, wie ruhig es abends hier sein kann, die Stille ist so tief, als hätte die Landschaft lauschend den Atem angehalten. Im Moor wachsen sogar hohe Bäume, an den meisten Stellen aber ist es eher ein Buschdickicht, in dem dicht unter der Oberfläche schon Wasser kommt. Schilf und Binsen, Hasel und Hartriegel bewegen sich sacht flüsternd und raschelnd, und wenn es ansonsten ganz still ist, hört man immer noch irgendwo Wasser gluckern.

All das nahm ich sehr bewußt wahr, als ich auf Stellas Haus zuging. Ich sah zum erstenmal ein Haus, das mitten im Moor stand, das vom Moor vereinnahmt worden war. Vor der Haustür war aus einem Sämling ein Vogelbeerbaum herangewachsen, die Beeren hatten die gleiche Farbe wie die roten Ziegel auf dem Dach.

Vier Fenster sahen mich an, sie liefen nach oben spitz zu wie Kirchenfenster, hatten aber keine bunten, sondern ganz normale Glasscheiben. Es gab einen kleinen Vorbau mit Spitzdach, links stand eine schwarz verschindelte Garage. Die Hauswände waren aus unbearbeiteten Flintsteinen, die wie Strandkiesel aussehen, aber aus der Erde kommen. Die Mutter meiner Granny kriegte als Kind einen Halfpenny für jeden Korb mit Steinen, die sie aus den Feldern las und die sonst die Pflugschar stumpf und schartig gemacht hätten. Die Flintsteine an Stellas Haus waren grau und weiß und schwarz, und zwar in bunter Folge, aber der Größe nach angeordnet und ordentlich aufgereiht.

Über der Haustür war eine weiße Gipsplatte – Leute vom Bau wie Mike sagen Medaillon dazu – mit dem Namen ›Molucca‹ und einem Blütenkranz aus Stuck. Ich mußte die Nesseln niedertreten, um zur Tür zu kommen, sonst hätten sie mir die Beine verbrannt. Die Haustür war voller Spinnweben, in einem Netz hing eine tote Hornisse. Der Schlüssel drehte sich ganz leicht. Ich hatte vergessen zu fragen, wie lange das Haus schon unbewohnt war. Sicher nicht dreißig Jahre; zwanzig vielleicht? In der Diele war eine silbrige Tapete mit einem Muster aus verblaßten blauen Blumen, auf den staubigen Dielenbrettern lag ein blauer Läufer. Die Luft war stickig, aber es roch nicht schlecht. Die Haustür schloß sich lautlos und ohne zu klemmen hinter mir.

Innen war das Haus so eingeteilt, wie man es von außen erwartet hätte: je ein Zimmer rechts und links von der Haustür, dazwischen ein Gang, hinten die Küche und noch ein Zimmer, rechts eine Treppe. Wer hier lebt, lernt es, das Alter der Häuser zu beurteilen. Dieses schätzte ich auf etwa 120 Jahre.

Ich ging zuerst in das rechte Zimmer, das wohl das Wohnzimmer gewesen war, es war ziemlich groß und eingerichtet – ja, wie soll ich sagen –, eingerichtet, wie die Leute aus dem Mittelstand und die Wochenendler – die besseren Leute, wie Granny noch sagt – sich ihre Häuser einrichten. Damit meine ich, daß sie sich keine neuen Möbel kaufen, sondern das, was sie für Antiquitäten oder zumindest für leidlich alt halten, sie haben Chintzbezüge auf den Sesseln und indische Läufer und altes Porzellan. So war das auch bei Stella. Ein hübsches Zimmer wie aus einer dieser Wohnzeitschriften, die in den Wartezimmern herumliegen. Ich möchte nicht wissen, was meine Nachbarn sagen würden, wenn ich so eingerichtet wär.

An den Wänden hingen Porzellanteller und Bilder von Blumen und Früchten und ein ganz großes Bild von einer Frau. Ein richtiges Ölbild, kein Druck und keine Fotografie, mindestens einen Meter breit und zwei Meter hoch. Sie hatte dunkles Haar und ein hübsches blasses Gesicht, ihr Kleid war aus altrosa Seide, tief ausgeschnitten und mit einem steifen weiten Rock, um den Hals hatte sie eine doppelreihige Perlenkette, und in der Hand hielt sie eine rosa Rose. Die Leinwand war auf Holz geheftet, ohne Rahmen oder Glas. Irgendwie hatte ich das Gefühl, daß der Maler diese Frau geliebt hatte. Vielleicht, weil der Mund so zärtlich gemalt war und weil ihr Blick diesen schönen Glanz hatte.

Das Silber war dunkelbraun angelaufen, in einer Schale

war eine tiefe Delle, das Messing war schwarz geworden. In einer Vase standen Wicken und Schmucklilien, die auch Liebesblumen heißen, das Wasser war längst verdunstet, und die Blumen sahen so mausetot aus, daß man das Gefühl hatte, sie würden bei der kleinsten Berührung zu Staub zerfallen. Der Bücherschrank war gut bestückt. Ich mag Bücher, was manche Leute mir gar nicht zutrauen, ich habe nicht nur Freude an dem, was drinsteht, sondern auch daran, sie anzufassen, deshalb nahm ich eins heraus, es roch säuerlich, die Seiten waren vergilbt. Überall war Staub, bläulich auf dem Holz, in grauen Flusen auf den Polstermöbeln. Als ich mit dem Finger die Vorhänge antippte, stieg er in ganzen Wolken hoch.

Im Eßzimmer war es nicht anders. Die Staubschicht auf dem Tisch war so dick, daß man nicht erkennen konnte, was für eine Farbe er hatte; wie ein flauschiges Tuch lag der Staub auf der Tischplatte. Ich machte die Anrichte auf, sie war voll von gerahmten Bildern, die jemand offenbar von der Wand genommen und dort verstaut hatte. Jetzt erkannte ich auch die hellen Stellen, wo sie mal gehangen hatten. Es waren hübsche Bilder von Kindern und Tieren, die ich aber nicht weiter beachtete. Ganz unten lag ein Foto, auf dem ein Mann und eine Frau zusammenstanden und das noch nicht sehr alt sein konnte, es mußte aus einer Zeit sein, als es mich schon gegeben hatte, aus den Sechzigern vielleicht. Die Frisur der Frau hatte mich darauf gebracht. Das dunkle Haar war toupiert, rechts und links hing eine gelockte Strähne ins Gesicht. Es war die Frau von dem Ölbild, sie trug wieder das Abendkleid in Altrosa. Eigenartig, dachte ich, denn sie waren irgendwo im Freien, im Hintergrund war eine Klippe oder ein Felsen, aber sie hatte dieses Abendkleid an und er Jeans und ein Karohemd. Er war groß und dünn und blond und hatte eins dieser Gesichter, die immer heiter wirken. Er mußte sich zum Lächeln nicht zwingen, es hatte sich in vielen kleinen Fältchen um die Augen festgesetzt. Komisch, mir war, als hätte ich ihn schon mal irgendwo gesehen, er kam mir unheimlich bekannt vor, aber das war natürlich Unsinn, denn wann lerne ich schon mal neue Leute kennen? Außerdem konnte er ja jetzt nicht mehr so aussehen wie auf diesem Bild, das aus meiner Babyzeit stammte.

Ich ging die Treppe hinauf. Oben waren drei Schlafzimmer. Es heißt ja, daß Wärme hochsteigt, und entsprechend stickig war es hier und womöglich noch staubiger. Unten war alles komplett eingerichtet, oben standen nur im vorderen Zimmer Möbel – ein Doppelbett, ein Kleiderschrank, eine Frisierkommode, zwei Stühle, alles viktorianisches Zeug. Auf dem Bett lag eine Patchwork-Tagesdecke, Handarbeit wahrscheinlich, in Blau und Rot. Als ich sie wegzog und der Staub sich gelegt hatte, sah ich, daß die Betten und Kopfkissen noch bezogen waren. Trotz des warmen Sommers draußen war das Bettzeug klamm. Ich hatte mir schon überlegt, wie sie das Haus wohl warm bekommen hatten, es gab keine Heizkörper, nur Kamine, aber hier oben stand einer dieser altmodischen Ölöfen, die aussehen wie ein schwarzer Schornstein auf Beinen.

In den anderen beiden Zimmern waren, wie gesagt, keine Möbel und keine Teppiche. Als hätten sich die Bewohner gesagt: ›Hier kommt außer uns sowieso keiner hin, Logierbesuch erwarten wir nicht, weshalb sollen wir die Zimmer groß einrichten?‹ Das Badezimmer war altmodisch und ein bißchen karg, genau wie die Küche, und hätte dringend überholt werden müssen. Hier stand an einer Wand ein zweiter Ölofen, eins dieser flachen Modelle. Ich drehte einen Hahn am Waschbecken auf, aber das Wasser war natürlich abgestellt.

Nachdem ich das ganze Haus erkundet hatte und überlegte, was es mir eigentlich gebracht hatte, was Stella wohl von mir erwartete, entdeckte ich neben der Tür, die aus der Küche in den Garten oder vielmehr ins Moor führte, noch eine zweite, durch die man wohl zur Garage kam. Sie war abgeschlossen.

Ich zog ein paar Schubladen auf, weil ich dachte, daß da vielleicht Schlüssel lagen, aber sie waren leer bis auf die Zeitungen, mit denen sie ausgelegt waren. In einer lag die *Times* von 1965. Und dann sah ich auf die Uhr. Halb sieben. Um sieben war ich mit Ned verabredet. Bis zu unserem Treffpunkt waren es nur zwei Meilen, ich hatte also noch reichlich Zeit, aber wenn man in einer halben Stunde etwas Schönes vor sich hat, verändert sich das Zeitgefühl, man muß sich vorbereiten, sich in die richtige Stimmung bringen. Für mich hieß das, als erste dazusein, das Warten auszukosten, die Straße im Blick zu behalten, bis sein Wagen auftauchte. Man sieht unwahrscheinlich weit auf diesen Straßen, über die die römischen Soldaten gedonnert sind. Meilenweit. Ich fand es schön, einfach nur dazusitzen, die Autos herankommen zu sehen – nicht viele, auf dieser Strecke ist wenig Verkehr –, zu hoffen und zu bangen, die Enttäuschung zu verwinden, erneut zu hoffen – bis ich dann endlich seinen Wagen sah. *Ihn* sah.

Ich verließ das Haus und machte die Tür hinter mir zu. Ich weiß nicht, warum ich um die Garage herumging, vielleicht, weil ich noch eine halbe Stunde Zeit hatte und sonst so früh in Thelmarsh Cross gewesen wäre, daß ich nicht zehn, sondern zwanzig Minuten hätte warten müssen. Auch hierher war das Moor vorgedrungen – zusammen mit Gestrüpp, allerlei Unkraut, Hasel, Vogelbeerbäumen und einem Labyrinth von Silberweiden. Ich hatte Mühe, mich durch das Gewucher nach hinten durchzukämpfen, wo ich ein kleines Fenster in der Garagenwand entdeckt hatte. Und wo man ein Fenster sieht, muß man auch durchgucken.

In der Garage stand ein Wagen. Aber dazu sind Garagen schließlich da, allerdings nicht die Garagen leerer, unbewohnter Häuser. Es war ein roter Ford Anglia, kaum älter als ich. Das weiß ich so genau, weil mein Dad auch mal so einen hatte, mit einer Kühlerverkleidung, die aussah wie ein breiter, grämlicher Mund, und einem Z-förmig nach innen eingezogenen Rückfenster, nur war seiner dunkelblau gewesen. Die Reifen waren platt. Ob Stella von diesem Wagen wußte?

Ich fuhr auf einem Umweg nach Thelmarsh Cross, durch Breckenhall und Curton und vorbei an der Werkstatt, die zu einem Teil mal meinem Dad gehört hatte. Curton hat eine breite Hauptstraße, aber die Nebenstraßen sind schmal und mit Hecken bestanden, so daß man dort nicht schnell fahren kann. Wenn man mehr als zwanzig Meilen drauf hat, riskiert man einen Frontalzusammenstoß, das ist meinem Bruder so gegangen, als er siebzehn war. Dem anderen Fahrer ist nichts passiert, aber mein Bruder hat sich zwei Rippen und den linken Arm gebrochen. Mir war es ganz recht, daß ich langsam fahren mußte, damit brachte ich die Zeit hin.

Thelmarsh Cross war einer unserer üblichen Treffpunkte, aber als ich dort im Wagen saß und wartete, überlegte ich, ob wir ihn nicht lieber aufgeben sollten. Die Kreuzung war nur zu einem Viertel durch Bäume geschützt, die übrige Fläche lag frei. Wir hatten ihn uns wohl ausgesucht, weil dort keine Häuser standen und weil jemand, der mit dem Auto nach Tharby will oder von Tharby kommt, normalerweise nicht diese Strecke fährt – aber verlassen kann man sich auf so was nicht. Für manche Leute mag die Gefahr den Reiz einer Liebschaft erhöhen, aber von der Art ist unsere Beziehung nicht, ich kann gut drauf verzichten, ich habe viel zu große Angst, daß es rauskommen könnte. Angst vor den Folgen. Angst davor, ihn nie wiederzusehen.

Da saß ich nun also und sah den Wagen entgegen, die über die lange weiße Straße rollten. Viele waren es nicht, meist blieb sie leer. Es war sehr still, bis irgendwo weit weg eine Flinte knallte und die Kiebitze in einer rauschenden Wolke aus den Feldern aufflogen. Ein Wagen, der aussah wie seiner – das gleiche Modell, die gleiche Farbe –, kam den Hang hoch, und mir stockte das Herz. Natürlich sagt man das nur so, in Wirklichkeit ist es ein Nerv im Magen oder in den Gedärmen, der verrückt spielt. Ich griff nach meinem hölzernen Amulett. Es war nicht Neds Wagen, eine Frau saß am Steuer, eine Unbekannte.

Mit zwei Minuten Verspätung kam er dann; er war nicht aus dieser Richtung, sondern über die andere Straße gekommen, ich war völlig unvorbereitet und sah ihn erst, als er neben mir anhielt. Wir guckten uns an und strahlten. In diesen Momenten gibt es für mich keine Vergangenheit und keine Zukunft, sondern nur die Gegenwart, das Hier und Jetzt. Er fuhr tiefer in den Wald hinein, und ich fuhr hinterher. Sobald wir sicher sein konnten, daß die Wagen unter den Bäumen nicht mehr zu sehen waren, hielten wir an.

Bei unseren Treffen reden wir anfangs nicht viel, wir umarmen uns, halten uns fest, küssen uns. Jedesmal. Im Freien, in der warmen Sommerluft. Wir küßten uns wie beim ersten Mal. Wie an jenem Abend, als ich ihm den Liebestrank gegeben hatte, bei unserem ersten Kuß im Dunkeln, unter freiem Himmel. Nach einer Weile fragte er: »Wohin bringst du mich?«

»In den Wald. In ein Versteck, das ich aus meiner Kindheit kenne.«

»Kein Heuschober?«

»Mit unserem haben sie Fletchers Dach gedeckt.« Hand in Hand gingen wir weiter. »Ich liebe dich«, sagte ich.

»Ich weiß. Und ich brauche deine Liebe. Sag nur ein Wort, und ich verlasse Jane und komme zu dir.«

Wir führten dieses Gespräch nicht zum ersten- und sicher nicht zum letztenmal. »Für immer?«

»Für immer, soweit ich das jetzt sagen kann. Ja, für immer. Warum nicht? Für dich, Jenny, breche ich gern sämtliche Brücken ab. Ich vergifte die Brunnen und plündere die Stadt, ich komme über den Fluß und verbrenne meine Schiffe hinter mir.«

»Dann muß ich aufpassen, daß ich das Wort nicht mal aus Versehen sage.« Ich umklammerte das Amulett, bis mir die Hand weh tat.

»Wir werden in dem Cottage wohnen, und es wird einen

großen Skandal geben.« Er hat unheimlich viel Phantasie. »Deine Mutter wird das Pub aufgeben müssen. Die *Bury Free Press* wird ein Interview mit mir machen und Fotos von mir bringen. Aber wir werden glücklich sein.«

»Du weißt, daß es nicht geht.«

»Wegen Hannah?«

»Bei *dir* geht es wegen Hannah nicht, das weißt du genau.«

»Ich weiß«, sagte er. »Ja, ich denke, ich weiß es. Aber es muß eine Möglichkeit geben. Irgendeine Möglichkeit gibt es doch immer.«

»Nein«, sagte ich, um nicht ja sagen zu müssen.

Wir schoben die Zweige beiseite, schlüpften in das kleine, grasbewachsene Versteck und liebten uns auf der warmen, trockenen Erde.

Als ich Stella erzählte, daß ich in ihrem Haus gewesen war, wurde sie rot. Früher dachte ich, alte Leute könnten nicht mehr rot werden, aber das ist ganz falsch.

Sie saß in ihrem Zimmer und trank ihren Vormittagskaffee. Maud war zur Bestrahlung im Krankenhaus, Arthur war von seinem Sohn abgeholt worden, und für Gracie hatte ich ein Video mit der *Herberge zur Sechsten Glückseligkeit* eingelegt, so daß ich mir einen kleinen Schwatz leisten konnte. Ich dachte, Stella würde mich mit Fragen nach dem Haus bombardieren, aber sie war ziemlich gedrückt, ja richtig verlegen. Die Röte wich aus ihrem Gesicht, und sie sah mich mit einem langen und ganz eigenartigen Blick an – als wäre ich nicht mehr die Frau, die sie gekannt hatte, als hätte mich der Besuch in ihrem Haus irgendwie verändert.

»Wollen Sie nicht hören, wie es war?« fragte ich.

Und auch ihre Antwort war eigenartig: »Ja, das muß ich wohl...«

»Ja dann... soll ich anfangen?«

Sie sah – das Wort wäre mir früher in Verbindung mit ihr nie in den Sinn gekommen –, sie sah ein bißchen vergnatzt aus. Wie ein enttäuschtes Kind. »Daß Sie so bald hinfahren würden, habe ich nicht erwartet«, sagte sie.

»Sie brauchen nicht darüber zu sprechen, Stella, wenn Sie nicht wollen. Es war keine Mühe für mich. Vergessen Sie's.« Ich sah mich suchend im Zimmer um. »Wie ich sehe, haben Sie noch eine Karte aus Korfu bekommen. Gefällt es Ihrer Tochter dort?«

»Hören Sie auf, mich zu begönnern, Genevieve. Ganz verkalkt bin ich zum Glück noch nicht.« In diesem Ton hatte sie noch nie mit mir gesprochen, und ich erschrak. Soviel Schärfe hätte ich ihrer Stimme nie zugetraut.

»Entschuldigen Sie«, sagte ich.

Es tat ihr sofort leid. »Ich müßte mich entschuldigen, Genevieve, so dürfte ich nicht mit Ihnen reden. Es ist nur, daß ich Sie auch deshalb so mag, weil Sie mich nie herablassend behandeln, wie die anderen es manchmal tun. Es kommt sehr häufig vor im Umgang mit alten Leuten. Als ob jemand, wenn er auf die Siebzig zugeht, ganz gleich, was für ein Mensch er ist oder wieviel Intelligenz er noch hat, wie ein Kind behandelt werden muß. Besonders im Heim. Kein Mensch redet mit einem wie mit einem vernunftbegabten Wesen. Sie beschwatzen einen, sie schikanieren einen, sie lügen einen an.« Sie holte Luft, mühsam und röchelnd. Ihr Gesicht war wieder rot angelaufen. »Bitte ändern Sie sich nicht, bitte werden Sie nicht auch so. Das wäre zuviel, das – das könnte ich einfach nicht verkraften.«

Dieser Ausbruch ging mir ganz schön unter die Haut. Er war so unerwartet und zeigte so deutlich, wie aufgewühlt sie war. Am liebsten hätte ich sie in die Arme genommen und gedrückt, bis ihr Herz wieder ruhiger schlug. Aber das wäre ein Riesenfehler gewesen, damit hätte ich genau das getan, wovor sie mich gewarnt hatte. Ich konnte mich nur entschuldigen und abwarten.

»Es tut mir wirklich leid, Stella. Es war ungeschickt, aber ich wußte einfach nicht, was ich sagen sollte.« Und dann wagte ich mich doch noch einen Schritt vor. »Ich begreife nicht so recht, wie Sie zu dem Haus stehen, und deshalb tappe ich im dunkeln und greife wohl manchmal daneben.«

Sie hatte die Augen niedergeschlagen, schüttelte leicht den Kopf und hustete, was mich nachdrücklich daran erinnerte, daß sie Lungenkrebs und nicht mehr lange zu leben hatte. Sie drückte mir die Hand. »Also, dann legen Sie meinetwegen los.«

»Viel gibt's eigentlich nicht zu erzählen. Es ist alles in Ordnung, nur furchtbar staubig.«

»Das Moor ist wohl bis zum Haus vorgedrungen?«

»Ja, aber es sieht nicht allzu schlimm aus. An der Haustür wächst ein Vogelbeerbaum mit roten Beeren.«

Sie schloß kurz die Augen. »Wie sonderbar. Sonderbar, das alles…« Sie zögerte einen Augenblick. »Haben Sie denn auch in einen Schrank oder in eine der Schubladen geschaut?«

Vielleicht, weil ich wegen Ned lügen muß oder vielmehr nicht die ganze Wahrheit sagen kann, gebe ich mir jetzt immer besondere Mühe, mich in allen anderen Bereichen streng an die Wahrheit zu halten. In diesem Moment aber hätte ich sehr gern geschwindelt. In die Schublade hatte ich nur aus Neugier geguckt. So was gibt man nicht gern zu, weil man sich damit auf eine Stufe mit Shirley Foster stellt, aber irgendwie ist das wohl auch eine Form von Überheblichkeit, und deshalb sagte ich, ja, ich hätte die Anrichte aufgemacht und Bilder und ein Foto von einem Mann und einer Frau gefunden.

Alte Leute behaupten immer, daß ihnen bewußt ist, wie sehr sie sich verändert haben, aber das ist gar nicht wahr. Sie wissen nicht, daß ihr Gesicht vor dreißig oder vierzig Jahren nicht eine jüngere Ausgabe von dem Gesicht ist, das sie jetzt haben, sondern so anders, daß man einen anderen Menschen dahinter vermuten könnte. Deshalb sah mich Stella ungläubig an, als ich das von »einem Mann und einer Frau« sagte. Sie lächelte sogar ein bißchen und fragte kopfschüttelnd: »Haben Sie mich nicht erkannt, Genevieve? Diese Frau war ich. Wahrscheinlich liegt es daran, daß ich jetzt weiße Haare habe...«

Ja, sagte ich taktvoll, wenn auch etwas spät, gedacht hätte ich mir das natürlich. In Wirklichkeit wäre ich nie darauf gekommen. Ich hatte mir immer eingebildet, Stella sei früher blond gewesen. Und um auf ein anderes Thema zu kommen, erzählte ich ihr von dem Wagen. Nachdem ich mich anfangs an die Wahrheit gehalten hatte, blieb ich jetzt dabei – erstaunlich, wie schnell man sich auch was Positives angewöhnen kann! – und sagte, ich hätte die Garagentür aufmachen wollen, aber keinen Schlüssel gefunden und statt dessen durchs Fenster gesehen.

»Ihr Wagen steht noch völlig unberührt da, es ist ja schon fast ein Oldie.«

»Nicht meiner«, sagte sie sehr ernst. »Es ist nicht mein Wagen. Aber das spielt keine Rolle.«

»Hier ist Ihr Schlüssel«, sagte ich.

Es sah aus, als ob sie davor zurückzuckte, aber das bildete ich mir wohl nur ein. »Nein, behalten Sie ihn.« Und weil sie wohl das Gefühl hatte, das näher erklären zu müssen, sagte sie nach einer kleinen Pause: »Falls ich mich zum Verkauf entschließe, muß jemand einen Schlüssel für den Makler haben…« So wie sie es sagte, hörte es sich an wie eine unbestimmte Möglichkeit in ferner Zukunft, aber sie hatte keine ferne Zukunft mehr, sie hatte nur noch Monate.

»Soll ich mich mit einem Makler in Verbindung setzen?« fragte ich.

»Noch nicht. Vielleicht nie. Ich weiß nicht. Ich weiß wirklich nicht, warum ich den Anwalt gebeten habe, mir die Urkunden zu schicken.« Sie räusperte sich. »Als ob es mir auf Urkunden ankäme…«

»Warum schicken Sie das Zeug nicht einfach zurück? Das ist doch eine Kleinigkeit.«

Darauf ging sie nicht ein, sondern sagte plötzlich wie nebenbei: »Mein Mann war Rechtsanwalt, habe ich Ihnen das schon mal erzählt?«

Sie hatte mir noch nie von ihm erzählt. »War das in Bury?« fragte ich.

»In Bury. Es war ein Familienunternehmen, sein Großvater hatte die Kanzlei gegründet. Sie nannte sich Newland, Newland und Bosanquet. Später haben sie den Namen geändert, aber so hieß sie, als ich dort anfing. Anwälte haben immer so alberne Namen. Mein Mann hieß Rex mit Vornamen, als ich das hörte, mußte ich an einen Hund denken. Ich war seine Sekretärin, so haben wir uns kennengelernt. Er war zweiundzwanzig Jahre älter als ich. Entschieden zuviel, Genevieve. Ist Mike älter als Sie?«

Ich scheute mich davor, von mir reden. Mike sei nur ein halbes Jahr älter, sagte ich und fragte: »War es Newland, Newland und Bosanquet, die…« Ich mußte überlegen, aber dann fiel mir der richtige Ausdruck ein: »…die Sie bei dem Hauskauf vertreten haben?«

Sie streifte mich mit einem eigentümlichen Blick. »Nein, das wäre wohl nicht das Richtige gewesen. Du liebe Güte, nein! Dazu bin ich in eine Kanzlei in Ipswich gegangen. Aber eigentlich haben wir für einen Tag genug über mich gesprochen, finde ich. Ich habe überhaupt den Eindruck, daß sich bei unserer Unterhaltung immer alles um meine Person dreht.« Sie war jetzt munter und gesprächig, ihre Stimme war klarer geworden, die Heiserkeit überwunden.

Sharon steckte den Kopf zur Tür herein und holte das Kaffeetablett. Stella wartete, bis sie wieder gegangen war, und besah sich ihre roten Fingernägel. »Wie haben Sie Ihren Mann kennengelernt, Genevieve?«

»Kennengelernt ist vielleicht nicht der richtige Ausdruck. Ich kannte ihn von klein auf, wie das im Dorf so ist. Wir sind zusammen in die Dorfschule gegangen, bis sie in Thelmarsh eine Gesamtschule für die ganze Gegend gebaut haben.«

»Er war also der Junge von nebenan?«

»Nicht direkt von nebenan, aber ganz aus der Nähe.« Jetzt war ich selbst rot geworden, und das war mir sehr peinlich. Stella sah mich an, und in ihrem Blick standen Mitleid, Güte und großes Verständnis; allerdings hätte ich nicht sagen können, womit ich all das ihrer Meinung nach verdiente.

»Wir waren dann auch zusammen in der Oberschule, ich bin bis zur Abschlußklasse geblieben, er ist mit sechzehn abgegangen. Inzwischen war er schon mein fester Freund. Er wollte eigentlich seinen Gesellenbrief machen.« Was redete ich da eigentlich? Das war schließlich nicht die Antwort auf ihre Frage. Ich quälte mich weiter. »Aber er mußte Geld verdienen. Er ist sehr fleißig. Als wir neunzehn waren, haben wir geheiratet.« Ich sah sie offen an. »Und bitte sagen Sie jetzt nicht: Ach, wie romantisch.«

»Keine Angst.« Sie faßte meine Hand fester.

»Dieses Jahr haben wir unseren dreizehnten Hochzeitstag. Romantisch war es nie.« Ich sah aus dem Fenster in den Garten, wo die späten Rosen ihre Blütenblätter abwarfen. »Und jetzt weiß ich nicht, wie es weitergehen soll, denn ich liebe einen anderen.«

4

Das Dorfleben ist den meisten Städtern fremd; so richtig vorstellen kann man es sich nur, wenn man es selber mitgemacht hat. Ich kenne nur dieses Leben, aber aus Gesprächen und Büchern weiß ich, daß es eben anders ist. In Tharby sind wir wie eine große Familie. Unser Dorf hat vierhundert Einwohner, aber jeder kennt jeden, und alle reden sich mit dem Vornamen an. Man war mit allen aus der eigenen Altersgruppe zusammen in der Schule, so wie die Eltern und die Großeltern mit allen aus ihrer Altersgruppe in der Schule waren. Man heiratet – um mit Stella zu reden – den Jungen von nebenan. Wie meine Mutter. Vielleicht erwartet man in einem Dorf ja nicht, daß eine dreimal verheiratet war und jetzt mit einem Freund zusammenlebt, aber mein Vater und der Ehemann nach ihm waren aus Tharby, und Len, ihr Lover, hat ein Stück Land in Tharby Heath. Ihr Dritter kam von außerhalb, aber Eye, wo er vorher gewohnt hat, war ja auch nicht gerade Ausland.

Heutzutage ziehen viel mehr Leute weg als früher, schon weil sie keine Bleibe finden, und neue kommen nicht her. Jedenfalls nicht Leute wie wir. Die paar Pensionäre, die sich hier eingekauft haben, bleiben unter sich. Hier zu wohnen und in London zu arbeiten ist gerade noch machbar – manche Pendler denken sich ja nichts dabei, sonstwohin zu pendeln, aber von der Sorte haben wir nicht viele, und Paare mit Wochenendhäusern haben wir nur zwei. Bis heute wird Mr. Thorn oben im Herrenhaus der Gutsherr genannt, und nicht immer ist das ironisch gemeint.

Wir sind, wie gesagt, eine Familie, aber bekanntlich fängt auch aller Ärger in der Familie an. Wir sind nicht immer ein Herz und eine Seele, aber gegen einen gemeinsamen Feind würden wir wohl zusammenstehen. Allerdings haben sie das wahrscheinlich in Bosnien auch gesagt, und was dabei herausgekommen ist, sieht man ja jetzt. Jedenfalls kennen wir einander – ob wir wollen oder nicht – in- und auswendig, wir wissen, wer zu welcher Mutter gehört und wer die Nichte von dem und der Schwager von jenem ist, da kann uns keiner was vormachen. Und was noch wichtiger ist: Wir wissen, was wir aneinander haben. Bei einem Country-music-Abend in der Dorfgemeinschaftshalle weiß man immer, wer kommt, man braucht keine Hemmungen zu haben wie bei einer Veranstaltung in Bury oder Thetford, man sieht immer dieselben vertrauten Gesichter und trifft dieselben Leute, mit denen man schon als Fünfjährige in der Vorschule zusammengesessen hat.

Nur waren eben diesmal auch noch Ned und Jane da.

Es ging wieder mal darum, Geld zu beschaffen, wahrscheinlich für die Kirchenglocken. Wieso es hunderttausend Pfund kosten soll, ein paar alte Glocken nachzugießen und im Kirchturm aufzuhängen, ist mir schleierhaft, aber wir müssen es wohl glauben. Und deshalb veranstalten wir ständig Musikabende und Tanzereien und Bingo und Flohmärkte, um Geld für die Glocken aufzubringen. Es war Samstag, und Mike war zu Hause. Wir waren ein bißchen früh dran. Mike kommt immer zu früh, er ist ein Pünktlichkeitsfanatiker. Er hatte einen Anzug an, aber ich wollte mich nicht feinmachen. Ist doch verrückt, im Kleid zu einem Abend mit Country-music zu gehen. Am liebsten hätte ich Cowboystiefel und eine Jacke mit Fransen angezogen, aber weil ich so was nicht habe, mußten es die guten Jeans und eine Karobluse tun.

Meine Schwester Janis war da und mein Bruder Nick mit seiner Freundin Tanya. Mum hatte Shirley Foster gebeten, im Pub die Stellung zu halten, und sorgte für die Getränke. Sie sah selber ein bißchen nach Nashville aus mit ihrem Minirock, der Lederjacke und dem Cowboyhut. Janis hatte mal zu ihr gesagt, ob sie nicht langsam mit den Miniröcken Schluß machen wolle, das sei unmöglich in ihrem Alter, und

63

als Mum meinte, sie sei schließlich erst dreiundfünfzig und ihre Beine seien dreißig Jahre jünger, sagte Janis: »Es geht nicht um deine Beine, sondern um dein Gesicht«, was nun wirklich nicht nett war, aber Mum war das offenbar egal, denn sie trug ihre kurzen Röcke munter weiter. Viele Verwandte von Mike waren da und Philippa, das ist meine beste Freundin, seit uns der Pfarrer bei einer seiner Massentaufen unsere Namen gegeben hat. Sogar mein Dad mit seiner Freundin Suzanne war da, die jünger ist als ich. Alle waren sie gekommen, auch die Thorns und eine der Pensionärinnen, eine Lady Sowieso, sämtliche Pendler und das Paar, das die Mühle als Wochenendhaus gekauft hatte.

Natürlich hockten sie auch diesmal wieder zusammen. Mr. Thorn rief Mike zu sich und ließ sich von ihm zwei Tische zusammenschieben und die Stühle drum herum stellen, damit sie alle neun zusammensitzen konnten. Er behandelte ihn wie einen Dienstboten und bedankte sich hinterher nicht mal. Ich müßte an so was eigentlich gewöhnt sein, ich kenne es nicht anders, aber gut finde ich es trotzdem nicht, und ich bildete mir ein, daß ich den Mut aufgebracht hätte zu sagen, er solle seinen Dreck alleine machen. Aber vielleicht hätte ich auch gespurt – genau wie Mike.

Als das zweite Wochenendpaar reinkam, dachte ich, sie würden sofort auf diesen großen Tisch zugehen. Ich kannte sie noch nicht, die meisten von uns kannten sie noch nicht, und wir guckten alle hin, manche ganz unverhohlen, andere ein bißchen unauffälliger. Die Frau war groß und dünn und an die Fünfunddreißig, sie hatte ein schmales, spitzes Fuchsgesicht und rote Haare. Sie war nicht hübsch und sehr schlicht gekleidet – schwarze Leinenhose, passende Jacke und ein weißes T-Shirt –, aber sie war mit Abstand die Eleganteste im Saal. Der Mann war Ned.

Mr. Thorn stand auf, als er die beiden sah, und das Paar von der Mühle auch. Was sie sagten, kriegte ich nicht mit, sie stellten sich wohl vor und forderten die Neuen auf, sich zu ihnen zu setzen, aber daraus wurde nichts. Viel später fragte ich Ned, wie er sich aus der Affäre gezogen hatte, und er sagte, er hätte ihnen die Wahrheit gesagt, daß er zuviel Unruhe in die Gesellschaft bringen würde. Ihrer Tochter ging es nicht gut, sie lag zwar im Bett, und ein Babysitter war im Haus, aber zu seiner eigenen Beruhigung wollte er im Lauf des Abends doch ein paarmal hingehen und nach dem Rechten sehen. Zumindest war es die halbe Wahrheit.

»Ich habe letztes Jahr eine Sendung über Leute wie James Thorn gemacht«, erzählte er mir lange danach . »Es ging um die Überreste des Landjunkertums. Wir hatten sie ›Der Herr ist unser fester Halt‹ genannt.«

»Wie im Kirchenlied«, sagte ich, stolz, daß ich mit Ned mithalten konnte. »›So hell und schön leucht' uns die Welt…‹«

»Für mich hätte sie bestimmt weder hell noch schön geleuchtet, wenn er rausgekriegt hätte, wer ich bin.«

Aber das war erst im Mai, der Abend mit der Countrymusic war im Februar. Es war bei mir nicht Liebe auf den ersten Blick, das kann man so eigentlich nur sagen, wenn man Liebe mit Ins-Bett-Gehen gleichsetzt. Auf den ersten Blick dachte ich nur: Wie muß es sein, mit so einem Mann zu leben, morgens beim Aufwachen sein Gesicht auf dem Kopfkissen zu sehen und zu wissen, daß er dir gehört?

Später gehörte er mir dann ja wirklich. Gewissermaßen. Wenn man überhaupt sagen kann, daß ein Mensch einem anderen gehört. Einen Monat später war ich rettungslos verliebt, aber damals noch nicht. Wie die anderen aus dem Dorf wandte ich den Kopf, um Ned und Jane anzusehen, und wartete, was sie machen würden. Was soll ich lange reden: Sie kamen zu uns.

Viele Wochen danach erzählte mir Ned, daß er und Jane gewöhnt waren, bei Parties auf andere Leute zuzugehen und sich vorzustellen. In ihren Berufen – sie macht das Casting bei einer Fernsehgesellschaft – lernen sie ständig neue Menschen kennen. Sie können es sich nicht leisten zu warten, bis jemand sie herumreicht, können nicht (wie Mike und ich es gemacht hätten) stumm dastehen und hoffen, daß sich einer erbarmt. Er habe mich gesehen und »irgendwie nett« gefunden (seine Worte), und die anderen, Philippa und ihr Mann Steve und Janis und ihr Mann Peter, waren auch in Ordnung und ungefähr in ihrem Alter. Daß sie nicht aus seiner Schicht waren, kam ihm gar nicht in den Sinn, und es wäre ihm wohl auch gleichgültig gewesen. Von uns versprach er sich mehr Spaß als von dem Gutsherrn und den Snobs aus der Mühle, und deshalb kam er auf uns zu und sagte: »Hallo. Ich bin Ned Saraman, und das ist meine Frau Jane Beaumont.«

Es gab so was wie eine kurze Schrecksekunde. In Tharby ist es nicht üblich, daß verheiratete Frauen anders heißen als ihre Männer.

»Wir wohnen in der ›Eberesche‹«, sagte er.

Ich streckte ihm als erste die Hand hin. Ich wollte wissen, was für eine Hand er hatte, wie sie sich anfühlte. Er hatte einen festen Händedruck, hat ihn wohl noch, nur habe ich ihm danach nie mehr die Hand gegeben. Ich bin von Natur aus nicht schüchtern, aber ihm gegenüber war ich es. Als Frau geht einem das wohl so bei Männern, die einem gefallen. Mike war nicht schüchtern, und Steve auch nicht. Sie gaben ungebeten ihre Meinung über das Haus ab, die elektrischen Leitungen müßten erneuert werden, sagten sie zu Ned und Jane, und das Dach sei vor zwanzig Jahren zum letztenmal ausgebessert worden, das habe damals Steves Onkel gemacht, und wenn sie das Haus nicht fachkundig gegen Feuchtigkeit isolieren ließen, würden sie gewaltige Probleme kriegen. Janis wollte nicht zurückstehen und rasselte die Namen von Leuten runter, die ihnen die Zeitung ins Haus und ihre Sachen zur Reinigung bringen würden.

Philippa war ebenso schweigsam wie ich, und ich wußte wie so oft, was sie beschäftigte. Daß sich zum erstenmal, solange sie denken konnte, solche Leute – bessere Leute, wie Granny gesagt hätte – bei so einer Veranstaltung mit unsereins an einen Tisch setzten. Als wären wir alle gleich.

Bei der nächsten Gesprächspause guckte Ned auf unsere Gläser und fragte, ob er uns noch was holen könne. Janis und ich wollten ein Glas Weißwein haben, und da machte Jane zum erstenmal den Mund auf. »Ja, Schatz, dann sieh mal zu, was diese antiquierte Dolly Parton uns zu bieten hat.«

Es gab eine verlegene kleine Pause. Damals wußte ich noch nicht, was »antiquiert« bedeutet, aber daß es nichts Nettes war, konnte ich mir natürlich denken und ärgerte mich entsprechend. Ned ging zum Tresen, hinter dem Mum stand, und ich ging ihm nach.

»Entschuldigen Sie bitte…«

Er drehte sich um und lächelte. Er ist sehr groß und mußte sich ein bißchen herunterbeugen, um mit mir zu sprechen. Seine Augen sind dunkelgrau und sehr klar, mit einem schwarzen Rand um die Iris. »Ja, Jenny?«

»Sie oder Ihre Frau müssen sich ein bißchen vorsehen mit dem, was Sie im Dorf über die Leute sagen.« Ich sprach weder laut noch böse, ich versuchte, ganz ruhig zu bleiben. »Hier ist jeder mit jedem verwandt. Diese Dolly Parton, wie Sie sie genannt haben… ist meine Mutter.«

Das mußte er erst mal verdauen. Dann sagte er: »Also das tut mir jetzt leid. Ich sag's ihr.«

Ich merkte, daß ich knallrot geworden war. Dann ging ich zurück zu den anderen. Die redeten wie aufgezogen über alles mögliche und unmögliche, welcher Wein besser ist, französischer oder australischer Chardonnay, so Sachen eben. Alle außer Jane, die ein gelangweiltes Gesicht zog. Ich dachte mir, daß es sie wahrscheinlich nicht weiter kratzen würde, wenn sie erfuhr, daß sie mit ihrer Bemerkung ins Fettnäpfchen getreten war. Als Ned zurückkam, fing die Musik an. Len, Mums Lover, spielte Gitarre, Paul Fletcher Tenorsaxophon, und sein Vetter aus Curton, auch ein Mike, saß am Schlagzeug. Philippas Schwester Karen sang ganz ordentlich *Stand By Your Man* à la Tammy Wynette, und wir setzten uns.

Zwei Songs später sagte Ned, er würde mal eben nach Hannah sehen. Ich dachte mir, daß Hannahs Mutter sich weit weniger Sorgen zu machen schien als er, aber ich war wohl immer noch ein bißchen sauer. Ich sah ihm nach. Als er an der Tür war, drehte er sich um, unsere Blicke trafen sich, und er zog die Augenbrauen hoch. Ich lächelte, und er lächelte irgendwie erleichtert zurück. Dann ging ich zu Dad. Er hat immer noch ein schlechtes Gewissen, weil er sich von Mum getrennt und uns Kinder im Stich gelassen hat, und ist immer ganz glücklich, wenn eins von uns ihn wie einen richtigen Vater behandelt.

Nachdem ich Gracie vom Zahnarzt abgeholt hatte, machte ich mich auf die Suche nach Stella. Gestern hatte ich freigehabt, und vorgestern hatte ich ihr von Ned erzählt. Wenn man sich einem Menschen anvertraut hat, so wie ich mich Stella anvertraut hatte, sollte man eigentlich denken, daß man ihm dadurch nähergekommen ist, daß man nun erst recht mit ihm zusammensein möchte, aber meist läuft das nicht so. Nicht umsonst spricht man davon, daß man jemandem sein Herz ausschüttet. Das ist so, als wenn du was in ein Gefäß kippst, damit bist du es los, und jetzt willst du das Gefäß am liebsten weit wegschaffen, damit es dir nie mehr unter die Augen kommt.

Und deshalb wollte ich zu ihr. Um dieses dumme Gefühl loszuwerden. Daß es mir peinlich sein könnte, hätte ich mir vorher überlegen sollen, statt sie noch dafür zu bestrafen, daß sie so lieb zugehört hatte. Daß sie mich hatte reden lassen. Sie hatte sehr viel Geduld mit mir gehabt, und ich hatte ihr sehr viel erzählt: daß ich Ned nach dem Country-music-Abend fast einen Monat nicht mehr gesehen hatte und daß wir uns dann zufällig im Dorfladen getroffen hatten. Und das, was danach passiert war. In allen Einzelheiten.

Als ich an demselben Samstag später an seinem Haus vorbeiging, stand er im Vorgarten und versuchte die Rosen zu schneiden, aber er hatte natürlich keine Ahnung, sondern schnipselte nur aufs Geratewohl an den Zweigspitzen herum. Also half ich ihm, und er bat mich auf eine Tasse Tee herein. Hätte ich dankend abgelehnt, wenn ich da schon gewußt hätte, daß Jane nicht im Haus war? Sie war mit Hannah zu ihrer Mutter gefahren, und Ned und ich saßen allein beim Tee und redeten.

In meinen ganzen zweiunddreißig Jahren hatte ich noch nie mit einem Menschen so geredet wie mit Ned. Gewiß, mit Philippa rede ich auch, aber nicht über die großen Dinge im Leben, mehr über das, was wir so einkaufen und was wir zum Abendessen machen und über alte Filme, ihre große Leidenschaft. Ned und ich redeten über das, woran wir glaubten und was wir uns wünschten und vom Leben erhofften. Über all das, was in mir eingesperrt gewesen war. Ich dachte sehr viel und sehr oft über diese Sachen nach und hatte sie mir im Kopf zurechtgelegt, aber gesprochen hatte ich nie darüber. Während wir miteinander redeten, lockte er meine Gedanken hervor, und später sagte er, ich hätte Dinge aus ihm herausgeholt, die er noch nie einer Menschenseele erzählt hatte.

Ich hätte zuerst gehofft, sagte ich zu Stella, es könnte, auch wenn er ein Mann war, bei dieser Freundschaft bleiben, bei diesen Begegnungen am Wochenende, ganz ohne Sex, und sie hörte aufmerksam zu und nickte verständnisvoll. Daß man in diesem Punkt zu Illusionen neige, könne sie gut verstehen, sagte sie, und es sei ein schlimmer Schock, wenn man eines Tages merkte, daß man sich selbst betrogen habe.

In ihrem Zimmer und im Salon war sie nicht. Vielleicht ist sie oben, dachte ich, weil sie sich noch mal ihr Haus an sehen will, aber im Oberen Salon war sie auch nicht. Stella sitzt nicht gern nur so im Freien herum. Wenn sie rausgeht, braucht sie einen Grund dafür. Daß schönes Wetter ist, genügt nicht. Ich roch den Grund, ehe ich sie gefunden hatte. Sie saß auf einer steinernen Bank hinter der hohen Thujenhecke und rauchte.

Wäre ich Lena gewesen, hätte ich jetzt ganz leicht meine Verlegenheit überspielen können. Lena hätte ein Riesentheater gemacht, hätte Stella wie eine Zehnjährige behandelt, die man beim Rauchen im Gartenschuppen erwischt. Aber im Grunde war das sinnlos. Sie würde sowieso sterben, die arme Stella, warum sollte man ihr nicht noch eine kleine Freude gönnen, ehe alles zu Ende war?

Als sie mich sah, lächelte sie und hielt die Zigarette zwischen ausgestreckten Fingern hoch, eine richtige Filmstarpose. Ich mußte an Bette Davis in einem dieser alten Filme denken. »Schimpfen Sie nicht, Genevieve! Ab und zu brauche ich einfach eine Zigarette.«

»Das ist Ihre Sache«, sagte ich. Es klang ein bißchen schroff, aber das ist eben meine Art, über Peinlichkeiten wegzukommen.

»Aber wer mir meine ›Silk Cut‹ beschafft, werden Sie nicht erfahren, darüber schweige ich in sieben Sprachen.«

Nicht Richard, dachte ich. Und auch nicht der Arzt. Marianne. Für meine Mutter hätte ich das auch gemacht.

»Sieben Sprachen hat Lena bestimmt nicht drauf«, sagte ich, »aber sie könnte Ihren Nachschub stoppen. Ich an Ihrer Stelle würde ein bißchen vorsichtig sein.«

Sie blies Rauch durch die Nase, das hatte ich außer im Film noch nie gesehen. Sie war sehr blaß. Nicht nur, weil sie sich gepudert hatte. Alles an ihr wurde in letzter Zeit immer farbloser, sogar das Blau ihrer Augen. Ihre Lippen öffneten sich, sie hob die Hand und wedelte die kleine Rauchwolke weg, die vor ihrem Mund stehengeblieben war. »Genevieve?«

Ich sah sie an.

»Würden Sie mir das Foto bringen, das Sie in meinem Haus gefunden haben? Es eilt nicht. Irgendwann, wenn Sie sowieso in der Gegend sind.«

»Wie lange wohnt eigentlich keiner mehr dort?« wollte ich wissen.

Sie brauchte nicht zu überlegen oder nachzurechnen. »Seit vierundzwanzig Jahren.«

»Seit vierundzwanzig Jahren?«

»Eine lange Zeit, nicht? Und von *wohnen* konnte sowieso keine Rede sein, Genevieve. Sagen wir so: Seit vierundzwanzig Jahren war keiner mehr in dem Haus.« Sie lächelte belustigt, als sie mein Gesicht sah. »Natürlich habe ich brav meine Kommunalsteuer bezahlt. Heute heißt sie ja wohl anders, aber Geld ist Geld. Einmal mußte das Dach repariert werden. Die Flintsteinwände sind robust und brauchen zum Glück keinen Anstrich.«

»Sie haben es nie vermietet?«

Sie schüttelte den Kopf.

»Ja, warum haben Sie den Kasten denn nicht verkauft?« Das war ihr wohl ein bißchen zu direkt, solche Töne war sie von mir nicht gewohnt, und sie zog sich in ihr Schneckenhaus zurück.

»Weil ich nicht wollte.«

Unsereins kann mit Leuten wie Stella schnell mal Probleme kriegen. Geld ist ein wunder Punkt in unserem Leben. Wir tun uns schwer genug damit, die Gemeindeabgaben für das eine Haus zu zahlen, das uns gehört – oder das der Bausparkasse gehört –, und wenn dann eine feine Dame daherkommt und so ganz nebenbei fallenläßt, daß sie Steuern für ein Haus zahlt, in dem niemand wohnt und das sie auch nicht vermietet und nicht verkauft, weil ihr das vielleicht lästig ist, hören wir das nicht gern.

»Es gehört mir, Genevieve, ich kann es leer stehen lassen, wenn ich will. Ich habe es selbst gekauft, mit dem Geld, das mein Vater mir hinterließ, als er 1963 starb. Mein Mann hat keinen Penny dazugegeben.«

Wie sollte ich ihr klarmachen, daß es darum gar nicht ging? Ich hielt den Mund.

Sie war so blaß und plötzlich ganz dünn und durchsichtig, wie sie da saß und die aufgerauchte Zigarette zwischen den roten Fingernägeln hielt.

»Sie können es ja jetzt verkaufen«, sagte ich. »Wenn Sie wollen, kümmere ich mich darum.«

»Ja, ich weiß.«

Sie drückte die Zigarette unter der Bank aus, holte ein Papiertaschentuch aus der Handtasche, wickelte den Stummel in das Tuch und steckte es in die Handtasche, alles sehr ordentlich, ja pingelig, und als die Aktion beendet war, scharrte sie mit der Spitze ihres dunkelblauen Pumps über die geschwärzte Stelle.

Dann stand sie auf, es war eine Anstrengung für sie, und sie hielt sich einen Augenblick keuchend an der Banklehne fest. »Wenn ich das Haus verkaufen würde, Genevieve«, sagte sie atemlos, »hätte das den Vorteil, daß Marianne und

Richard es nie zu erfahren brauchten, es wäre dann einfach etwas mehr Geld da, als sie gedacht hatten.«

»Wollen Sie sich bei mir einhaken?«

»Ja, danke. Sie sind zu höflich, um zu fragen, warum ich nicht möchte, daß sie es erfahren, nicht? Vielleicht erzähle ich es Ihnen irgendwann einmal, aber nicht heute. Ich habe Angst, es zu verkaufen, Genevieve.«

Ich sah sie an. Wir gingen den Weg an der Rabatte entlang. Der Rasen senkt sich hier in grünen Terrassen nach unten, danach kommt ein Bestand mit alten Kastanienbäumen. Sie ging langsam und stützte sich schwer auf meinen Arm. Der Zigarettenrauch mischte sich mit ihrem White-Linen-Parfüm.

»Nicht, weil ich fürchte, man könnte dort etwas finden, was mir abträglich wäre, dazu ist das alles wohl zu lange her. Es gab keine Briefe und nur dieses eine Foto.« In ihrem Eifer, sich etwas vom Herzen zu reden, hatte sie die Atemlosigkeit überwunden, sie sprach ruhig und mit normaler Stimme, leise, aber fast heiter. »Ich meine damit, daß es nach meinem Gefühl das beste wäre, das alles nicht anzurühren, es in Frieden zu lassen, keine Unruhe dort hineinzutragen, statt das Moor zurückzudrängen, den Rasen zu mähen, das Haus irgendwie umzubauen... Handwerker... Baulärm... Und der Gedanke, meine Sachen, meine Möbel könnten auf dem Sperrmüll landen oder für ein Butterbrot verkauft werden, ist mir schrecklich. Sie holen dafür diese Leute, die Häuser kostenlos entrümpeln, weil sie für das Zeug noch ein bißchen was beim Trödler bekommen. Ich habe die Zettel in den Schaufenstern gesehen: HAUSRATSAUFLÖSUNGEN. KEINE ZUSÄTZLICHEN KOSTEN. Sie halten mich sicher für albern, aber ich glaube, das könnte ich nicht ertragen.«

Nein, ich fände das überhaupt nicht albern, sagte ich, sie brauche ja nicht zu verkaufen, wenn sie nicht wolle, und ich überlegte gerade, wie ich ihr taktvoll beibringen könnte, daß sie ja, wenn sie tot war, sowieso nicht mitbekommen würde, wie Marianne und Richard über die Sache dachten, da kam unter den Kastanien ein Hund hervor und lief über den Rasen auf uns zu. Ein weißer Hund mit schwarzen Flecken, ein Dalmatiner. Er gehört Lenas Schwester, die sie manchmal besuchen kommt. Stella trat einen Schritt zurück und faßte meinen Arm fester, aber dieser Dalmatiner ist ein richtiger Schmusehund, der nur immer will, daß ich ihm den Kopf kraule und mit ihm rede. Stella wollte wissen, warum ich die Daumen drückte.

»Einen Dalmatiner zu sehen bringt Glück«, sagte ich. »Drücken Sie die Daumen und wünschen Sie sich was.«

Sie tat es, machte aber ein skeptisches Gesicht.

»Sagen Sie mir nicht, was Sie sich gewünscht haben, und ich sag's Ihnen auch nicht. Aber wenn der Wunsch in Erfüllung geht, sagen wir es uns gegenseitig. Einverstanden?«

Ich hatte mir gewünscht, daß für Ned und mich alles gut werden würde, auch wenn mir nicht klar war, wie das gehen sollte. Wenn man eine Tochter hat, kann man nicht einfach auf und davon gehen und sie sich selbst überlassen, auch wenn mein Dad das gemacht hat. Die einzig denkbare Lösung wäre, daß Jane stirbt, und warum sollte sie sterben? Sie ist siebenunddreißig und kerngesund und hat gut und gern noch fünfzig Jahre vor sich. Ich wollte nicht, daß sie starb, und das hatte ich mir auch nicht gewünscht. Ich hatte einen Vorbehalt gemacht: »Aber nicht um den Preis, daß Jane stirbt.« Ich hätte ja keine ruhige Minute mehr, wenn ich ihr den Tod gewünscht hätte, als ich den gefleckten Hund gestreichelt und die Daumen gedrückt hatte, und es wäre dann wirklich passiert.

Wir gingen zurück ins Haus. Als wir durch die Terrassentür in den Salon kamen, liefen wir Lena in die Arme. Sie sah Stella an und fragte in diesem scherzhaft gemeinten Ton: »Und wie befinden sich Lady Newland heute?«

Danke, es ginge ihr gut, sagte Stella leise.

»Diese Schuhe sind wirklich nicht ideal, Stella. Die Absätze sind doch gut und gern sechs Zentimeter hoch. Jaja, die liebe Eitelkeit…«

»Tut mir leid, aber ich habe keine anderen.«

»Und ein Paar Turnschuhe, wie die anderen Damen sie haben, gibt der Etat nicht her? Denken Sie mal drüber nach, Schätzchen, ich meine es nur gut.«

Wir waren halb die Treppe hinauf, als Stella sagte, für das Geld, das man hier zahlte, müßte man eigentlich tragen dürfen, was man wolle. Es sind vierhundert Pfund die Woche, aber das sagte sie nicht. Sie hat mir mal erzählt, daß man sie schon als kleines Mädchen darauf gedrillt hat, nicht über Geld zu sprechen. Darüber ist sie zwar weg, aber konkrete Summen nennt sie nach wie vor nicht gern. Ich finde, man müßte auch tragen dürfen, was man will, wenn man *nicht* so viel zahlt, wenn die Krankenkasse die Kosten zahlt, es hat etwas mit Freiheit und Würde zu tun, Ned und ich sprechen oft darüber, aber ich wollte mit Stella nicht ins Politisieren kommen.

Bis wir es zu ihrem Zimmer geschafft hatten, war sie

außer Atem. Sie setzte sich. »Richard hat angerufen, er hat mir den Kassettenrekorder gekauft«, sagte sie. »Am Samstag bringt er ihn mit.« Dieser plötzliche Themenwechsel verunsicherte mich. Und noch etwas anderes. »Was haben Sie damit gemeint, Genevieve: Aber nicht um den Preis, daß Jane stirbt?«

»Hab ich das laut gesagt?«

Sie lachte nervös auf. »Ja, aber es ist ganz unwichtig. Ich kenne diese Jane ja gar nicht!«

»Sie ist Neds Frau.« Ich sah weg. »Es hatte was mit meinem Wunsch zu tun. Ich möchte nicht, daß sie stirbt, damit...«

»Verstehe. Und er möchte es auch nicht, nehme ich an?«

Ich wußte nicht, was sie meinte, aber die Frage war mir nicht geheuer. »Darüber haben wir nie gesprochen. Sie ist jung und gesund. Warum sollte sie sterben?«

Statt einer Antwort lachte Stella wieder. Wenn man nur hinhörte und sie nicht ansah, hätte man auch denken können, daß es ein Schluchzen war. Sehr rasch – zu rasch – fragte sie: »Haben Sie schon mal was von Gilda Brent gehört?«

Dabei sah sie starr ins Leere.

»Ich glaube nicht«, sagte ich vorsichtig. »Ist das schlimm?«

»Ich weiß, daß Sie gern alte Filme sehen und sie aufnehmen, wenn sie im Fernsehen laufen. Sie war eine englische Filmschauspielerin.«

»Tut mir leid, Stella, ich hab noch nie von ihr gehört.«

»Vielleicht kennen Sie jemanden, der sie kennt. Einen... einen Cineasten, so nennt man das wohl.«

»Meine Freundin Philippa vielleicht.«

Sie war rot angelaufen. In ihrem Alter treibt man keinen Sport mehr, aber sie sah aus wie eine Sportlerin, die gerade versucht hat, ein Rennen zu gewinnen oder einen Berg zu bezwingen, und nicht ans Ziel gekommen ist. »Fragen Sie die doch mal nach Gilda Brent«, sagte sie.

5

Stella hatte einen Text zu Papier gebracht. Mit einem altmodischen blau marmorierten Füllfederhalter, der eine Goldfeder hatte. Das Resultat sah aus, als habe jemand, der des Arabischen nicht mächtig ist, den Versuch gemacht, arabische Schriftzeichen nachzuahmen. Das Schriftbild erinnerte – wie Richard als vorlauter Teenager mal gesagt hatte – an kopulierende Spinnen.

Sie atmete tief – oder so tief, wie es noch gehen wollte. Dann wandte sie sich wieder der Gebrauchsanweisung für den Kassettenrekorder zu, und diesmal ließ sie nicht locker. Sie nahm eine unbespielte Kassette aus der Plastikeinschweißung, wobei sie mit der Nagelfeile nachhelfen mußte. Immerhin war sie inzwischen dahintergekommen, wie man den Rekorder aufmacht. Beim dritten Versuch war die Kassette richtig eingelegt.

Auf dem Gang hörte man Schritte. Stella knüllte das beschriebene Blatt zusammen und schraubte den Füller zu. Dann ging sie zur Tür, horchte einen Moment, griff sich den einzigen Stuhl, der im Zimmer stand, und klemmte die Lehne unter die Türklinke. Als sie das geschafft hatte, war sie außer Atem und mußte sich wieder setzen.

Sie wartete einen Augenblick, und als sie meinte, wieder einigermaßen bei Stimme zu sein, drückte sie auf den roten Startknopf und begann probeweise zu sprechen.

»Ich spreche«, sagte sie, »in ein Gerät, in dessen Gebrauchsanweisung von Kassettenrekordern und DAT-Rekordern die Rede ist, was immer das sein mag. Es ist mein erster Versuch, und ich weiß noch nicht, ob das Gerät funktioniert. Ich werde die Kassette jetzt anhalten und zurücklaufen lassen.«

Ich spreche, sagte der Rekorder, *in ein Gerät, in...* Stella staunte, wieviel heller ihre Stimme klang, als sie erwartet hatte. Hell, präzise, unzeitgemäß, *alt.* Sogar jetzt noch bist du eitel, dachte sie. Noch in deiner Sterbestunde wirst du dir wahrscheinlich Gedanken darüber machen, wie du aussiehst, wie du sprichst. Sie schloß kurz die Augen, dann drückte sie wieder auf den roten Knopf und setzte neu an.

»Meine Absicht ist es«, sagte sie, »etwas aufzuzeichnen, was außer mir niemand weiß, was aber die Welt wissen sollte. Es handelt sich um eine Frage, die, sofern ich sie nicht beantworte, für immer unbeantwortet bleiben wird. Naheliegender wäre es wohl, alles aufzuschreiben. Ich habe es versucht, aber das Ergebnis war unbefriedigend, nicht nur, weil ich keine Schriftstellerin bin, sondern auch wegen meiner nahezu unleserlichen Handschrift. Eine Alternative wäre gewesen, Richard um eine Schreibmaschine zu bitten. Tippen kann ich sicher noch genauso gut wie früher, aber womit hätte ich den plötzlichen Wunsch nach einer Schreibmaschine begründen sollen? Viele Schriftsteller – so habe ich es jedenfalls gehört oder gelesen – sprechen ihren Text in ein Mikrophon und lassen ihn von einer Sekretärin übertragen. Meinen Text wird niemand übertragen, aber der eine oder andere wird ihn sich anhören.

Allerdings ist das Schreiben ein geräuschloses Geschäft, man kann es heimlich tun und das Geschriebene verstecken. Ich meine irgendwo gelesen zu haben, daß Jane Austen es so gemacht hat, daß sie, wenn jemand ins Zimmer kam, ihre Texte unter einem Buch verschwinden ließ, das sie zu lesen vorgab. Es ist denkbar, daß jemand, der hier vorbeikommt und zufällig oder absichtlich vor meiner Tür stehenbleibt, um zu lauschen, meine Stimme hört, allerdings wohl nicht das, was ich sage. So gesehen ist es ein Glück, daß ich nicht mehr sehr laut sprechen kann. Wenn man aus meinem Zimmer ein ständiges Gemurmel hört, wird man nur denken, daß ich Selbstgespräche führe, und darüber wird sich niemand wundern. Außer Genevieve sind hier alle davon überzeugt, daß sämtliche Heimbewohner an Gehirnerweichung leiden oder kindisch sind. Ich habe einen Stuhl unter die Türklinke geklemmt, damit niemand hereinkommt. Unsere Türen besitzen Schlösser, die sich aber natürlich – wie Badezimmer, wenn Kinder im Haus sind – nicht von innen abschließen lassen.

So, das wäre geschafft. Und nun überlege ich, wie ich anfangen soll. Es ist immer noch ein Testlauf, ich werde das Band erneut zurückspulen.«

Meine Absicht ist es, hörte sie, *etwas aufzuzeichnen, was außer mir niemand weiß…*

»Die Tür ist gesichert, der Rekorder läuft, ich darf keine Zeit mehr verlieren. Ich habe mir zwar vorgenommen, Genevieve viel von mir und von dem Hintergrund zu dieser Geschichte zu erzählen, trotzdem gibt es vieles, was ich zwar innerhalb dieser vier Wände aussprechen, nie aber zu einem anderen Menschen sagen könnte. Und vielleicht bleibt mir sowieso nicht mehr viel Zeit, überhaupt etwas zu sagen. Ich will zunächst erklären, warum ich mir die Urkunden von meinem Anwalt habe kommen lassen. Oder soll ich mit dem Nachruf in der *Times* anfangen? Nein. Ich beginne mit Genevieve.

Richard und ich haben gut und gern zehn Altersheime besichtigt. Was suchte ich außer Komfort und einer schönen Gegend, in der ich nicht allzuweit von ihm entfernt bin? Vielleicht eine Betreuerin, die mich nicht begönnert, die jung und hübsch und ehrlich ist. Zumindest eine, mit der ich würde reden können. Mag sein, daß ich nicht ganz genau wußte, was ich suchte; aber ich weiß, was ich gefunden habe. Sie würde wahrscheinlich sagen, daß das Schicksal uns zusammengeführt hat. Dabei hatte ich sie nie kennengelernt, habe seit jenem Tag nie mehr an sie gedacht, aber als ich ihren Namen hörte …

Mrs. Keepe, Lena, ist im Grunde kein schlechter Mensch. Sie hat ein gutes Herz, führt das Heim umsichtig und macht sich durchaus Gedanken über ihre Arbeit. Aber sie nimmt die Empfindlichkeiten anderer Menschen nicht zur Kenntnis, oder vielleicht sollte ich besser sagen, sie ist entschlossen, solche Empfindlichkeiten gar nicht erst aufkommen zu lassen. Bei ihrem Sinn für Humor – und ich möchte annehmen, daß sie sich für sehr humorvoll hält – handelt es sich um die Bananenschalenvariante, will sagen, sie hat ihren Spaß daran, ihre Mitmenschen bloßzustellen, und macht sich gern über bestimmte, vom Durchschnitt abweichende Eigenheiten lustig. So hat sie mir »aus Spaß« einen Adelstitel verpaßt, weil ich mich so kleide, wie ich es von früher gewohnt bin, weil ich Make-up auflege und nicht so spreche, wie es hier in der Gegend üblich ist. Allerdings kam mir Lenas Neigung sehr zupaß, als Richard und ich zu unserem Erkundungsbesuch nach Middleton Hall kamen. Normalerweise sagt sie ›Jenny‹ zu der Betreuerin, die mit einem ihrer Pfleglinge im Salon saß, konnte es sich aber nicht versagen, Richard und mir Jennys wunden Punkt vorzuführen. ›Das ist eine unserer Pflegerinnen, Jenny Warner. Oder wenn Sie sich mal an einem richtigen Zungenbrecher versuchen wollen: *Genevieve*.‹

Der Tag, den ich nie lange vergessen kann, stand mir wieder vor Augen, ich hatte den Rauchgeruch in der Nase, sah die winzigen Glassplitterwunden an den Händen, meinte fast das Blut an den Fingern zu sehen. Ich konnte den Blick nicht von ihr lassen. Das schöne Gesicht – der Augenschnitt, die Farbe der Wangen, der Schwung der Lippen – erinnerte mich an eines aus meiner Vergangenheit.

›Ich denke, wir brauchen nicht mehr weiterzusuchen‹, sagte ich zu Richard, als wir wieder in den Wagen stiegen.

Allein wegen Genevieve? Das war nur ein Aspekt. Woher wollte ich wissen, was für ein Mensch sie war? Ob sie mir gefallen würde? Ich konnte mich täuschen, vor dreißig Jahren war es womöglich ein beliebter Vorname im Waveney-Tal gewesen. Nein, ehrlich gesagt war ich es auch leid, nach einer neuen Bleibe – einem Ort zum Sterben – zu suchen. Bei jeder Fahrt mußte ich meine Angst vor dem Auto überwinden. Und ich hatte diese breit lächelnden Anstaltsleiterinnen so satt – weiß der Himmel, wie man sie heutzutage nennt –, ihre Wartelisten, ihre gönnerhafte Art.

Middleton Hall sollte die Endstation sein, mochte es nun gehen, wie es wollte. Das Schicksal oder – was sehr viel wahrscheinlicher war – der Zufall hatte entschieden.«

Stella stoppte das Band. Ich schweife ab, dachte sie, ich muß bei der Sache bleiben. Rex hat sich immer darüber beklagt, daß meine Assoziationen jeden logischen Gedankengang zunichte machten. Weltmeisterin der Gedankensprünge hat er mich genannt. Sie drückte auf den roten Knopf.

»Der Nachruf war ein Schock«, sagte sie. »Ich weiß gar nicht, wie ich an die Todesanzeigen geraten bin, meist lese ich nur die erste Seite und ein, zwei Artikel und gehe dann gleich ganz nach hinten, zum Kreuzworträtsel. Aber an jenem Tag Anfang August schlug ich zufällig die Seite mit den Todesanzeigen auf, und von einem kleinen Foto blickte er mir entgegen, sein Gesicht so jugendlich wie damals, als wir uns kennenlernten. Ich schnappte nach Luft, es hörte sich an wie der tiefe Atemzug, den man tut, wenn man mit Weinen fertig ist. In dicken schwarzen Lettern sprang sein Name mich an und tanzte mir vor den Augen.

Es war kein langer Nachruf, ich kenne ihn fast auswendig. O ja, auch mit siebzig kann man noch etwas auswendig lernen, ganz läßt einen das Gedächtnis noch nicht im Stich, aber ich will den Text hier nicht wiederholen, das hätte keinen Sinn. Falls ich die Kassette behalte und jemand sie später abhört, kann er oder sie sich den Nachruf leicht in einem Archiv oder einer Bibliothek beschaffen, Richard weiß, wie man solche Dinge angeht – aber möchte ich denn, daß Richard oder Marianne etwas davon erfahren?

Der Text war frostig und unpersönlich. Maler und Illustrator von Kinderbüchern, besonders aus der bekannten *Figaro-and-Velvet*-Serie. Sein bekanntestes Werk sei das Porträt von Edwina Mountbatten gewesen, hieß es, gefolgt von der hinterhältigen Bemerkung, das Bild habe bei der Porträtierten keinen Anklang gefunden, weshalb der Künstler von dieser Seite keine Aufträge mehr erhalten habe. Aber genug davon, meine guten Vorsätze sind schon wieder dahin. Der letzte Satz war der eigentliche Anlaß für dieses Gedankenprotokoll, und den will ich hier aus dem Gedächtnis zitieren: ›1949 heiratete er die Filmschauspielerin Gilda Brent, die ihn überlebt. 1970 trennte er sich von ihr, die Ehe wurde aber nie offiziell geschieden.‹

Damit ist klar, daß niemand es weiß.

Neulich habe ich Genevieve gegenüber probehalber den Namen genannt, der ihr aber nichts sagte. Da wußte ich schon, daß ich diese Kassette – oder eine Reihe von Kassetten – besprechen und daß es mich Mühe kosten würde, den Namen ›Gilda‹ auszusprechen. Gilda, Gilda, Gilda. Gewiß, mit der Zeit gewöhnt man sich daran …

Genevieve gegenüber war ich beklommen, gehemmt, voller Ängste. Aber ich brachte den Namen heraus, und er sagte ihr nichts, so wie auch sein Name ihr nichts sagen würde.

– Ich lasse das Band jetzt zurücklaufen. –«

»Es funktioniert«, sagte sie. »Ich habe es geschafft. Wie die meisten Menschen in meinem Alter betrachte ich die sogenannte moderne Technik mit erheblichem Mißtrauen. Nicht so sehr, weil sie modern ist und wir unmodern sind, sondern weil wir uns im Laufe unseres langen Lebens alle irgendwann einmal an der neuesten technischen Spielerei versucht und meist festgestellt haben, daß sie nichts taugte. Ich bin froh, daß mein Rekorder richtig funktioniert, vor allem auch, weil Richard ihn mir geschenkt hat.

Es ist schon erstaunlich, wie das Unbewußte in uns arbeitet. Beim Abhören der Kassette habe ich gemerkt, daß ich kein einziges Mal seinen Namen genannt habe. Ich habe es wohl nicht fertiggebracht, ihn in einen leeren Raum hineinzusprechen, obgleich niemand ihn dort hören kann und niemand ihn hören wird, wenn ich das Band lösche, was ich vermutlich tun werde. In meinem Kopf kann ich mir den Namen unaufhörlich leise vorsagen, aber meine Lippen weigern sich, die Konsonanten, meine Zunge weigert sich, die Laute zu bilden.

Ob ich ihn Genevieve gegenüber je aussprechen, ob ich es auch nur versuchen werde? Falls ich es versuche, dann wohl deshalb, weil nur sie als Adressatin für – ja, für diese Beichte in Frage kommt.

Ich tue es nicht für Genevieve, sondern weil Genevieve hier ist und um eines Kindergesichts willen, das ich vor vierundzwanzig Jahren gesehen habe.«

Stella stoppte das Band, und in der nachfolgenden Stille übermannte sie die Müdigkeit. Das zusammengeknüllte Blatt Papier hatte sie noch in der Hand, aber im Einschlafen lockerte sich ihr Griff, und es fiel zu Boden.

6

Mike hat mir nie einen Heiratsantrag gemacht, und ich überlege, ob so was vielleicht wirklich nur in Büchern und Filmen vorkommt. Gibt es tatsächlich Männer, die fragen: »Willst du mich heiraten?« Wir gingen eines Abends den Hang hoch, und er deutete zu der Siedlung hinüber, die inzwischen Chandler Gardens heißt.

»Wenn wir da später mal ein Haus haben wollen«, sagte er, »müssen wir uns allmählich anmelden.«

Auch für mich war es selbstverständlich, daß wir heiraten würden. In den nächsten Monaten war nicht mehr davon die Rede, aber Ende des Jahres galten wir im Dorf als verlobt, und Mum fing an, den Hochzeitsempfang zu planen. Wir liebten uns auf der Rückbank von Mikes Wagen, einem alten gelben Triumph Herald, den er in die Fichtenschonung hinter dem Pub stellte. Mit achtzehn mag das angehen, aber jetzt würde ich es nicht mehr machen. Daß man kein junges Mädchen mehr ist, merkt man daran, daß man sagen kann, man ist für irgendwas zu alt.

Mike war nicht mein erster, sondern mein dritter Freund. Die anderen beiden waren nichts Besonderes, aber zum Ausgehen, damit die anderen Mädchen merkten, daß man nicht solo war, waren sie ganz gut zu gebrauchen. Geheiratet habe ich vor allem, um von zu Hause wegzukommen. Mum hatte damals ihren zweiten Mann Dennis und gleichzeitig eine Beziehung mit einem gewissen Barry aus Brekkenhall, und die Stimmung bei uns war denkbar mies, weil Barry sich ständig ins Haus schlich, wenn Dennis Nachtschicht hatte, Dennis mehr trank, als ihm guttat, und es deshalb ständig Zoff gab. Mike ist ruhig, friedlich und ausgeglichen. Er streitet nie, er sagt nur: »Komm, lassen wir das doch«, und dann geht er aus dem Zimmer und macht die Tür hinter sich zu. Er redet nicht viel, und er liest auch nicht viel. Wenn er zu Hause ist, hat er immer irgendwas zu basteln oder zu richten.

Soll das heißen, daß es aus Langeweile passiert ist? Ich weiß es nicht. In unserem Dorf redet man nicht mit seinem Ehepartner. Die Frauen erwarten von ihren Männern, daß sie ihre Freizeit im Garten verbringen oder im Haus herumwerkeln. Mum hat nie mit Dad gesprochen und er nicht mit ihr, auch zu den anderen hat sie nie viel gesagt, sie konnten sich auch ohne Reden miteinander die Zeit vertreiben. Ich hatte nie das Gefühl, mich zu langweilen, bis ich Ned kennenlernte, oder ich habe wohl gedacht, Ehe und Langeweile kommt aufs gleiche raus, Spannung ist da nicht mehr drin.

Weil wir nie viel miteinander redeten, merkte Mike nicht, daß ich mich verändert hatte. Und deshalb brauchte ich auch kaum zu lügen. Wenn ich schweigsamer war als sonst, schob er es wahrscheinlich darauf, daß ich älter wurde. Auf dem Land fangen die Leute schon in jungen Jahren an, alt zu werden. Im Sexleben anderer Leute kenne ich mich nicht aus – wer tut das schon? –, aber ich wußte in etwa, wie es bei Philippa und Janis lief, und bei beiden war, wie sie übereinstimmend erklärten, die Luft längst raus. Nach dem zweiten Kind hatten Philippa und Steve es monatelang nicht mehr gemacht, und auch jetzt kommen sie kaum mehr zur Sache. Sie redet schon fast wie Granny, als ob es ihr nie Spaß gemacht hätte, als ob man es eben ertragen müßte, und ich mußte sie daran erinnern, wie verliebt sie früher war, sie war so verrückt nach Steve, daß sie ihn ständig angefaßt und befummelt und abgeknutscht hat.

Mike war so viel weg, daß bei uns dafür nur die Wochenenden in Frage kamen, aber oft vergingen Wochen, ohne daß er mich anrührte, und wenn ich nein sagte, fand er das offenbar auch nicht weiter schlimm. Ehe ich Ned kannte, hatte ich mir manchmal überlegt, wie Mike und ich eigentlich zu Kindern kommen sollten, wenn das so weiterging. »Wozu ist eigentlich die Ehe da«, hab ich mal zu Janis gesagt, »was hat sie für einen Sinn, wenn man keine Kinder und fast nie Sex hat und den Mund nur aufmacht, um zu sagen ›Das Essen ist fertig‹ und ›Was gibt's im Fernsehen‹.« Janis sagte natürlich, das sei wieder mal typisch für mich, ich solle nicht so unreif sein. Die Ehe sei eine Partnerschaft und eine Verpflichtung und dazu da, sich zusammen ein Nest zu bauen.

In der Zeit, als wir noch dachten, wir könnten einfach gute Freunde sein, traf ich mich mit Ned in der ›Legion‹, und natürlich waren dann auch Mike und Jane dabei. Es wirkte immer ganz zufällig, in Wirklichkeit aber hatte ich es jedesmal geschickt eingefädelt. Aber nach einer Weile wurde es Jane zu langweilig, und sie kam nicht mehr mit. Daß Mum eine Jukebox hatte und Videospiele, von Pferdefiguren und Porzellanzwergen in den Nischen ganz zu schweigen, paßte ihr nicht.

»Englische Pubs auf dem Land waren was ganz Wunderbares, bis diese verschissene Musikberieselung und der Scheißkitsch sie kaputtgemacht haben«, sagte sie.

Mike machte das Gesicht, das er immer macht, wenn er

solche Ausdrücke von einer Frau hört. Der Ärger zieht ihm die Stirn kraus und die Mundwinkel nach unten. »Das reicht mir schon auf der Baustelle«, sagte er später. »Wenn da die Jungs so was sagen, ist es noch was anderes, aber die ist doch angeblich eine gebildete Frau.«

Danach ging er auch nicht mehr hin, und eine Weile saßen Ned und ich am Samstagabend allein in der ›Legion‹ zusammen. Gegen acht war er immer da, und ich kam wie zufällig vorbei, weil ich was für Mum eingekauft hatte oder um meine Eier abzuholen. An einem Samstag lehnte sie sich über die Theke und flüsterte mir zu: »Daß du auf ihn scharf bist, kann ich ja verstehen, aber muß das denn gleich jeder sehen?«

Erst als meine Mutter das sagte, wurde mir klar, daß ich mich verliebt hatte, und nun wollte ich natürlich, daß er mich auch liebte. Und dafür ließ sich was tun. Im Grunde braucht es mir auch nicht peinlich zu ein, schließlich hat es geholfen. Es ist ein Zauber, der sich über Hunderte von Jahren bewährt hat.

Vor drei, vier Jahren hatte mir Granny etwas gegeben, was mir Mikes Liebe zurückbringen sollte. Verrückt, nicht? Lachhaft geradezu. Ich wußte gar nicht, daß ich seine Liebe verloren hatte, und war mir nicht sicher, ob mir was daran lag, sie zurückzubekommen. Aber Granny hatte wohl gemerkt, daß er bei ihrem achtzigsten Geburtstag nur mit seinen Kumpels an der Bar herumhing oder sich nicht genug um mich kümmerte, jedenfalls gab sie mir einen Liebestrank, den sie selbst gebraut hatte, ein Elixier, wie sie es nannte, eine teebraune Flüssigkeit in einer Miniaturflasche, in der mal Cointreau gewesen war.

Mike hat das Zeug nie getrunken. Vielleicht war es mir inzwischen gleich, ob ihm noch was an mir lag, vielleicht glaubte ich damals auch nicht recht daran. Aber wenn du verliebt bist, ist dir jedes Mittel recht. Weil bei uns zu Hause niemand solche Mini-Schnapsflaschen trinkt, hatte ich sie ganz hinten in die Anrichte geräumt, und am nächsten Samstag holte ich sie vor und ging um acht in die ›Legion‹.

Bis heute weiß ich nicht, ob Mum gesehen hat, wie ich das Zeug in Neds Abbot-Bier gekippt habe. Er war aufgestanden, um mit Mrs. Thorn zu sprechen, die ihm eine Spende für die Kirchenglocken entlocken wollte. Als er wiederkam, klopfte mein Herz wie verrückt. Er trank sein Bier und noch eins, und statt wie sonst zu sagen, er müsse jetzt gehen, sah er mich an und fragte: »Kommst du?«

Draußen war es stockdunkel. Er nahm meine Hand und führte mich ein Stück den schmalen Weg mit den hohen Hecken hoch. Wenn ein Mann das Elixier von Granny trinkt, verliebt er sich in die erste Frau, die er danach zu Gesicht bekommt, und ich hatte zwanzig Minuten gezittert, es könnte am Ende Myra Fletcher oder gar Mrs. Thorn sein. Aber jetzt war alles in Ordnung. Es hatte gewirkt. Meine Augen gewöhnten sich langsam an die Dunkelheit, und ich sah, daß sein Gesicht wie verwandelt war. Er nahm mich in die Arme und küßte mich. Er sagte auch irgendwas, aber ich weiß nicht mehr, was, und ich weiß nicht mehr, was ich gesagt habe. Wir küßten uns, wir waren verliebt, wir waren verloren.

Ich habe mit Mum nie so direkt darüber gesprochen, aber sie hat es wohl geahnt. Für sie war klar, daß Magie im Spiel sein mußte, die Magie ihrer eigenen Mutter. Für Mum hatte Granny den Zaubertrank nämlich auch gemacht, nachdem sie Dennis kennengelernt hatte, aber das fand ich natürlich nicht so gut. »Zauberei, ganz klar«, sagte Mum. Und dann sagte sie noch was anderes.

»Gutes Aussehen liegt bei uns in der Familie. Aber du hast eine bessere Figur, als ich sie je hatte, Mädel. Kein Wunder, daß er sich in dich verguckt hat.«

Ich hätte ihr gern gesagt, daß Ned nicht mein Äußeres liebt, sondern mich, daß der Zauber nur den Stein ins Rollen gebracht hatte, nur hätte ich damit schon zuviel rausgelassen. Ich war fest entschlossen, überhaupt nichts rauszulassen. Aber während ich allein in mein leeres Haus zurückging, ließ ich mir das, was sie gesagt hatte, noch mal durch den Kopf gehen, und zu Hause setzte ich mich hin und dachte lange darüber nach. Gesagt hatte sie sonst nichts, aber gedacht hatte sie: Ist doch klar, daß es an der Figur und dem Gesicht liegt, wenn ein Typ wie der sich in Jenny verguckt. Er ist ein gebildeter Mann, er hat in Cambridge studiert, er arbeitet beim Fernsehen, und was ist sie? Eine vom Dorf ohne richtigen Beruf, die Haushaltshilfe war, bis sie diesen Job als Altenpflegerin in Middleton Hall gekriegt hat. Sie macht ihn an, rein vom Körperlichen her, und das kann man ja auch verstehen.

Mum weiß viel über Sex, aber wenig von dem, was in den Köpfen der Leute vorgeht. Sie kennt sich nur mit der Liebe aus, die sich im Bett abspielt, und die ist für sie nur etwas, woran man ein bißchen Spaß hat. Aber bei Ned und mir ist es eben nicht ein bißchen Spaß, es ist schön und manchmal wunderbar und manchmal so überwältigend, daß ich Angst bekomme, denn was mache ich, wenn der Traum irgendwann mal ausgeträumt ist?

Angefangen hat es im April, und zum Glück für Ned und mich war es schon schön warm. Der Tag, an dem uns der Dalmatiner begegnete, Stella und mir, war der 6. September, der Herbst lag in der Luft. Ned wollte am Donnerstag kommen, ich betete um einen schönen Abend, schon seit Samstag war es kalt und naß. Am Dienstag ging ich gegen sieben zu Philippa, ich wollte ihr zwei Videos bringen, die ich für sie aufgenommen hatte. Mit dem Essen waren sie um die Zeit meist schon fertig, und die Kinder mußten bald danach sowieso ins Bett.

Philippa wohnt in einem der Weberhäuser. Das sind Fachwerkhäuschen – eine ganze Häuserzeile – ohne Vorgärten, ein paar Stufen führen zur Haustür hoch. Sie sind um 1600 entstanden, und zunächst haben Seidenweber drin gewohnt. Alle Leute finden sie unheimlich malerisch, und wenn man eine Ansichtskarte von Tharby in die Hand bekommt, sind meist die Weberhäuser drauf. Aber mir sind sie ein bißchen zu dunkel und karg mit den winzigen Fenstern und dem Putz, den man nicht überstreichen darf. »Warum muß man alles, was über zweihundert Jahre alt ist, automatisch schön finden«, fragte ich Ned, und er lachte und sagte, das könne er mir auch nicht beantworten, er habe noch nie darüber nachgedacht, aber da sei schon was dran. Daß ihm gefällt, was ich sage, daß er mir recht gibt und findet, er sehe durch mich manches in einem ganz neuen Licht, wäre für mich der Beweis – wenn ich noch einen Beweis nötig hätte –, daß es ihm bei mir nicht nur auf das Äußere ankommt.

Die kleinen Mädchen – sieben und fünf – lagen schon im

Bett, und Steve war noch mal weggefahren, um seinem Vater bei der Kartoffelernte zu helfen. Ich gab Philippa die Videos, *Magnolien aus Stahl* und *Gefährliche Liebschaften,* dafür bekam ich von ihr *Die jungen Löwen* und *Der Anderson-Clan.* Wahrscheinlich komme ich gar nicht dazu, sie mir anzusehen, ich bin nicht so verrückt auf Filme wie sie und nehme die Videos nur auf, weil sie nicht gleichzeitig ein Video sehen und ein Video aufzeichnen kann. Ihr kleines Haus hat viele winzige Zimmer, wir mußten in dem sitzen, wo der Fernseher steht, weil sie sich gerade John Wayne als Hauptmann in der US-Kavallerie ansah. Aufzeichnen und später gucken konnte sie den Film nicht, weil auf dem Rekorder schon *Hi-de-hi* von BBC I lief, also saßen wir da, tranken Diet Coke und sahen zu, wie die Soldaten gegen die Indianer kämpften, und dann war es zwanzig nach acht, und der Film war zu Ende.

»Nimmst du mir am Donnerstag *Die Faust im Nacken* auf? Du kriegst dafür von mir *Mein Engel mit den zwei Pistolen.* Die *Trials of Rosie O'Neill* will ich selber aufnehmen, das überschneidet sich mit dem Marlon Brando. Ansehen kann ich sie mir beide nicht, sie laufen sehr spät, und die Kinder holen mich um sechs aus dem Bett.«

Philippas Leben ist so kompliziert, als wenn sie Ehe, Beruf und zwei Liebschaften auf einen Nenner bringen müßte, nur daß sie ihre Liebschaften mit Videokassetten hat und das Programmieren des Videorekorders sie gut und gern so auslastet wie ein Beruf. »Ich nehme dir alles auf, was du willst«, versprach ich und wollte schon hinzufügen: »Am Donnerstag bin ich sowieso nicht da«, konnte mich aber gerade noch bremsen.

»Hast du schon mal von einer gewissen Gilda Brent gehört?« fragte ich.

Philippa sah mich an, als hätte ich nach einer gewissen Marilyn Monroe gefragt.

»Klamottenfilme aus den Ealing-Studios. Liege ich da richtig?« fragte ich.

»Ja, natürlich, das weiß doch jeder. Aber sie hat auch in vielen Kriegsfilmen mitgespielt, *HMS Valiant* und *Himmel über uns*.«

»Sag mir mal einen, den ich gesehen habe.«

»Ich kann nur immer staunen, was du alles *nicht* gesehen hast, Jenny. Warte mal. *Eine Frau klagt an?*«

»Kenne ich nur dem Namen nach.«

»Er läuft nächste Woche, dann kann ich ihn dir aufnehmen. Ich bin ja bloß froh, wenn dich mal was wirklich interessiert.«

»Wie sah sie aus?« fragte ich.

»Blond, aber im Gesicht hatte sie ein bißchen Ähnlichkeit mit Joan Crawford. Phantastische Beine. Warum fragst du?«

Ja, warum? Stella hatte nur wissen wollen, ob ich schon mal von ihr gehört hätte. Ich hoffte wohl, daß Stella mir, wenn ich selbst etwas herausbekam, mehr erzählen und ich dadurch auch mehr über sie selbst erfahren würde.

»Bei uns ist eine Frau, die sie gekannt hat.«

Hatte Stella sie wirklich gekannt?

»Tatsächlich?« Philippa strahlte. Es ist ihr Traum, mal einen echten Schauspieler oder eine echte Schauspielerin kennenzulernen, und wenn sie wüßte, wie gut ich Ned kenne, würde sie nicht lockerlassen, bis er ihr einen Star präsentiert. Zum Glück weiß sie es nicht, und so soll es auch bleiben. »Hat sie Gilda Brent gut gekannt?«

»Keine Ahnung. Aber ich halte dich auf dem laufenden.«

»Du, mir ist gerade was eingefallen. Warte hier«, sagte Philippa, als hätte sie Angst, ich könnte aufspringen und wegrennen.

Sie kam mit einem kleinen Buch zurück, einem Album für Zigarettenbilder, so was kennt heute keiner mehr. Früher steckte in jeder Schachtel Zigaretten so ein Bild, Fußballer oder Vögel oder Fische oder Wildblumen, alles mögliche. Man sammelte den ganzen Satz, sagen wir sechsunddreißig Stück, und steckte sie in ein Album. Ich weiß Bescheid, weil Granny noch einen ganzen Stapel davon hat, sie gehörten meinem Großvater. In dem Album, das Philippa mir zeigte, waren Filmstars. Es war komplett bis auf ein Bild, laut Unterschrift gehörte da eine gewisse Corinne Luchaire hin, von der ich noch nie gehört hatte.

Die Bilder sahen nicht wie richtige Fotos aus, sondern eher wie kolorierte Zeichnungen. Gilda Brent hatte wirklich viel Ähnlichkeit mit Joan Crawford, aber sie war – ja, wie soll ich sagen – nicht so positiv, so dynamisch. Ihr Haar war vorn eingerollt und hing hinten glatt runter. Sie hatte blutrote Lippen und ganz dünn gezupfte Augenbrauen. Unter dem Bild stand: »Gilda Brent, geboren London 1920. Eigentlich Gwendoline Miranda Brant. Blondes Haar, grüne Augen. Filme u. a. *HMS Valiant, Himmel über uns, Die Verlobte, Lady in Spitze, Eine Frau klagt an, Seven for a Secret, Lora Cartwright.«*

»Es waren meist Nebenrollen«, sagte Philippa. »Sie war nie der Star. Nein, warte mal. In *Eine Frau klagt an* hat sie die Hauptrolle gespielt, aber ich glaube, das ist kein Kassenschlager geworden. Mitte der fünfziger Jahre hat sie aufgehört zu filmen. Vielleicht hätte sie nach Hollywood gehen sollen, aber es hat sie wohl keiner geholt.«

Und da kam mir der Gedanke, daß Gilda Brent womöglich Stella war. Vom Alter her kam es nicht hin, Stella war Jahrgang 1923, aber vielleicht hatte sie sich in dem Punkt nicht strikt an die Wahrheit gehalten. Ich hatte ihre Geburtsurkunde nie gesehen, und Lena vermutlich auch nicht. Daß sie mit Mädchennamen Brant hieß, war ja denkbar, und daß sie sich jetzt Stella nannte, wollte auch nichts sagen, den Vornamen kann man wechseln, wenn man will. Vielleicht hatte ihr Gilda nicht gefallen, ein Wunder wär's nicht. Mum heißt eigentlich Doris, aber sie kann den Namen nicht ausstehen, und solange ich denken kann, sagen alle nur Diane zu ihr. Stellas Tochter Marianne ist Schauspielerin, und Schauspielerinnen haben oft Kinder, die auch wieder Schauspielerinnen werden. Ich dachte an Judy Garland und Liza Minnelli, an Maureen O'Sullivan und Mia Farrow.

»Was ist denn aus ihr geworden?« fragte ich.

»Das weiß ich nicht. Sie ist in der Versenkung verschwunden. Die große Zeit des britischen Films war vorbei, wahrscheinlich gab es keine Rollen mehr für sie. Vielleicht hat sie sich einen reichen Wirtschaftsboss geangelt.«

Zum erstenmal seit jenem ersten Mal trafen wir uns an dem Donnerstag, ohne daß wir richtig zusammensein konnten. Es war nicht nur kalt, es goß in Strömen. Mir war ganz elend, als ich in Thelmarsh Cross auf ihn wartete, ich hatte ein richtig schlechtes Gewissen, als ob ich den Regen bestellt hätte, und überlegte, wie er wohl reagieren würde, wenn ich ihm sagte, auf der Rückbank würde ich es nicht machen.

Das Wunderbare war, daß er es schon wußte und Verständnis dafür hatte. Er war in diesen Dingen auch heikel. Ich setzte mich neben ihn auf den Beifahrersitz, wir küßten uns lange und liebevoll und hörten erst wieder auf, als von Curton her im Regen ein Auto herangerauscht kam. Ich löste mich von Ned und sah aus dem Fenster. Es war derselbe Wagen, den ich beim letztenmal gesehen hatte, mit derselben Frau am Steuer. Daß sie im Vorbeifahren Gas wegnahm, bildete ich mir wahrscheinlich nur ein.

»Ich hab schon gedacht, du würdest nicht kommen«, sagte ich, »weil wir nirgends miteinander allein sein können.«

»Wir sind doch allein.«

»Du weißt schon, wie ich es meine.«

»Bei uns geht es doch nicht nur um den Sex, Jenny. Ist es denn wirklich so schlimm, wenn wir mal nur zusammensitzen und reden?«

Wir blieben eine Weile dort, dann fuhr er die sieben oder acht Meilen bis Newall Pomeroy, dort gibt es ein kleines Pub, den ›Weißen Schwan‹, in dem nie viel Betrieb ist. Der Wirt ließ uns in eine Hinterstube, aber wir trauten uns nicht mal, Händchen zu halten, weil ständig Leute reinkamen oder von der Tür aus reinguckten. Ned sagte noch einmal, er sei sehr gern auch so mit mir zusammen, und fragte, ob ich ihn nicht morgen zu Fernsehaufnahmen begleiten wollte. Er wußte, daß das mein freier Tag war. Sie drehten ein Feature über einen Künstler, der in Wells-next-the-Sea wohnt.

Es machte mich sehr glücklich, daß er mich dabeihaben

wollte, ich würde den Produzenten kennenlernen, den Kameramann, das ganze Team, den Regisseur und vielleicht sogar den Künstler. Wir würden zusammen essen und zu den Drehorten fahren, und alle würden wissen, wer ich war und warum er mich mitgenommen hatte. Das war Neds Art, sich öffentlich zu mir zu bekennen, seine Art, mich der Welt zu zeigen und zu sagen: Das ist meine Freundin, die ich eines Tages heiraten werde. Jammerschade, daß es nicht ging.

»Warum denn nicht, Jenny?«

»Weil Jane es erfahren würde.«

»Irgendwann wird sie es erfahren müssen. Ich habe kein Talent zum Bigamisten.«

»Nein, sie wird es nicht erfahren müssen, Ned, und du weißt auch, warum nicht. Wegen Hannah.«

Er wollte widersprechen, aber ich sagte, da sei einfach nichts zu machen, und das stimmt. Denn Hannah ist nicht nur eine Fünfjährige, die beide Eltern braucht, sondern eine Fünfjährige, die an Asthma leidet, Cortison bekommt, einen Zerstäuber haben muß. Deshalb war Ned an dem ersten Abend immer wieder weggegangen. Hannah hatte nachmittags einen Anfall gehabt, und wenn es ihr so schlechtgeht, will sie ihren Dad bei sich haben. Es kommt oft vor, daß er bis zu viermal in der Nacht aufsteht, um nach ihr zu sehen.

Und trotzdem sagte er jetzt: »Heutzutage hat jede Ehe eine eingebaute Rücktrittsklausel. Wenn man heiratet, weiß man genau, daß man notfalls wieder aussteigen kann.«

»Nicht, wenn man ein Asthmakind hat.«

Es zerreißt mir das Herz, wenn er mich bittend ansieht

und ich dann solche Sachen sagen muß. Er hat ein so schönes, empfindsames Gesicht, der Mund ist so weich, wenn er küßt, so fest und energisch, wenn er spricht, die grauen Augen blicken so offen und ehrlich. Seine gebräunte Hand mit den langen Fingern lag angenehm kühl in meiner. Bei unserer ersten Begegnung hatte er einen Trauring am Finger gehabt, aber den trug er jetzt schon lange nicht mehr. Es war hart, ihm etwas abzuschlagen, immer nein sagen zu müssen. Und während ich durch die triefenden Scheiben in die Dunkelheit sah, dachte ich, daß wir uns nun vielleicht viele Monate nicht so nah sein konnten, wie wir es uns wünschten, und das machte mir angst. Es war, als ob ich ihn auf die Probe stellte. Würde er mich noch lieben, wenn ich nicht mit ihm schlafen könnte, wenn wir nur miteinander reden konnten?

Er fuhr mich zu meinem Wagen in Thelmarsh Cross zurück. Er hatte noch einmal von den Dreharbeiten angefangen und versuchte gerade, mich doch noch zum Mitkommen zu überreden, als wir um ein Haar in einen Traktor gekracht wären, der unter einer regenschweren Hecke stand. Es war gerade noch mal gutgegangen, Ned konnte rechtzeitig bremsen, der Wagen bockte und schüttelte sich und schleuderte mich nach vorn, zum Glück war ich angeschnallt. Ich weiß nicht, warum ich in diesem Moment an Stella denken mußte, vielleicht weil sie gesagt hatte, ich sollte vorsichtig fahren, irgendwie war die Gedankenverbindung da, und so kamen wir auf Gilda Brent. Ja, er hatte nicht nur von ihr gehört, er hatte sogar mal versucht, sie für einen seiner Filme zu bekommen.

»Das ist mindestens fünfzehn Jahre her«, sagte er. »Ich

war dreiundzwanzig, hatte gerade angefangen und arbeitete in der Castingabteilung, da bekam ich ihr Foto in die Hand. Ich setzte mich mit ihrem Agenten in Verbindung. Das Foto war bestimmt an die zwanzig Jahre alt, aber ich wußte, daß diese Art von Gesicht nicht so schnell altert. Gute Gene oder guter Knochenbau. Bei dir wird es auch mal so sein, Jenny.«

»Was für eine Rolle sollte sie denn spielen?«

»Eine Mutter, die in ihrer Jugend eine berühmte Schauspielerin gewesen war. Inzwischen war sie ja sechzig, ich sah sie förmlich vor mir.«

Ich wollte wissen, ob sie die Rolle bekommen hatte.

»Sie war nicht aufzufinden. Ihr Agent sagte, theoretisch habe er sie noch auf seiner Liste, aber sie habe sich seit zehn Jahren nicht mehr gemeldet, sei spurlos verschwunden. Solche Leute übertreiben immer ein bißchen, das weiß man ja. Es bedeutete wohl nur, daß er in dieser Zeit keine Aufträge für sie gehabt hatte. Und schon vorher – das hat er allerdings nicht ausdrücklich gesagt – sah es mit den Angeboten nicht allzu rosig aus. Fürs Fernsehen hat sie nie was gemacht.«

Ich sagte ihm, wer sie meiner Meinung nach sein könnte und wo sie war. Er würde sie gern kennenlernen, meinte Ned. Ich ging nicht weiter darauf ein, ich hatte genug damit zu tun, gegen dieses Gefühl anzukämpfen, mit dem ich mich immer vor dem Abschied herumschlage, ein Gemisch aus Trennungsschmerz, Angst vor dem Alleinsein, großer innerer Leere und – ja, unbefriedigtem Verlangen. Das immer da ist, auch wenn wir miteinander geschlafen haben. Nur wenn ich Tag und Nacht mit ihm zusammensein und Nacht für Nacht neben ihm schlafen könnte, würde sich das legen. Und das kann ja nie sein.

Ich dachte an Stellas Verhalten, als ich ihren Auftrag allzu prompt erledigt hatte, und erzählte ihr deshalb erst am Montag, was Philippa über Gilda Brent gesagt und was ich von Ned erfahren hatte.

Hinter mir lag ein langes, ödes Wochenende. Am Samstag nachmittag war Mike nach Norwich gefahren, um sich ein Heimspiel der Canaries anzusehen, abends machte er mit dem weiter, was er vormittags angefangen hatte, er renovierte meine Küche, und zwar so, daß ich in der kommenden Woche möglichst wenig Unannehmlichkeiten hatte. Er lebt nun schon so lange mit mir zusammen und müßte es besser wissen, aber er bildet sich immer noch ein, daß ich die meiste Zeit, die ich zu Hause bin, in der Küche verbringe, wie sich das für eine Frau gehört. »Deine« Küche, sagt er, der Gute, er renoviert »meine« Küche, es ist ein Liebesbeweis, ein Geschenk, andere kennt er nicht. Am Sonntag mittag waren wir bei Mum und Len zum Essen, danach saßen wir eine Stunde bei Granny, und zum Abendessen gingen wir zu Janis. Was man eben so macht, um zwei Tage rumzubringen, an denen man nicht zur Arbeit muß.

Mike war heilfroh, daß er am Montag morgen wieder nach London fahren konnte. Natürlich ließ er es sich nicht anmerken. Er gab mir einen Kuß und sagte, du wirst mir fehlen, aber als sein Kumpel Phil zehn Minuten zu früh kam, um ihn abzuholen, war er schon reisefertig und kaum noch zu halten. Er sprang in den Wagen und lachte so herzhaft über einen Witz von Phil, daß er vergaß, sich noch mal nach mir umzusehen, geschweige denn zu winken. Mike fühlt sich – wie viele Männer – am wohlsten in Männergesellschaft, und wenn irgendwas bei uns in der Gemeinschaftshalle los ist und wir zusammen hingehen, hockt er zum Schluß doch immer mit den Jungs, mit denen er zur Schule gegangen ist, an der Bar. Auch an dem Abend, als ich Ned kennenlernte.

Als ich zum Dienst kam, war Stella in ihrem Zimmer noch beim Frühstück. Ich bewunderte gerade den neuen Kassettenrekorder, der auf ihrem Schreibtisch stand, als mein Piepser sich meldete. Arthur machte wieder sein Ischias zu schaffen, und bis ich ihn massiert und einen Termin beim Physiotherapeuten vereinbart hatte, war der halbe Vormittag vorbei, es war Zeit für Kaffee und Kekse, und aus irgendeinem Grund kamen sie zu Stella damit zuletzt. Sie saß allein im Salon und las die Sonntagszeitung, was ich irgendwie traurig fand, dabei war das gar nicht nötig, denn die Zeitungen vom Montag waren schon gekommen und lagen auf dem Tisch in der Eingangshalle bereit.

Heute staune ich über meine Naivität. Ich lächelte dümmlich und sagte: »Gilda Brent – das waren Sie, nicht?«

Stella lachte nicht. Sie sah mich ernst, ja verstört an und fragte: »Wie kommen Sie denn darauf?«

»Ich weiß nicht. Ich dachte nur… Das Alter stimmte mehr oder weniger, und Sie haben so geheimnisvoll getan, da hab ich mir das eben so zusammengereimt.«

»Ich muß Sie enttäuschen, Jenny. Sie haben offenbar ein bißchen nachgeforscht, aber ich war nie Gilda Brent – und sie war nicht ich.« Und dann sagte sie noch etwas Sonderbares: »Leider nicht.«

Sie war rot geworden, als sie das sagte. Jetzt legte sie die Zeitung beiseite und trank einen Schluck Kaffee, aber ziemlich lustlos, als täte sie es nur, um die Zeit totzuschlagen.

»Ich war eine Weile Sekretärin, danach Hausfrau und Mutter, also nichts Besonderes, Kind. Gilda hat nie versäumt, mich nachdrücklich darauf hinzuweisen.«

Sie lächelte kurz und sah wieder zu der Zeitung hin, nahm sie aber nicht in die Hand. Ich dachte, damit wäre das Gespräch zu Ende. Das macht sie manchmal, daß sie einfach nichts mehr sagt und sich in sich selbst zurückzieht.

Ich wollte schon gehen, ich hatte schließlich genug zu tun, aber da sagte sie, als hätte ich eine Frage gestellt: »Ihr Vater war ein namhafter Shakespeare-Darsteller, Everard Brant. Natürlich war sie von klein auf am Theater. Ich glaube, sie hat im *Sturm* mitgespielt, als Elfe oder etwas in der Art, vielleicht war es auch der *Sommernachtstraum.* So ist sie zum Film gekommen. Weil ihr Vater so bekannt war.«

»Hatte sie irgendwas mit Ihrem Haus zu tun?« fragte ich.

Es war, als hätte sie mich nicht gehört. »Als ich sie kennenlernte, filmte sie nicht mehr. Sie war vierzig geworden, und damals war man mit vierzig eine Frau in mittleren Jahren, mit der man beim Film nichts mehr anfangen konnte, allenfalls noch in Mutterrollen, und die lagen Gilda nicht. Nein, sie war fertig mit dem Film, oder der Film war fertig mit ihr. Aber sie vergaß nie und ließ niemanden je vergessen, was sie gewesen war.«

Ich staunte. Nie hätte ich gedacht, daß Stella gehässig sein könnte, es war ein ungemütliches Gefühl. Ich wiederholte meine Frage. Eigentlich nicht, weil ich es wissen wollte, sondern nur, um sie abzulenken. Stella streifte mich mit einem undeutbaren Blick.

»Nicht das mindeste«, sagte sie. Dann besann sie sich und fuhr fort: »Sie hatte nichts und alles damit zu tun. Sie war nur einmal da – an dem Tag, als sie gestorben ist.« Das klang so bestimmt, daß ich es kaum glauben wollte, als sie zu mir hochsah und mit völlig veränderter Stimme, wehmütig und unsicher, eine Frage stellte: »Die Freundin, die Ihnen das von Gilda erzählt hat... sagte sie auch, was aus ihr geworden ist?«

»Ich habe von zwei Leuten etwas über sie gehört. Aber wie soll ich das verstehen: Was aus ihr geworden ist...«

»Haben sie... haben sie gesagt, daß sie tot ist?«

»Darüber haben wir nicht gesprochen. Sie haben mir nicht gesagt, daß Sie das wissen wollen.«

Ich sah sie an und erschrak über ihr Gesicht, das plötzlich ganz spitz geworden war. Ihre Wangen hatten sich gerötet, es war ein stumpfes Rot, ganz anders als ihr Rouge. Sie nahm meine Hand, nicht liebevoll, sondern wie hilfesuchend. »Ist das so wichtig, Stella?« fragte ich. »Wollen Sie wissen, ob sie tot ist?«

»Nein, nein, das weiß ich. *Ich* weiß es. Sie ist seit einem Vierteljahrhundert tot. Darum geht es nicht. Ich will wissen, ob es sonst jemand weiß.«

Und dann bekam sie einen ihrer schrecklichen Hustenanfälle. Wenn dieser trockene Husten sie schüttelt, kann man nichts für sie tun, irgendwann erholt sie sich wieder und liegt erschöpft in ihrem Sessel. So war es heute auch, und ich hielt noch immer ihre Hand, als ich hörte, wie hinter mir die Tür aufging und jemand ins Zimmer kam. Stella sah mir über die Schulter. Sie ließ meine Hand los und flüsterte: »Sagen Sie nichts davon.«

Marianne war aus Korfu zurück.

Sie ist immer sehr nett und höflich, spricht mich mit meinem Namen an und fragt, wie es mir geht. Nachdem das erledigt war, umarmte sie Stella stürmisch und stürzte sich in einen atemlosen Bericht über ihren entsetzlichen, aber wundervollen Urlaub, erzählte von dem entsetzlichen Haus der Freunde, bei denen sie gewohnt hatten (entsetzlich ist eins ihrer Lieblingsworte), von dem phantastischen Wetter, der schauderhaften Reise, dem Benehmen der Kinder, dem Essen. So ist sie immer. Außerdem nennt sie alle Leute »Schätzchen«, auch mich.

Ich blieb dann nicht mehr lange, aber ich sah sie mir diesmal genau an. Sie muß einundvierzig oder zweiundvierzig sein, sieht aber nicht älter aus als ich, ist bildschön, schlank und geschmeidig, hat ausgeprägte, regelmäßige Züge und langes, rötlichbraunes Haar. Sie war goldbraun gebrannt und hatte keine einzige Falte im Gesicht. Mir fiel ein, was Stella vorhin von Gilda Brent gesagt hatte, daß sie mit vierzig eine Frau in mittleren Jahren gewesen war. An Marianne sieht man, wie sehr die Zeiten sich geändert haben.

Sie packte um den Sessel ihrer Mutter herum alles mit Souvenirs aus Korfu und zollfreiem Zeugs voll. Und Stella, die entzückt lachend ihre Geschenke aufmachte, war nicht mehr alt und müde, sondern sah plötzlich wieder zwanzig Jahre jünger aus.

7

Ehebetten sind eigentlich eine merkwürdige Einrichtung. Für jedes Paar, das sich Ewigkeiten kennt, muß es irgendwie komisch sein, sich ein Bett zu teilen, aber die meisten

Leute machen sich darüber bestimmt keine Gedanken. Als ich anfing, darüber nachzudenken – und wenn ich mich nicht daran gestört hätte, wäre ich sicher gar nicht darauf gekommen –, fand ich plötzlich, daß es eine ganz und gar verrückte Sache ist.

Es ist ja nicht so, als ob diese Leute ihre ganze freie Zeit damit verbringen, eng aneinandergeschmiegt beisammenzuhocken und Händchen zu halten, oder daß sie im Restaurant nebeneinandersitzen. Ich gehe nicht oft weg, aber wenn ich mal in einem Restaurant bin, ist immer jemand da, der darauf achtet, daß Mike und ich nicht nebeneinandersitzen, angeblich macht man das nicht. Und zu Hause sitzen Ehepaare sich am Tisch gegenüber. Aber nachts liegen sie im selben Bett. Besucher aus einer anderen Zeit oder von einem anderen Stern würden schön staunen über so was, sie würden denken, es wäre ein Überbleibsel von früher, ein mittelalterlicher Brauch.

In den alten Hollywoodfilmen haben Ehepaare Einzelbetten, deshalb überlege ich, ob die Sitte in den dreißiger Jahren vielleicht schon fast vergessen war und aus irgendeinem Grunde später wieder aufgelebt ist. Aber warum? Nicht, weil man in einem Doppelbett besser Sex machen kann, damit haben die meisten dieser Paare nicht mehr viel am Hut, und heutzutage auch nicht mehr der Wärme wegen. Mike und ich schlafen, wenn auch mit Abstand, nach wie vor in diesem einsfünfzig mal zwei Meter großen Ding, und wenn ich ihn fragen würde, warum eigentlich, wollen wir das nicht mal ändern, würde er mich für verrückt erklären.

Doppelbetten sind was für frisch Verliebte. Ich hätte gern

eins für uns, für Ned und mich. Nur wenn die Liebe jung und feurig ist, paßt dazu ein breites kuscheliges Bett für zwei. Aber ich muß mich mit einer Hinterstube im Pub begnügen und mit der Beteuerung, daß er mich liebt und daß sich daran nie was ändern wird. Wir küssen und küssen uns, und er redet mir zu, nach Norwich zu kommen und meinen freien Tag mit ihm zu verbringen, und jedesmal sage ich nein, das wäre ein Heimspiel für dich, das wäre zu gefährlich. Auch bei unserem letzten Treffen habe ich nein gesagt, aber ich habe ihm versprochen, mir am nächsten Abend im Fernsehen einen Film von ihm anzusehen, auch dadurch bin ich ihm nah, wenn auch nicht so, wie ich es gern hätte.

Das Urteilsvermögen – die Kritikfähigkeit, wie Ned es nennt – ist ziemlich eingeschränkt, wenn man sich einen Film von dem Mann ansieht, den man liebt. Ich hätte nicht sagen können, ob Neds Werk gut oder schlecht war. Normalerweise würde mich eine Geschichte über einen alten Mann, der seine Erinnerungen an Eisenbahnen in Norfolk vorkramt, bestimmt anöden, aber weil er sie produziert hatte, konnte ich ihn mir bei den Dreharbeiten vorstellen, wie er dies und jenes anordnete, dieses oder jenes Set und diesen oder jenen Drehort aussuchte. Als ich im Abspann »Produzent Edward Saraman« las, tat mein Herz einen Sprung, wie immer, wenn ich irgendwo seinen Namen lese.

Danach kam ein Film. *Die Verlobte.*

Ich wollte gerade abschalten, Schwarzweiß ist unbefriedigend, wenn man Farbe gewohnt ist, ich hatte schon die Fernbedienung in der Hand, da tauchte der Name Gilda Brent auf, ziemlich weit unter den Stars, das waren John Mills, Googie Withers, Bernard Miles. So ein Zufall, dachte ich, aber ihre Filme kommen wahrscheinlich alle ab und zu mal im Fernsehen, nur habe ich vorher nie drauf geachtet.

Die Geschichte spielt im Zweiten Weltkrieg und handelt von einer Frau, die in einem vornehmen Herrenhaus auf dem Land auftaucht und den aristokratischen Besitzern eröffnet, daß sie die Verlobte ihres Sohnes ist, der bei einem Bombereinsatz über Deutschland abgeschossen worden ist. Googie Withers ist die Verlobte, und John Mills ist der Sohn, der zum Schluß gar nicht tot ist. Gilda Brent spielt seine Schwester, eine mißtrauische Seele, die die Verlobte von Anfang an für eine Betrügerin hält.

Sie muß damals um die Fünfundzwanzig gewesen sein und sah sehr gut aus. Aber ich mußte an meinen ersten Eindruck denken, als ich das Zigarettenbild gesehen hatte. Es war kein Gesicht, das man sich merkt, sondern eins, bei dem man ständig durcheinanderkommt, es änderte sich andauernd, beim Sprechen, bei ihren Bewegungen, je nach Lichteinfall, manchmal sah sie aus wie Joan Crawford und dann wieder wie Veronica Lake oder Valerie Hobson. Ob sie gut spielte, kann ich nicht sagen. Ned meint, daß man damals für den Film nicht unbedingt eine gute Schauspielerin sein mußte. Sie sprach, wie sie damals alle sprachen, mit diesem Oberschicht-Tonfall, laut und ein bißchen schrill. Über eine Frau mit so einer Stimme würde man heute nur den Kopf schütteln.

Da hatte ich also Stella am nächsten Morgen was zu erzählen, aber bis ich Gracie versorgt und Arthur in seinen Rollstuhl gesetzt hatte, war es nach neun, und sie war auf dem Weg zur Bestrahlung. Stella muß sterben, es gibt keine Hoffnung mehr, aber gegen die Probleme, die sie mit dem

Atmen hat, kann man was tun, sie sagt zwar immer: »Es hat ja doch keinen Zweck mehr, was soll das alles«, läßt sich aber trotzdem von Pauline alle vierzehn Tage ins Krankenhaus nach Bury fahren.

Im Gegensatz zu Lena schnüffele ich nicht in den Zimmern rum, wenn unsere Alten nicht da sind. Die meisten – auf jeden Fall die, die noch ihre fünf Sinne beisammen haben, wie Sidney und Lois und Stella – würden ihre Kinder bitten, ihnen was anderes zu suchen, wenn sie wüßten, daß Lena ihre Briefe liest und in ihren Adreßbüchern blättert. Aber als ich Stellas Frühstückstablett mitnehmen wollte, fiel die Leinenserviette herunter, auf der ein Hauch Lippenstift war, ich bückte mich und sah etwas Weißes unter dem Bett.

Ein zusammengeknülltes Blatt Papier. Es kann Tage oder vielleicht auch nur Stunden da gelegen haben. Mary putzt obenrum sehr ordentlich, aber beim Kehren unter den Möbeln geht es bei ihr immer ein bißchen husch, husch. Ich hätte es natürlich nicht lesen dürfen, oder vielleicht sollte ich sagen, ich hätte es mir nicht ansehen dürfen, denn ich konnte kaum ein Wort entziffern. Deshalb rätselte ich eine ganze Weile daran herum, zuerst dachte ich, es wäre gar kein Englisch oder nicht in unserer Schrift geschrieben. Es sah mehr aus wie ein Muster, ein abfotografiertes Stück Spitze oder ein Kindergekrakel, das man im Spiegel sieht. Mühsam entzifferte ich die Worte »Gilda« und etwas, was »verschwunden« heißen konnte – oder auch nicht.

Ich knüllte das Blatt wieder zusammen und warf es in den Papierkorb. Vor der Tür traf ich Sharon, sie riet mir, den Kopf einzuziehen, Lena habe mal wieder eine Stinklaune.

»Sie kriegt nun doch nicht Ediths Geld«, sagte Sharon.
»Keinen Penny. Edith hat alles der Action Aid und dem
Lord Whisky Sanctuary vermacht.«

Kurz vor dem Mittagessen kam Lena mit Stella zurück
und sah mich mit diesem Grinsen an, das kein richtiges
Lächeln ist. In ihrer Jugend wurden die Kinder noch nicht
ständig zum Zahnarzt geschleppt, sie hat nie eine Spange
getragen und deshalb regelrechte Raffzähne.

»Lady Newland hat auf dem Rückweg die ganze Zeit
meine Fahrweise moniert«, sagte sie. »Offenbar war ich ihrer Ladyschaft zu schnell.«

Sie sagt so was, als wenn sie auf einer Schmierenbühne
steht, grinst einen dabei an und denkt wohl, daß ihr dann
kein Mensch was übelnehmen kann. Stella war ziemlich
fertig, aber das läßt sie sich dann doch nicht bieten. Sie
setzte sich hin, sah zu Lena hoch und sagte: »Ich bin weder
die Witwe eines Knight noch eines Baronet.«

»Wie bitte?«

»Wenn Sie schon nicht Mrs. Newland zu mir sagen wollen, weil Ihnen das offenbar zu schwierig oder zu steif ist,
lassen wir es doch am besten bei Stella.«

Es gehörte Mut dazu, so was zu sagen, und danach war
sie ziemlich außer Atem. Lena war ganz perplex.

»Ich will doch hoffen, daß hier keiner was gegen Vornamen einzuwenden hat. Mrs. Newland? Wär ja noch schöner! Viel zu formell heutzutage. Man muß mit der Zeit gehen, Stella, da hilft alles nichts, man muß mit der Zeit
gehen.«

Stella weinte erst, als Lena weg war, aber nicht laut. Es
waren nur zwei Tränen, die ihr aus den Augenwinkeln über

die Wangen liefen. Ich setzte mich so hin, daß Maud es nicht mitkriegte, die saß nämlich an der Terrassentür und verrenkte sich den Hals, um möglichst viel zu sehen und vielleicht auch zu hören. Stella hat im Gegensatz zu Maud noch sehr gute Ohren, und ich flüsterte ihr zu: »Lassen Sie sich von der nicht unterkriegen. Sie ist sauer, weil sie Ediths Geld nicht gekriegt hat.«

Stella quälte sich ein Lächeln ab. »Hat sie damit gerechnet? Ach je. Es ist nicht ihretwegen, Jenny. Es ist… ich bin so müde und manchmal… manchmal habe ich ein schlechtes Gewissen.«

»Ich hab Ihnen was mitgebracht, das bringt Sie vielleicht auf andere Gedanken«, sagte ich.

Auf dem Weg vom Parkplatz zum Hintereingang hatte ich heute früh ein vierblättriges Kleeblatt gefunden. Zum erstenmal seit Tagen regnete es nicht. Ich mache es wie Mum, wenn ich irgendwo über ein Feld oder über eine Wiese gehe, gucke ich mir genau den Klee an, ob ein vierblättriger dabei ist, die sind nämlich nicht so selten, wie man denkt. Im Juli habe ich einen gefunden und Ned als Glücksbringer für einen Film geschenkt, den er in Frankreich drehen wollte. Er hat ihn im Knopfloch getragen, bis er verwelkt und nicht mehr zu erkennen war. Diesmal aber hatte ich das Blatt, wie so oft, zwischen zwei Lagen Papier gepreßt. Eigentlich hatte ich es für mich gedacht, aber Stella brauchte es nötiger. »Was ist das, Genevieve? Ein Blatt vom Weidenklee?«

»Ein vierblättriges Kleeblatt, so mit der beste Glücksbringer, den es gibt.«

»Besser als gefleckte Hunde?«

»Viel besser.« Ich bin es gewohnt, daß man mich wegen der Schutzmächte aufzieht, an die ich mich halte, und nehme es nicht krumm. Wenn man fest im Glauben ist, stört einen so was nicht. »Wenn man es in ein Buch legt und preßt, hält es sich jahrelang.«

Sie sah heute sehr flott aus, wie immer, wenn sie weg war. Ihre Generation zog sich sogar zum Einkaufen gut an, und natürlich für einen Termin im Krankenhaus erst recht. Sie trug ein geblümtes Kleid mit Jacke und eine Perlenkette, helle, dünne Strümpfe und beigefarbene Pumps. Verständlich, daß das Lena mit ihrer grünen Strickweste über einem knallig pinkfarbenen Jogginganzug – warum sind Freizeitanzüge eigentlich immer pink oder lila oder smaragdgrün? – nicht so richtig gepaßt hatte.

Stellas Begeisterung für ihr vierblättriges Kleeblatt hielt sich in Grenzen, aber sie hatte ja heute auch schon einiges hinter sich, deshalb legte ich es wie ein Buchzeichen in das Buch, das sie gerade las. Ich dachte, sie wollte schlafen, aber als ich ihr eine Decke über die Knie gelegt hatte und schon so gut wie an der Tür war, streckte sie die Hand aus.

»Nein, Jenny, bleiben Sie noch ein bißchen. Haben Sie gestern abend den Film gesehen?«

»*Die Verlobte?* Ja. Ich wollte mir diese Gilda Brent mal angucken. War aber nicht besonders, fand ich.«

»Ich habe ihn mir nicht angesehen. Es war so spät. Nein«, verbesserte sie sich, »das war nicht der wahre Grund. Ich habe ihn damals gesehen, als er herauskam. Und später noch mal im Kino, mit ihr zusammen. Mit Gilda, meine ich. Sie hatte es gern, wenn ich mit ihr ins Kino ging und sie in ihren Filmen sah. Ich glaube, das brächte ich heute nicht mehr fer-

tig.« Ihr Lachen hatte einen leicht blechernen Klang. »Ich
könnte ihren Anblick nicht ertragen.«

Ich setzte mich auf die Bettkante. »Sie ist tot, sagen Sie.
Woran ist sie gestorben?«

Sie schwieg so lange, daß ich dachte, ich würde keine
Antwort bekommen. Erst ließ sie den Kopf hängen und
stützte ihn in eine Hand, die sie gleich darauf wieder wegzog, als ob sie sich dieser Schwäche schämte. Ich hatte den
Eindruck, daß ihre Lippen ein bißchen zitterten.

»Sie ist bei einem Autounfall gestorben.«

»War das, nachdem sie mit dem Filmen aufgehört hatte?«

»Ja, lange danach. Wohlgemerkt – sie ist *bei* einem Autounfall gestorben. Nicht *durch* den Autounfall. Die genauen
Umstände kenne ich nicht.«

Sie merkte wohl, daß ich da nicht mehr durchblickte.
»Das hätte ich Ihnen nicht erzählen dürfen, Genevieve. Sie
dürfen es nicht weitersagen, versprechen Sie mir das?«

Wem sollte ich es weitersagen? In meinem Bekanntenkreis gibt es keinen, der sich dafür interessiert, wie eine
längst vergessene Filmschauspielerin zu Tode gekommen
ist. »Ich wüßte nicht, wem.«

»Eben. Deshalb habe ich mich wohl auch so weit vorge-
wagt. Aber Ihr – Ihr Freund? Der Mann vom Fernsehen?«

Zu dumm, daß man das Rotwerden nicht unterdrücken
kann. Mein Gesicht glühte. »Ich werde Ned nichts sagen.«

»Das ist lieb von Ihnen. Ich weiß, daß ich mich auf Sie
verlassen kann, Jenny, und würde Ihnen gern das eine oder
andere aus meinem Leben erzählen. Irgendwann mache ich
das auch, aber die Entscheidung darüber, was ich erzähle,
müssen Sie schon mir überlassen.«

Dieses »irgendwann« ging mir nach. Für Stella gab es kein Irgendwann mehr, das wußte sie im Grunde genausogut wie ich. Aber dieses »irgendwann« und »nächstes Jahr« und »eines Tages« geht uns so selbstverständlich von den Lippen, daß wir auch dann, wenn unserem Leben eine Grenze gesetzt wird, gern vergessen, daß es keine Zukunft mehr für uns gibt. Wie immer wechselte sie ganz unvermittelt das Thema.

»Bei einem Makler waren Sie wohl noch nicht?«

Das würde ich nur machen, wenn sie mich darum bäte, sagte ich.

»Ja, gewiß. Es ist nur so, daß einem hier so viel aus der Hand genommen wird. Daß einen die meisten wie ein Kind behandeln. Es hätte mich nicht gewundert, wenn die Leute schon Schlange stehen würden, um mein Haus zu kaufen.« Sie muß mir angesehen haben, wie ungerecht ich das fand, denn sie nahm meine Hand. »Aber Sie sind anders, Genevieve, Sie würden das nicht machen.«

»Und Richard ist auch anders«, sagte ich.

Sie guckte ein bißchen verblüfft. »Ja, das stimmt«, bestätigte sie.

»Ich gehe gern für Sie zum Makler, wenn Sie wollen«, sagte ich, »aber ob die Leute Schlange stehen würden, weiß ich nicht. Das Haus ist schon so lange unbewohnt, es ist furchtbar verdreckt und sieht ziemlich verkommen aus. In diesem Zustand ist es bestimmt gar nicht so einfach zu verkaufen.«

Sie wirkte jetzt wieder sehr müde. »Sie meinen, es muß viel repariert und renoviert werden?«

»Zunächst muß mal geputzt werden.«

Ich weiß nicht, warum ich es ihr angeboten habe, ich mache so was weder besonders gern noch besonders gut. Die naheliegendste Erklärung ist wohl die, daß ich einfach keine Lust hatte, an meinem freien Tag zu Hause zu sitzen und zu bereuen, daß ich nicht zu Ned nach Norwich gefahren war. »Wenn Sie wollen, mache ich Ihnen Ihr Haus sauber, Stella.«

Der dreizehnte. Ein sehr ungünstiger Tag für Unternehmungen aller Art. Mums Hochzeit mit Ron war an einem Dreizehnten, und man sieht ja, was dabei rausgekommen ist. Aber ich konnte es mir nicht aussuchen, es war eben mein freier Tag, und schließlich, was sollte schon schiefgehen, sagte ich mir. Dabei weiß man in meiner Familie nur zu gut, wie fatal es ist, Unglückszahlen und schlimme Vorzeichen nicht ernst zu nehmen.

Kurz nach acht fuhr ich los und nahm wohlweislich nicht nur Sprühreiniger und Scheuerpulver und Putztücher, sondern auch die ›Dustette‹ mit, den kleinen Handstaubsauger mit Batterie, der in einem Haus ohne Strom unverzichtbar ist. Mike hat ihn mir zu Weihnachten geschenkt. Wunderschön, habe ich gesagt und kein Wort darüber fallenlassen, daß hauptsächlich er den Dreck auf den Teppichboden trägt und beim Essen krümelt. Der Versuch, mit einem Batteriestaubsauger und ein paar Putztüchern Stellas Haus sauberzubekommen, war so, als wollte man in Turnschuhen und mit einer Dose Cola als Proviant den Mount Everest bezwingen.

Es war ein grauer, windiger Tag, aber wenn die Sonne durch die Scheiben auf den vielen Staub geschienen hätte, wäre es vielleicht noch schlimmer gewesen. Staub, dieses feine graue pulvrige Zeugs – was ist das eigentlich? Keine Krümel, keine Haare, keine Flusen, keine Fussel von der Kleidung, kein Fell von Tieren, weder Asche noch Eisen- oder Sägespäne. Einfach Staub, der aus nichts gemacht ist, aus dem Nichts kommt, sich überall hinsetzt und alles zudeckt. Wenn alle Menschen auf dieser Erde an einer Seuche sterben und nur die Häuser übrigbleiben würden, wären sie bestimmt auch sehr bald unter einer Staubschicht begraben.

Ich fing im Wohnzimmer an. Ich machte das Fenster auf, was gar nicht so einfach war, schüttelte die Läufer aus und kam mir vor wie beim Wüstensturm in *Lawrence von Arabien*. Das Ölgemälde der jungen Stella wischte ich vorsichtig mit einem weichen Tuch ab, bis auf dem altrosa Kleid und der schimmernden Perlenkette kein Grauschleier mehr war. Dann nahm ich mir die Möbel vor und schüttelte immer wieder mein Tuch aus dem Fenster. Bis ich überall Staub gewischt, die Polster ausgeklopft und allen Schmutz aus den Teppichen gebürstet und aufgesaugt hatte, war die Batterie leer.

Bei meinem ersten Besuch hatte ich nicht gesehen, daß an der Wand gegenüber vom Kamin eine tiefe Delle und die Tapete eingerissen war, als wäre etwas Hartes dort aufgeschlagen. Beim Silberputzen fiel mir wieder die Delle in einer der Schalen auf. Es sah aus, als hätte jemand sie an die Wand geworfen, und das war Wand und Schale nicht gut bekommen. Ich putzte, bis ich den Geruch des Silberputzmittels und das Beißen des körnigen rosafarbenen Pulvers an den Händen nicht mehr ertragen konnte.

In Küche und Bad hätte ich mich eigentlich leichter tun müssen, weil es da keine Teppiche gab. Aber es gab auch kein warmes Wasser, und ich hatte keine Möglichkeit, welches heiß zu machen. Immerhin kriegte ich den ärgsten Schmutz aus Spüle und Becken weg, und auch der Rand in der Badewanne war heller geworden. Das Fensterputzen war nicht so schlimm, weil ich dafür das Sprühzeugs hatte und nicht auf das nur spärlich fließende kalte Wasser angewiesen war.

Um zwölf machte ich Pause und aß die Brote, die ich mitgebracht hatte. Diesmal konnte ich in der Ferne, hinter den braunen gepflügten Feldern und den weißen Gänsewiesen, ganz deutlich Middleton Hall erkennen. Ich dachte an Stella. Was mochte wohl in ihr vorgehen, warum tat sie so geheimnisvoll, wenn es um Gilda Brent ging? Und was hatte sie wohl damit gemeint, daß sie mir »irgendwann« alles erzählen würde? Gilda sei einmal hier gewesen, hatte sie gesagt, und sei bei einem Autounfall gestorben. Setzte sich Stella deshalb nicht gern ins Auto, war ihr deshalb schnelles Fahren so verhaßt?

Alle Frauen in unserer Familie sehen ab und zu Gespenster. Mum hat die meisten gesehen. Sie sieht regelmäßig den »Mann im grauen Anzug«, der durch das Schlafzimmer über dem Schankraum geht. Ihr Pub war mal Gerichtsgebäude und Gefängnis, und ein Mörder ist in seiner letzten Nacht als freier Mann in diesem Zimmer auf und ab gegangen, ehe sie ihm den Prozeß gemacht und ihn gehängt haben. Janis hat den Spaniel ihrer Freundin gesehen und *angefaßt* – eine Woche nachdem sie den Hund hatten einschläfern lassen. Und als Granny noch für Mr. Thorns Vater im Herrenhaus arbeitete, hat sie zweimal die Braune Dame gesehen, dreimal die Stimme gehört, die »Elizabeth!

Elizabeth!« ruft, und unzählige Male Pulverdampf gerochen. Deshalb hätte ich mich nicht gewundert, wenn plötzlich Gilda Brent im Zimmer gestanden hätte. Ich dachte sie mir grau wie Staub, grau wie in dem Schwarzweißfilm, vielleicht in diesem wunderschönen langen Abendkleid aus der *Verlobten,* schulterfrei, mit gerafftem Oberteil und einer Schleppe aus Chiffon, grau auch das blonde Haar, und das Gesicht, das so vielen verschiedenen Filmstars ähnelte, wie aus Marmor gemeißelt.

Ich drehte mich um, aber es war niemand da. Allerdings spürte ich in diesem Haus auch nicht diese unverkennbare Gespensterstimmung, dieses Gefühl, daß jemand einen beobachtet, daß überall gewispert und geflüstert wird. Bei Stellas Haus war mir nur immer so, als ob es auf irgendwas wartete. Vielleicht nur auf Bewohner. Ich ging ins Schlafzimmer und machte mich dort mit Besen, Handfeger und Schaufel an die Arbeit. Als der ärgste Staub weg war, nahm ich die Vorhänge ab. Es half nichts, ich mußte sie mit nach Hause nehmen und waschen. Entweder ich kriegte sie sauber, oder sie zerfielen mir beim Waschen unter den Händen.

Zwischen der Tür zu dem möblierten Schlafzimmer und der Tür zu einem der leeren Zimmer war ein Wäscheschrank. Die Sachen, die drinlagen, waren klamm, hatten aber keine Stockflecken. Ich würde sowieso noch mal herkommen müssen, an einem Tag war das nicht zu schaffen, deshalb nahm ich zwei Laken und vier Kopfkissenbezüge raus und breitete sie auf Stühlen vor dem Fenster aus. Falls die Sonne wieder mal durchkam, konnten sie dort schön auslüften. Dann zog ich das Bett ab und steckte die Wäsche in einen Kopfkissenbezug, um sie zu Hause in die Waschmaschine zu packen.

Und dann stand ich wieder in der Küche und überlegte, was Mike wohl dazu sagen würde. Ich mußte lachen, denn Mike ist in diesen Dingen furchtbar pingelig. Wahrscheinlich würde er sofort anfangen, angeschlagene Kacheln abzustemmen und lockere Griffe anzuschrauben.

Um den Kühlschrank hatte ich mich beim erstenmal nicht gekümmert. Die Tür war zu. Wenn man den Strom abstellt, soll man immer die Kühlschranktür aufmachen, sonst gibt es Schimmel. Den muffigen Geruch kriegt man nie wieder raus, und wenn man noch soviel putzt und lüftet. Ich machte die Tür auf und war auf das Schlimmste gefaßt.

Sicher hatte es auch hier Schimmel gegeben und diesen Pilz, der aussieht wie grauer Samt, aber jetzt lag nur noch Staub über aststückartigen und keilförmigen Gebilden, die früher mal was Eßbares gewesen waren. Zwischen diesen grauen Gespenstern lag ganz unverstaubt eine Flasche Champagner, echter Bollinger mit goldenem Stanniolpapier am Flaschenhals und dem goldenen Netz, mit dem sie ihre Flaschen verzieren, als ob jemand sie kaltgelegt hätte, um etwas zu feiern. Aber die Feier hatte offenbar nie stattgefunden.

Als ich den Besenschrank aufmachte, sah ich noch etwas, was ich beim erstenmal nicht bemerkt hatte. An der Wand war eine Reihe mit sechs Schraubhaken, und an jedem Haken hing ein Schlüssel. Einige gehörten wohl zu den Zimmertüren, der größte paßte in die Hintertür und ein etwas kleinerer in die Tür zur Garage. Ich schloß sie auf, um mir den roten Wagen anzusehen.

Da stand er auf seinen platten Reifen. Er war nicht abgeschlossen, der Zündschlüssel fehlte. Ich machte die Tür an der Fahrerseite auf, stieg ein, beugte mich über den Fahrersitz und sah mich um. Die Seitenfächer waren leer, ebenso das Handschuhfach, Rückbank und Boden. Als Stella mir erzählt hatte, daß Gilda Brent bei einem Autounfall gestorben war, hatte ich gedacht, vielleicht ist es in diesem Wagen passiert und jemand, der ihr nahestand, wollte ihn nie wiedersehen und hat Stella gebeten, ihn unterzustellen. Aber die Spuren, die ich an dem Wagen fand, waren keine Unfallspuren, sondern Brandspuren. Als ich die dicke, seit damals unberührte Staubschicht wegwischte, sah ich, daß die Karosserie am Kofferraum und über den Hinterrädern angesengt war. Der rote Lack war geschwärzt, stand stellenweise blasig hoch oder war sogar abgeplatzt, so daß man das graue Metall darunter sah.

Ich machte den Deckel vom Kofferraum auf. Werkzeuge lagen darin und das Reserverad und ein zerknülltes smaragdgrünes Chiffontuch, scheinbar achtlos in den Kofferraum geworfen. Ich nahm es heraus. Es war nicht schmutzig und roch noch nach all den Jahren leicht nach einem moschusartigen Parfüm. Stella trägt nie Grün, sehr vernünftig, finde ich, denn Grün bedeutet Unglück. Ihr Tuch konnte es also nicht sein – es sei denn, ihr Geschmack hätte sich seit damals geändert. Ich ging zurück in die Küche und hängte es über einen Stuhl.

Und als ich es da hängen sah, fiel mir etwas ein, was sechzehn Jahre zurücklag und woran ich seitdem kaum mehr gedacht hatte: Wie Janis und ich am Johannistag zu Hause in der Küche das Schicksal nach unseren wahren Liebsten befragt hatten. Wir hatten das vorgeschriebene Ritual vollzogen, hatten den Tisch gedeckt und Brot und Käse draufgestellt, dann hatten wir uns ausgezogen und unsere Sachen über zwei Stuhllehnen gehängt. Ich hatte einen grünen Rock angehabt, den Dad mir geschenkt hatte, wahrscheinlich um Mum zu ärgern, den hängte ich über meine anderen Sachen. Wir ließen die Hintertür angelehnt, dann gingen wir nach oben und horchten, was für Männer kommen würden.

Ich hatte Angst, als ich die Schritte hörte, viel mehr Angst als Janis, obgleich sie jünger war, und traute mich zuerst gar nicht nach unten, ich mochte noch nicht mal übers Treppengeländer sehen. Aber sie packte mich bei den Händen und zog mich mit, und da saß Peter in der Küche, aß Brot und Käse und trank eine Cola dazu, die er sich aus dem Kühlschrank geholt hatte. Sie schwor Stein und Bein, daß sie ihn nicht eingeladen hatte, sie kannte ihn damals gar nicht näher, sie waren nur in der Grundschule in derselben Klasse gewesen –, aber sieben Jahre danach hat sie ihn dann geheiratet. War er ihr wahrer Liebster?

Für mich kam keiner. Weder mein damaliger Freund noch Mike, und natürlich auch nicht Ned. Ich schob es auf den grünen Rock und habe ihn danach nie mehr angezogen. Als ich das Tuch sah, die Farbe und die quadratische Form, fiel mir das alles wieder ein. Ich ließ es hängen, weil ich nicht wußte, was ich damit machen sollte.

Dann fiel mir ein, daß Stella mich ja um das Foto gebeten hatte. Diesmal erkannte ich, daß die Frau Stella war, aber an dem Mann kam mir überhaupt nichts mehr bekannt vor. Der felsige Hintergrund entpuppte sich bei näherem Hinsehen als die Flintsteinmauer von ›Molucca‹. Nach all den Jahren spürte man noch die Glücksstimmung, die aus diesem Foto sprach, spürte die Spannung zwischen den beiden, den heißen Strom ihrer Liebe.

Und dabei fiel mir natürlich wieder Ned ein. Ich ging durch den kleinen Korridor zur Haustür, ich hatte schon die Hand auf den verfärbten Messingknauf gelegt, als mir ein Gedanke kam. Warum sollten nicht Ned und ich an den kalten, dunklen Winterabenden dieses Haus nutzen? Wir hätten sonst nicht gewußt, wohin, und bis zum Frühjahr war es noch lang. Ich hatte einen Schlüssel. Niemand würde etwas erfahren.

Warum sollten wir nicht hierherkommen, in Stellas Haus?

8

Vor einem Jahr wäre ich gar nicht auf die Idee gekommen, so etwas zu machen, ohne um Erlaubnis zu bitten. Weil ich in einer Hinsicht etwas Unrechtes tue, habe ich mal gesagt, bin ich in anderen Bereichen um so gewissenhafter, aber das stimmt nicht. Wenn es um die Liebe geht und darum, mit dem geliebten Mann allein zu sein, sind Anstand und Moral vergessen. Die Liebe ist alles, und sie rechtfertigt alles, sage ich mir und höre nicht auf die leise, kalte innere Stimme, die etwas anderes sagt. Auch die Liebe hört nicht darauf, sondern bringt sehr überzeugende Argumente: Stella hatte mir den Schlüssel anvertraut, sie freute sich, daß ich das Haus geputzt hatte, wenn sie sich zum Verkauf entschließen sollte, würde sie alles, was zu machen war, mir überlassen. Ich war praktisch ihre Hausbesorgerin. Wenn ich hin und wieder ein paar Stunden in ihrem Haus verbrachte, konnte eigentlich niemand etwas dagegen haben.

Stella kam am nächsten Morgen von sich aus nicht auf das Haus zu sprechen. Vielleicht hatte sie es vergessen, oder sie konnte nur daran denken, daß sie mit Richard wegfahren würde, und darüber wunderte ich mich ein bißchen. Stella steigt in ein Auto nur dann, wenn es unbedingt nötig ist – zur Bestrahlung, zum Zahnarzt. Sie sagte nicht, wohin sie wollten, aber sie machte sich fein, zog das blaugepunktete Kleid an und darüber den beigefarbenen Mantel und trug ihre Ringe, den Verlobungsring mit den Saphiren und an der anderen Hand den Brillantring.

Richard kam um halb zehn – ich war bei Maud und sah ihn vom Fenster aus –, er trug einen leichten Anzug, der locker und lässig aussah, und hatte ein Paket in der Hand. Er ging wie immer rasch und lebhaft vom Parkplatz zur Tür, wie jemand, der Freude am Leben hat, sich aber auch viele Gedanken darüber macht. Er ist nicht einer dieser sorglos-leichtsinnigen Typen, die nur so in den Tag hinein leben. Denken macht irgendwie auch traurig, und ein kluger, empfindsamer Mensch ist selten ganz unbeschwert. Dabei mußte ich – wie bei so vielem, was ich sehe oder was mir einfällt – wieder an Ned denken und wie traurig er oft ist und wieviel er entbehrt im Leben.

Das Lesepult, das Stella sich gewünscht hatte, stand auf dem Bett, als ich ins Zimmer kam. Stella hatte ihr Buch draufgestellt, und zwischen zwei Seiten lag das vierblättrige Kleeblatt, das ich ihr geschenkt, das aber eigentlich mir

Glück gebracht hatte. Und das auch noch an einem Dreizehnten! Mum hat schon recht: So ein vierblättriges Kleeblatt ist wirklich ein toller Talisman!

Es war endlich wieder mal ein herrlicher Tag, der Wind
hatte die Regenwolken auf die Nordsee hinausgeweht, und
ich kam gerade vom Maulbeerbaum zurück, unter dem ich
Sidney in einen Sessel gesetzt hatte, als Richard aus dem
Haus trat. Sie waren nicht lange weg gewesen.

»Nur in Diss«, sagte er, dabei hatte ich gar nicht gefragt.

»Wie war die Fahrt?«

»Bestens.« Er lächelte. »Wenn sie neben mir sitzt, fahre
ich immer ganz langsam. Ausgesprochen verkehrsgefähr-
dend. Von allen Seiten werde ich angehupt, und Mutter sagt,
wie rücksichtslos die Fahrer heutzutage sind, früher wäre
nie so viel gehupt worden.«

Ich mußte lachen. Er hatte es sehr liebevoll gesagt, nicht
so wie Lena, die unsere Alten ständig auf die Schippe
nimmt. Ich fragte, ob Stella unterwegs ihren Kaffee bekommen hatte, denn inzwischen war es schon fast zwölf, aber er
sagte, nein, damit hatten sie sich nicht aufgehalten, er hatte
sich nur ein paar Stunden freigenommen und mußte zurück
in die Praxis.

»Mutter hatte etwas Geschäftliches zu erledigen. Ich
habe sie bis zur Tür gebracht und nach einer Stunde wieder
abgeholt.«

Es tat mir leid, daß er sich so viele Umstände gemacht
hatte. Einer von uns hätte sie hinbringen können, sagte ich.
Ich hätte es gern getan.

»Ich weiß«, sagte er. »Beim nächstenmal werde ich dran
denken.« Er zögerte. »Merkwürdig, diese Phobie, nicht?

Angefangen hat sie, als ich noch ein Kind war. Als Sechs- oder Siebenjähriger war ich ganz verrückt auf Tunnels, und wenn sie mir und einem Freund eine ganz besondere Freude machen wollte, fuhr sie uns durch den Dartford-Tunnel und wieder zurück. Für sie muß es sehr langweilig gewesen sein, aber sie tat es, ohne zu murren. Sie war eine sehr flotte, sehr schnittige Autofahrerin.«

»Und ihre Angst vor Autos hat erst danach angefangen?« fragte ich.

»Ich habe es immer im Zusammenhang mit dem Tod meines Vaters gesehen, allerdings ist er gestorben, als ich sechs war, und das mit dem Dartford-Tunnel haben wir auch hinterher noch gemacht. Außerdem ist Dad nicht bei einem Autounfall gestorben, sondern im Zug. Das heißt, er fühlte sich schon im Zug nicht wohl und ist dann im Krankenhaus gestorben.«

»Und danach hat Ihre Mutter das Autofahren aufgegeben?«

»Eigentlich erst viel später, ich weiß nicht mehr, wann, und fragen kann ich sie irgendwie nicht danach. Es ist und bleibt ein Rätsel… Aber jetzt muß ich los, um eins habe ich Sprechstunde.«

Stella hatte also ihre Kinder, einen damals sechsjährigen Jungen und ein vierzehn- oder fünfzehnjähriges Mädchen, allein großgezogen. Das überraschte mich. Ich hatte gedacht, sie sei erst vor höchstens fünf Jahren Witwe geworden. Aber Richard ist genauso alt wie ich, demnach war sein Vater seit sechsundzwanzig Jahren oder – wie es immer in der Zeitung heißt – seit über einem Vierteljahrhundert tot. Ich überlegte, warum er sie nicht nach dem Grund für ihre

Phobie fragen konnte, aber das wußte er offenbar selber nicht genau, er spürte wohl nur, daß er damit etwas berührte, was Stella vielleicht mit gutem Grund für sich behielt.

Sie blieb den Tag über auf ihrem Zimmer, und am Nachmittag schlief sie lange. Ich sah einmal kurz herein, da lag sie in ihrem schwarzen Hausmantel aus Satin auf dem Bett, sie hatte die Augen geschlossen, atmete gleichmäßig und sah sehr friedlich aus. Punkt vier fuhr ich weg, holte zu Hause die sauberen Vorhänge ab und kaufte im Dorfladen von Curton den ganzen Kerzenvorrat auf. Hätte ich das in Tharby gemacht, hätte es sofort Gerede gegeben. »Deine Jenny war da, Diane, und jetzt habe ich keine einzige Weihnachtskerze mehr. Wofür braucht sie denn die? Sie haben doch hoffentlich ihr und Mike nicht den Strom abgestellt?« Aber ich glaube, in den Dorfladen von Curton hat sich noch nie eine Frau aus Tharby verirrt, obgleich die beiden Orte nur vier Meilen auseinander liegen. Ich war als Kind mal da gewesen, Dad hatte mir Pfefferminzdragees gekauft.

Über Nacht hatte ich die Batterie aufgeladen, und nun machte ich mich wieder ans Putzen. Ich schaffte es sogar, auf dem Ölofen Wasser heiß zu machen, allerdings dauerte es schrecklich lange. Die Vorhänge waren beim Waschen ausgebleicht und am Saum ziemlich kraus geworden, aber sie sahen besser aus als vorher. In der Sonne war die Bettwäsche, die ich über die Stühle gelegt hatte, schön getrocknet. Ich bezog das Bett, und als endlich das Wasser kochte, legte ich eine Wärmflasche hinein.

Es war ein schöner, wenn auch herbstlicher Abend. Aber im Herbst, wenn der Hartriegel dunkelrot wird und der

Holunder sich gelb färbt, ist es im Moor am schönsten. Die Waldreben waren wie seidige graue Haare und die Weidenröschen darunter weiß wie Gänseflaum. Die Bäume warfen lange streifige Schatten auf das Gras vor dem Haus, und die untergehende Sonne funkelte hinter den dunklen Wäldern hervor. Es war ganz windstill, das Gras und die Pflanzen wirkten saftig grün durch den Regen, es war wie ein falscher Frühling. Ich pflückte ein paar Zweige mit roten Beeren von dem Baum vor der Haustür und stellte sie in eine blaue Vase. Morgen, nahm ich mir vor, werde ich in unserem Garten alle Dahlien und Chrysanthemen schneiden, ehe sie der erste Frost erwischt, die bringe ich her und fülle alle Räume mit Blumen.

Ehe ich wegfuhr, ging ich noch einmal nach hinten und sah mir durch das Garagenfenster den Wagen an. Ich weiß nicht, warum, aber jetzt, wo ich mich mit dem Haus angefreundet, wo ich so viel darin gemacht hatte und es so viel schöner geworden war, störte er mich. Er war der kleine Makel, der alles verdirbt, wie Ned in einem ganz anderen Zusammenhang gesagt hatte. Der Wurm in der prallen Viktoriapflaume, den man von außen nicht sieht. Es ist doch bloß ein alter Ford Anglia, sagte ich mir, der keinem was tut, der wahrscheinlich gar nicht mehr fahrtüchtig ist, harmlos wie die mit wildem Hopfen und Brombeerranken überwucherten verrosteten Autogerippe, die man manchmal im Moor findet.

Mit Überraschungen ist das so eine Sache. Wir hatten uns zu Mums fünfzigstem Geburtstag eine Überraschung ausgedacht, Janis und Nick und ich. Sie wußte, daß irgendwas im

Busch war, und ließ sich bereitwillig die Augen verbinden und zu Nicks Wagen führen. Sie sagte kein Wort, als wir sie im Kreis herumfuhren, um sie auf eine falsche Fährte zu locken, aber sie war alles andere als begeistert, als sie in unserer Dorfgemeinschaftshalle landete und hundert Freunde und Bekannte dastanden und Happy Birthday To You sangen. Sie hatte nämlich gedacht, die Überraschung wäre ein Musical in London, *Miss Saigon* vielleicht oder *Les Misérables*, und hinterher eine Übernachtung für sie und Len im Strand Palace Hotel. Durch das Herumfahren war die Enttäuschung hinterher um so größer, sie hatte geglaubt, wir würden sie zum Bahnhof nach Diss bringen.

Ich war mir bewußt, daß es ein Risiko war, eine Überraschung für Ned vorzubereiten, aber andererseits – was hätte schon schiefgehen sollen? Und es lief ja dann auch alles bestens. Er war ganz begeistert und bewunderte alles sehr. Durch die Blumen, die ich mitgebracht hatte, merkte man nicht, daß es noch ein bißchen muffig roch, und der Abend war so mild, daß wir auf den Ölofen verzichten konnten. Ich hatte blaue Kerzen mit goldenen Sternen auf die Frisierkommode gestellt und rote auf die Nachttische. Weil er mal gesagt hatte, daß er gern australischen Chardonnay trinkt, hatte ich eine Flasche besorgt und ließ in der Spüle kaltes Wasser drüberlaufen, um sie zu kühlen. In der Zeit, als ich auf ihn wartete, wusch ich Stellas Kristallgläser ab, die ich in der Anrichte gefunden hatte.

Er war ein bißchen zu früh dran, und das war gut so, weil ich nun nicht auf glühenden Kohlen zu sitzen brauchte. Und als er mich in die Arme nahm, dachte ich, so könnte es jeden Abend sein, wenn wir zusammen wären. Ich führte ihn herum, ich zeigte ihm alles – bis auf die beiden leeren Zimmer und den Wagen. Ganz so, als ob das Haus mir gehörte.

»Hoffentlich braucht deine Bekannte viele Monate, um es zu verkaufen«, sagte er.

»Nur Monate?«

»Es kann ja nicht mehr lange dauern, bis wir zusammenziehen können und nicht mehr auf fremde Häuser angewiesen sind.« Er deutete auf den Nachttisch. »Oder auf Weihnachtskerzen im September.«

Ich lächelte, aber ich genierte mich auch ein bißchen, denn das Muster aus Stechpalmenblättern und Mistelzweigen war mir gar nicht aufgefallen, als ich die gedrehten roten Kerzen gekauft hatte. Aber ich höre es immer gern, wenn er sagt, wir würden eines Tages zusammensein, würden unser eigenes Heim haben, auch wenn ich weiß, daß es dazu nie kommen wird. Normalerweise sagt so was die Frau und beschwert sich, daß der Mann ganz anders reagiert. »Komm, genießen wir, was wir haben«, sagen die Männer, oder: »Komm, vertrödeln wir unsere Zeit nicht mit Hirngespinsten.« Jedenfalls weiß ich von Mum, daß sie so reden. Bei uns sind die Rollen vertauscht. Er wünscht sich etwas von Dauer, und ich versuche, mich, so gut es geht, in der Gegenwart einzurichten.

Wein wollte er erst mal nicht. »Wir brauchen keinen Wein«, sagte er, »vielleicht später ein Glas.« Er braucht nur Liebe, um in Fahrt zu kommen, sonst nichts. »Sag mir, daß du mich liebst«, bittet er immer, und das fällt mir nicht schwer. An diesem Abend liebte ich ihn mehr denn je. Er hielt mich im Arm, in Stellas warmem, weichem Bett, wir spürten einander von Kopf bis Fuß. Und dann hörte er einen Augenblick auf zu küssen und sagte: »Es war eine lange Zeit, Jenny. Sieh zu, daß es nie wieder so lange ist.«

Er ist ein schlanker brauner Mann mit langen Knochen und flachen Muskeln. Ich mag – nein, ich liebe sein dunkles, fast schwarzes seidiges Haar und die beiden Wirbel, die er im Nacken hat. Ich liebe seinen Geruch, der nicht aus der Dose oder der Flasche kommt. Einen Geruch nicht nach Schweiß, sondern nach Haut und Haar und Nägeln. Seine Zähne schmecken nach Minze, und seine Zunge ist sauber und glatt wie ein zappelnder Fisch. Könnte aus dem Hohenlied in der Bibel sein, sagt er. »Mein Freund ist mir wie eine Traube von Cyperblumen in den Weingärten zu En-Gedi.«

»Das hab ich nie gesagt«, protestierte ich. »Ich weiß nicht mal, was es bedeutet.«

»Und du hast auch nie gesagt, mein Haar sei wie eine Herde Ziegen und mein Hals wie der Turm Davids, aber so in die Richtung geht es.«

»Würde es dich stören, wenn ich so was sage?«

»Mich stört nichts, wenn du es sagst, Jenny. Du kannst Gedichte für mich schreiben, wenn du willst. Wenn du jemanden mit Haut und Haar liebst, stört dich nichts an ihm.«

Kam das alles von Grannys Liebestrank? Hätte er mich auch dann geliebt, wenn ich ihm nicht diesen mächtigen Zauber in sein Glas geschmuggelt hätte? Ich bin froh, daß ich mich nicht auf den Zufall verlassen habe, und ich will alles tun, damit es so bleibt.

Er schloß die Augen. Sein Kopf lag an meiner Schulter, ich strich ihm sacht übers Haar, aber als er eingeschlafen war – ich wußte, daß er nur kurz schlafen würde –, stieg ich leise aus dem Bett und legte ein Farnblatt, das ich mir von Ediths Beerdigung aufgehoben hatte, in seinen linken Schuh. »Wenn eine Frau das macht«, sagt Granny, »wird die Liebe des Mannes groß und wunderbar sein.«

Stellas Remission hielt – wahrscheinlich dank der Bestrahlungen – bis in den Oktober hinein an. Sie rauchte, in ihren dicken Wintermantel gemummelt, immer noch heimlich auf einer steinernen Bank im Park und behauptete nach wie vor, ungern Auto zu fahren, obgleich sie noch ein paarmal mit Richard weg war. Sie kam zum Abendessen auch immer in den Speisesaal hinunter, wie Pauline erzählte, saß an ihrem Einzeltisch und bestellte sich ihren Gin Tonic, ihr Glas Wein.

Marianne kam aus London zu Besuch, mit ihrem Freund, einem sehr großen, ziemlich dicken Mann, und mit ihren Kindern, die ich von Stellas Foto her kenne, Jean-Paul und Kelda, und die mittlerweile Teenager sind. Die beiden unterhalten sich nicht mit ihrer Granny, sondern sitzen verdrossen herum oder gucken sich im Zimmer um, nehmen Bücher in die Hand oder machen die Schreibtischfächer auf. Sie waren auf dem Weg zu einer Freundin von Marianne, die ein großes Haus, einen Sowieso-Landsitz bei Sandringham, hat. Marianne ist zwar Schauspielerin, scheint aber nie Arbeit zu haben, dafür aber jede Menge Bekannte, die in Herrenhäusern oder Schlössern wohnen und sie andauernd einladen.

Stella hat nichts mehr davon gesagt, daß sie ›Molucca‹ verkaufen will. Komisch, wenn einem das Gewissen schlägt, weil man irgendwas verschwiegen hat, versucht man das oft dadurch wettzumachen, daß man was anderes rausläßt, was auch mehr oder weniger geheim ist. Verdrängung nennen das die Psychologen, sagt Ned. Ich wollte ihr nicht sagen, daß Ned und ich drei Abende in ihrem Haus verbracht und in ihrem Bett zusammen geschlafen hatten, und auch von dem Tuch im Kofferraum des Ford Anglia wollte ich nichts erzählen, weil sie dann gedacht hätte, daß ich meine Nase in Sachen stecke, die mich nichts angehen. Dafür habe ich ihr dann das mit dem Champagner erzählt.

Daß es sie so mitnehmen würde, hatte ich nicht erwartet. Sie sprach wie jemand, der stottert, den Sprachfehler aber ganz gut im Griff hat, wenn er erst mal in Gang gekommen ist.

»Genevieve... Genevieve... haben wir den wirklich im Kühlschrank stehenlassen? Das... das kann nicht sein. Nach so langer Zeit? Ach, Genevieve...«

Wer ist »wir«, dachte ich, aber natürlich sagte ich das nicht laut. »Wahrscheinlich ist er jetzt nicht mehr trinkbar.«

»Ich weiß es nicht. Heißt es nicht, daß Wein vom Lagern immer besser wird?«

Weil sie so blaß und verstört aussah, erzählte ich ihr, wie Mum bei Renovierungsarbeiten im Pub eine Flasche Portwein gefunden hatte, ganz hinten in einem alten Backofen hinter dem Kamin. Jemand muß sie zum Anwärmen mal da reingeschoben und dann vergessen haben, und da ist sie dann hundert Jahre lang immer abwechselnd warm geworden und wieder abgekühlt. Der Wein roch gut, und Mum und die Arbeiter wollten ihn eigentlich zum Essen trinken, aber er schmeckte wie eine Mixtur aus Essig und Farbe.

Ich war noch nicht zu Ende mit meiner Geschichte, da war mir klar, daß Stella gar nicht zugehört hatte. Ihre Augen glänzten fiebrig. »Genevieve«, sagte sie, »jetzt muß ich rauchen. Jetzt *werde* ich rauchen.«

Es war ein schlimmerer Verstoß gegen Lenas Vorschriften, als wenn Stella sich nackt ausgezogen hätte und über den Gang in Arthurs Zimmer gerannt wäre. Es sei zu riskant, sagte ich, und ich würde ihr auf den Schreck gern einen Kognak holen.

»Ich hasse Kognak.« Sie holte eine Zigarette aus der Handtasche, zündete sie an, machte die Augen zu und inhalierte. Sie hatte die Zigarette schon zu Ende geraucht und ausgedrückt, als Lena Witterung aufnahm und hereinkam.

Sie holte ein Kleenex aus Stellas Schachtel, angelte die Kippe aus Stellas Aschbecher, wickelte sie in das Kleenex und griff sich die Untertasse, die voller Asche und feuchter brauner Flecken war. Zu Stella konnte sie nicht viel sagen, 20 000 Pfund im Jahr sind schließlich kein Pappenstiel, sie mimte nur einen Hustenanfall und riß das Fenster auf. Dafür ergoß sich ihr Zorn über mich.

Sie ging mit mir vor die Tür und verpaßte mir eine Abreibung, die nicht von schlechten Eltern war.

»Du gibst dich viel zuviel mit Stella ab. Wenn Stella eine private Pflegerin braucht, muß sie das anders regeln. Und diese Zigarette…« Man hätte meinen können, sie hätte die arme Stella beim Kokainschnupfen erwischt. »Widerlich ist das bei so einer alten Frau! Wenn diese scheußliche Gewohnheit sie schon soweit gebracht hat, daß sie kurz vorm Abnibbeln ist, müßte sie wenigstens jetzt vernünftig genug sein, damit aufzuhören.«

Das war so unlogisch wie der Einbau von Rauchmeldern, nachdem das Haus abgebrannt ist, aber das sagte ich nicht laut. Ich sagte überhaupt nicht viel, nur daß es mir leid tat. Rausschmeißen würde Lena mich nicht, das wußte ich. Sie suchte seit Monaten zusätzliches Personal, aber auf ihre vielen Anzeigen hatte sich nur eine einzige Frau gemeldet, eine Siebzigjährige, die bisher am Strand von Lowestoft Fische ausgenommen hatte. Für die Altenpflege kriegt man einfach keine Leute, sie haben nicht genug Geduld und können mit Schwerhörigkeit und Gedächtnisverlust nicht umgehen, geschweige denn mit Inkontinenz. Und Geld bringt es auch nicht.

Aber ich ging wohlweislich nicht gleich wieder zu Stella, sondern wartete, bis ich Feierabend hatte. Jetzt war ich ein Besuch wie jeder andere und konnte so lange bleiben, wie ich wollte. Wenn ich komme, liest sie meist Zeitung oder macht das Kreuzworträtsel oder hört ein Konzert im Radio, oder sie hat sich ihr neuestes Buch vorgenommen. Diesmal saß sie nur da. Sie hatte das Fenster zugemacht und sah auf die Baumwipfel und den weißen Himmel hinaus. Als sie hörte, wie ich die Tür aufmachte, drehte sich sich um und streckte mir lächelnd die Hand entgegen.

»Ich habe Ihnen Probleme gemacht, Genevieve. Es tut mir so leid. War es sehr schlimm?«

Das hörte sich an, als wäre ich ein Schulmädchen, vielleicht ihr kleines Mädchen, dem die Direktorin tüchtig den Kopf gewaschen hatte. Ich war ein bißchen sauer, denn manchmal komme ich mir irgendwie älter vor als Stella, älter. Älter, was Erfahrungen, was das wirkliche Leben betrifft. Ich sah sie immer noch als die behütete Frau, die nie ihren eigenen Lebensunterhalt hatte bestreiten müssen, und was sie jetzt – ganz unerwartet – sagte, bestärkte mich noch in dieser Meinung.

»Ich möchte Ihnen etwas erzählen. Es geht um mein Haus. Ich habe es nach dem Tod meines Vaters gekauft. Er hatte mir sein Haus vererbt, mehr hatte er nicht zu vererben, mehr besaß er nicht, und das habe ich verkauft und mir dafür ›Molucca‹ angeschafft. Um etwas Eigenes zu haben. Alles andere gehörte meinem Mann. Auch das Haus in Bury, in dem wir wohnten, lief nur auf seinen Namen.«

»Ich wußte gar nicht, daß das geht«, sagte ich.

»Das ging, und das geht noch heute. Viele Männer hatten die Häuser, die sie mit ihren Frauen gemeinsam bewohnten, nur unter ihrem eigenen Namen eingetragen. Rex hätte es strikt abgelehnt, unser Haus mit auf meinen Namen schreiben zu lassen. Natürlich habe ich es geerbt, nach seinem Tod gehörte es mir, aber da hatte ich ›Molucca‹ schon seit fünf Jahren.«

»Aber er hatte doch sicher nichts dagegen«, sagte ich. »Es war ja Ihr Geld, wenn Sie es von Ihrem Vater geerbt hatten.«

»Ich weiß nicht, ob er etwas dagegen gehabt hätte.« Stella lachte. Sie hat ein sehr liebes, herzliches Lachen, das allerdings in letzter Zeit ein bißchen heiser klingt. »Er hat es nicht gewußt.«

Er hat es nicht gewußt, dachte ich, und deine Kinder wissen es auch nicht... – »Aber warum?«

»Es war eine Privatsache, Genevieve.«

Ich versuchte mir vorzustellen, wie Mike reagieren würde, wenn mein Vater sterben und mir sein Haus vermachen würde. Mein Dad hat kein Haus und würde es mir auch nicht vermachen, aber vorstellen kann man sich so was ja mal.

»Hat er nicht gefragt, was Sie mit dem Geld gemacht haben?«

»Sie wissen nicht, wie das in meiner Jugend war, Jenny«, sagte sie, ohne auf meine Frage einzugehen. »Und meine Kinder wissen es auch nicht. Ich hatte kein Bankkonto. Mein Mann hatte natürlich eins, aber es war kein gemeinsames Konto. Er gab mir jeden Monat das Geld für den Haushalt und ein bißchen Taschengeld, aber es war sehr wenig, das meiste habe ich in die Wirtschaft gesteckt.«

Aber neun Jahre, bis Richard kam, war doch nur Marianne da, dachte ich. »Gearbeitet haben Sie nie?«

»Das fragen die Leute immer«, sagte sie resigniert. »Auch Gilda hat das gefragt. Offenbar begreift niemand, daß es sehr viel Arbeit macht, wenn man einen Haushalt und ein Kind versorgen und außerdem noch die Gäste des Mannes bewirten muß. Ich hatte nur einmal in der Woche eine Zugehfrau und mußte mindestens alle vierzehn Tage ganz allein ein großes Essen ausrichten. Nur eine Ehefrau macht so was, ohne sich dafür bezahlen zu lassen. Außerdem hätte mein Mann nicht erlaubt, daß ich arbeiten gehe.«

Ich beschloß, sie von dem Thema abzubringen, mußte aber unwillkürlich an das denken, was Granny immer sagt: »Wenn Arbeit etwas so Schönes wäre, hätten die Reichen sie für sich behalten.«

»Und da haben Sie dann ›Molucca‹ gekauft?«

»Für 4000 Pfund«, sagte sie.

Heutzutage würde man bestimmt 60 000 Pfund dafür

bekommen. Sie hatte das Haus behalten und die Kommunalsteuer bezahlt, aber sie jammerte darüber, daß sie als Hausfrau keinen Arbeitslohn bekommen hatte.

»Das war die Summe, die Ihr Vater Ihnen vermacht hatte?«

»Er hatte mir das Haus vermacht, und ich konnte es für fast 5000 Pfund verkaufen, ich brauchte noch ein bißchen was, um die Gebühren für den Makler und den Notar zu bezahlen. Und für Möbel.« Sie legte den Kopf zurück, müde vom vielen Reden und vielleicht auch von dem langen Tag. »Morgen«, sagte sie, »erzähle ich Ihnen etwas aus meiner Jugend.«

Als ich ins Haus kam, läutete das Telefon. Ich hatte mit Mike gerechnet, aber es war Ned. Manchmal ist es ein so großes Glück, aber auch ein so großer Schock, unverhofft seine Stimme zu hören, daß ich mich setzen muß, ehe ich mit ihm reden kann. Und manchmal kann ich kaum sprechen oder nur mit belegter Stimme, weil ich plötzlich Angst bekomme.

Er wollte mir sagen, daß er am Montag nach Dänemark muß. Sie drehen in Kopenhagen ein Feature über das Problem, eine moderne Großstadt in der Europäischen Gemeinschaft zu gestalten, ohne die alte Substanz zu zerstören oder sie mit Hochhäusern zu verschandeln. Er würde vier Tage bleiben und wollte mich mitnehmen. Ich hatte ihm erzählt, daß ich noch Urlaub zu bekommen und daß Lena gesagt hatte, ich sollte einen Teil möglichst bald nehmen. »Ich wüßte nicht, was dagegen spräche«, sagte er. »Mike ist in London, deine Mutter wird dich decken, so wie ich sie kenne, und du bist doch bestimmt noch nie im Ausland gewesen.«

»Doch«, sagte ich, »auf Mallorca und Teneriffa.« Daß wir auf Mallorca in den Flitterwochen und auf Teneriffa zum zehnten Hochzeitstag gewesen waren – beides hatte sich Mike als Überraschung für mich ausgedacht –, sagte ich nicht.

»Mallorca und Teneriffa sind nicht Ausland«, sagte er, »sondern Touristenzimmer mit Strand. Kopenhagen wird dir gefallen, wir wohnen im ›D'Angleterre‹, und ich zeige dir das Tivoli.«

Natürlich konnte ich nicht mit, es kam überhaupt nicht in Frage. Ich brachte die üblichen Gründe vor: Das Filmteam würde reden. Jane würde es erfahren. Hannah. Ich würde Mike anlügen müssen. Und noch etwas kam dazu. Ich hatte bisher noch nie daran gedacht, und zu Ned sagte ich nichts davon, aber wenn ich ganze Tage mit ihm verbrachte und ganze Nächte neben ihm schlief, würde ich mich hinterher viel schwerer tun, würde mehr darunter leiden, wenn wir uns wieder trennen mußten. Der endgültige Abschied, der ja irgendwann mal kommen mußte, würde mich schier umbringen. »Bitte mich nie wieder um so was«, sagte ich.

Wahrscheinlich klang es schroff und böse, aber anders konnte ich es nicht sagen, weil ich mir nichts sehnlicher wünschte, als vergnügt zu lachen und atemlos hervorzusprudeln »Ja, o ja, gern!«. Prompt war auch er verärgert und enttäuscht und warf mir vor, ich sei unvernünftig.

»Also dann bis übernächste Woche«, sagte er. »Ich melde mich.«

Ich ging nach oben, legte mich aufs Bett und weinte. Eine Stunde später kam Mike nach Hause. Ich hörte Phils Wagen, dann schlug die Haustür, und ich sprang auf, um mir das Gesicht mit kaltem Wasser zu waschen, hinterher war es immer noch ein bißchen verquollen, aber Mike fiel das gar nicht auf. Er hatte mir eine neuartige Käsereibe aus einem Spezialgeschäft in Soho mitgebracht und hundert Gramm Parmesan am Stück, damit unsere Pasta mehr so schmeckt wie beim Italiener.

»Mit dem Job in London ist Ende des Monats Schluß«, sagte er. »Bin froh, wenn das Hinundherfahren ein Ende hat. Und du freust dich bestimmt auch, was, meine Alte?«

»Natürlich«, sagte ich. Irgendwie kann das nicht ohne Folgen bleiben, dachte ich, wenn man solche Sachen sagt, die keine richtigen Lügen sind, mit denen man aber seine tiefsten Gefühle verleugnet. Im Lauf der Zeit frißt es sich in dich ein wie Rost.

»Ich hab mir überlegt, uns einen Wintergarten zu bauen«, sagte Mike. »Was hältst du davon? Hinter dem Eßzimmer, so um die fünf Meter lang. Dann hätte ich abends meine Beschäftigung.«

Ich setzte mich mit dem Wörterbuch an den Tisch. Ein Lexikon und *Chambers Dictionary* sind *meine* abendliche Beschäftigung. Ich schlage lange Wörter nach und versuche mir Neues anzulesen, weil ich mich doch auf keinen Fall vor Ned blamieren will, der so viel klüger ist als ich und so viel mehr weiß.

ZWEITER TEIL

9

Stella ist in London geboren oder vielmehr zehn Meilen außerhalb von London, in Wanstead. Ihr Vater arbeitete beim Zoll, ihre Mutter war Pfarrerstochter. Sie hatten eine Doppelhaushälfte an einer großen Ausfallstraße, der Eastern Avenue.

»Bei euch in der Schule war sicher Koedukation, Genevieve?« fragte sie.

Ich wußte nicht, was das ist, und auch als sie es mir erklärt hatte, war ich nicht viel schlauer, denn heute gehen ja eigentlich überall Mädchen und Jungen zusammen zur Schule, mit Ausnahme von ein paar hochgestochenen Internaten wie Eton, und ich glaube, die nehmen inzwischen auch Mädchen.

»Früher war das eher selten«, sagte Stella, »aber ich ging in eine gemischte Schule, war also den Umgang mit Jungen gewohnt. Damals gab es viele Mädchen, die bis zum Schulabgang kaum etwas mit Jungen zu tun hatten.«

Sie war fast sechzehn, als der Zweite Weltkrieg anfing, und weil ihre Eltern so große Angst vor den Bomben hatten, schickten sie Stella zu einer Tante nach Bury, einer Cousine ihrer Mutter, Stella war schon öfter in den Ferien bei ihr in der Churchgate Street gewesen und mochte sie gern. In London hatte sie gerade noch ihr School Certificate gemacht, das war so was wie die Mittlere Reife, und in der Schule in Bury machte sie dann zwei Jahre später noch einen höheren Abschluß.

»Ich wollte nicht weg aus London. Das heißt...« Sie zögerte. »Ich wollte nicht weg von meinem besten Freund. Unsere Schule wurde evakuiert, nach Essex, irgendwo an die Küste, ich hätte mitgehen können, aber davon wollte meine Mutter nichts wissen. ›Da kümmert sich doch keiner richtig um euch‹, sagte sie. Aber in Wirklichkeit hatte sie wohl den Verdacht, ich wäre dort nicht genug unter Aufsicht.«

Dieser Freund interessierte mich sehr.

»Alan, er hieß Alan«, sagte Stella mit diesem stolpernden Stocken in der Stimme, das mir schon mal aufgefallen war. »Alan Tyzark.« Sie fuhr sich mit der Zunge über die Lippen, als hätte die Mühe, seinen Namen herauszubringen, sie ausgetrocknet. »Nicht ganz das, was man unter dem Jungen von nebenan versteht.« Sie lachte ein bißchen gezwungen. »Aber seine Eltern wohnten nicht weit weg, in Snaresbrook. Wir waren... unzertrennlich. Aber wir wurden getrennt.«

All das erzählte sie mir in der Woche, als Ned im Ausland war. Hin und wieder warf ich eine Frage ein, ich bat sie, mir das mit dem School Certificate zu erklären, aber meist ließ ich sie reden. Nachdem sie den Namen Alan ein paarmal wiederholt hatte, brachte sie ihn ebenso mühelos heraus wie den von mir.

Sie dachten, Stella hätte Heimweh, aber mehr als die Trennung von ihren Eltern machte ihr die Sehnsucht nach Alan zu schaffen. Nach London zog sie nichts, wenn er nicht da war, und er war in Maldon. Große Briefschreiber waren sie beide nicht. Zu Weihnachten durfte sie nach Hause, er war auch da, und sie konnten sich treffen. Aber es war das letzte Mal.

»Für immer?« fragte ich.

»Das letzte Mal für lange Zeit. Zwanzig Jahre, Genevieve.«

Im nächsten Sommer fingen die Luftangriffe an. Inzwischen hatte sie sich in Bury eingelebt und neue Freunde gefunden, ihre Erinnerungen an Alan verblaßten allmählich. Nachdem sie diesen zweiten Schulabschluß gemacht hatte, war von einer Rückkehr nach London nicht mehr die Rede. Die Lage wurde immer kritischer, und wer nicht mußte, ging nicht zurück in die Stadt. Sehnsucht nach Alan hatte sie immer noch, aber kein Heimweh mehr, manchmal waren ihr die Tante und deren Mann fast lieber als die eigenen Eltern, von denen sie nie viel Zuwendung erfahren hatte. Zuerst hatten sie häufig geschrieben, aber jetzt wurden die Briefe immer seltener, und als sie erfuhr, daß ihre Mutter bei einem Luftangriff ums Leben gekommen war, ging ihr das nicht allzu nah. Ihr Vater kam auf Besuch, er betrachtete Bury offenbar als ihr ständiges Zuhause und riet ihr, sich dort nach einer Stellung umzusehen.

Die Tante brachte ihn dazu, Stella einen Sekretärinnenkurs an einer Schule am St. Mary's Square zu bezahlen, dort lernte sie Steno und Schreibmaschine und Büroverwaltung, und nach einem Jahr bekam sie ein Diplom und eine Stellung in einer Anwaltskanzlei.

Die Kanzlei hieß Newland, Newland & Bosanquet, und der jüngere Newland war der Mann, den sie später heiraten sollte, und auch nicht mehr der Jüngste. Der alte Newland war über siebzig, Anwalt kann man offenbar sein, solange man will, und sein Sohn war vierzig, als Stella dort anfing. Sie arbeitete nicht für ihn, sondern für den Sozius, der Bosanquet hieß, Anthony Bosanquet. Und sie hatte nun einen Freund.

Er hieß David, und Stella zerbrach sich den Kopf darüber, wie er mit Nachnamen hieß, es wollte ihr in dem Moment einfach nicht einfallen, und sie mußte ihre Geschichte ohne den Nachnamen weitererzählen.

»Wie haben Sie ihn kennengelernt?« fragte ich.

»Nicht in der Schule. In Bury ging ich auf eine Mädchenschule. Seine Mutter war Tante Sylvias beste Freundin. Sie hatte ein Textilgeschäft und machte die Buchführung und all das, und Davids Schwester stand hinter dem Ladentisch. Himmel, wie hießen die Leute doch gleich? Es wird mir gleich wieder einfallen. Damals gab es ja Kleidermarken, auch Stoffe waren rationiert. Nur nicht Decken und solche Sachen. Ich nähte mir damals alles selber, ich machte mir einen blauen Mantel aus einer Babydecke, das Futter war ein altes Bettuch von Tante Sylvia. Meine ersten Nylons habe ich in dem Geschäft von Davids Mutter gekauft. Ich glaube, da habe ich ein gewisses modisches Gefühl entwickelt, Genevieve. Wenn es kaum etwas zu kaufen gibt, wenn man nicht so viel Auswahl hat wie heute, nimmt man entweder, was es gerade gibt, oder man unterscheidet, schult seinen Geschmack und lernt, seine Sachen zu pflegen.

Er war kein Alan. Ich habe ihn ständig mit Alan verglichen, so etwas ist unfair, ich weiß, aber ich konnte nicht dagegen an. Verglichen mit Alan – oder mit dem Alan, den ich in Erinnerung hatte – war David brav und bieder, und sonst gar nichts. Aber er bewunderte mich, und das tut wohl jedem Mädchen gut. Er ließ sich gern mit mir sehen. Er war der erste Mann, der mir sagte, ich sei hübsch. Alan wäre das nie in den Sinn gekommen. Schade, daß ich dir kein Bild zeigen kann, aber die Fotos hat alle Marianne, und wenn ich sie bitte, sie mitzubringen, vergißt sie es doch. Und dann wurde David eingezogen, er kam zur Royal Air Force, und ich sah ihn nur, wenn er auf Urlaub war.«

Manche Leute würden sagen, daß in meinem Leben nichts passiert ist, aber wenn ich mir das von Stella ansehe – jedenfalls in diesen Jahren –, war bei mir doch mehr los. Ich hatte vor Mike meine Freunde, ich war fast jeden Abend weg, und zu Hause war es manchmal vielleicht ein bißchen ungemütlich, aber nie langweilig. Und wenn man damals – in der Zeit vor Aids – einen Freund hatte, war es ganz selbstverständlich, daß man mit ihm voll zur Sache ging. Bei Stella war das ganz anders. Mit Alan hatte sie nicht mal Händchen gehalten. David hat Stella ein halbes Jahr ins Kino oder zu sich nach Hause eingeladen und ist mit ihr spazierengegangen, ehe sie sich von ihm hat küssen lassen. Hätte sie ihm mehr erlaubt, hätte er keine Achtung mehr vor ihr gehabt und hinterher nichts mehr von ihr wissen wollen, das sagte sie ganz ernsthaft, angeblich waren die Männer damals so. Mag ja sein, aber können sich die Verhältnisse innerhalb von weniger als fünfzig Jahren wirklich derart ändern?

Wenn David weg war, tat sich in Stellas Leben überhaupt nichts. Sie saß zu Hause bei Tante Sylvia, zur Unterhaltung gab es den Rundfunk, wie sie es nannte, und Bücher aus der

Leihbücherei, sie schneiderte sich ihr Zeug selbst und räufelte alte Pullover auf, um aus der Wolle neue zu stricken. Tante Sylvia machte ihr Heimdauerwellen, und sie hatte eine dieser Frisuren mit steifen Löckchen auf dem Kopf. Morgens brauchte sie eine Viertelstunde zum Schminken, Grundierung und Rouge und Lippenstift, loser Puder und noch mal Lippenstift und Augenbrauenstift für die gezupften Brauen. Augen-Make-up in dem Sinn gab es damals offenbar nicht, sie benutzte weder Lidschatten noch Maskara oder Eyeliner. Komisch, gerade auf diese Sachen würde meine Schwester Janis nie verzichten, auch wenn sie sonst mit ihrem Gesicht überhaupt nichts macht. Stella sagt, sie wäre nie ohne Make-up aus dem Haus gegangen, nicht mal bis zum Laden an der Ecke. Die Verkäuferin in der Drogerie war eine Freundin von ihr und zweigte, wenn die Zuteilung gekommen war, schon mal einen Lippenstift oder ein Fläschchen Nagellack für sie ab, das steckte sie ihr dann unter dem Ladentisch zu, wenn Stella das nächstemal vorbeikam. Einmal hat sie für eine Schönheitscreme, ›Crème Simon‹ hieß das Zeug, richtig Schlange gestanden, aber die letzte Dose hat die Frau vor ihr bekommen.

Und das alles nur für Tante Sylvia und Onkel Sowieso und Davids Schwester und Mr. Bosanquet. Was nützte es, wenn man so schön war wie – Stella überlegte einen Augenblick –, so schön wie Margaret Lockwood, wenn es keine jungen Männer gab? Denn die waren alle an der Front. Und dann kam David auf Urlaub und meinte, sie sollten sich verloben, aber sie wollte nicht.

»Waren Sie nicht scharf auf ihn?« fragte ich.

Zu meiner Überraschung kicherte sie wie ein junges

Mädchen. »Unter diesem Gesichtspunkt habe ich das nie gesehen, Genevieve. Mich hat wohl das Textilgeschäft gestört, in dem er später arbeiten würde, und ich – ja, nennen Sie mich ruhig einen Snob, ich war es damals wohl auch –, ich gehörte nicht in diese Welt. Mein Großvater mütterlicherseits war Methodistenpfarrer gewesen, mein Vater war Beamter, wenn auch kein besonders hochrangiger. Die Ehe mit David hätte einen gesellschaftlichen Abstieg bedeutet.«

Was mochte sie da erst von mir denken? Mein Großvater mütterlicherseits war Stallknecht gewesen, und mein Dad hatte eine Autowerkstatt. Aber es ist wohl so, daß ihr das bei mir nicht weiter wichtig ist.

»Sie haben also nein gesagt?«

»Ich habe nein gesagt, und bei seinem nächsten Besuch brachte er eine Luftwaffenhelferin mit, die er draußen kennengelernt hatte, und im Urlaub darauf hat er sie dann geheiratet. Jetzt ist mir auch der Name wieder eingefallen, Jenny. Conroy hieß er, David Conroy, und seine Schwester hieß Mavis. Natürlich nannte ich seine Mutter Mrs. Conroy, und als wir uns kennenlernten – Sie werden lachen –, sagte David Miss Robertson zu mir. Im Büro war ich auch Miss Robertson, die Chefs waren natürlich Mr. Newland und Mr. Bosanquet, und wir Mädchen, die Sekretärinnen, nannten uns untereinander Miss Sowieso, das war damals einfach üblich. Jetzt verstehen Sie vielleicht, warum ich nicht sehr glücklich bin, daß hier jeder jeden beim Vornamen nennt. Daß die Zeiten sich geändert haben, ist mir völlig klar, aber ein bißchen zucke ich trotzdem immer noch zusammen, wenn der junge Mann, der den Rasen mäht, Stella zu mir sagt.«

Das alles erfuhr ich bei vier Gesprächen im Laufe von zwei Tagen. In Middleton Hall war Stella immer die einzige gewesen, die nicht ständig von der Vergangenheit geredet hatte, aber jetzt war sie nicht zu bremsen. Es tat ihr offenbar gut, sich aussprechen zu können, aber es ermüdete sie auch, und manchmal mußte sie husten. Und ich mußte wegen Lena sehr auf der Hut sein. Wenn ich ihr über den Weg lief, hieß es gleich, ich sollte Arthur irgendwohin fahren oder Lois das Bein massieren oder Gracie ein Video raussuchen. Aus Bosheit oder vielleicht auch aus Eifersucht – anders kann ich es mir eigentlich nicht erklären – legte sie es darauf an, mich von Stella fernzuhalten. Eigentlich müßte sie sich doch freuen, wenn eine ihrer Schutzbefohlenen ein Stückchen Glück oder Zufriedenheit gefunden hat, aber Lena will gar nicht, daß die Leute hier glücklich, sondern daß sie von ihr abhängig sind. Deshalb steht jetzt, wo Edith tot ist, Maud am höchsten in ihrer Gunst. Maud sagt immer, wie gut Lena ist, und nennt sie eine Heilige der Letzten Tage, weiß der Himmel, wo sie diesen Ausdruck aufgeschnappt hat, wenn es mehr von ihrer Sorte gäbe, sagt Maud, sähe es besser aus in unserer Welt. Das geht Lena natürlich runter wie Öl, und wahrscheinlich hofft sie jetzt, daß Maud ein Testament macht, in dem für sie ordentlich was rausspringt.

Es war Mittwoch nachmittag und Feierabend, als Stella mir die nächste Fortsetzung erzählte. Ich war nicht so ganz bei der Sache, weil ich mir überlegte – wir Frauen sind ja so blöd! –, womit ich Ned überraschen könnte, wenn er morgen aus Dänemark zurückkam, und hatte deshalb den Anfang nicht mitgekriegt. Sie hatte wohl von diesen Conroys gesprochen und von der Kanzlei, denn jetzt sagte sie etwas, was mich wieder genau hinhören ließ.

»Mr. Bosanquet starb. Er beging Selbstmord.«

Wenn man so was hört, verschlägt es einem erst mal die Sprache.

»Er hat sich erhängt. Seine Haushälterin fand ihn aufge-knüpft am Dachgebälk der Garage. ›Er hatte doch ein Jagd-gewehr‹, sagte der alte Mr. Newland, ›warum hat er denn das nicht genommen.‹ Und Rex, mein späterer Mann, sagte: ›Es ist eben alles so knapp heutzutage, er hat keine Muni-tion gekriegt.‹ Und dann lachten sie.«

Sie sagte das ganz gelassen, aber ich war schockiert. Während ihre Generation beim Sex schockiert ist, sind es solche Sachen, solche dickfelligen Rücksichtslosigkeiten, die mir unter die Haut gehen. So was stinkt mir. Wie die Tonne von Granny kurz vor der Müllabfuhr.

»Konnten die beiden ihn denn nicht leiden?« fragte ich.

»Das war nicht die Frage. Sie hatten erfahren, daß er – ja, wie soll ich das sagen? Daß er vom anderen Ufer war, so nannte es Rex, und das klang immer noch besser als das, was mein künftiger Schwiegervater sagte: ›Der Mann war eine Tunte.‹ Er war homosexuell, so würden Sie es wohl heute nennen, Genevieve. Das war lange bevor der Geschlechts-verkehr zwischen Erwachsenen bei gegenseitigem Einver-ständnis per Gesetz für straffrei erklärt wurde. Schauen Sie mich nicht so groß an, ich habe schließlich sechs Jahre in einer Anwaltskanzlei gearbeitet, ein bißchen was bleibt da schon hängen, ja man fängt sogar an, sich für die Juristerei zu interessieren. Wäre ich ein Vierteljahrhundert später zur

149

Welt gekommen, hätte ich mich vielleicht sogar entschlossen, selbst Anwältin zu werden.

Kurzum, sie hatten den armen Mr. Bosanquet mit einem Jungen in dessen Wohnwagen erwischt. Die Polizei kündigte ihren Besuch bei Mr. Bosanquet telefonisch an und nannte ihm auch den Grund, man kannte sich natürlich von den Gerichtsverhandlungen her, sie haben es ihm wohl recht behutsam gesagt, aber das war nun eine Verhandlung, die er sich nicht antun wollte, und als sie kamen, war er schon tot. Was für einen Skandal das damals gab, können Sie wahrscheinlich gar nicht nachvollziehen. Es war so, als wenn man Ihnen heute sagen würde, ein Bekannter von Ihnen hätte ein Kind umgebracht. Die Bevölkerung war in heller Aufregung. Auf der Straße zeigte man mit dem Finger auf mich, weil ich seine Sekretärin gewesen war. Ich war damals so naiv, daß ich fürchtete, ich würde wegen dieser Sache meine Stellung verlieren. Ich dachte, sie würden mich rauswerfen, nur weil ich für Mr. Bosanquet gearbeitet hatte.

Sie warfen mich nicht raus, ich wurde Sekretärin bei Rex, und das war eine echte Beförderung, denn der alte Mr. Newland wollte sich endlich doch zur Ruhe setzen, so daß Rex nun der Seniorpartner war. Sie nahmen einen Neffen von ihm und noch einen Sozius in die Kanzlei auf und nannten sich nun – vor allem um den verhaßten Namen Bosanquet loszuwerden – Newland, Clarke & Newland.«

»Nur, weil er gay war?«

»Was für ein alberner Ausdruck.« Stella legte müde den Kopf zurück und schloß die Augen. »Die Viktorianer nannten ihre Prostituierten ›gay ladies‹. Und zu meiner Zeit bedeutete das Wort glücklich und unbeschwert.«

Hatte ich sie überanstrengt? In solchen Momenten, wenn sie entspannt ist und ihr Gesicht erschlafft, wird mir bewußt, wie stark sie abgenommen hat. Die vor ein paar Monaten noch vollen Wangen sind knitterig und eingefallen, die Augen liegen tief in den gepuderten Höhlen. Die Hand in ihrem Schoß sieht aus wie ein Bündel aus Stricken, aber die Nägel leuchten noch immer tapfer in dem gleichen Rotton, mit dem Len gerade die Tür der ›Legion‹ gestrichen hat.

Ein Jammer, daß nicht Richard, sondern Marianne die Fotos hat. Wir kennen alle eine Marianne. Sie meinen es gut, sie versprechen hoch und heilig, dies oder jenes zu erledigen, sie sind voller Schwung und Begeisterung, aber passieren tut dann doch nichts, sie haben es vergessen. Und dann entschuldigen sie sich, sie sind die Reue in Person, wir hören die gleichen Versprechungen, erleben die gleiche Enttäuschung. Marianne wird die Fotos nie mitbringen, ich werde nie die Sachen sehen, die die junge Stella während ihrer Verlobungszeit mit Rex Newland trug, die Schößchenjacken und wadenlangen Röcke im New Look, die Baumwollkleider mit weitem Rock, angekrauster Taille und breitem Gürtel. Ich werde nie Stella in hochhackigen Schuhen sehen, die bis zum Knie geschnürt waren wie Römersandalen, oder mit Filzhut in Kostüm und Twinset. Ich muß mich mit meiner Phantasie behelfen.

Auf dem Heimweg fuhr ich an der ›Eberesche‹ vorbei. Seit wir uns in Stellas Haus treffen, ist Neds Wochenend-Cottage nicht mehr ›das Haus‹, ich bringe es kaum mehr mit ihm in Verbindung. Außerdem waren er und Jane und Hannah schon lange nicht mehr dagewesen, an den Wochenenden hatte es immer geregnet. Der liebe Gott muß ein Tory sein, sagt Ned. Er spielt sogar mit dem Gedanken, das Cottage aufzugeben, es ist nur gemietet, und der Vertrag läuft im Dezember aus. »Die Sache hatte eigentlich nur Sinn«, sagt er, »solange eine Chance bestand, dich dort zu sehen, aber jetzt sind wir darauf ja nicht mehr angewiesen.«

Ich erwartete den gewohnten Anblick, geschlossene Fenster, viel zu hohes Gras im Vorgarten, aber nein – in der Einfahrt stand ein Wagen, Janes Wagen, und vor der Tür standen Hannahs Gummistiefel zum Trocknen. Schulferien, dachte ich, oder vielleicht geht sie erst in den Kindergarten. Ich hatte eigentlich abends in die ›Legion‹ gehen, Mum guten Tag sagen und mit den Stammgästen was trinken wollen, aber das würde ich jetzt bleibenlassen. Gut möglich, daß Jane auch hinkam, und mit der mochte ich nicht reden.

Am nächsten Tag hatte ich frei. Ich wollte nach Stansted fahren und Ned abholen. Er hatte mir zwei Ansichtskarten geschickt, auf einer war die Kleine Meerjungfrau, auf der anderen ein Standbild mit zwei Männern, die in lange röhrenförmige Musikinstrumente blasen. Die Schrift war verstellt, es sollte aussehen, als ob mir eine Freundin geschrieben hätte, für den Fall, daß jemand anders die Karten zu Gesicht bekam. Auf der einen stand, daß er in einer Pinte gewesen war, die ›Das Hohelied‹ hieß und die mit Ölöfen beheizt wurde, extrem feuergefährlich natürlich, auf der anderen stand was von roten Weihnachtskerzen mit Stechpalmen- und Mistelzweigmuster. Beide hatte er mit *Edwina* unterschrieben. Ich fand sie albern, aber beim Lesen bekam ich schreckliche Sehnsucht nach ihm. Auf der Karte mit den Weihnachtskerzen stand noch, daß er um fünf in Stansted ankommen und mich so bald wie möglich anrufen würde. Ich schlug die Kleine Meerjungfrau in meinem Lexikon nach und las ein bißchen was über Hans Christian Andersen.

Nach Stansted ist es nicht allzu weit. Ich fuhr über Bury nach Long Melford, von Long Melford nach Haverhill und dann über die M 11. In Stellas Haus war alles vorbereitet: Blumen, Wein, Sachen, die er gern ißt und an die ich mich auch schon gewöhnt habe, italienisches Focacciabrot und Pâté und ein französischer Käse mit einem verrückten Namen, ›Terroir‹ heißt er, Pfirsiche und Bananen und griechischer Joghurt. Ich war eine halbe Stunde zu früh am Flugplatz, so geht das, wenn man verliebt ist, immer wieder tut man sich diese halbe Stunde voller Aufregung und Sehnsucht und Angst und Enttäuschung an.

Ich kenne mich auf Flughäfen nicht aus und irrte zuerst ziemlich ratlos herum, aber dann entdeckte ich diesen kleinen Fernseher, auf dem steht, wann sie eine Maschine erwarten und wann sie gelandet ist, und ging zum Gate; dort stand eine Gruppe von Männern – Fahrer von Mietwagen wahrscheinlich –, die Karten mit Namen von Leuten oder Firmen hochhielten, und ich stellte mich dazu und wartete. Nach zehn Minuten – auf dem Bildschirm erschien ein Hinweis, daß das Gepäck aus Kopenhagen in der Ankunftshalle bereitstand – sah ich Jane mit Hannah an der Hand durch die Halle kommen. Und jetzt war mir natürlich alles klar. Sie hatte in Tharby übernachtet, weil es von dort näher nach Stansted ist als von Norwich. Wahrscheinlich holt sie ihn immer ab, wenn er aus dem Ausland kommt.

Sekundenlang überlegte ich, was besser war: ihn zu sehen

und von ihm gesehen, aber nicht zur Kenntnis genommen zu werden oder ihn überhaupt nicht zu sehen. Aber letztlich habe ich wohl vor allem an ihn gedacht. Ich wollte ihn nicht in Verlegenheit, wollte ihn nicht in die peinliche Situation bringen zu entscheiden, ob er mich begrüßen oder übersehen sollte. Ich ging zurück zu meinem Wagen, ehe die ersten Fluggäste durch den Zoll kamen. Es war ja meine Schuld. Ich hatte mich blöd benommen. Er konnte nichts dafür und Jane auch nicht. Oft genug hatte er mich schließlich gebeten, Mike zu verlassen und einzuwilligen, daß er Jane verließ, ich hätte nur ja zu sagen brauchen, dann wäre ich jetzt diejenige gewesen, die ihn hätte abholen dürfen, ich hätte eine Karte hochhalten können, auf der stand: NED, ICH LIEBE DICH.

Na ja, das vielleicht doch nicht. Aber so ähnlich eben.

Vielleicht haben sie in Tharby übernachtet, ich weiß es nicht, ich bin nicht hingefahren, sondern habe mir mit Philippa ein Video von *Begegnung* angeguckt. Ich hatte den Film vor langer Zeit schon mal gesehen, und zuerst dachte ich, daß ich mich vielleicht mit den Figuren identifizieren, daß ich meine Geschichte darin sehen könnte, auch wenn das vielleicht ein bißchen dumm und kitschig klingt, aber dazu war der Film zu alt. Ich fand die Leute mit ihren moralischen Vorbehalten einfach blöd. Ich konnte nicht verstehen, warum sie nicht in der Wohnung seines Freundes mit ihm schlafen wollte, und nahm ihr nicht ab, daß sie Hemmungen hatte, weil sie es für anstößig hielt. Gerade recht für Stella, dachte ich, aber mir ist das zu verstaubt.

Nachdem Stella ein halbes Jahr für Rex Newland gearbeitet hatte, machte er ihr einen Heiratsantrag. Er hatte sie dreimal zum Essen ausgeführt, und dann hatte seine Mutter sie auf seine Bitte nach Hause eingeladen, in die große georgianische Villa auf dem Angel Hill. Sie habe gedacht, daß er sich nur um sie kümmerte, weil ihr Onkel, Tante Sylvias Mann, gestorben war, sagte Stella zu mir, und der Heiratsantrag sei ihr deshalb völlig überraschend gekommen. Er hatte sie bis dahin noch kein einziges Mal geküßt und noch nie ein richtig persönliches Gespräch mit ihr geführt.

Sie wußte nicht, was sie sagen sollte, und dann fragte sie ihn kurz entschlossen, warum er sie heiraten wollte. Sie sei sehr schön, sagte er, verstünde sich gut anzuziehen und benähme sich wie eine Lady. Und während sie ihn noch mit großen Augen ansah, erklärte er – ich wiederhole es wörtlich so, wie Stella es gesagt hat: »Ich will mit dir ins Bett, ich begehre dich so sehr, daß es mich fast umbringt, und ich weiß, das geht nur, wenn ich dich heirate.«

Die Zeiten ändern sich und die Menschen wohl auch. Hätte mir ein Mann so was gesagt, hätte ich ihm eine geschmiert. Stella sagt, dieser Satz habe für sie den Ausschlag gegeben. Das muß man sich mal vorstellen! Damit habe er zu erkennen gegeben, sagte sie, daß er ein Mensch aus Fleisch und Blut, ein Mann mit echten Gefühlen sei. Außerdem fand sie es aufregend, ein Schauer lief ihr über den Rücken, und sie überlegte, wie es wohl wäre, mit einem so leidenschaftlichen Mann ins Bett zu gehen.

Sie hätte zwar niemanden nur des Geldes wegen geheiratet, aber daß der Mann, der sie heiratete, welches hatte, fand sie natürlich nicht schlecht. Damals wußte sie noch nicht, daß Rex Newland ein Geizkragen war. Sie sah nur das große Haus, in dem er wohnte, und den Lagonda, den er fuhr, und sie wußte, daß die Kanzlei florierte. Die Heirat mit ihm war kein Abstieg, sondern ein großer Schritt nach oben. Was gegen ihn sprach, war sein Alter. Er war zweiundzwanzig Jahre älter als sie. Und dann war da auch noch die Frage, warum er nicht schon längst geheiratet hatte.

Damals gab es noch nicht so viele Scheidungen, und Stella sagte, einen geschiedenen Mann hätte sie nicht genommen. Sie hatte gedacht, er sei Witwer, denn sie meinte sich zu erinnern, daß sie ihn, als sie noch zur Schule ging, bei einer Frau eingehakt in Bury gesehen hatte, und wunderte sich, als sie erfuhr, daß er nie verheiratet gewesen war.

»Haben Sie ihn danach gefragt?«

»Nein, das hätte ich damals nicht tun können, so vertraut waren wir nicht miteinander.«

»Aber gay war er wohl nicht…«

Gegen dieses Wort ist sie irgendwie allergisch. »Natürlich nicht, Genevieve. Es hatte einen anderen Grund, aber den erfuhr ich erst viel später.«

Was sie dann machte, konnte ich kaum fassen: Sie erbat sich übers Wochenende Bedenkzeit. Wenn ich da an meine Schwester denke… Janis hat damals im Beisein von Mum und Nick und mir zu Peter gesagt: »Übrigens, ich kriege ein Kind, am besten heiraten wir Samstag in drei Wochen.« Stella sagte zu mir, sie habe an diesem Wochenende an nichts anderes gedacht. Gesprochen hat sie mit niemandem darüber. Am Montag sagte sie zu Rex Newland, sie würde ihn heiraten, und er sagte, sie habe ihn zum glücklichsten Mann unter der Sonne gemacht. Es gab keine jahrelange

Verlobung, wie das heute manchmal üblich ist, sondern einen Monat später wurde geheiratet. Die Trauung war im Münster, das damals noch eine ganz gewöhnliche Kirche war, und Stella nähte sich ihr Brautkleid selber.

»Das hat aber niemand gemerkt«, sagte sie.

»Wie sah er aus?«

»Wer? Rex?« fragte sie etwas verblüfft zurück. »Marianne ist ihm sehr ähnlich.« Und dann schilderte sie einen Mann, der kein bißchen wie Marianne war. »Groß und kräftig, nicht dick, das kam später. Ein sehr attraktiver Mann mit vollem, dunklem, graumeliertem Haar und ausgeprägten Zügen. Große Nase, volle Lippen, dunkle Augen. Ein sehr sinnliches Gesicht.«

Ich hätte gern gefragt, ob sie ihn geliebt, ob sie sich nach der Hochzeit richtig in ihn verliebt hatte, aber ich traute mich nicht recht.

Sie schien meine Gedanken erraten zu haben und sagte: »Ich habe ihn nie geliebt. Manchmal war ich nah dran, und dann kam wieder irgendeine Sache, die mich abstieß.«

»Was zum Beispiel?«

»Irgendeine Brutalität. Nicht, daß er zu mir jemals grausam oder gewalttätig gewesen wäre, sondern… wie er mit Leuten aus den unteren Schichten sprach, als wären es gar keine richtigen Menschen. Und wie er mit Tieren umging. Natürlich jagte er, und das ging mir gegen den Strich, aber die Jagd war für ihn so mit das Wichtigste im Leben. Zu seinen Hunden war er sehr lieb, wir hatten zwei Jagdspaniels, aber denen konnte er einen verletzten Hasen hinwerfen und sich darüber totlachen. Das fand ich ganz schlimm.«

Ich kenne die Typen, sie kommen nach der Fuchsjagd auf Tharby Green in die ›Legion‹. Ich habe junge Leute reinkommen sehen, fünfzehnjährige Mädels, über und über mit Fuchsblut besudelt und noch stolz darauf, die sich schlapplachen, wenn sie erzählen, wie sie das arme Tier ausgebuddelt haben.

»Mit Begriffen wie Einfühlsamkeit und Phantasie konnte er nichts anfangen, Genevieve, ich glaube, er hat in seinem Leben kein einziges Buch gelesen und mochte nur die Musik von Gilbert und Sullivan. Andererseits war er durchaus witzig und charmant. Er erzählte mir von seinen Fällen, Scheidungsfällen und so weiter, und von Sachen, die bei Gericht zur Sprache kamen. Unzüchtige Handlungen und das, was man damals geschlechtlichen Verkehr nannte, das schilderte er mir dann in allen Einzelheiten, ich glaube, es erregte ihn. Vor unserer Heirat war davon nie die Rede gewesen, aber sobald ich seine Frau war, benahm er sich, als ob ich… ja, Tante Sylvia würde sagen, als ob ich ein lasterhaftes Frauenzimmer wäre.«

Heutzutage wird viel über den Zustand unserer Welt gejammert, und besonders die Älteren trauern der guten alten Zeit nach, aber ich habe den Eindruck, daß wir es heute in vielem doch besser haben als früher. So wie Stella könnte ich nie leben, da würde ich lieber im Rotlichtbezirk von Norwich anschaffen gehen.

»Aber im Grunde war ich durchaus zufrieden«, sagte Stella. »Ich konnte mich nicht beklagen.«

Sie lächelte und machte eine Pause. Ich hatte den Eindruck, daß sie mir gern etwas erzählt hätte, sich aber nicht so richtig dazu durchringen konnte, und daß es dabei um ihr Sexleben ging. Davon hatte sie nämlich bisher noch nichts gesagt. Aber ich hatte das Gefühl, daß ich darüber fürs erste auch nichts erfahren würde. Und da war noch etwas: Ich hatte das Gefühl, daß ich trotz ihrer früheren Zurückhaltung und obgleich sie, wie es schien, nie Lust gehabt hatte, über die Vergangenheit zu reden, nicht die erste war, der sie diese Geschichte erzählte. Sie wurde allmählich müde und auch heiser, aber es war – wie soll ich sagen –, ja, es war, als hätte sie für diesen Auftritt früher mal geübt, so daß sie ihren Text jetzt so gut wie auswendig konnte.

Pauline brachte Stellas Abendessen und zog die Augenbrauen hoch, als sie mich lange nach Feierabend noch dort sitzen sah. Stella aß ein Brot und knabberte an einer Makrone. Sie ißt in letzter Zeit ein bißchen besser, hat aber nicht zugenommen und sieht sehr durchsichtig aus.

Ich dachte, ja ich hoffte, sie wäre für heute fertig, denn ich wollte nicht, daß sie sich überanstrengte. Aber dann fing sie plötzlich an, von dem Kind zu erzählen, das sie und Rex sich wünschten, und wie sie eine Fehlgeburt gehabt hatte und dann noch eine. Natürlich wünschte sich Rex nicht einfach ein Kind, sondern einen Sohn. Nach fünf Jahren kam Marianne zur Welt, am 2. Juni 1953, dem Krönungstag der Queen. Stella hatte fast die ganze Schwangerschaft über gelegen aus lauter Angst, das Kind zu verlieren, und nach der Geburt war sie lange Zeit ziemlich krank. Sie sagte nicht, was sie hatte, es war wohl vor allem eine postnatale Depression.

Rex konnte mit kranken Leuten nichts anfangen. Er war enttäuscht, daß es eine Tochter geworden war. Das und eine Ehefrau, die nicht aus dem Haus konnte, trieb ihn wieder

dahin zurück, wo er die ganzen Jahre davor gewesen war –
in die Arme der Frau, mit der Stella ihn als Schulmädchen
in der Stadt gesehen hatte und die sie, als wäre Rex ein ge-
kröntes Haupt oder ein Diktator gewesen, als seine Mätresse bezeichnete.

Sie meinte seine Freundin, seine Geliebte. Unser Ge-
schichtslehrer hatte uns von den vielen Mätressen Karls des
Zweiten erzählt, aber seither hatte ich den Ausdruck nie
wieder gehört. Mätresse heißt ja eigentlich Herrin, ein
Hund oder eine Katze kann eine Herrin haben, und Mrs.
Thorn hat immer zu Granny gesagt, sie wäre die eigentliche Herrin dort im Haus, aber wenn man von einem gewöhnlichen Durchschnittsbürger sagt, daß er eine Mätresse
hat, erhebt ihn das gleich ganz gewaltig über den Durchschnitt. Ich sah Rex Newland als einen großen Herrn mit
Umhang und Degen vor mir, am Arm seine Mätresse im
Reifrock.

Aber so kann es natürlich nicht gewesen sein, und ich
kam mir ziemlich schlau vor, als ich darauf tippte, wer diese
Mätresse wohl gewesen war.

10

Ned und Jane und Hannah kamen übers Wochenende nach
Tharby. Er schaffte es, mich anzurufen, als ich gerade aus
dem Dienst gekommen und Mike noch nicht zu Hause war.
Er müsse mich sehen, sagte er, es sei dringend.

Der Schreck fuhr mir in alle Glieder. Was denn los sei,
fragte ich.

»Nichts ist los. Ich habe dich seit zehn Tagen nicht gesehen, und deshalb ist es dringend. Logisch, nicht?«

Es ging nur so, daß wir uns am Samstag abend zu viert in
der ›Legion‹ trafen. Mike wäre nicht mitgegangen, wenn ich
ihm gesagt hätte, daß Jane dabei war, und Jane wäre vermutlich nicht gekommen, wenn sie gewußt hätte, daß sie
unseren ganzen Klan treffen würde, Mum und Len, Janis
und Peter, Nick und Tanya und natürlich Mike und mich.
Jane trug einen schmal geschnittenen Hosenanzug aus dun-
kelblauer Seide mit weißer Hemdbluse, denselben wie in
Stansted, als sie Ned abgeholt hatte. Das rote Haar war
ordentlich aufgesteckt. Wenn ich Jane nicht sehe, kann ich
sie ganz gut ausblenden, aber immer wenn ich sie vor mir
habe, überlege ich, wie er wohl mit ihr umgeht, ob sie wie
Mike und ich noch ein gemeinsames Bett haben, eins dieser
Ehebetten, und ob darin jeder am äußersten Rand schläft
oder ob er, weil er sie nicht verlassen kann, weiter den lie-
bevollen Ehemann mimt. Wir sprechen nie davon, es ist mir
lieber so. Die Männer machen ihren Freundinnen immer
weis, daß sie nicht mehr mit ihren Frauen schlafen, sagt
Mum, und wenn dann die Frau ein Kind kriegt, sehen sie
ganz schön alt aus. Rex Newland schien so ein Typ gewesen
zu sein, der Stella ständig die Hucke voll gelogen hatte.

Man merkte, daß Jane sich nicht wohl bei uns fühlte. An
einem Tisch in der Ecke saß eine Dozentin von der Univer-
sity of East Anglia mit ihrem Mann, und Jane sah immer
wieder zu den beiden hin. Ned brachte uns die Getränke
und setzte sich neben mich, zwischen mich und Peter, er
griff unter dem Tisch nach meiner Hand und hielt sie in
meinem Schoß fest, zwischen meinen Schenkeln, bis es mir

161

zuviel wurde und ich sie wegstieß. Keiner hatte was gemerkt, keiner sah, daß unsere Beine ganz eng zusammen waren – bis auf Mum. Sie ist für alles mögliche blind, aber wenn's um Sex geht, sieht sie alles.

Sie winkte mich unter dem Vorwand, mir eine Schale Kartoffelchips für unseren Tisch zu geben, an den Tresen. »Hast du schon mal dran gedacht, dir diese Stäbe einpflanzen zu lassen?« fragte sie.

Ich sah sie verständnislos an.

»Das neueste Verhütungsmittel, hundertprozentig sicher, du kriegst sie in den Arm gesteckt wie Pflanzzwiebeln. Wenn man zwei Töpfe am Kochen hat, muß man nämlich aufpassen. Die kleine Green, Jill Balehams Nichte, hat die Pille genommen und ist trotzdem reingerasselt. Du brauchst nur einmal Durchfall zu haben, und die Pille kommt einfach unten wieder raus.«

»Mutter«, sagte ich. So nenne ich sie nicht oft, und daran merkt sie dann, daß es reicht.

Am liebsten hätte ich ihr die Schale an den Kopf geworfen. Ich ging mit den Chips an unseren Tisch zurück. Mike erzählte von der Baustelle am Regent's Park und daß sie dort jetzt bald fertig waren. Ned sah mich nicht an und sagte nichts, und daran merkte ich natürlich genau, was ihm durch den Kopf ging. Mir war vor lauter Nervosität richtig schlecht. Der Weißwein, den Mum neuerdings ausschenkt, ist so sauer, daß es einem die Socken auszieht. Der reinste Rachenputzer. Janis sagte so laut, daß Peter es mitkriegte, ihr wär's nur recht, wenn Peter sich einen Job suchen würde, bei dem er an vier von sieben Abenden nicht zu Hause wär, vermissen würde sie da bestimmt nichts, und

Peter sagte, ganz meinerseits, und Jane guckte leicht angewidert, stand auf und ging zu den Leuten von der Uni rüber. Sie wechselten ein paar Worte, dann standen die beiden auf, und sie gingen alle drei raus.

Ned stotterte eine flaue Entschuldigung, aber die anderen waren eingeschnappt, und Mikes schlimmste Befürchtungen hatten sich natürlich mal wieder bestätigt. Fünf Minuten saßen wir noch verlegen herum, und dann sagte Ned, er müsse auch gehen, die Leute aus Norwich seien Bekannte von Jane, sie habe die beiden wohl noch auf einen Drink mitgenommen.

Wir standen alle auf. »Können wir uns am Montag abend sehen? Bitte!« flüsterte er mir zu, demnach hatte der Farn in seinem Schuh gewirkt.

Und dann passierte was ganz Komisches. Als die Tür sich hinter ihm schloß, ging die andere Tür auf, die Vordertür, die in der Farbe von Stellas Nägeln gestrichen ist, und die Frau, die in Thelmarsh Cross zweimal mit ihrem Wagen an mir vorbeigefahren war, kam herein. Sie ist eine gutaussehende Blondine, etwas älter als ich, und jetzt, als mehr von ihr zu erkennen war als nur Kopf und Schultern, sah ich auch, daß sie ein bißchen Übergewicht hatte, aber es war gut verteilt. Ich erkannte sie sofort und merkte, daß sie mich auch erkannt hatte, aber wir lächelten uns nicht zu und guckten nicht lange hin, sondern drehten beide im gleichen Moment den Kopf weg.

»Es war Gilda Brent«, sagte ich.

Stella runzelte die Stirn. »Was reden Sie da?«

»Die Mätresse.«

»Dieses Herumraten geht mir langsam auf die Nerven, Genevieve«, sagte sie ziemlich scharf. »Nein, es war natürlich nicht Gilda. Gilda hat eine ganz andere Rolle in meinem Leben gespielt, und damals kannte ich sie noch gar nicht. Die Mätresse von Rex hieß Charmian Fry.«

Sie war alleinstehend, war nie verheiratet gewesen, hatte nie arbeiten müssen. Sie kam aus dem Landadel, die Frys hatten immer hohe und höchste Verwaltungsämter in der Grafschaft gehabt, der Vater war High Sheriff gewesen, einer ihrer Brüder war Lord Lieutenant. Die Familie war wohlhabend, Charmian Fry hatte Einkommen aus eigenem Vermögen. Solche Familien haben meist mehrere Häuser, sie wohnte in einem großen Haus bei Stowupland. Allein. Ich frage mich immer, was diese Leute den ganzen Tag so machen. Charmian ritt Fuchsjagden und schoß Enten, sagte Stella, sie gärtnerte und töpferte Schalen für Geranien und dergleichen. Sie ging zu Sherryparties und zu großen Abendessen. Ausfüllen kann einen das nicht, finde ich, aber sie hatte ja auch noch Rex, der sie zumindest zeitweise beschäftigte.

Sie hatten sich kennengelernt, als er einundzwanzig und sie achtzehn war. Viel später, als es sie nicht mehr berührte, fragte ihn Stella, warum er sie nicht geheiratet hätte. »Weil man gewisse Frauen heiratet«, sagte er, »und andere nicht.« Das hatte nichts mit dem Aussehen zu tun oder der Reputation, wie Stella das nannte, es war etwas, was er einfach auf den ersten Blick erkannte. Und als Frau oder Mutter hätte sie sich Charmian auch wirklich nicht vorstellen können.

Ich habe wohl noch nicht erzählt, wie sie das mit Charmian herausbekommen hatte. Ihr Schwiegervater hat es ihr gesagt, er war schon in den Achtzigern, hatte nicht mehr lange zu leben und war wohl auch schon ein bißchen vertrottelt. Man muß ganz schön vertrottelt oder besonders bösartig sein, um so was zu einer jungen Frau, noch dazu der eigenen Schwiegertochter, zu sagen, die nach einer sehr schwierigen Schwangerschaft gerade ein Kind gekriegt hat. Nur weil sie nicht wohl und immer blaß und müde war.

»Wenn du ihm nicht das gibst, was er als Ehemann verlangen kann«, sagte er, »treibst du ihn wieder in die Arme von Charmian Fry, ja, ein kleines Vögelchen hat mir ins Ohr gesungen, daß er da schon ist.«

Und dann kam alles heraus, der Alte ließ sich nicht lange bitten. Stella fiel es wie Schuppen von den Augen, aber es war ein furchtbarer Schock. Nichts hatte sie darauf vorbereitet, daß Männer und Frauen sich so benehmen können. Gewiß, in Romanen las man so was, aber daß ein Ehemann sich eine andere nahm, war etwas, was sie sich weder für sich noch für die Frauen aus ihrem Bekanntenkreis hatte vorstellen können. Es war undenkbar, daß eine Frau, die sich in ihrem Haus zu Tisch setzte, sie auf die Wange küßte und sie beim Vornamen nannte, heimlich mit ihrem Mann Dinge trieb, die aus Stellas Sicht nur durch die Ehe abgesegnet und eine eheliche, wenn auch nicht immer besonders ersprießliche Pflicht waren. Es war undenkbar, aber eine unumstößliche Tatsache, mit der sie sich abfinden mußte.

Nach und nach, und mit unendlich bitteren Gefühlen, gewöhnte sie sich an den Gedanken, aber daß ein Mann eine hagere schwarze Krähe mit ledrig brauner Haut und grauschwarzem Zottelhaar ihr vorziehen konnte, blieb ihr unbegreiflich. Manchmal sah sie Charmian, wenn sie in ihrem alten Kombi nach Bury zum Einkaufen gekommen war und von der anderen Straßenseite her grüßend, aber ohne Lächeln den Arm hob. Dann drehte Stella sich um und musterte in einer Schaufensterscheibe ihr Spiegelbild, ihr hübsches Gesicht, die gute Figur, die sorgfältig ausgewählten oder sorgfältig genähten Sachen, und in einigem Abstand dahinter Charmian in schmuddeligem, abgetragenem Tweed und einem Männerfilzhut.

»Rex kam zu mir zurück«, sagte Stella. »Ob er sie wirklich aufgegeben hatte, stand auf einem anderen Blatt. Ich hatte noch eine Fehlgeburt, es war ein Junge, man konnte es schon erkennen, und er war natürlich furchtbar enttäuscht.«

Sie mußte immer an das denken, was er bei seinem Antrag gesagt hatte: *Ich begehre dich so sehr, daß es mich fast umbringt...* Warum hatte er das gesagt? Hatte er es schon damals nicht ehrlich gemeint? Oder hatte er es in diesem Moment ehrlich gemeint – und dann nie mehr? Hatte sie ihn enttäuscht? War an ihrer Erscheinung, ihren Manieren, ihrer Stimme, ihrem gesellschaftlichen Schliff etwas auszusetzen? Damals stand sie oft lange vor dem Schlafzimmerspiegel, überlegte, was sich an ihrer äußeren Erscheinung verbessern ließ, führte dabei Selbstgespräche und horchte ihrer Stimme nach.

»Vielleicht, dachte ich, liegt es daran, daß ich ihm noch immer keinen Sohn geschenkt habe. Das Kinderkriegen war keine reine Freude für mich, Genevieve. Gewiß, wenn man schließlich das Kind im Arm hält, ist alle Mühe vergessen, aber was ist, wenn die ganze Mühsal umsonst war?«

Stella sah mich durchdringend an, dann schloß sie die Augen und legte den Kopf zurück. Ich dachte, sie sei für heute fertig, und wollte mich leise davonstehlen, aber da schlug sie unvermittelt die Augen wieder auf. Sie griff nach meiner Hand, und ich faßte zu und drückte sie leicht.

»Mir ist gerade eingefallen, warum ich das alles erzähle, Genevieve. Um zu erklären, wie ich dazu kam, das Haus zu kaufen.«

»Wirklich?«

»Ja, wirklich. Ich wollte gar nicht so sehr in Einzelheiten gehen, ich fürchte… Es gibt gewisse Dinge, die meine Kinder nicht zu erfahren brauchen.«

»Das von ihrem Vater und Charmian Fry wissen sie also nicht?«

»Möglich, daß Marianne die Wahrheit geahnt hat. Richard war viel zu jung. Es ist viel besser, wenn sie nicht eingeweiht sind, und wissen kann es natürlich auch Marianne nicht.«

Ich mußte an meinen Dad denken, der nach der Trennung von Mum eine Freundin nach der anderen gehabt, der zum zweitenmal geheiratet hatte, nur um sich wieder scheiden zu lassen, und jetzt mit einer Frau zusammenlebt, die zwei Jahre jünger ist als ich. Niemand wäre auf die Idee gekommen, das vor Janis und mir und Nick geheimzuhalten. Es muß was mit dem Generationsunterschied oder vielleicht eher noch mit dem Klassenunterschied zu tun haben.

»Marianne wußte, daß es um den Tod ihres Vaters ein Geheimnis gab. Das heißt, an dem Tod selbst war nichts Geheimnisvolles. Er ist an einem Herzinfarkt gestorben.«

»Im Zug«, sagte ich und bereute es sofort, denn sie setzte

sich mit einem Ruck auf, ihre freie Hand zitterte, und sie ließ mich unvermittelt los.

»Woher wissen Sie das?«

»Richard hat es mir erzählt, ich weiß nicht mal mehr, in welchem Zusammenhang«, sagte ich so beiläufig wie möglich.

Sie wurde wieder ruhiger. Wenn sie sich in so eine Aufregung hineinsteigert, ist sie hinterher immer ganz fertig, sie war sehr blaß geworden.

»Ja, *das* weiß er natürlich. Es stimmt übrigens nicht ganz, daß Rex im Zug gestorben ist. Er bekam den Herzanfall im Zug, gestorben ist er dann im Krankenhaus von Bury.«

Er kam von einem Besuch bei Charmian Fry. Das war viel später, Ende der sechziger Jahre, sie war in ein kleineres Haus gezogen, das ebenfalls der Familie gehörte, und wohnte nun in Elmswell, einem Ort mit Bahnstation an der Zweiglinie von Stowmarket nach Bury. Vielleicht hatte sie mit aus diesem Grund gerade dieses Haus genommen. Rex fuhr inzwischen nicht mehr Auto, er trank zu viel, um sich noch ans Steuer zu wagen, und aß mehr, als gut für ihn war. Er war siebenundsechzig und zu alt und zu dick, um das zu treiben, was er mit der guten alten Charmian getrieben hatte. Als der Zug in Bury einfuhr, saß er zusammengesunken in der Ecke eines Erster-Klasse-Abteils, eine Rückfahrkarte Bury–Elmswell in der Tasche, die bekam Stella mit seiner übrigen persönlichen Habe nach seinem Tod vom Krankenhaus zurück, und nun wußte sie, wo er gewesen war. Er hatte Charmian so sehr begehrt, daß es ihn umgebracht hatte.

Marianne war fünfzehn. Sie wußte, daß Charmian in

Elmswell wohnte und daß ihr Vater auf der Rückfahrt von dort seiner Herzanfall bekommen hatte. Stella war davon überzeugt, daß sie zwischen diesen beiden Dingen keinen Zusammenhang sah. Sie stellte keine Fragen. Sie hatte ihren Vater geliebt und betrauerte ihn; von dem Leben, das er geführt hatte, wußte sie nichts. Wenn es nach Stella gegangen wäre, hätte er in Elmswell einen ganzen Harem unterhalten und ihn täglich besuchen können. Sie hatte seinen Tod nicht herbeigewünscht, aber sie fühlte sich doch wie befreit, als er gestorben war. Damals ging es ihr nur darum, sein Treiben vor den Kindern geheimzuhalten, sie in dem Glauben zu lassen, daß an jenem Abend eine glückliche Ehe zu Ende gegangen war und ihre Mutter als trauernde Witwe zurückblieb. Denn in der Zeitspanne zwischen dem Verlust des kleinen Jungen und dem Tod von Rex hatte sie das Größte und Schönste in ihrem Leben erfahren. Nein, nicht die Geburt von Richard, setzte sie eilig hinzu, auch wenn das natürlich ein im wahrsten Sinne des Wortes freudiges Ereignis gewesen war, sondern etwas ganz anderes. Und dann fielen ihr wieder die Augen zu, und noch als sie eingeschlafen war, lag ein leichtes Lächeln um ihre Lippen.

Ich hielt wieder ihre Hand, als es klopfte und Richard hereinkam. Ich legte einen Finger an die Lippen, und er kam auf Zehenspitzen näher und setzte sich behutsam hin. So saßen wir etwa zehn Minuten beieinander, lächelten uns hin und wieder zu, aber redeten nicht miteinander, und dann stand ich auf und flüsterte, ich müßte jetzt gehen.

Die Katze, die unserer Nachbarin Sandra gehört, spielte mit einem Grünfinken, den sie an meiner Futterstelle gefangen hatte. Ich konnte ihr den Vogel abjagen, es war ein wunderschönes Tier mit strahlendgelben Federn in den olivfarben gefiederten Flügeln, aber er starb mir unter den Händen.

Wenn ein Vogel in deiner Hand stirbt, zittern dir die Hände, solange du lebst. Ich begrub den armen Piepmatz in unserem Rosenbeet, und dabei zitterten meine Hände so sehr, daß ich Angst hatte, Schüttellähmung zu bekommen wie Großvater, aber nach ein paar Minuten hörte es wieder auf. Mums Vorzeichen stimmen eben auch nicht immer. Aber während ich mich auf das Treffen mit Ned vorbereitete, fiel mir ein, daß ein toter Vogel auch einen Tod in der Familie bedeutet.

Als ich vor Stellas Haus stand, war die Sonne herausgekommen. Es versprach ein schöner Abend zu werden. Die Sonne strahlte in diesem goldenen Licht, das sie nur im Herbst hat, und warf lange bernsteinfarbene Bahnen über das Land. Die Laubbäume in der Moorlandschaft färbten sich allmählich gelb und braun, der Hartriegel leuchtete in Rosa und Scharlachrot. Auf der Schwelle lagen die roten Beeren des Vogelbeerbaums, die Vögel verloren oder nur angepickt hatten, ich mußte aufpassen, um sie nicht in den Teppich zu treten, die Flecken sahen aus wie Blut.

Am Samstag fängt die Winterzeit wieder an, das heißt, daß es nächste Woche um diese Zeit schon dunkel ist. Dann brauchen wir die Kerzen nicht nur, weil sie romantisch sind, sondern damit wir die Treppe hochfinden, ohne uns zu stoßen. Der Herbst ist zwar so mild wie seit Jahren nicht mehr, trotzdem wird es jede Woche kühler, und die Ölöfen kommen gegen die Kälte und Feuchtigkeit kaum mehr an.

Die Weihnachtslichter hatte ich durch gelbe Kerzen ersetzt und statt der Schnittblumen überall Topfpflanzen hingestellt. Während ich auf Ned wartete, sah ich mir die Bilder an, die zusammen mit dem Foto, das ich Stella mitgebracht hatte, in der Anrichte gelegen hatten. Die kolorierten Zeichnungen von Kindern und Tieren waren viel hübscher als das öde Zeug an der Wand. Auf einem waren ein Junge und ein Mädchen mit einem Kätzchen zu sehen, auf einem anderen derselbe Junge mit einer Schildpattkatze, die einen Umhang mit einem Muster wie ein Perserteppich trug. Ich war an diesem Abend auf Katzen nicht gut zu sprechen, aber die Zeichnungen waren wirklich reizend. Und sie kamen mir irgendwie bekannt vor, ich hatte sie schon mal gesehen, mir fiel nur nicht ein, wo. In der Ecke waren sie mit einem Namen gezeichnet, den ich nicht lesen konnte: ein A mit einem Punkt, danach ein T, das in einem Krakel auslief.

Natürlich hätte ich mir nie erlaubt, Stellas Haus neu einzurichten, aber ich fand, daß diese Bilder sich an der Wand viel hübscher machen würden als die bläulich verwaschenen Moor- und Flußlandschaften. Ich hielt gerade eins dahin, wo ein helleres Rechteck an der Wand zu sehen war, als das Licht von Neds Scheinwerfern ins Zimmer fiel und Stellas Porträt, ihr schönes, lebendiges Gesicht, das altrosa Kleid, die Rose in ihrer Hand aus der Dunkelheit holten.

Er entschuldigte sich zärtlich und zerknirscht, das mit Samstag abend täte ihm unheimlich leid. Hannah war krank geworden, der Babysitter hatte gerade im Pub anrufen wollen, als Jane heimgekommen war, und es war gut, daß er, Ned, so schnell nachgekommen war, denn Hannah röchelte und rang nach Luft und verlangte nach ihrem Vater, und Jane hatte ihr das übliche Mittel gegeben, aber sie hatten dann doch mit ihr ins Krankenhaus fahren müssen. Es ist schlimm für ihn. Wenn Hannah in diesem Zustand ist, kann er an nichts anderes und an niemanden sonst denken.

Wie kann er nur glauben, er könnte mich dazu bringen, daß ich Hannah den Vater wegnehme, nachdem er mir all diese Sachen über sie erzählt hat? Man kann nun mal nicht alles haben, das weiß ich offenbar besser als er, auch wenn ich lange nicht so gebildet und so weltgewandt bin.

»Liebst du mich?« fragte er, als ich in seinen Armen lag. »Sag, daß du mich liebst, meine Jenny, sag, daß du mich liebst.«

Ich kann kaum sprechen, wenn er solche Sachen sagt, ich kann nur flüstern. »Ja, natürlich«, stieß ich hervor, »das weißt du doch.«

»Aber ich will, daß du es sagst, ich muß das haben.«

Andere Männer haben Angst vor diesem Wort. Er braucht es. So wie manche Musik brauchen oder den Kitzel der Furcht oder eine Frau, die sich wie eine Nutte anzieht, braucht er das Wissen, geliebt zu werden.

Als ich heimkam, war es elf, und in dem dunklen Haus läutete das Telefon. Ich rechnete fest damit, daß es Mike war, der mir sagen würde, er hätte es schon den ganzen Abend versucht, aber es war Janis. Ihre Stimme klang ernst und fremd, und sie mußte sich räuspern, ehe sie es herausbrachte.

Unser Dad war gestorben.

Ich konnte es kaum glauben, er war doch immer so fit gewesen. Janis sagte, er habe bei sich zu Hause in Diss den alten Alvis geputzt, den er gekauft hatte, weil später ein Interessent zur Besichtigung kommen wollte. Dad wienerte gerade an dem Chrom der Motorhaube herum, und dann schrie er plötzlich auf, weil ihm ein jäher Schmerz durch Arm und Schulter fuhr. Suzanne stürzte aus dem Haus, aber als sie hinkam, war er schon tot. Herzinfarkt.

Um fünf war das gewesen, etwa um die Zeit, als mir der Vogel unter den Händen gestorben war. Dieses sonderbare, aber ganz eindeutige Omen berührte mich sehr und ließ zunächst gar keinen richtigen Kummer aufkommen. Als ich dann im Morgengrauen aufwachte, fiel mir sofort alles wieder ein, und nun weinte ich um unseren Dad, der so lieb und fürsorglich gewesen war, bis er uns verlassen hatte. Solange das auch schon her war – es traf mich doch sehr, daß wir kein gemeinsames, vertrautes Zuhause hatten, in dem ich mit Mum hätte sitzen und richtig um ihn hätte trauern können. Im Leben hatte ich ihn mit acht Jahren verloren, im Tod gehörte er Suzanne.

Am nächsten Morgen hatte Stella Besuch, nicht Richard oder Marianne, sondern eine ältere Dame, wie mir Pauline sagte, so daß ich erst am Nachmittag zu ihr kam. Immer geht mir das so mit Stella: Wenn ich gerade denke, daß sie sich eben doch nur für ihre eigenen Angelegenheiten interessiert, daß sie selbstverliebt ist wie die meisten hier, überrascht sie mich mit erstaunlicher Einfühlsamkeit. Sie saß im Salon, an der Terrassentür, sah sofort, daß etwas nicht stimmte, und streckte mir beide Hände entgegen.

»Was ist passiert, Genevieve?«

Ich sagte es ihr. Die meisten Leute tun bei einem Trauerfall zwar sehr mitfühlend, aber im Grunde berührt er sie nicht, sondern ist ihnen eher peinlich, und deshalb staunte ich über Stellas Reaktion, ihre plötzliche Blässe, ihre belegte Stimme.

»Aber er muß doch noch ein ziemlich junger Mann gewesen sein.«

»Er war fünfundfünfzig.«

»Das tut mir aber leid«, sagte sie, ganz so, als hätte sie ihn gekannt. »Es tut mir wirklich sehr leid.«

Wir saßen eine Weile schweigend beieinander. An der Buddleia waren noch ein paar Blüten, an denen die letzten Schmetterlinge hingen. Ein Fuchs, ein Distelfink.

»Nun werde ich doch keinen Schwalbenschwanz mehr sehen, Genevieve«, sagte Stella schließlich. »Wird es bei der Beerdigung Ihres Vaters Blumen geben?«

Ich sagte, ich hätte schon im Blumengeschäft angerufen und ein Gesteck bestellt, wüßte aber nicht, wann die Beerdigung sein und wer sich darum kümmern würde. Janis war sieben und Nick erst drei gewesen, als unser Dad sich von Mum getrennt hatte. Seither hatten wir ihn höchstens dreimal im Jahr gesehen und ihm zu Weihnachten eine Karte geschrieben. Und dann mußte ich an Hannah denken. Wenn Ned seine Frau verließ, ging es ihr genauso. Sie würde bei einem Elternteil aufwachsen, genau wie ich, und nach seinem Tod würden andere Leute darüber entscheiden, ob er Blumen bekommen sollte oder nicht. Stella war eine Weile tief in Gedanken. Dann wandte sie sich wieder mir zu.

»Die Beerdigung meines Vaters war im Januar, es war sehr kalt. Richard war neun Monate, ich brachte ihn zu der Nichte von Rex – das heißt zu der Frau seines Neffen Jeremy, zu Priscilla, die mich heute vormittag besucht hat. Ich dachte, ich würde allein nach London fahren müssen. Für einen Schwiegervater, den er nur einmal im Leben gesehen habe, hatte Rex gesagt, könne er unmöglich einen Tag freimachen. Aber...« Sie stockte, und dann brachte sie sehr befangen den Namen heraus. »...aber Alan kam mit.« Sie sah mich von der Seite an. »Wir trafen uns auf dem Bahnsteig von Bury, und er fuhr mit mir nach London.«

»War das Ihr Schulfreund?« fragte ich.

»Eben der.«

»Sie hatten also wieder zusammengefunden.«

»Haben Sie noch nie von Alan Tyzark gehört?« fragte sie, ohne auf meine Bemerkung einzugehen.

Ich schüttelte den Kopf. »Ist das schlimm?«

»Nein, es ist ja schon lange her. Er war Künstler. Maler. Vielleicht hatten Sie ja als Kind das eine oder andere *Figaro-and-Velvet*-Bilderbuch...«

Und jetzt fiel mir ein, wo ich die Bilder aus Stellas Haus schon mal gesehen hatte. In einem Buch, das mir jemand – meine Tante Rita, glaube ich – zum siebten Geburtstag geschenkt hatte. Ein Mädchen und ein Junge und ihre Katze, typische Mittelstandskinder, nicht solche wie wir. Kinder, die in einer großen Villa wohnten, einen Dad hatten, der ins Büro ging, und eine Mum, die zu Hause blieb, und eine niedliche samtige Schildpattkatze mit magischen Kräften. Das mit den magischen Kräften hatte mir gefallen, damit konnte ich was anfangen.

»Diese Bücher hat Alan Tyzark illustriert«, sagte Stella.

Aus heiterem Himmel war dieser Alan nun wieder in ihrer Geschichte aufgetaucht, einfach als ein Mann, der auf der Beerdigung ihres Vaters gewesen war. »Er konnte sehr komisch sein«, sagte sie, »und seine Komik wirkte nie aufgesetzt. Heutzutage würde man das wohl ›locker‹ nennen oder von schwarzem Humor sprechen. Ich war sehr deprimiert an diesem Tag, nicht wegen meines Vaters, ich hatte kaum mehr Kontakt zu ihm gehabt, sondern aus... aus anderen Gründen, und Alan hatte sich vorgenommen, mich abzulenken, mich aufzuheitern. Durch ihn wurde dieser schlimme Tag zu einem Fest.

Er hatte einen Plan gemacht. Wir würden die Beerdigung hinter uns bringen, dann würde er mit mir essen gehen und mir alles mögliche in London zeigen, ein Haus mit einer interessanten Vergangenheit, ein Standbild im Park, ein Denkmal, und zum Tee wollten wir dann ins Ritz. Es war unvergleichlich. Ich kannte sonst niemanden, der all das so sorgfältig ersonnen hätte. Ihn kannte ich damals etwa vier Jahre, wir... wir waren uns 1959 wiederbegegnet.«

Ich wußte nicht, was ich sagen sollte. »War er in der Schule gut im Zeichnen?«

»Ich glaube schon. Er hatte Kunsterziehung als Leistungsfach, aber das hatten wir fast alle. Er zeichnete damals schon Tiere, das weiß ich noch.«

»Und Sie haben ihn ganz zufällig wiedergetroffen?«

»Er war Gilda Brents Mann. Er hatte Gilda geheiratet.« Sie sah auf die Zweige mit den lila Blütendolden, die sich an den Spitzen bräunlich verfärbten und schlaff herabhingen, auf den einsamen Roten Admiral mit ausgefranstem Flügel, der sich an ein Ästchen klammerte. »Er hat etwas Schreckliches getan«, sagte sie wie im Selbstgespräch. »Das heißt, wir haben zusammen etwas Schreckliches getan.« Was meinte sie damit? Daß sie mit ihm geschlafen hatte? Als sie mich wieder ansah, hatte sie eine Trauermiene aufgesetzt. »Aber wir sollten nicht von mir reden, Genevieve, sondern von Ihrem Vater. Erzählen Sie mir von ihm.«

Typisch für Dad war seine Autoleidenschaft. Er liebte seine Autos so zärtlich, wie andere Leute Tiere lieben, Hunde oder Pferde. Wäre es möglich gewesen, Autos zu züchten – er hätte es getan. Es war traurig, daß er nie genug Geld hatte, die Autos, die ihm gefielen, auch zu fahren. Er war dazu verurteilt, sie Leuten zu verkaufen, die sie nie so zu schätzen wußten wie er. Selbst der Alvis, den er poliert hatte, als er starb, wäre bald in andere Hände übergegangen. Davon erzählte ich Stella ein bißchen was, aber sie ist alt und krank und kann sich nicht mehr lange konzentrieren, ich nahm es ihr nicht übel, daß sie einnickte, ehe ich fertig war. Und wie sie dazu gekommen war, ihr Haus zu kaufen, hatte sie mir immer noch nicht erzählt.

Am nächsten Tag fühlte sie sich besser als seit Wochen. Es ist die Sonne, sagte sie, der letzte Hauch von Sommer, den uns die dritte Oktoberwoche oft noch beschert, aber ich denke, es waren wohl eher die Bestrahlungen. Ich hatte Arthur mit seinem Rollstuhl in den Park gefahren, und Stella sagte, sie würde sich ein bißchen auf die Terrasse setzen, vor das Fenster, an dem sie die Schmetterlinge beobachtet hatte. Es kommt nicht oft vor, daß sie im Freien sitzt, ohne Buch, ohne Musik.

»Ich will Ihnen erzählen, wie ich Alan und Gilda begegnet bin.«

Sie kann nicht nachvollziehen, daß ich mich nicht immer

so lange bei ihr aufhalten kann, wie sie möchte – oder auch, wie ich möchte. Darin ist sie wie die meisten Leute, die nie – oder schon lange nicht mehr – haben arbeiten müssen. Denen geht es nicht ein, daß man sich, wenn man einen Beruf hat, nie beliebig freimachen kann.

»Ich würde gern bleiben, Stella, aber ich habe so viel zu tun…«

Solange du jung bist oder auch etwas älter, aber eben noch nicht ganz alt, verbirgst du deine Gefühle. Du lächelst und tust, als wäre es nicht schlimm, wenn jemand zu spät kommt oder vorzeitig weggeht oder das Thema wechselt oder zeigt, daß er sich langweilt. Kinder sind da anders, sie maulen und motzen und wüten rum. Daß jemand wirklich alt ist, merkt man vielleicht am ehesten daran, daß er – oder sie – motzt und wütet wie ein Kind.

»Verstehe schon, Genevieve«, sagte Stella richtig giftig. »Es ist wohl nicht mehr sehr unterhaltend, mit mir zusammenzusein.«

»Darum geht es nicht, das wissen Sie doch. Ich muß meine Arbeit schaffen. Um vier komme ich wieder vorbei, ja?«

Sie sagte – und das hatte ich erwartet: »Meinetwegen. Aber nur, wenn ich allein bin. Vielleicht habe ich Besuch.«

Aber natürlich war sie allein, das ist sie ja fast immer. Das Radio war an, drittes Programm, und ihr Kassettenrekorder lief. Eine klare, sehr hohe Frauenstimme sang irgendwas aus einer Oper. Ich dachte, sie würde einen Finger an die Lippen legen, aber statt dessen tat sie etwas ganz Unerwartetes. Als ich meine Hand ausstreckte, zog sie mich mit einer erstaunlich kräftigen Bewegung an sich und küßte mich auf die Wange. Ich sagte nichts, sondern nahm sie spontan in die Arme und drückte sie. Dann verstummte die Musik, und fast gleichzeitig war die Kassette zu Ende. In Stellas Augen standen Tränen.

»Was ist?« fragte ich.

»Nichts. Nur die Musik. Und daß ich heute vormittag so ekelhaft zu Ihnen war, Jenny.«

»Schwamm drüber. Sie wollten mir von Alan Tyzark erzählen.«

»Sie haben sich seinen Namen gemerkt!«

Ich setzte mich aufs Bett und nahm ihre Hand.

Ihr Blick war auf einen fernen Punkt gerichtet. Ich hatte den Eindruck, daß sie rot geworden war, als ich das von Alan Tyzark sagte, und ihr Gesicht hatte jetzt immer noch ein bißchen Farbe. Sie machte mehrere Anläufe, offenbar wußte sie nicht so recht, wie sie anfangen sollte. Es ging ihr wohl so, wie es mir mit Ned geht. Sie tat sich schwer, in ganz normalem Ton von ihm zu sprechen. Dann hatte sie sich gefangen, aber sie hatte sich vorher ein paarmal räuspern müssen.

»Es dauerte lange, bis ich dahinterkam, wer die neuen Mandanten von Rex waren. Rex hatte es mir natürlich erzählt, aber er sprach immer von Gilda Brent und ihrem Mann, und unter dem stellte ich mir natürlich einen Mr. Brent vor. Selbst als Rex ihn später Alan nannte, sah ich keinen Zusammenhang, ich wußte ja nicht, daß mein Alan Maler geworden war.«

Gilda Brent und Alan Tyzark hatten Rex Newland konsultiert, weil sie Geld zurückhaben wollten, das eine Filmgesellschaft Gilda schuldete. Die Gesellschaft gab es in dieser Form nicht mehr, sie war in Konkurs gegangen, und Gilda hatte für ihre letzten beiden Filme, *Eine Frau klagt an* und *Edith Thompsons Ende,* keine Gage bekommen. So stellte sie es jedenfalls dar.

Es dauerte seine Zeit, aber schließlich konnte Rex für die beiden noch eine ordentliche Summe herausholen, etwa 2000 Pfund, für heutige Verhältnisse nicht viel, aber das war 1959. Rex hatte inzwischen schon oft mit den Tyzarks zusammengesessen. Sie wohnten in Tivetshall St. Michael, einem Dorf bei Pulham Market, in einem Bauernhaus, das sich St. Michael's Farm nannte. Sie arbeiteten damals beide nicht, sondern lebten von dem, was sie früher verdient hatten, und von Ererbtem. Alans Vater hatte ihm ein paar hundert Pfund vermacht, Gilda hatte kurz nacheinander drei Tanten verloren, die ihr Geld und Wertsachen hinterlassen hatten, was es im einzelnen war, sagte Stella nicht. Daß sie im Grunde ziemlich arme Schlucker waren, sah man ihnen nicht an, sie waren ein gut gekleidetes, elegantes, attraktives Paar.

Rex bat Stella, die beiden zum Essen einzuladen, das war so seine Art. Wenn er neue Leute kennenlernte, die ihm vom Aussehen her gefielen oder unterhaltend oder aus der richtigen Klasse waren, mußten sie zum Essen eingeladen werden. Was würde ich wohl machen, wenn Mike nach Hause käme und verlangte, ich sollte für ihn und vier Kumpel von der Baustelle und ihre Frauen was kochen? Es ist witzlos, sich darüber den Kopf zu zerbrechen, denn das täte er nie. Für Rex war so was selbstverständlich. Er überreichte ihr eine Gästeliste, auf der auch Charmian Fry stand. Ich weiß nicht, warum sie ihm das Blatt nicht um die Ohren gehauen hat. Aber es stand auch Alans Name drauf, sein voller Name, und nun wußte sie natürlich, wer er war.

»Ich habe kein Wort zu Rex gesagt, ich habe niemandem gesagt, daß Alan und ich uns kannten. Gewiß, es war zwanzig Jahre her, aber im Grunde weiß ich nicht, warum ich nichts gesagt habe. Ich schüttelte ihm die Hand, ich tat, als hätten wir uns noch nie gesehen, und er hat den Wink wohl verstanden, denn erst als wir nebeneinander bei Tisch saßen, hat er mir – hat er mir gesagt, daß er mich erkannt hatte.«

Charmian kam in einem langen grauen Spitzenkleid mit Löchern, die vielleicht das Muster, vielleicht aber auch Mottenfraß waren. Es sei ein Kleid ihrer Großmutter, erläuterte Charmian, sie habe es in einer alten Truhe gefunden. Lauthals lachend und mit ihrer weithin vernehmbaren Aristokratenstimme sagte sie, das Kleid sei eine großartige Entdeckung und würde sie bestimmt überleben. Gilda Brent musterte sie verblüfft, aber als Charmian näher kam, wich sie vor dem Mottenpulvergeruch ein paar Schritte zurück.

Gilda selbst war bildschön.

»So sehen nur Frauen aus«, sagte Stella, »denen man beigebracht hat, sich richtig zu kleiden und richtig zu schminken, Schauspielerinnen und Mannequins – Models, meine ich. Gildas Make-up war hoch professionell, und sie hatte – lachen Sie nicht, Genevieve – unheimlich sauberes Haar. Ich glaube, damals haben sich die Frauen noch nicht so oft die Haare gewaschen wie heute, höchstens einmal in der Woche. Gildas Haar war goldblond und schulterlang und… quietschsauber. Sagt man das so, Genevieve?«

Ja, bestätigte ich, das sei so ein Wort aus der Werbung.

»Sie trug ein grünes Sackkleid nach der neuesten Mode,

von der Schulter bis zum Knie ganz gerade geschnitten, sie war groß und dünn und hatte Beine wie die Dietrich. Sie strahlte ungeheuer viel Selbstbewußtsein aus, mich nannte sie in jedem zweiten Satz Darling. Ich hatte noch nie mit Schauspielerinnen zu tun gehabt. Natürlich gewöhnte ich mich an sie, später akzeptierte ich sie so, wie sie war, aber bei dieser ersten Begegnung hätte ich sie wohl genauso angestarrt, wie sie Charmian anstarrte, wäre da nicht Alan gewesen. Vor Alan wurde alles andere bedeutungslos.«

Bei Tisch saß er zwischen Stella und Priscilla Newland, der angeheirateten Nichte, die gestern Stella besucht hat und die damals sechsundzwanzig gewesen war. Er hatte immer noch dieses lustig-junge Schulbubengesicht. Sein Haar war braun und nicht so kurz, wie die meisten Männer es damals trugen, seine braunen Augen waren sehr klar. Er lächelte ihr zu. »Das ist ja ein richtiges Komplott, das wir hier schmieden.«

»Stört es dich?«

»Aber nein, im Gegenteil. Geheimnisse zu haben ist unheimlich spannend, findest du nicht?«

Sie hatte sich darüber noch nie Gedanken gemacht. Er sah zu Charmian mit dem Schmuddelkleid und dem grauen Zottelhaar hinüber.

»Fehlt nur noch der Besen, was?« sagte er.

Sie habe bis zu diesem Abend nie über Charmian lachen können, sagte Stella, sondern sie immer als ein Unglück in ihrem Leben empfunden, aber plötzlich sah sie das Lächerliche an ihr, sah sie Charmian als komische Alte, die Rex nur mit Hilfe irgendwelcher obszöner Geheimrituale in ihrem Bann hielt. Sie sagte etwas, was sie nie zuvor laut gesagt, ja was sie sich kaum selbst eingestanden hatte: »Sie ist die Mätresse meines Mannes.«

Obgleich sie es nur geflüstert hatte, erschrak sie sehr und legte eine Hand über den Mund wie ein Schulmädchen, eine Angewohnheit, die Rex immer besonders irritierte. »Ene mene Hex, und du bist ex«, sagte Alan und guckte sehr arrogant. »Am besten kümmern wir uns nicht um die beiden, wir tun einfach so, als wären sie auf Charmians Besenstiel in die Hölle geritten«, und Stella hörte sich sagen, daß sie nichts dagegen hätte, wenn sie mit einem Mann wie ihm darüber sprechen könnte. Überwältigt von ihrer Kühnheit errötete sie über und über, und dann lachte sie.

Es wurde ein traumhafter Abend. Sie konnte nicht die ganze Zeit mit ihm sprechen, aber es tat ihr schon gut zu wissen, daß er da war. Es war wie ein Überraschungsgeschenk, nur schöner. Zum erstenmal, sagte Stella, habe sie das Gefühl gehabt, mit dem ihr wichtigsten Menschen auf der ganzen Welt zusammenzusein. In der Schule war es eine bloße Freundschaft gewesen, die ihr im Rückblick recht oberflächlich vorkam. Mit den Jahren war die Beziehung trotz der Trennung reicher und tiefer geworden. Im Lauf des Abends sah sie ihn hin und wieder an, und dann lächelte er, und einmal zwinkerte er ihr zu, und ehe er und Gilda sich verabschiedeten, kam er allein zu ihr und flüsterte, er sei glücklich. Das war alles: Er sei glücklich.

»Aber so, wie unsere Gesellschaft beschaffen ist, Jenny, konnten wir nicht Freunde sein, wie ich mir das eigentlich vorgestellt hatte. Eine Freundschaft zwischen einer verheirateten Frau und einem verheirateten Mann – das darf es einfach nicht geben.«

Das wußte ich nur zu gut.

»Dafür freundete ich mich mit Gilda an. Ich frage mich oft, wie viele Frauen sich mit einer anderen Frau anfreunden, weil es eigentlich der Mann ist, um den es ihnen geht, und weil sie ihn nur über diesen Umweg zu sehen bekommen und auch dann nur, wenn sie dabei ist oder wenn man sich zu viert trifft. Und trotzdem ist es besser als gar nichts.«

»Mochten Sie Gilda nicht?«

Sie überlegte. Nach all den Jahren mußte sie noch überlegen. »Doch, zuerst schon. Aber das Entscheidende war, daß sie mich zu mögen schien. Am nächsten Tag rief sie an, bedankte sich und fragte, ob sie vorbeikommen und sich ein Buch borgen könne, von dem ich gestern gesprochen hatte. Das war der Beginn unserer Freundschaft.«

»Haben Sie ihn oft gesehen?«

»Alan? Wenn ich zur St. Michael's Farm kam, um Gilda zu besuchen, war er da. Sie waren häufig bei uns zum Essen oder wir bei ihnen. Aber ich war nie allein mit ihm. Nachmittags nahm ich immer Marianne mit. Ich war wohl sehr töricht, Genevieve, denn ich habe nicht gleich gemerkt, was mit mir los war. Ich war ja noch nie verliebt gewesen. Und abgesehen von meiner kleinen Tochter – und das ist etwas anderes – gab es keinen Menschen, den ich je geliebt hätte. Allenfalls ein paar, mit denen ich ganz gern zusammen war.

Als wir dann endlich ein Liebespaar wurden, tat sich eine ganz neue Welt für mich auf. Man hört jetzt manchmal von wiedergeborenen Christen. Ich war wiedergeboren, ich wurde ein anderer Mensch. Ich begriff, daß Glück mehr bedeutet, als nicht unglücklich zu sein. Aber 1960 war ich noch völlig unbeschwert, damals hatte ich noch lange nicht angefangen, etwas für uns zu... organisieren.«

Sie war jetzt müde, aber eine Frage mußte ich ihr doch stellen.

»Haben Sie je an Heirat gedacht?«

Kein vernünftiger Mensch, sagte ihr Blick, hätte daran zweifeln können.

»Ja, natürlich. Wir haben beide daran gedacht. Besonders, nachdem Rex gestorben war. Ich hatte mich ja schon immer für die Juristerei interessiert. Ende der sechziger Jahre sprach man von neuen Scheidungsgesetzen. Es sah so aus, als könnte nun bald eine Ehe in gegenseitigem Einvernehmen oder auf Wunsch nur eines Partners geschieden werden.«

Sie hatte die Augen geschlossen und sagte schläfrig: »Wir wollten zusammenleben, alles andere war unwichtig. In meiner Jugend waren unverheiratete Paare ein Skandal, die Frau mußte so tun, als sei sie verheiratet, mußte einen Ring tragen, aber das war nun alles im Fluß, es änderte sich erstaunlich schnell, Genevieve, ich wäre bedenkenlos mit ihm zusammengezogen.«

Ich begriff die Logik nicht ganz. »Wenn Gilda tot war, hätten Sie doch heiraten können, nicht?«

»Ja, natürlich«, sagte sie und machte die Augen zu.

11

Rote und weiße Blumen zusammen sind ein superschlechtes Omen, sagte Janis, und wir sollten auf keinen Fall das Nelken-und-Petunien-Gesteck, das die Frau unseres Vetters aus Thetford geschickt hatte, auf Dads Sarg legen lassen, sonst würde es noch einen Todesfall geben. Daß ich aus der Hecke einen lila blühenden Salbeistengel gepflückt und zwischen die Nelken gesteckt hatte, machte in ihren Augen die Sache nicht besser.

Bloß gut, daß Mum das nicht mitbekam, sie war nicht gekommen und Dads zweite Frau Kath auch nicht. Es war ein klägliches Aufgebot: an Verwandten nur Janis und ich, keine Freunde oder Bekannten, dazu Suzanne, die ganz in Schwarz im Regen stand und weinte. Dads früherer Partner aus der Autowerkstatt hatte ein Gesteck aus gelben Chrysanthemen und Efeu in Form eines gedrungenen Morris geschickt, er selbst war aber nicht gekommen.

Weil schon das mit den Blumen passiert war, weigerte ich mich, das Schicksal noch mehr zu versuchen und mit Ned am Halloweenabend zusammenzusein, wie er gewollt hatte. An Allerheiligen, dem Tag darauf, konnte er nicht. Blieb also nur Allerseelen, der 2. November, auch so ein komischer Tag. Philippas Katie ist an Allerseelen geboren und ein wunderliches Kind geworden, das nicht viel Schlaf braucht und keine Angst vor der Dunkelheit hat. Eine richtige kleine Nachteule. Es heißt, daß in dieser Nacht die Toten umgehen, Granny schwört, daß sie an Allerseelen gesehen hat, wie die alte Mrs. Thorn vor ihrem Grabstein hockte und das Moos aus der Inschrift kratzte, und es war

186

ein ungemütliches Gefühl, allein in Stellas dunkles Haus zu gehen.

Inzwischen hatten wir Winterzeit, früh um sechs war es schon hell und dafür abends um sechs stockdunkel. Ich hatte eine Taschenlampe mitgenommen, mit der fand ich zumindest bis zur Diele, wo die ersten Kerzen standen. Bei Kerzenlicht fühlt man sich nie so recht wohl, es zittert und schwankt und kann die Dunkelheit nur stellenweise vertreiben, und ich überlegte, ob die Menschen in früheren Zeiten nachts jemals ganz ohne Angst waren. Sie hatten doch nur ihre Kerzen. Und wenn dann der Docht herunterbrennt und man keine Ersatzkerze zur Hand hat und kein Lichtschalter da ist, wenn man nichts, aber auch gar nichts gegen die pechschwarze Dunkelheit machen kann – also, das ist schon eine ziemlich scheußliche Vorstellung.

Ich zündete nacheinander sämtliche Kerzen an und stieg mit einer Kerze in jeder Hand die Treppe hoch. Das Licht, bläulich-golden, flirrend und irgendwie kalt, lief nur ein kleines Stück vor mir her. Aus der Dunkelheit, die mich umschloß, wurden nach und nach Zimmer mit kleinen grauen Vierecken an den Stellen, wo die Fenster waren. Für November war es milde, aber natürlich steckte die Kälte schon in allen Zimmern. In meine Sehnsucht nach Ned mischte sich leise Angst vor diesem beklemmenden Haus ohne Licht und Heizung und drängte die freudige Erregung zurück, die ich sonst immer empfand. Ich spürte förmlich, wie einsam und verlassen es dort im Moor stand, und begriff, daß sich ganz leicht Urängste im Menschen regen können, wenn die Elektrizität ihn im Stich läßt.

Stella hatte mir inzwischen einiges mehr erzählt, allerdings noch nicht, wie sie dazu gekommen war, das Haus zu kaufen. Daß sie es als Treffpunkt für sich und Alan Tyzark hatte haben wollen, konnte ich mir aber natürlich denken. Wie ich an dem Abend so in der Dunkelheit stand, fiel mir ein, daß sie gesagt hatte, er hätte etwas Schreckliches getan. Mehr hatte sie dazu nicht gesagt, und ich war mir auch nicht sicher, ob ich mehr darüber hören wollte, aber unwillkürlich überlegte ich, daß das, was er getan hatte, vielleicht hier, in diesem Haus, geschehen war. Ich setzte den Ölofen im Schlafzimmer in Gang und stellte Kerzen auf die Nachttische und auf die Kommode. Da ich sonst nichts weiter zu tun hatte, machte ich Schranktüren und Schubladen auf, aber die Schränke waren alle leer, vielleicht immer leer gewesen, denn dieses Haus war nicht zum Wohnen bestimmt, kein Zuhause gewesen, sondern ein Ort, der einen fremden Blicken entzog, eine Zuflucht vor dem Sturm. Ich ließ mir ein Wort auf der Zunge zergehen, das ich im Lexikon gefunden hatte: Rendezvous. Es schien mir wie für dieses Haus gemacht, für ein Liebespaar. Und jetzt für ein zweites.

Stellas Kleiderschrank war ein wuchtiges Mahagonimöbel auf kurzen geschwungenen Beinen mit Füßen wie Löwenpranken. Die kleinen goldenen Schlüssel ließen sich schwer drehen, aber dann kriegte ich die Türen doch auf, und statt der schwarzen, muffigen Leere, die ich erwartet hatte, sah ich Sommerkleider auf einer Stange hängen. Sie waren so charakteristisch für Stella, daß sie nur ihr gehören konnten: ein blaues und ein rosa Baumwollkleid, typische Sachen aus den sechziger Jahren, ein silberblauer Regenmantel aus changierender Seide, bestimmt nicht regendicht, aber schick für eine Autofahrt an einem nassen Tag.

Ganz hinten auf der Stange hing auf einem Bügel, der bei jeder Bewegung schepperte wie eine Ladenglocke, noch ein Kleid. Ich leuchtete mit der Taschenlampe hin: schmale Taille, weiter Rock, tiefer Ausschnitt. Blaurosa Muster auf beigefarbenem Grund, ein ausgesprochenes Stella-Kleid – mit einer Einschränkung. Es war schmutzig. In diesem Moment wurde mir bewußt, daß ich Stella nie anders als makellos sauber, nie in diesem ungepflegten Schmuddel-look erlebt hatte, den man so oft bei alten Leuten sieht. Und so war sie immer gewesen, sauber und adrett, eine dieser Frauen, deren Sachen ständig in der Reinigung oder in der Wäsche sind. Dieses Kleid aber war voll schwarzer Flecken, hinten am Rock waren Grasspuren, vorn etwas, das aussah wie Blut. Neugierig geworden, sah ich es mir im Licht der Taschenlampe genauer an, entdeckte unten am Saum noch eine bräunlich versengte Stelle, dann trat ich zurück und be-trachtete es im Ganzen. Es war, wenn auch schmutzig, ver-fleckt und vielleicht durch ein zu heißes Bügeleisen ver-dorben, ein wunderschönes Kleid, wie man es zu einer Hochzeit anziehen würde, als Brautjungfer oder vielleicht sogar als Braut. Nur hatte diese Braut in ihrem schönen Kleid einen Graben ausgehoben oder ein Kartoffelfeuer ge-macht.

Die Scheinwerfer von Neds Wagen strichen kurz durchs Zimmer. Ich machte die Schranktüren zu und knipste die Taschenlampe aus. Ich sah, wie er ausstieg und einen Au-genblick zum Fenster hochblickte, durch das außer dem matten Licht der Kerze nichts zu erkennen war, und konnte einen Moment unbeobachtet sein Gesicht betrachten, in dem so viel Sehnsucht und Hoffnung stand. Ich lief nach unten, zu den Kerzen in der Diele. Im gleichen Moment, als er die Hand nach dem Türklopfer ausstreckte, machte ich die Tür auf.

Dort, wo die Wärme des Ölofens nicht hinkam, war die Luft feucht, und trotz des milden Abends hatten wir kalte Hände. Ich hatte das Bett gelüftet, aber die Bettwäsche war klamm und steif. Gänsehaut an Gänsehaut, eisige Fingerspitzen auf sehnsuchtsvoll zuckenden Körpern. Allmählich erwärmten wir uns – unsere Küsse waren nie kalt gewesen –, aber hinterher dachte ich (und wahrscheinlich hatte er denselben Gedanken): Wenn es jetzt schon so ist, wie muß es dann erst mitten im Winter sein?

Als ich nach Hause kam, war es halb elf, und Mike werkelte noch an der Terrassentür herum, die er anstelle unseres Eßzimmerfensters einbauen wollte, ehe er sich an den Wintergarten machte. Nach den langen Monaten auf der Baustelle am Regent's Park war er die erste Woche wieder zu Hause. Ich hatte ihm gesagt, auch wenn mich das hart ankam, ich müßte Überstunden machen, und er hatte es kommentarlos zur Kenntnis genommen, hatte kaum hingehört. Er hatte eben Vertrauen zu mir. Was heißt Vertrauen… Wenn man darunter etwas Zielgerichtetes, Willentliches versteht, war Mike wohl noch gar nicht aufgegangen, daß so etwas bei mir nötig sein könnte. Er machte sich überhaupt keine Gedanken darüber.

»Die Baugenehmigung ist immer noch nicht da«, begrüßte er mich.

Als er in London war, hatte ich gar nicht richtig gemerkt, wie benommen ich immer war, wenn ich nach einem Abend mit Ned heimkam, und während dieser Zeit spielte es keine

Rolle, wenn ich meinen Erinnerungen nachhing und vor mich hin träumte. Ich konnte mit geschlossenen Augen dasitzen und an unsere Freuden im Bett und das Glück unserer Liebe denken. Jetzt, wo Mike wieder da war, mußte ich reden, mußte reagieren.

Zum Glück fragte er nicht nach Middleton Hall. Was sich dort tat, interessierte ihn nicht, und ich brauchte ihm nichts vorzulügen. Aber während er Vermutungen darüber anstellte, wann die Baubehörde geruhen würde sich zu melden, überlegte ich, wie lange ich die Schwindelei wohl durchhalten konnte. Würde der Tag kommen, an dem ich es, von Selbstekel zermürbt, nicht mehr über mich bringen würde, Ausflüchte zu ersinnen, mir Alibis einfallen zu lassen? Ja, gewiß, und zwar sehr bald, aber das wußte ich damals noch nicht.

Schon damals aber merkte ich, daß ich Mike, unsere Ehe und unser Zuhause mit anderen Augen zu sehen begann. Ich guckte mir diesen kräftigen, ziemlich großen, immer noch hübschen Mann an. Wie gut ich ihn kenne, dachte ich, in- und auswendig kenne ich ihn, aber im Grunde kenne ich ihn überhaupt nicht. Ich habe keine Ahnung, was sich in seinem Kopf, unter dem dichten, dunklen, lockigen Haar tut. Kreisen seine Gedanken wirklich nur um das Haus, um das, was sich daran noch verbessern läßt, und um die Baubehörde? Vor Jahren hatte ich, als er heimgekommen war, mal zu ihm gesagt, er sähe müde aus, und da hatte er mich angeguckt und gesagt: »Die Arbeit auf dem Bau ist hart, sie macht dich fertig, und du wirst vor der Zeit alt dabei.«

In einer Aufwallung von Liebe und Mitleid hatte ich nach seinen schwieligen Händen gegriffen, und allerlei seltsame

Gedanken waren mir durch den Kopf gegangen. Daß er diese Arbeit machte, weil er nichts anderes gelernt, weil er keine Möglichkeit gehabt hatte, sich weiterzubilden. Weil er immer nur Geld verdienen mußte. Du bist sechzehn, geh los und verdien dir dein Geld selber, von früh um acht, bis es dunkel wird, das schafft, das gibt Überstunden. Ich nahm ihn in die Arme, weil er Angst hatte, die schwere Arbeit könnte ihm seine Jugend stehlen.

Aber ich kann mich nicht erinnern, daß er bis auf dieses eine Mal je von seinen Gefühlen gesprochen hätte. Kein Wort von Liebe oder Verlangen, von Angst oder Traurigkeit. Wenn ich davon anfing, daß wir uns vielleicht Kinder anschaffen sollten, sagte er: »Das mußt du entscheiden« und sah mich kaum an dabei, und ein andermal: »Wir haben ein schönes Zuhause, du weißt, wie das mit Kindern ist.« Und jetzt macht er abends und an den Wochenenden mit dieser Plackerei weiter, die einen, wie er sagt, vor der Zeit zu einem alten Mann werden läßt. Er ist mir unbegreiflich.

Es lag wohl mit an Mike und daran, daß ich Mike belügen mußte, und an der Erkenntnis, daß wir eigentlich keine richtige Ehe mehr führten, daß ich mir überlegte, ob es richtig war, immer wieder nein zu sagen, wenn Ned mich bat, mit ihm zu gehen. Schließlich war Nick bei Dads Trennung von Mum noch jünger gewesen als Hannah jetzt. Zu Dads Beerdigung war Nick nicht gekommen. »Ich kenne ihn ja kaum«, hatte er gesagt, aber wie weit hat sich das nachteilig auf ihn ausgewirkt? Man weiß nie im voraus, ob es einem Kind schadet, wenn es nur bei einem Elternteil aufwächst. Ich kenne viele Leute, die in einer intakten Familie aufgewachsen und ausgesprochene Ekel sind.

Auch der Gedanke an Stellas Haus machte mir zu schaffen. Nicht genug damit, daß es kalt und dunkel war – eines Tages würde es gar nicht mehr für uns dasein. Daß ich es jetzt benutzte, ohne zu fragen, war schon schlimm genug, aber nach Stellas Tod, wenn es Richard oder Marianne gehörte, würde ich das ganz bestimmt nicht mehr wagen. Dann würden wir wieder nicht wissen, wohin, und ich würde wieder Angst haben, ihn zu verlieren. Wie weit es mit mir gekommen war, läßt sich daran ermessen, daß ich ein halbes Jahr nachdem ich geschworen hatte, ihn niemals seiner Tochter wegzunehmen, eifrig nach einem Schlupfloch suchte. Daß ich mir vorgenommen hatte, nie zu lügen, und es jetzt doch tat. Daß ich unerlaubt ein fremdes Haus benutzte. Wie hieß dieses alte Stück, von dem Ned mir erzählt hatte? *Alles für die Liebe oder Eine Welt verloren.* Zumindest mein Sinn für Anstand war schon futsch.

War es Stella auch so gegangen? Sie schlief, und ich versuchte, solange sie mich nicht sehen konnte, die schöne junge Frau wiederzufinden, die sich in Alan Tyzark verliebt hatte, versuchte mir diesen Körper, der nur noch Haut und Knochen war, rund und fest und straff vorzustellen, statt welker Falten zarte Pfirsichhaut, statt des weißen Flaums auf dem Kopf glänzendes braunes Haar, aber ich sah nur eine alte Frau an der Schwelle des Todes, mit geschlossenen Augen, Lidern wie Walnußschalen, mit blauen Adern, die fast die papierdünne Haut sprengten. Und als ich ihre Hand nahm, weil ich wußte, daß sie nun bald aufwachen würde, erschrak ich: Die Nägel waren nicht mehr lackiert. Zum erstenmal sah ich die gelblich geriffelten Fingernägel so, wie die Natur sie geschaffen hatte.

Gilda Brent sei gern mit ihr zusammengewesen, erzählte Stella, und habe sie zur Freundin haben wollen, weil sie sich für etwas Besseres hielt. Sie betrachtete Stella nicht als Bedrohung, was, wie sich später herausstellte, bittere Ironie war. Dabei sah sie sich sonst von allen Seiten bedroht, deshalb war sie ja so neurotisch geworden. Eifersucht, Neid und die Gehässigkeit anderer Frauen – also nicht eigenes Versagen, sondern Einflüsse Dritter – waren schuld daran, daß ihr als Filmschauspielerin der Erfolg versagt geblieben war. Frauen hatten es ständig »auf sie abgesehen«. Sie glaubte – oder so sagte sie es jedenfalls –, anderen Frauen an Charme, Schönheit und modischer Eleganz weit überlegen zu sein, und um nicht als unzumutbar eitel verschrien zu werden, bezeichnete sie das als eine Bürde, die sie nun mal zu tragen habe.

Stella war für Gilda ein »hübsches kleines Ding«, sie sagte gern »Kleines« zu ihr, obwohl Stella gar nicht besonders klein und bei ihrer ersten Begegnung mit Gilda schon sechsunddreißig war. In Gildas Augen war Stella ein unerfahrenes und ziemlich ungebildetes Mädchen vom Land, das noch nie gearbeitet hatte, noch nie aus Bury herausgekommen war, nie ein Buch in die Hand nahm oder ins Theater ging. Sie machte sich Stella so zurecht, wie sie sie gern haben wollte. Mit ihrer eigenen Person verfuhr sie nicht anders.

Irgendwo muß es darunter auch die richtige Gilda gegeben haben, die aber hat Stella nie entdeckt, nur zum Schluß zeigte sie ihr wahres Gesicht. Über diesen »Schluß« ließ Stella sich nicht näher aus. Nur zweimal davor streifte sie eine Ahnung davon, wie Gilda wirklich war. Denn jene

Gilda, die sie vor sich sah, die sich ihr präsentierte, spielte stets eine Rolle, setzte sich in Positur, sprach gekünstelt, brachte nicht das zum Ausdruck, was sie fühlte, sondern das, was sie in der jeweiligen Situation für angemessen hielt. Man sah nur eine Maske oder eine Fassade. Ob sie schon immer so gewesen war oder ob sie sich dieses Verhalten als Schauspielerin angeeignet hatte, konnte Stella nicht sagen. Es war, als stünde sie immer noch auf dem Set, als sei ihr Leben ein immerwährendes Drehbuch.

Stundenlang erzählte sie Stella von ihren Erlebnissen auf der Bühne und im Film, von den Prominenten, die sie gekannt, dem Glanz und Glamour der Orte, an denen sie gedreht hatte, den berühmten Restaurants und Klubs, in die hochstehende oder gutaussehende Männer sie geführt hatten. Sie sprach in Andeutungen von Liebhabern mit berühmten Namen. Als sie sich näher kannten, ließ sie es nicht bei Andeutungen bewenden, sondern erzählte Stella skurrile Geschichten von Abenteuern in Hotelzimmern, von eifersüchtigen Frauen, vor denen sie sich im Kleiderschrank hatte verstecken müssen, von Schmuckstücken und Pelzen, mit denen sie überhäuft worden war. Von Alan sprach sie in einer Art, in der Stella nie von ihrem Mann zu sprechen gewagt hätte.

»Weißt du, Kleines, alle, die was waren, haben gesagt, ich hätte ihn sicher geheiratet, weil er mich zum Lachen brachte. Aber das war nur die halbe Wahrheit. Ich weiß gar nicht, ob ich dir die ganze Wahrheit sagen darf, du bist so ein unschuldiges kleines Ding, wie aus einem altmodischen Mädchenpensionat.«

Wenn von Alan die Rede war, hörte Stella immer sehr genau hin – es muß ihr so gegangen sein, wie es mir geht, wenn im Dorfladen oder in der ›Legion‹ Neds Name fällt –, aber sie antwortete nicht. Erstaunlich, wie wenig sie selbst sagte, wenn sie mit Gilda zusammen war, manchmal waren es nicht mehr als zehn, zwölf Worte in zwei oder drei Stunden, aber Gilda fiel das nicht auf. Sie war unglaublich ich bezogen.

»Du darfst aber nicht schockiert sein, Kleines, versprichst du mir das? So viele von diesen entzückenden Männern, die mich anhimmelten, waren viel älter als ich, aber das liegt ja auf der Hand, nicht? Junge Männer haben einfach noch keine Zeit gehabt, etwas zu erreichen oder Geld zu verdienen. Aber ich wollte einen Jungen haben, einen jungen Mann voller Saft und Kraft. Ich finde nämlich, es ist ganz wichtig, wie es im Bett klappt, und Alan – weißt du überhaupt, was ich meine, wenn ich sage, daß Alan toll im Bett ist?«

Stella wußte es nicht, für sie war das nur eine Worthülse aus irgendwelchen Romanen. Aber Gilda erwartete auch keine Antwort. Sie erwartete nie eine Antwort von Stella oder allenfalls ein Ja und ein Lächeln. Für sie war Stella ein graues Mäuschen, das von Glück sagen konnte, daß sie überhaupt einen Mann abgekriegt hatte, auch wenn es die Spatzen von den Dächern pfiffen, daß der mit dieser alten Hexe Charmian Fry schlief. In dem immerwährenden Film, als den sie ihr Leben sah, hatte sie sich die Rolle der Heldin und Stella die ihrer Vertrauten zugedacht.

Und Stella ertrug Gilda, auch wenn es ihr oft schwerfiel, um des einzigen Vorteils willen, der ihr daraus erwuchs. Sie ließ sich zum Shopping nach London, zum Friseur nach

Ipswich, ins Kino, zu den Wohltätigkeitsveranstaltungen schleppen, zu denen Gilda hin und wieder noch eingeladen wurde, weil sie davor oder danach Alan sah. Die Tyzarks hatten damals nur einen Wagen. Wenn Gilda Stella besuchen wollte und Alan den Wagen brauchte, brachte er sie hin und holte sie wieder ab. Für diese kurzen zehn Minuten ein- oder zweimal in der Woche, in denen sie Alan sah, nahm Stella alles andere in Kauf.

Sie dachte, das würde ihr für den Rest ihres Lebens genügen. Sie nahm die immer drückender werdende Bürde auf sich, mit Gilda zusammenzusein, sich Gildas endloses Gerede über Prominente und Fehden, Kleidung und Schmuck, Ehebrüche und Intrigen anzuhören, wenn sie dadurch Alan nahe sein konnte. Sie erduldete Gildas gekünstelte Art, ihre Pose, unter der der wahre Mensch mehr und mehr verschwand. Und immer wieder gab es dafür die eine oder andere Entschädigung: Er kam mit ins Kino, man saß zu viert in dem einen oder dem anderen Haus beim Essen zusammen, nahm einen Drink auf dem sonnigen Rasen in Bury oder spielte auf dem verlotterten Platz der St. Michael's Farm eine Partie Tennis. Wenn sie allein war, führte sie lange Gespräche mit ihm – imaginäre Dialoge, wie sie sagte –, in denen sie ihm von sich und ihrem Leben erzählte, und er antwortete in diesem optimistisch-unbeschwerten Ton, in dem er selbst die traurigsten Dinge behandelte, und danach wurde er ernst und gestand er, daß er sie liebte.

Fast zwei Jahre ging das so.

In mancher Hinsicht kannte Stella ihn natürlich besser als Gilda, sie kannte ihn von klein auf, denn sie waren ja von ihrem achten bis zum sechzehnten Lebensjahr praktisch unzertrennlich gewesen. Sie kannte seine Eltern und sein Zuhause, wußte, was er gern aß und was er gern spielte. Von Gilda erfuhr sie, wie es ihm in den dazwischenliegenden zwanzig Jahren ergangen war. Nach der Schule hatte er an der Slade School of Art studiert und war dann eingezogen worden. Die Illustrationen für die *Figaro-and-Velvet*-Bilderbücher hatte er gleich nach dem Krieg übernommen, damals war er sechsundzwanzig und versuchte gerade erfolglos, als Porträtmaler Fuß zu fassen. Gilda hatte er kennengelernt, als er den Auftrag bekam, sie für einen ihrer Filme zu porträtieren, für *Lora Cartwright,* das Bild sollte im Haus ihres Film-Ehemannes im Salon hängen.

»Das Verrückte war«, sagte Gilda, »daß das Porträt dann in dem Film gar nicht vorkam, sie haben keine einzige Szene im Salon gedreht.«

»Und warum nicht?« wollte Stella wissen.

»Da fragst du noch? Weil es dem Star nicht paßte. Diese Person war von Anfang an irrsinnig eifersüchtig auf mich. Daß ich gemalt werden sollte und nicht sie, konnte sie einfach nicht verkraften. Ja, und bei dieser Gelegenheit haben wir uns dann kennengelernt, Alan und ich. Es war Liebe auf den ersten Blick.«

»Was ist aus dem Porträt geworden?«

»Nachdem sie gutes Geld dafür bezahlt hatten, haben sie es auch behalten. Soviel ich weiß, hängt es immer noch im Büro in der Wardour Street.«

Danach hatte Alan Gilda noch oft gemalt, Kopf und Schultern, in voller Größe in dem grauen Abendkleid, das sie in *Die Verlobte* getragen hatte, und auch als Akt. Das Aktbild hing bei ihnen im Wohnzimmer. »Ein Aktbild ist nicht wie das andere«, sagte Stella, und ich weiß, wie sie es meint, eine Werbeaufnahme für eine Körperlotion ist was anderes als ein Foto im *Playboy*. Auf dem Bild der nackten Gilda sah man ihr Schamhaar. Sie war nicht ganz unbekleidet, sondern trug Stöckelschuhe und eine lange Perlenkette, die zwischen den Brüsten herunterhing. Gilda führte alle Gäste vor dieses Bild. Wenn Marianne dabei war, wurde Stella dann immer ganz verlegen, am liebsten hätte sie ihrer Tochter gesagt, sie solle nicht hinsehen, aber das ging natürlich nicht. Gilda stellte sich vor dem Bild in Positur. Ob er sich noch erinnere, wie sie dafür gesessen habe, wollte sie dann von Alan wissen und deutete an, sie hätten viele Sitzungen gebraucht, weil er immer wieder der Versuchung ihres nackten Körpers erlegen war.

Sie waren jetzt neun Jahre verheiratet und hatten sich nach und nach immer mehr einschränken müssen. Zuerst hatten sie im West End gewohnt, in der Half Moon Street, glaube ich, und Gilda hatte ihre letzten beiden Filme gedreht. *Eine Frau klagt an* handelte von dem Seitensprung eines Ehemannes, *Edith Thompsons Ende* war ein Thriller über eine Frau, die es wirklich gegeben hatte und die gehängt wurde, weil sie angeblich ihren Mann umgebracht hatte. In dem ersten dieser Filme spielte Gilda die Frau, in dem zweiten eine Gefängniswärterin. Sie war als sympathische Figur angelegt und wie Edith eine verheiratete Frau, die einen jüngeren Mann liebt, aber die Rolle brachte Gilda nichts als Ärger ein. Wenn man ihr glauben durfte, war es der größte Fehler ihres Lebens gewesen, sie zu übernehmen. Sie hatte versucht, das Beste daraus zu machen, aber die Darstellerin der Edith hatte ihr bei jeder Gelegenheit

Knüppel zwischen die Beine geworfen. Der Leiter des Besetzungsbüros hatte behauptet – »da sieht man mal, was für unglaublich dumme Dinge die Leute daherreden«, sagte sie zu Stella –, man habe sich für sie entschieden, weil sie ein Gesicht hatte, das man gleich wieder vergaß. Sie bestanden darauf, daß sie eine Brille und flache Schuhe trug.

Danach kamen keine Angebote mehr, keine Angebote für den Film jedenfalls. »Kein Wunder«, sagte Gilda, »wenn man bedenkt, wie der Regisseur und die Hauptdarstellerin, die übrigens ein Verhältnis miteinander hatten, mich für die Rolle verschandelt haben.« Für den Funk hatte sie noch nicht viel gemacht, und als man ihr eine Rolle in einer Hörspielserie anbot, lehnte sie ab. Viel mehr erfuhr Stella von ihr darüber nicht, Gilda deutete nur an, die Sache habe sich wegen eines Auftrags von Alan zerschlagen, der in Nordengland eine alte Kapelle ausmalen sollte. Alan erzählte Stella, wie es wirklich gewesen war. »Es handelte sich um eine Frau, die nach einem Unfall ein verkürztes Bein hatte, was im Radio natürlich nicht zu sehen war, aber gerade das regte Gilda besonders auf. Es sei rufschädigend, meinte sie, weil die Leute dann denken würden, sie sei ein Monster mit anderthalb Beinen. Und jetzt kommt die Pointe. Die Serie war *Mrs. Dale's Diary*. Wir wären gemachte Leute gewesen.«

Aber nun waren sie eben alles andere als gemachte Leute. Alan hatte die St. Michael's Farm gekauft und auf den Namen seiner Frau eintragen lassen. Stella wußte nicht, warum, und mochte auch nicht fragen, aber zu mir sagte sie, er habe wohl gefürchtet, früher oder später Konkurs anmelden zu müssen. Heute wie damals braucht die Ehefrau nicht für die Schulden ihres Mannes aufzukommen, während man ihn für ihre Außenstände in Anspruch nehmen kann.

»Das sollte uns später noch viel Ärger bringen«, sagte Stella. »Wäre es sein Haus oder zumindest zur Hälfte sein Haus gewesen, hätten wir es leichter gehabt. Er hatte ja außer den Tantiemen von *Figaro* keinerlei Einnahmen. Und die Bilderbücher kamen allmählich aus der Mode. Gegen die Konkurrenz von *Orlando the Marmalade Cat* kommen sie einfach nicht an, hat er immer gesagt. Der Markt kann wohl nur eine begrenzte Zahl von Kinderbüchern über Katzen verkraften. Natürlich malte er weiter, und damit Geld hereinkam, war er gezwungen, auch recht... recht bescheidene Aufträge anzunehmen.«

Aber so weit war es noch nicht. 1961 merkte man Alan seine Geldsorgen nicht an. Einmal mußte sich Stella, als sie mit Gilda auf die Farm zurückkam, einen handfesten Ehekrach mit anhören. Sie wußte nicht, wie die beiden über Kinder dachten, Gilda hatte nie darüber gesprochen, vor ein paar Tagen aber hatte Stella Marianne mitgebracht, Gilda hatte der Kleinen, wie so oft, zugeredet, Schauspielerin zu werden – Marianne habe Talent, behauptete sie immer, Stella hörte das nicht gern, das Kind war schließlich erst acht –, und an dem bewußten Abend sagte Gilda plötzlich in Stellas Beisein zu Alan, sie wolle ein Kind wie Stellas Tochter haben.

»Warum wie Stellas Tochter?« fragte Alan. »Willst du dir etwa den alten Rex angeln?«

Er solle nicht so geschmacklos sein, sagte Gilda. »Ich will ein Kind von dir.«

»Das ist ja ganz was Neues. Ich denke, du hast Angst davor, ein Kind zu bekommen.«

»Das habe ich nie gesagt.«

In Stellas Welt sprachen Ehepaare nicht in der Öffentlichkeit – auch nicht vor einer Freundin – über solche Dinge. Sie müsse nach Hause, sagte sie schnell. Alan erbot sich, sie heimzufahren. Das war noch nie passiert. Wenn sie nicht mit dem eigenen Wagen da war, brachte sonst immer Gilda sie nach Hause, und die Aussicht, eine halbe Stunde mit Alan allein zu sein, machte sie sehr froh. Sie sprang auf.

»Nein, setz dich, Stella«, sagte Gilda. »Ich brauche dich als Zeugin. Hast du nicht gesagt, wir könnten uns kein Kind leisten, es wäre ein Hemmschuh?«

»Ein Hemmschuh für große Unternehmungen«, sagte Alan. »Ja, das habe ich gesagt. Und daß man sich damit Verlusten und Gefahren aussetzt, und so weiter und so fort. Aber nur, weil du gesagt hast, daß du eine niedrige Schmerzschwelle hast und Kinderkriegen weh tut. Komm, Stella, gehen wir. Das Thema taugt nicht für deine Ohren.«

»Nein, sage ich.« Gildas Stimme schraubte sich in die Höhe. »Es ist ein Verbrechen, einer Frau ein Kind zu versagen. In manchen Religionen kann man sich deswegen scheiden lassen.«

»In welchen zum Beispiel? Bei den Anhängern von Zarathustra?«

»Du ziehst alles ins Lächerliche«, giftete Gilda. »Und wenn ich nun mein Pessar nicht mehr nehme? Dann krieg ich ein Kind, und du kannst überhaupt nichts dagegen machen.«

Alan zuckte die Schultern. »Ich laß mir schon was einfallen.«

Bei dem Wort Pessar war Stella das Blut ins Gesicht gestiegen. Gilda steigerte sich genüßlich in die Rolle der Furie hinein. Der Text war fast wortwörtlich aus *Eine Frau klagt an.*

»Jetzt schau sie dir an! Sie ist ganz rot geworden. Ständig stößt du meine Freundinnen vor den Kopf, deshalb verliere ich alle wieder. Bestimmt kommt sie nie wieder her. Ich werde ohne Freunde und ohne Kind sterben. Es ist so unfair. Weißt du eigentlich, wie glücklich du dich schätzen kannst, mit einer Frau wie mir verheiratet zu sein? Du bist nur ein ganz gewöhnlicher Mann mit einem Milchbubigesicht. Nach mir drehen sich die Leute auf der Straße um, die Männer reißen sich um mich. Findest du es nicht auch unerhört, daß er mir kein Kind gönnen will, Stella?«

Stella sagte nichts. Sie hatte den Eindruck, daß Gilda auch jetzt noch Theater spielte. Sie wollte gar kein Kind, sie wäre eine unmögliche Mutter gewesen, sie wollte nur eine Szene machen.

»Sag was!« fuhr Gilda sie an und baute sich dicht vor ihr auf. »Sag was, Kleines. Hast du denn überhaupt keine eigene Meinung? Bist du plötzlich stumm geworden?«

Diese grundlose Attacke war zuviel für Alan. »Komm, Gilda, der Zug ist für dich abgefahren, gib's doch zu. Mit einundvierzig kann man nicht zum erstenmal Mutter werden.«

Er muß gewußt haben, wie sehr sie das treffen würde. Sie nannte nie ihr wahres Alter, sondern deutete immer an, sie habe ihren ersten Film mit sechzehn gedreht. Stella hatte sie für höchstens fünfunddreißig gehalten, also für jünger, als sie selbst war, aber sie hatte nie so richtig darüber nachgedacht, es war ihr im Grunde unwichtig. Und jetzt kam unter der Fassade die wahre Gilda zum Vorschein. Sie giftete Alan an, sie warf einen Aschbecher nach ihm, er duckte sich, und der Aschbecher landete in einem Spiegel. Das Glas splitterte.

»Das bedeutet Unglück. Jede Menge!«

»Wenn man einen Spiegel zerbricht? Mag sein. Jedenfalls hatten sie hinterher jede Menge Ärger mit den Scherben. Sie warf noch mehr nach ihm, das Telefonverzeichnis, eine Vase. Inzwischen lachte er. Alan kann eben über alles lachen, dachte ich damals, aber das war ein Irrtum. Er warf ihr ein Kissen an den Kopf, es war weich und tat nicht weh, aber sie fiel hin und blieb strampelnd auf dem Rücken liegen. Ich hatte so etwas noch nie erlebt. Damals war mir noch nicht klar, daß sie das ständige Theaterspielen nur durchhalten konnte, wenn sie sich ab und zu mit so einer Eruption Erleichterung verschaffte. Wie ein Vulkan, der die meiste Zeit friedlich in der Gegend herumsteht und nur hin und wieder feurige Lava spuckt. Die Ausbrüche waren ein Sicherheitsventil, das sich öffnete, wenn der Druck zu groß wurde, wenn sie so frustriert und unglücklich war, daß sie es nicht mehr aushielt.«

»Hatte sie denn Grund zum Unglücklichsein?« fragte ich.

»So darf man nicht fragen, Genevieve. Viele Leute behaupten, daß wir nur auf dieser Welt sind, um unglücklich zu sein.«

Ich sagte nichts, denn damals sah ich das eindeutig anders als Stella.

»Alles lag hinter ihr«, sagte Stella. »Ihre Karriere war

vorbei, etwas anderes konnte sie nicht machen. Sie hatte keine Kinder. Jeder neue Tag nahm ihr zwangsläufig ein Stück ihrer Schönheit. Für eine Frau wie Gilda wäre Geld wahrscheinlich ein Ausgleich gewesen, aber sie hatte kein Geld. Sie langweilte sich, sie hatte keine Interessen. Sie kochte nicht, sie putzte nicht, das Haus war unglaublich schmutzig. Erstaunlich, daß eine Frau gepflegt und strahlend schön aus so einem Dreckloch kommen konnte. Kein Wunder, daß sie unglücklich war.«

Alan half Gilda hoch und gab ihr einen Kognak. Sie sagte kein Wort mehr, sondern vergrub den Kopf in den Sofakissen. Alan fuhr Stella heim.

Es waren etwa zwanzig Meilen. Sie schwiegen sich an. Stella überlegte, wie sehr sie sich darauf gefreut hatte, eine halbe Stunde mit ihm allein zu sein. Und jetzt hatte sie nichts zu sagen.

»Und dann kam mir dieser haarsträubende, dieser unmögliche Gedanke, Genevieve: Warum gibst du dir nicht einen Ruck und sagst es ihm? Warum sagst du nicht: Ich liebe dich. Ich möchte nur, daß du es weißt, und sonst gar nichts.«

»Haben Sie es gesagt?« fragte ich.

»Nein, ich konnte nicht. Aber während ich noch überlegte, hat er mir seine Frage gestellt.«

»Welche Frage?«

Sie sah auf ihre Hände, die im Schoß lagen. »Gleich kommt Richard.« Wieder dieser unvermittelte Themenwechsel. Sie streckte mir die Hände hin.

»Sie lackieren sich die Nägel nicht mehr, Stella«, sagte ich. »Wenn Sie wollen, mach ich sie Ihnen.«

»Nein, danke. Ich mag die Farbe an meinen alten Händen nicht mehr sehen. Rex hat mir mal erzählt, daß die Sitte mit dem roten Nagellack aus dem Harem kam. Die Frauen malten sich die Nägel rot an, damit sagten sie dem Sultan, ihrem Herrn und Meister, daß sie ihre Periode hatten und nicht verfügbar waren. Ich weiß nicht, ob es stimmt, aber ich habe danach lange keinen Nagellack mehr benutzt.« Und dann kam sie wieder auf Alan zurück, als habe es die Unterbrechung gar nicht gegeben. »Alan fragte: ›Bist du in mich verliebt, Stella?‹ Es war eine eigenartige Formulierung. Ich wurde rot, ich war entsetzt, wie kommst du denn auf so was, wollte ich fragen, aber dann dachte ich, das ist doch sinnlos, es ist zu spät, sich etwas vorzumachen. Und ich antwortete: ›Ja.‹ Und Alan sagte: ›Da fällt mir aber ein Stein vom Herzen.‹«

Es war eine einmalige und verblüffende Reaktion, sie kannte sonst niemanden, der sich so benommen hätte – und trotzdem war er für sie immer noch der Junge von damals. Je öfter sie mit ihm zusammen war, desto klarer erkannte sie, wie wenig er sich vom Wesen her geändert hatte. »Ich liebe dich sehr, und zwar schon lange«, sagte er. »Schon seit der Schulzeit, glaube ich, aber Vierzehnjährigen traut man ja nicht zu, daß sie verliebt sein können.«

»Julia schon«, sagte Stella.

»Eben. Eine Weile habe ich noch gedacht, es gibt sich wieder, aber jetzt ist wohl die Zeit gekommen, Klarheit zu schaffen.«

Er hatte nicht angehalten, er fuhr einfach weiter und sah sie dabei – notgedrungen – nicht einmal an.

»Wir haben zwei Möglichkeiten«, sagte er. »Uns nie wiederzusehen, das müßten wir dann nur irgendwie Gilda und Rex begreiflich machen, was nicht allzu schwierig sein dürfte, ich glaube, die beiden schätzen sich nicht sehr. Oder ein Liebespaar zu werden. Mir persönlich wäre die zweite Möglichkeit bedeutend lieber. Und dir?«

»Ja«, sagte Stella.

»Ja zur zweiten Möglichkeit?«

»Ja«, wiederholte Stella mit fester Stimme.

»Gut«, sagte er. »Tut mir leid, wenn ich das so sachlich abhandele, aber wir haben nur noch zehn Minuten. Sobald ich mal mehr Zeit habe, sage ich dir ein paar Dinge, die mir aus dem Herzen kommen.«

Stella schwieg einen Augenblick. Sie sah zur Tür und schien zu lauschen. Dann fuhr sie fort: »Ich war sehr glücklich an diesem Abend. Ich war lange glücklich. Ich hatte Vertrauen zu Alan, und dieses Vertrauen war berechtigt. Wir trafen uns bald danach, und er hat mir diese Dinge gesagt, die ihm aus dem Herzen kamen. Aber wir konnten nirgends allein sein. Manchmal, aber nur sehr selten, kam er nachmittags zu mir. Trotzdem war ich glücklich. Natürlich hatte ich ein schlechtes Gewissen wegen Gilda, und weil ich mich immer öfter darum drückte, mit ihr zusammenzusein, bekam ich auch Alan immer seltener zu sehen.«

Die Türklinke ging nach unten, und Stella sah hoch. »Ist das Richard?« Ich ging zur Tür, aber es stand niemand da, nur Lena lief weiter hinten über den Gang.

»Rex hatte Streit mit Charmian gehabt, ich weiß nicht, worum es ging, aber ich denke mir, daß sie ihn gedrängt hatte, mich jetzt, wo Marianne größer wurde, endgültig zu verlassen, und daß er abgelehnt hatte. Jedenfalls kam er zu mir zurück. Es war nicht das erste Mal, und es hielt nie lange an.«

»Aber Sie haben ihn wieder aufgenommen?«

Sie seufzte. »Ich war seine Frau, Genevieve. Sie sehen das natürlich anders, die Zeiten haben sich geändert. Rex ernährte mich, er hatte mir ein Zuhause gegeben. Ich spreche nicht gern über diese Dinge, aber der Verdiener war er, alles gehörte ihm. Ich konnte ihn nicht abweisen, es wäre nicht recht gewesen. Er kam zu mir zurück und schenkte mir zur Versöhnung diesen Brillantring.«

Sie streckte die rechte Hand aus. Mir war die Sache ein bißchen peinlich, es klang wie ein Geschäft: Wenn du wieder mit mir schläfst, kriegst du Schmuck im Wert von zweitausend Pfund.

»Und im Jahr darauf«, sagte sie dann, »wurde Richard geboren.«

Die Tür ging auf, und Richard kam herein. »Ich hab schon ganz rote Ohren«, sagte er und gab Stella einen Kuß. »Ich wurde geboren, hast du gesagt. Was hast du noch alles erzählt?« Er lächelte, er hatte nichts gehört, aber Stella war ganz blaß geworden.

»Nichts, Liebling, gar nichts. Weißt du übrigens, daß du genauso alt bist wie Genevieve?«

»Genauso alt?«

»Du hast am 12. April Geburtstag, und Genevieves Geburtstag ist am 24.«

»Also bin ich doch der Ältere, ich hab's ja gewußt.«

Stella hat alle Geburtstage im Kopf, bestimmt nicht nur meinen, sondern auch die von Maud und Arthur und Lena. Und wenn sie sonst alles vergißt – Geburtstage vergißt sie nie. Ich wollte gehen, aber Stella hielt noch einen Augenblick meine Hand fest.

»Rex hatte sich so sehr einen Sohn gewünscht«, sagte sie. »Er war sehr stolz auf Richard.«

»Mutter«, sagte Richard, aber es klang viel friedfertiger, als wenn ich es zu Mum sage.

DRITTER TEIL

12

Das Pfeifen ging mir durch und durch, die unbekannte Melodie, der klare Ton, aber vor allem, weil er im Dunkeln gepfiffen hatte. Ich war auf der Treppe gewesen und hatte seine Scheinwerfer nicht gesehen. Als ich die Haustür aufmachte, stand er eine Armlänge von mir entfernt – und dann fielen wir uns um den Hals. Er habe gepfiffen, weil er glücklich sei, sagte er. »Geh dreimal in Uhrzeigerrichtung ums Haus herum, damit das Unheil sich wendet«, sagte ich, aber er lachte nur und ließ sich nicht dazu bewegen.

Die Furcht vor dem, was er getan oder heraufbeschworen hatte, verließ mich nicht. Solange wir im Bett waren, dem einzigen warmen Ort im Haus, vergaß ich das Pfeifen, vergaß ich alles, aber später fiel es mir wieder ein. Manchmal sage ich mir, daß diese Abwehrstrategien von Mum und Granny Unsinn sind und eine junge Frau wie ich am Ende des zwanzigsten Jahrhunderts damit eigentlich gar nichts am Hut haben dürfte. Und dann erlebe ich, wie ein Mensch stirbt, wenn jemandem die Ohren geklungen haben, und sehe, was einem passieren kann, wenn man einen Eschenzweig abbricht oder einem anderen das Salz reicht. Ich habe einfach nicht den Mut, solche Dinge aufzugeben in dieser harten Welt. Wenn was schiefgeht, denke ich immer, ob ich es nicht hätte abwenden können, wenn ich auf Holz geklopft oder eine verbogene Münze unters Kopfkissen gelegt hätte.

Ich wartete also auf die schlimmen Folgen von Neds Pfeifen in der Dunkelheit, und die ließen nicht lange auf sich warten.

Es fing damit an, daß Philippa die Grippe bekam. Sie grassierte bei uns, Shirley Foster hatte sie gehabt und die ganze Familie Baleham, und Philippas Katie hatte sie von der Schule mitgebracht. Am Donnerstag abend mußte Philippa sich hinlegen, und am Freitag war mein freier Tag. Die Kinder hatten Ferien, und ich nahm sie mit zu mir. Vorher brachte ich Philippa noch den Fernseher nach oben ins Schlafzimmer, und als ich um fünf mit Katie und Nicola zurückkam, saß sie im Bett und sah sich *Edith Thompsons Ende* an, einen Schwarzweißfilm von 1954 mit Joyce Redman als Edith Thompson und Gilda Brent als Gefängniswärterin.

Ich machte den Kindern unten was zu essen, holte für Steve einen Auflauf aus der Tiefkühltruhe und ging wieder zu Philippa.

»Taugt er was?« fragte ich.

Philippa sah sich nicht um. »Gleich wird sie gehängt.«

Auf dem Bildschirm saßen Gilda Brent und Joyce Redman in Edith Thompsons Zelle, und Gilda hielt die Hand von Joyce Redman. Mit der Brille und dem blonden Haar unter der Mütze entsprach sie genau dem Typ, den sie darstellen sollte: Sie war eine unscheinbare Frau ohne ausgeprägte Persönlichkeit. Richtig häßlich konnte sie mit ihren schönen, regelmäßigen Zügen nie sein, aber es war nicht schwer, sie so herzurichten, daß man sie sehr schnell wieder vergaß. Im Grunde war sie viel hübscher als Joyce Redman, aber die Redman blieb einem im Gedächtnis, während Gildas Gesicht sich verflüchtigte, sobald man den Fernseher ausmachte, und das tat Philippa prompt, nachdem sie Edith zur Hinrichtung geführt hatten und der Abspann kam. Sie legte die Fernbedienung unter ihr Kopfkissen.

»Irgendwie fühle ich mich jetzt noch mieser. Könntest du mir noch einen Krug Wasser bringen, Jenny? Ich soll viel trinken. Es heißt, Edith und ihr Freund hätten den Mord gemeinsam geplant, aber Edith selbst hätte sich nicht aktiv daran beteiligt. Erstochen hat ihn der Freund. Edith hat nur jede Menge Briefe geschrieben, in denen stand, daß sie ihrem Mann gemahlenes Glas ins Essen tun würde.«

»Ich hol dir mal eben das Wasser«, sagte ich.

Als ich wiederkam, hatte sie sich zurückgelegt. »Und dafür ist sie gehängt worden. Heutzutage wär das nicht mehr so gelaufen, da hätten sie ihr Bewährung gegeben oder sie auf Urlaub in einen Erlebnispark geschickt. Könntest du dir vorstellen, dich mit einem Mann zusammenzutun, um Mike umzubringen?«

»Nein«, sagte ich.

»Was meinst du, ob es wirklich Leute gibt, die mit ihrem oder ihrer Liebsten den Mord an ihrem Ehemann oder ihrer Ehefrau planen?«

»Keine Ahnung«, sagte ich. Das Thema war mir unbehaglich, als hätte ich mich selbst schuldig gemacht, als sei dies eine Erinnerung an Dinge, die ich mich bemüht hatte zu vergessen. Ich würde morgen früh wieder vorbeikommen und für sie einkaufen, wenn sie wollte, sagte ich, aber

Phil meinte, dann sei ja Steve zu Hause, weil ja Samstag war. Auch Mike war zu Hause.

Den ganzen Freitag abend machte er an dem Wintergarten rum. Er war ganz aufgeregt, weil endlich die Baugenehmigung gekommen war. Die Aussicht, nun tatsächlich einen vier mal vier Meter großen verglasten Raum hinten an sein Haus anbauen zu dürfen, machte ihn fast so hibbelig wie mich die Aussicht auf ein Zusammensein mit Ned. Ich hatte den Eindruck, daß er in diesem Moment glücklicher war als je auf unserer Hochzeitsreise. Er pfiff und sang bei der Arbeit, und als er nicht mehr wußte, was er pfeifen oder singen sollte, machte er Radio One an.

Am Samstag um sechs – da hatte er seit Freitag um sechs geschuftet und dazwischen nur sechs Stunden geschlafen und eine halbe Stunde Pause zum Essen gemacht – fragte ich ihn, ob wir nicht auf einen Drink in die ›Legion‹ gehen wollten. Er hatte keine Lust, viel lieber hätte er bis elf durchgemacht, aber dann kam er doch mit. Mike ist erst dreiunddreißig, aber er findet es nicht gut, wenn eine Frau allein ins Pub geht, nicht mal, wenn ihre Mutter dort hinter der Theke steht. »Das ist nicht ladylike«, sagt er, so haben es schon sein Vater und sein Großvater gesagt.

Als wir hereinkamen, sah ich als erstes Jane Saraman oder vielmehr Beaumont. Daß einem der Atem stockt, wenn man seinen Liebsten sieht, ist vielleicht verständlich – aber bei seiner Frau? Ich dachte wohl, er wäre auch da.

»Ned dreht in Cambridge«, sagte sie, als hätte ich sie danach gefragt. »Ich bin mit Hannah und meiner Mutter hier.«

Auch wenn das vielleicht nicht ladylike ist, gebe ich im

Pub meine Runde aus wie alle anderen auch. Warum auch nicht? Ich verdiene mit, ich kann arbeiten und zupacken. Von Mike hatte sie nichts zu erwarten. Seit er sie gesichtet hatte, machte er sein muffigstes Gesicht.

»Danke«, sagte sie. »Ein Perrier mit Eis und Zitrone.«

Warum jemand in ein Pub geht, um Wasser zu trinken, ist mir schleierhaft. Len stand hinter dem Tresen, erzählte allen, daß Mum die Grippe hatte, und machte den uralten Witz, daß er nicht übel Lust hätte, sich auch mal mit der Angina ins Bett zu legen. Ich ließ mir einen Weißwein, für Mike ein kleines Bitter und für Jane Mineralwasser geben. Mike guckte sein Glas an, als hätte ich ihm eine Flasche Schampus hingestellt, er riß die Augen auf, zwinkerte Ken Foster zu und sagte, seine Frau hätte offenbar heute die Spendierhosen an, das müsse er ausnützen, es hielte bestimmt nicht an. Ich fragte Jane, wie es Hannah ginge.

Sie zog die Augenbrauen hoch. »Ganz gut.«

Zu spät fiel mir ein, daß ich ja offiziell über Hannahs Krankheit nur das wußte, was ich zufällig mal im Gespräch aufgeschnappt hatte, ich versuchte mich rauszureden, aber insgeheim dachte ich: Das hast du nun vom Lügen, damit blamierst du nur dich und andere.

»Wie schön, daß es ihr bessergeht«, sagte ich, auch wenn ich wußte, daß das gar nicht stimmte.

»Es kommt von der Verschmutzung überall«, sagte sie scharf. Und weil ich ein schlechtes Gewissen hatte, hörte ich aus diesen Worten einen Vorwurf heraus oder vielleicht sogar eine doppelte Bedeutung. »Die Landluft tut ihr gut.« Jane gehört zu den Menschen, die mit den Lippen lächeln können, während sich in ihren Augen überhaupt nichts tut.

»Ich möchte, daß wir ein Grundstück in Frankreich kaufen, wo das Wetter beständiger ist, irgendwo im Süden. Das Cottage geben wir nächsten Monat auf, dann ist der Mietvertrag abgelaufen.«

Davon hatte Ned mir nichts gesagt. Ich erinnerte mich plötzlich sehr lebhaft an sein Pfeifen im Dunkeln und wie er sich geweigert hatte, etwas dagegen zu tun. Waren das schon die Folgen?

Mir wurde plötzlich ganz schwach, ich wollte mich hinsetzen, aber es gab nirgends was zum Sitzen. Es klingt erbärmlich, aber ich hätte mich am liebsten von Jane trösten lassen. Das kühle Lächeln war verschwunden, sie sah jetzt unendlich gelangweilt aus. Und dann war der Groschen bei mir gefallen: Er brachte seine Angelegenheiten in Ordnung, weil er spürte, daß ich dabei war, meine Meinung zu ändern, daß ich sehr bald soweit sein würde, mich mit ihm zusammenzutun, mit ihm wegzugehen.

»Da sind meine Bekannten«, sagte sie und deutete auf das Paar von der Uni. Sie setzte ihr Glas ab. »Besten Dank auch.«

Ob er es mir sagen würde? Vielleicht wartete er aber auch darauf, daß ich den nächsten Schritt tat, befreite sich inzwischen schon von Sachen, die ihn belasteten, dem Cottage zum Beispiel, und kaufte in Frankreich etwas für Jane und Hannah. Und Hannah ging es allmählich besser, sie würde zwar nach wie vor ihren Vater brauchen, aber nicht so, wie ein krankes Kind ihn braucht. Ich sah immer wieder über die Schulter zu Jane hinüber. Sie redete und lachte mit dem Mann, wie ich sie noch nie hatte reden und lachen hören. Die Frau saß friedlich dabei. Wer weiß, vielleicht hatte ja

Jane ein Verhältnis mit diesem Mann, vielleicht war die Frau neben ihm gar nicht seine Ehefrau oder seine Lebensgefährtin, sondern nur seine Schwester oder eine Bekannte.

»Eine Frau, die ein Verhältnis mit einem verheirateten Mann hat, macht das immer so«, sagt Mum. »Sie versucht sich einzureden, daß seine Frau ihm untreu ist. Weil sie dann kein so schlechtes Gewissen zu haben braucht. Wat dem eenen sin Uhl, is dem andern sin Nachtigall.«

»Habe ich zuviel ausgeplaudert, Genevieve?« fragte Stella. Die neue Woche hatte angefangen, und wir saßen im Salon. Warum sie das fragte, wollte ich wissen, sie könne mir vertrauen, ich würde nichts weitersagen. Sie schüttelte leise lächelnd den Kopf. Es war ein stürmischer Tag, der Westwind rüttelte an den Fensterrahmen und riß die gelben Blätter von den Kastanienbäumen. Auf dem Rasen lag das Laub knöcheltief. Der Gärtner, über den Stella sich beschwert hatte, weil er sie mit dem Vornamen anredete, schnitt die vom ersten Frost geschwärzten Stauden in den Blumenbeeten zurück.

»Ich habe mir Vorwürfe gemacht, daß ich Ihnen zuviel erzählt habe. Sie waren vermutlich ... nein, nicht schockiert, aber ... befremdet, Genevieve?«

»Ich bin verheiratet«, sagte ich. »Ich hab ein Verhältnis mit einem verheirateten Mann. Ich hab gedacht, ich hätte *Ihnen* zuviel erzählt.«

Es interessierte sie nicht. Vielleicht hatte sie es vergessen. »Wenn es Sie beruhigt: Mich hat es sehr erleichtert, ich habe ja sonst niemandem, dem ich diese Dinge erzählen kann. Sie sind eine gute Zuhörerin, Genevieve.«

Ich sagte ihr, daß ich *Edith Thompsons Ende* oder zumindest ein Stück davon gesehen hatte. Sie musterte mich sehr nachdenklich, dann griff sie nach meiner Hand.

»Wahrscheinlich kommt es alle Tage vor, daß ein Paar sich zusammentut, um die Ehefrau des Mannes oder den Ehemann der Frau umzubringen. Man liest über solche Fälle immer wieder in der Zeitung.«

»Ach ja?« sagte ich.

Sie seufzte. »Vielleicht nicht häufiger als über andere schreckliche… Verbrechen. Aber was uns besonders beschäftigt, was uns keine Ruhe läßt, fällt uns eben immer besonders auf.«

Ich nickte. Liebesgeschichten las ich jetzt, da ich selbst eine Liebesbeziehung hatte, besonders aufmerksam, so wie ich damals, als ich mich verlobt hatte, besonders auf Verlobungsringe und zur Zeit des Umzugs in unser Haus besonders auf Immobilienanzeigen geachtet hatte. Wollte Stella damit sagen, daß Edith Thompson ihr keine Ruhe ließ?

Sie wechselte rasch das Thema.

»Mein Vater starb, als Richard neun Monate war«, sagte sie, »und als Sie auch neun Monate waren, Genevieve.« Sie lächelte, stolz auf ihr gutes Gedächtnis. »Sie haben gerade Ihren Vater verloren, und das ist Ihnen sicher sehr nahegegangen. Sie haben ihn häufig gesehen, auch wenn Sie nicht mit ihm unter einem Dach gelebt haben. Aber ich war, nachdem ich mein Elternhaus verlassen hatte, mit meinem Vater höchstens noch ein- oder zweimal zusammengewesen, meinen kleinen Sohn kannte er überhaupt nicht und Rex kaum, er war nur einmal bei uns gewesen, fünf Jahre war das damals her, und hatte nicht bei uns übernachtet. Aber er hinterließ mir sein Haus.

Ich war mit einem Rechtsanwalt verheiratet und kannte mich ein bißchen mit Testamenten aus, aber das hätte ich nie erwartet. Die Nachricht kam von einer Londoner Kanzlei. Es war ein großes Glück für mich, daß der Brief an einem Samstag eintraf und Rex noch im Bett lag. Wenn die Post kam, war ich immer schon seit Stunden auf. Richard war so ein aufgeweckter, lebhafter kleiner Kerl, daß nach sechs an Schlaf für mich nicht mehr zu denken war. Ich weiß bis heute nicht, was in diesem Moment in mir vorgegangen ist, Genevieve, aber ich sagte mir, warum soll ich das eigentlich Rex erzählen? Fragen wird er nicht, er würde gar nicht darauf kommen, ich werde es einfach für mich behalten.«

»Sie haben Ihrem Mann nicht gesagt, daß Ihr Vater Ihnen sein Haus vermacht hatte?«

»Nein. Nie.«

»Aber warum nicht?«

Sie sah mich von der Seite an, und in diesem Moment sah sie plötzlich nicht mehr so alt, nicht mehr so krank aus. »Es war etwas Eigenes für mich. Es bedeutete Unabhängigkeit.«

Ich nickte, auch wenn ich es immer noch sehr befremdlich fand.

»Heute, wo so viel telefoniert wird, ginge das gar nicht mehr«, sagte sie. »Der Anwalt und der Makler hätten mich telefonisch verständigt. Wenn Rex zu Hause war, ging immer er ans Telefon, und dann wäre alles rausgekommen. Aber ein Ferngespräch von London nach Bury führte man damals nur in Notfällen, normalerweise schrieb man Briefe.«

»Sie konnten es also geheimhalten?«

»Ich habe es vor allen geheimgehalten, nur Alan habe ich es gesagt. Alan liebte Geheimnisse.«

Während der Schwangerschaft und auch noch lange nach Richards Geburt hatte sie kein richtiges Liebesverhältnis mit Alan Tyzark mehr gehabt, aber die Freundschaft blieb bestehen, und sie waren häufig für ein, zwei Stunden zusammen. Er holte sie ab und fuhr sie mit den Kindern spazieren, aber sie riskierten nicht mal einen Kuß, weil sie Mariannes wachsamen Blick fürchteten. Eines Tages – Richard war etwa ein Jahr, und Stella bemühte sich unter der Hand, das geerbte Haus zu verkaufen – sagte Rex, sie brauche nun endlich eine ständige Hilfe im Haushalt, er habe ihr ein Aupair-Mädchen besorgt. Eine Dänin, sehr kinderlieb, die ihr Englisch vervollkommnen wolle. Au-pair-Mädchen kamen damals gerade in Mode, für Frauen wie Stella waren sie eine gute Lösung, wenn kein Hauspersonal zu bekommen war. Zunächst aber war sie mißtrauisch, als sie von Maret hörte.

Rex hat sich ein junges Mädchen fürs Bett geholt, dachte sie. So sah sie Rex – als einen Lustmolch, einen Schürzenjäger. Und zunächst brachte sie auch die Tatsache, daß Maret durchaus nicht ihren Vorstellungen von einer neunzehnjährigen Dänin entsprach, daß sie brünett und untersetzt und alles andere als hübsch war, nicht von dieser Meinung ab.

»Aber zu der Einstellung von Maret hatte ihn sein schlechtes Gewissen getrieben, es war eine Art Wiedergutmachung für seine Untreue. Und dann begriff ich – was ich bisher nicht so gesehen hatte, Genevieve –, daß er gar kein Schürzenjäger, sondern absolut monogam war, nur hielt er eben nicht seiner Frau, sondern Charmian die Treue. Für Rex gab es außer Charmian keine andere Frau auf der Welt. Noch ehe Maret kam, hatte er sich wieder mit ihr zusammengetan. Und dadurch verhärtete sich mein Herz, können Sie das verstehen? Eine ganze Kette unbedeutender junger Mädchen hätte ich hinnehmen können – nicht aber diese alte Frau, die ihm alles bedeutete. Das war der Moment, in dem ich aufhörte, etwas für Rex zu empfinden.«

»Warum sind Sie bei ihm geblieben?«

»Es war nicht so wie heute«, sagte sie wieder. »Hätte ich versucht, mich von ihm scheiden zu lassen, hätte ich ihm nachweisen müssen, daß er die Ehe gebrochen hatte, und ich glaube nicht, daß mir das gelungen wäre. Ich hätte Privatdetektive beauftragen müssen, und auch dann wäre die Tatsache, daß ein Mann von zweiundsechzig eine Frau von achtundfünfzig besucht, kein hinreichender Beweis gewesen. Und mein eigener Ehebruch hätte alles noch schlimmer gemacht. Und ich hatte die Kinder. Es war nicht so wie heute. Rex hätte den Spieß umdrehen, sich von mir scheiden lassen und das Sorgerecht für die Kinder bekommen können. Ich scheute das Risiko, Genevieve. Ich wollte ja nur ein Stück Unabhängigkeit und die Möglichkeit, mit Alan zusammenzusein. Daß ich jetzt Maret hatte, war eine große Hilfe, aber nach wie vor konnten wir nirgends allein sein.«

Bis zum Ende des Sommers hatte sie das Haus ihres Vaters verkauft, und nach Abzug der Notariats- und Maklergebühren blieben ihr knapp 5000 Pfund. Sie richtete sich ein Bankkonto ein, hatte ihr eigenes Scheckbuch und kam sich reich vor. Zunächst wußte sie nicht, was sie mit dem Geld anfangen sollte. Aber warum überhaupt etwas damit anfangen? Irgend etwas würde sich früher oder später ergeben.

Nachdem nun Maret im Haus und Richard noch nicht alt genug für den Kindergarten war, konnte Stella es nicht wagen, sich Alan einzuladen. Ein- oder zweimal gingen sie in ein Hotel, aber das war umständlich und für Stella sehr peinlich. Sie mußten sich als Ehepaar ausgeben, so tun, als blieben sie die ganze Nacht, das Zimmer aber im voraus bezahlen. Und Alan konnte sich Hotels nicht leisten. Sie liebten sich, sie waren sich so nahe, wie zwei Liebende sich nur sein können, aber sie hätte ihm nie angeboten, die Hotelrechnung zu zahlen, das hätte sie nicht gewagt.

Auf dem Rückweg von einem Motel in Bury sah sie ein Cottage, in dessen Vorgarten ein Schild ZU VERKAUFEN stand. Es war ein häßliches Haus, windgezaust an einer Hauptverkehrsstraße gelegen, aber es brachte Stella auf eine Idee.

»Ich werde uns ein Haus kaufen«, sagte sie zu Alan.

»Einfach so?« fragte er. Und dann: »Wann?«

»Noch vor dem Winter. Wenn wir eins finden, das uns gefällt.«

»Je eher, desto besser.«

Das Haus mußte auf halbem Wege zwischen Bury und Tivetshall St. Michael liegen, für beide gut erreichbar und doch ein bißchen abseits sein, nicht neu, aber auch nicht zu alt und nicht zu groß, und der Preis mußte stimmen. Unermüdlich erörterten sie, was sie alles brauchten: eine Garage, um den Wagen vor Passanten zu verstecken, einen kleinen Garten, kein Stroh-, sondern ein Ziegeldach, keine Nachbarn. Ein großes Schlafzimmer mit schönem Blick.

Es war ein kleines Wunder, daß Gilda für zwei Wochen mit einer Freundin nach Südfrankreich gefahren war. Stella und Alan gingen auf Haussuche und hatten noch vor Gildas Rückkehr ›Molucca‹ gefunden, das Flintsteinhaus mit dem roten Dach.

Wir gingen zurück in Stellas Zimmer, und ich stützte sie. Es wäre vielleicht einfacher gewesen, sie zu tragen, ich hätte es bestimmt geschafft, so leicht, wie sie ist. Sie setzte sich in ihren Sessel und legte die Füße auf einen Hocker.

»Es war eine sehr glückliche Zeit, Genevieve«, sagte sie leise und schläfrig. »Zum erstenmal in meinem Leben lief alles gut für mich. Ich liebte Alan seit vier Jahren, aber ich fühlte mich wie frischverliebt. Es ging viel tiefer, war intensiver. Ich war vierzig, es war nicht wie heute, mit vierzig war man schon fast jenseits von Gut und Böse. Aber dank Alan fühlte ich mich jung. Ich hatte nie viel Spaß am – ich weiß nicht recht, wie ich das sagen soll...«

»Am Sex gehabt?«

»Ja, am Sex.« Stella schloß die Augen, um mich nicht anzusehen. »Mit Rex hatte es überhaupt keinen Spaß gemacht, ich konnte mir gar nicht vorstellen, wie es sein könnte. Wenn man etwas nicht gern macht, kann man sich nicht vorstellen, daß man auch Spaß daran haben könnte, nicht?«

»Bügeln mit einem supermodernen Bügeleisen zum Beispiel«, sagte ich. Bügeln ist mir verhaßt.

Sie lächelte matt. »Und deshalb könnten Sie jetzt natürlich fragen, warum ich überhaupt mit Alan – Liebe machen wollte, wenn mir an der Sache selbst so gar nichts lag. Aber bestimmt bin ich nicht die erste Frau, die keinen Spaß daran hatte und sich trotzdem sagte, daß es mit einem Mann, den sie wirklich liebte, vielleicht ganz anders wäre. Und das erste Mal ... das erste Mal mit Alan ... war ... war wirklich anders.« Sie sah mich an. »Es fällt mir schwer, über diese Dinge zu reden, ich wollte Ihnen nur begreiflich machen, daß ich ihn liebte. In jeder Hinsicht. Und als wir das Haus hatten, war das eine herrlich romantische Sache.

Ich fuhr am späten Nachmittag hin, und Maret blieb zu Hause bei den Kindern. Rex und ich führten jetzt ein völlig getrenntes Leben. Er fragte nie, wo ich gewesen war, wenn er mich nicht zu Hause vorgefunden hatte, und wo er gewesen war, wußte ich ja, da erübrigte sich jede Frage.

Wahrscheinlich wußte er von Alan, oder er wußte zumindest, daß es einen anderen Mann gab, aber es berührte ihn nicht mehr. Ich war stolz auf mein Haus, denn es gehörte mir. Sie haben die Urkunden gesehen, die auf meinen Namen lauteten. Das bedeutete mir sehr viel. Das Einrichten war herrlich. Wir hatten sehr wenig Geld, Alan und ich, aber damals konnte man in Antiquitätengeschäften und bei Auktionen sehr günstige Stücke auftreiben. Wir ließen die Originale der Zeichnungen, die er für seine Kinderbücher gemacht hatte, rahmen und hängten sie auf. Das Haus war immer voller Blumen. Ich putzte es selber, es ging ja gar nicht anders, und es ist das einzige Haus, in dem ich gern geputzt habe.

Wenn ich auf Alan wartete, machte ich mich fein. Ich trug ein schönes Kleid und legte Schmuck an und frisierte mich sorgfältig. Ich brauchte eine Stunde zum Schminken und zum Maniküren.« Sie sah rasch weg. »Nur, damit alles wieder in Unordnung geriet, wenn er kam und wir ... wir uns küßten und umarmten und liebten.« Ein kurzes Auflachen, wieder dieser unvermittelte Themenwechsel. »Damals trank man Wein nicht so wie heute, man trank ihn nur zu den Mahlzeiten, aber ich hatte Gin und Tonic und Angostura und Vermouth und Sherry im Haus, und oft kochte ich uns etwas. Ich hielt aus dem Schlafzimmerfenster Ausschau nach Alans Wagen und glühte vor Sehnsucht und ängstigte mich halbtot, wenn er sich nur fünf Minuten verspätet hatte, können Sie sich das vorstellen, Genevieve?«

Nur zu gut. Abgesehen davon, daß es damals wärmer war und sie etwas anderes getrunken hatten, war kaum ein Unterschied zwischen uns.

»Es war wunderschön, daß wir eine Bleibe hatten und ein – ein Bett für uns. Wir spielten Häuslichkeit, wir spielten Mann und Frau. An einem Abend, als wir unseren Aperitif nahmen, ich im Abendkleid und er im Anzug, der Tisch war schon gedeckt, das Essen stand auf dem Herd, war es, als warteten wir auf Gäste, die wir zum Abendessen eingeladen hatten. ›Das ist unsere Generalprobe für die Ehe‹, sagte er.«

»Sie wollten also heiraten?« fragte ich.

Sie griff nach meiner Hand, ohne zu antworten. Seit jenem ersten Mal, als sie mich an sich gezogen hatte, geben wir uns einen Kuß, wenn ich morgens komme und wenn ich nachmittags gehe. Jedesmal kommt mir die Gestalt, die ich in den Armen halte, gebrechlicher vor, jedesmal mehr wie ein zarter kleiner Vogel mit jagendem Herzen. Zuerst habe ich immer abgewartet, was Stella macht, aber jetzt ist es für mich ganz selbstverständlich, daß ich sie küsse, ich drücke sie und hoffe, daß sie etwas von meiner Liebe spürt. Jetzt merkte ich, daß ihr Gesicht heiß war, als wäre ihr das, was sie gesagt hatte, immer noch peinlich.

Ich war kaum zu Hause, als Ned anrief. Daß sie das Cottage aufgeben wollten, behandelte er sehr nebenbei, es war ihm offenbar nicht wichtig, sie hatten es von Anfang an nur auf ein Jahr mieten wollen. Ob es mir denn etwas ausmache, wollte er wissen. Nein, sagte ich, es macht mir nichts aus, in gewisser Weise ist es vielleicht sogar besser, wenn wir uns nicht im Pub oder im Dorfladen in die Arme laufen.

Doch er wollte nur wissen: »Wann kann ich dich sehen?«

»Morgen, wenn du willst.«

»Natürlich will ich. Du bist mein einziger Lichtblick in dieser düsteren Welt.«

Wenn das keine Liebeserklärung war!

Während Mike abends die Fensterrahmen einbaute – das Essen hatte ich ihm auf einem Tablett auf die Kiste gestellt, in der sie gekommen waren –, setzte ich mich mit einem Glas Rotwein und dem Lexikon hin, weil ich mich ein bißchen in moderner Kunst bilden wollte. Aber ich kam nicht weit. Statt dessen führte ich ein Selbstgespräch. Es war, als wenn in meinem Kopf zwei Personen redeten, von denen die eine das Für und die andere das Wider vertrat. Ich hatte so jung geheiratet, daß ich mir über die Ehe nie Gedanken gemacht, daß ich mir nie überlegt hatte, ob ich sie als etwas Bleibendes betrachten sollte, als etwas Heiliges, wenn man so will, oder als etwas, was man auch auflösen kann, wenn man einander nichts mehr zu sagen hat. Die eine Stimme in meinem Kopf redete mir zu, meine Ehe zu retten, die andere sagte, das ist doch witzlos, wenn ihr keine gemeinsamen Interessen und keine Kinder habt.

Und dann sprachen die beiden Stimmen in meinem Kopf über Ned und Jane und Hannah. Die eine sagte, eine Frau mit Pflichtgefühl würde sich nie verzeihen, daß sie eine Familie zerstört und einem Kind den Vater genommen hatte, aber die andere sagte, das komme doch alle Tage vor, sogar hier in unserem Dorf. Mein Vater hatte es so gemacht und meine Mutter sogar zweimal. Die Zeiten hatten sich geändert, seit Paare wie Rex Newland und Stella eine sinnlose Ehe um jeden Preis weiterführen und sich heimlich wegstehlen mußten, bis ihre Liebe sich abgenutzt und verschlissen hatte. Philippa hatte mir erzählt, daß von den Kindern in Katies Klasse noch nicht mal die Hälfte bei Paaren lebten, die ihre leiblichen Eltern und miteinander verheiratet waren. Und dann dachte ich: Ich könnte ein Kind von Ned haben. Um diese Zeit im nächsten Jahr könnte ich ein Kind haben, das Ned und mir gehört.

»Hannah ist erst fünf«, sagte die erste Stimme, »sie ist zu jung, um das zu verstehen, sie wird zu ihrem Vater wollen, und Jane kann ihr nicht erklären, was geschehen ist.« – »Aber sie wird uns besuchen«, sagte die andere Stimme, »sie wird an den Wochenenden bei uns sein, und vielleicht wird sie mich lieben lernen.« Ja, aber vielleicht wird sie mich auch hassen und ihren Vater gegen mich aufbringen. Ich schenkte mir ein zweites Glas ein und überlegte, wie es wohl wäre, mit Ned zusammenzuleben, die ganze Nacht an seiner Seite zu schlafen, neben ihm aufzuwachen.

Während ich dasaß und grübelte und mit mir selber im Streit lag, drang aus dem Hinterzimmer ein stetiges Hämmern. Ich hatte die Tür zugemacht, denn ohne Fenster war zwischen Eßzimmer und Garten nur das Skelett des Wintergartens. Es war eine milde, feuchte Nacht, die dunstige stille Dunkelheit und das rhythmische Pochen hatten etwas Trostloses. Wenn er fertig ist, wenn er in Norwich oder London keine Arbeit findet, wird er was anderes anfangen. Vielleicht wird er die Küche renovieren, die war seit unserer Hochzeit erst zweimal dran, oder aus den beiden unteren Zimmern ein großes machen oder hinten im Garten eine Garage hinstellen. Für die nächsten dreißig Jahre hat er genug Beschäftigung. Und wenn er fünfundsechzig ist und in Rente geht, wird er mir eröffnen (wenn ich dann noch da bin), daß wir in einen Bungalow in Cromer ziehen, einen möglichst baufälligen Schuppen, damit er ihn zerlegen und wieder zusammenbauen kann.

Ich ging mit meinem Wein in unser früheres Eßzimmer. Der Mann auf der Leiter mit dem Hammer in der Hand kam mir vor wie ein Fremder, ein Handwerker, der einen Auftrag ausführt und dabei bis weit in die Nacht hinein Überstunden macht. Der Dunst hatte sich zu weißem Nebel verdichtet, man konnte nicht bis ans Ende des Gartens sehen. Undeutlich war in dem Gewaber ein Bretterhaufen zu erkennen, das waren die Rahmen des Eßzimmerfensters und unser Gartenschuppen und ein Stück Zaun. Nach meiner Uhr war es Viertel nach zehn.

»Machst du noch lange?« fragte ich.

Er hatte ein halbes Dutzend Nägel zwischen den Lippen und hörte nicht auf zu hämmern. »Halbe Stunde noch. Geh ruhig schon schlafen.«

»Können wir mal einen Moment miteinander reden, Mike?«

Die Nägel fielen in seine Handfläche. »Ich weiß, das mit

deinem Dad geht dir nach. Ist ja verständlich. Aber die Zeit heilt alle Wunden.«

»Darum geht's nicht, Mike. Können wir einen Moment reden?«

»Machen wir doch.«

»Ernsthaft, meine ich.«

Das Hämmern verstummte. Er war rot angelaufen und guckte vergrätzt. »Also wirklich, Jenny! Ich arbeite den ganzen Tag, und wenn ich heimkomme, schufte ich hier weiter, praktisch ohne Pause, irgendwann bin ich auch kaputt, begreifst du das nicht?«

Wir hatten während unserer Ehe kein einziges ernsthaftes Gespräch geführt, das fiel mir jetzt erst auf.

Ich ging nach oben. Wir schlafen nach vorn hinaus, aber das Badezimmer ist hinten, und ich putzte mir gerade die Zähne, als hinter der Milchglasscheibe plötzlich ein grellgelbes Licht stand. Ich ging ins Gästezimmer und guckte aus dem Fenster. Mike hatte den Bretterhaufen angezündet. Weil es so feucht war, hatte er Paraffin auf das Holz gegossen, es brannte lichterloh, Funken stiegen in die feuchte dunkle Luft wie Feuerräder am Guy-Fawkes-Tag.

Wenn man ein Feuer macht, muß man immer auch an die Strohdächer im Dorf denken, aber es hatte so viel geregnet, daß diesmal keine Gefahr bestand. Die Flammen schlugen hoch, und das langsam verbrennende Hartholz war schon zu roter Glut geworden.

Ich machte das Fenster auf, die Hitze auf meinem Gesicht fühlte sich an wie Sommersonne. Das laute, bedrohliche Röhren des Feuers rief rasch Sandra Peachey und ihren Mann auf den Plan, er hatte einen Morgenrock an und die

mörderische Katze auf dem Arm. Als die beiden anfingen
zu zetern, schlug ich das Fenster zu und legte mich ins Bett,
in unser Ehebett, auf die linke Seite, ganz an den Rand, um
später nicht auf Tuchfühlung mit Mike zu kommen.

13

Niemand wird mich stören, dachte Stella. Sie glauben, daß
ich für alles zu schwach geworden bin. Und das bin ich ja
auch. Dafür aber muß es noch reichen. Ich habe nicht mehr
genug Kraft, den Stuhl zur Tür zu tragen und unter die
Klinke zu klemmen, aber es kommt sowieso niemand herein. Im Altersheim sind sie froh, wenn man sich ruhig und
friedlich verhält, keine Schwierigkeiten macht... Ich habe
überlegt, ob ich es Genevieve erzählen soll, aber das kann
ich nicht riskieren. Was ist, wenn sie es ihm sagt? Nein, das
würde sie nicht tun, aber was ist, wenn sie sich verplappert?
Hätte ich ihn einweihen wollen, hätte ich das schon vor Jahren tun können. Vielleicht gebe ich ihm das Band, vielleicht
auch nicht. Von sich aus würde er es nie herausfinden. Es
gibt keinerlei Beweise für – für seine Herkunft. – Und jetzt
fange ich an.

»Als Richard fünf war«, begann Stella, »mußte bei
Richard eine Blutgruppenbestimmung gemacht werden. Er
war sehr klein und mager, man vermutete eine Anämie. Wie
sich herausstellte, war er nicht anämisch, er legte dann sehr
bald an Größe und Gewicht zu, er war kerngesund, aber
den Test haben wir damals machen lassen.

Ich hatte nie gewußt, wessen Kind er war. Ich vermutete – und eine Weile hoffte ich sogar –, daß er der Sohn von Rex war. Schließlich war Rex mein Mann, er sorgte für mich, ernährte und kleidete die Kinder und schickte sie zur Schule. So sah ich das damals. So sahen das damals alle verheirateten Frauen, die kein eigenes Geld verdienten. Und so sehen es manche wohl noch heute. Wie eigenartig es ist (Genevieve weiß das!), daß es mir leichter fällt, über Sex zu sprechen als über Geld.

Richard wurde in einer Zeit gezeugt, als Rex wieder mal zu mir zurückgekommen war. In dem entscheidenden Monat habe ich wohl fünf- oder sechsmal mit Rex und nur einmal mit Alan geschlafen. Wenn ich das so sage, hört es sich absolut skandalös an. Ich werde das Band anhalten und zurücklaufen lassen.

Auf der Kassette hört es sich womöglich noch skandalöser an. Im Grunde ist das ein völlig unmögliches Benehmen, aber manche Frauen benehmen sich eben so, sie haben wohl keine andere Wahl. Ich sagte mir, das Kind müsse von Rex sein, ich redete es mir ein. Die andere Möglichkeit ängstigte mich, aber ich dachte an das Zahlenverhältnis: fünf- oder sechsmal mit dem einen, einmal mit dem anderen... Der Gedanke verfolgte mich. Statt mich auf das Kind zu freuen, überlegte ich ständig, wessen Kind es wohl war. Wenn ich morgens aufstand, war das mein erster Gedanke. Sonderbarerweise war damit Schluß, als Richard geboren war, ich dachte fast nicht mehr daran.

Wie Babys bei der Geburt aussehen und wie sie sich im Lauf der Zeit verändern – das hat mich immer fasziniert. Priscillas Hugo sah, als er zur Welt kam, meinem Schwiegervater sehr ähnlich, mit drei Monaten war er seiner Mutter wie aus dem Gesicht geschnitten, und mit zwölf sah er aus wie Jeremy auf einem seiner Kinderfotos. Richard sah in den ersten fünf oder sechs Lebensjahren aus wie ich, zumindest vom Gesichtsschnitt her, nur sein Haar und seine Augen waren heller. Damals war mir noch nicht bewußt, daß auch Alan und ich uns ähnlich sahen – nicht wie Zwillinge, aber durchaus wie Geschwister. Wenn mein Kind aussah wie ich, mußte es auch aussehen wie Alan.

Dann kam die Blutgruppenbestimmung. Richard hatte Blutgruppe B, die nicht ganz selten, aber auch nicht allzu häufig ist, etwa sechs Prozent der Bevölkerung haben sie. Rex und ich hatten beide früher mal Blut gespendet, deshalb wußte ich, daß wir beide Blutgruppe A hatten. Das ist zwar noch kein genetischer Fingerabdruck, aber ein durchaus zuverlässiger Hinweis. Richard konnte kein Sohn von Rex sein.

Mehr als zwanzig Jahre später las ich in einem Zeitungsartikel, in dem Gründe für Fehlgeburten behandelt wurden, eine Theorie – oder vielleicht sogar mehr als eine Theorie –, nach der es womöglich kein Zufall ist, wenn in einer Familie nur Mädchen oder nur Jungen sind. Angenommen, der Mann hat ein fehlerhaftes Gen, das sich nur auf Jungen auswirkt und so aggressiv ist, daß es den männlichen Fötus im Alter von drei Monaten abtötet. In solchen Fällen kann die Mutter Mädchen und Jungen empfangen, aber nur Mädchen austragen. Das gab mir zu denken. Alle Kinder, die ich verloren hatte, waren, soweit man das hatte feststellen können, Jungen gewesen. Vielleicht lag es ja gar nicht an mir, daß ich eine Fehlgeburt nach der anderen gehabt hatte, sondern an Rex, an seinen Genen. Er, der sich so sehr einen

Sohn gewünscht hatte, hätte – gleich mit welcher Frau – nie einen bekommen können. Der Junge, den ich ausgetragen hatte, war nicht sein Sohn, sondern der von Alan.

Ich fand es sehr schade, daß ich diesen Artikel noch nicht gekannt hatte, als Richard klein war, meine Schuld hätte mich dann nicht ganz so schwer gedrückt. Über ein Jahr – bis zum Tod von Rex – hatte ich mich mit meinen Ängsten und Schuldgefühlen geplagt. Mit Schuldgefühlen, weil ich ihm womöglich einen Kuckuck ins Nest gesetzt hatte, mit der Angst, er könnte es herausbekommen, könnte es erkennen. Denn Richard wurde allmählich Alan immer ähnlicher. Jedenfalls war das mein Eindruck. Vielleicht bildete ich es mir nur ein, weil ich wußte, wer sein Vater war, aber ich meinte eine Veränderung in seinem Aussehen zu erkennen und dachte, auch allen anderen müßte sie auffallen.

Wäre mir die Gentheorie damals bekannt gewesen, hätte ich mich vielleicht nicht so gequält. Schließlich hatte ich Rex den Sohn geschenkt, den er selbst nie hätte zustande bringen können. Er liebte Richard und war stolz auf ihn. Möglicherweise war er nur wegen Richard bei mir geblieben, statt sich endgültig mit Charmian zusammenzutun. Damals aber war mir die Vorstellung, er könnte eines Tages seinen Sohn betrachten und Alan vor sich sehen, einfach entsetzlich.

Und dann war Rex tot. An dem Tag, als ich Charmians Leiche in der Scheune fand und Alan mich zu unserem Haus brachte und ich in seinen Armen lag – an dem Tag sagte ich es ihm. Ich konnte Richard nicht den ganzen Abend bei Priscilla lassen, ich mußte ihn abholen und nach Hause bringen. Ich erinnere mich an dieses Gespräch fast wortwörtlich. Ich stand auf und sagte mit dem Rücken zu ihm: ›Richard ist dein Sohn, Alan.‹

›Ja, ich weiß.‹

Es war unfaßbar, wie nebenbei, wie beiläufig das klang. Als hätte ich ihm gesagt, es sei zehn nach fünf und die Sonne sei herausgekommen. ›Du *weißt* es?‹

›Aber ja, ich hab's gewußt, seit er ein paar Monate alt war. Die Himmelfahrtsnase ist doch unverkennbar! Aber er hat deine Augen, und das finde ich schön.‹

›Warum hast du es mir nicht gesagt?‹

›Warum hast du es mir nicht gesagt, mein Herz? Es war dein Geheimnis.‹

›Ach Alan… Freust du dich?‹

Er stand auf, kam um das Bett herum und nahm mich in die Arme. ›Es ist nach dir das Beste, was mir in meinem Leben passieren konnte.‹

›Und trotzdem hast du nie etwas gesagt, hast zugelassen, daß Rex ihn als Sohn anerkennt. Hättest du jemals gefragt?‹

›Seit neun Monaten warte ich darauf, daß du es mir sagst.‹ Rex war seit einem Dreivierteljahr tot. ›Wir hätten in der Zeit noch ein zweites Kind zustande gebracht.‹

Du bist furchtbar, sagte ich, du bist schrecklich, das sagte ich immer, wenn er seine schlechten Witze machte. ›Sollen wir es ihm später mal sagen?‹

Er überlegte. Ich hatte meinen Kopf an seine Schulter gelegt, und er strich behutsam mit dem Daumen über meine Wange.

›Ja‹, sagte er schließlich. ›Aber noch nicht. Erst wenn wir alle drei zusammenleben oder Gilda Vernunft angenommen hat. Je nachdem, was zuerst passiert.‹

Dadurch verstärkte sich mein Verlangen, auf Dauer mit ihm verbunden zu sein, und ich glaube, ihm ging es genauso, nachdem wir nun beide das, was wir insgeheim schon wußten, daß Richard unser Sohn war, auch ausgesprochen hatten. Ein ungesetzliches Verhältnis kam mir irgendwie – unpassend vor. Ich wünschte mir für unsere Beziehung eine gewisse Würde und vor allem Anstand und Offenheit, eine Liebe, eine Beziehung, die keine Blicke zu scheuen brauchte. Eine richtige kleine Familie. Richard und seine Eltern.

Ich fühle mich heute besser. Eine Remission. Gleich morgens, wenn ich noch frisch bin, fällt mir das Sprechen in dieses Gerät am leichtesten. Das ist das letzte Band, das ich besprechen und löschen werde. Ich betrachte es wie seine Vorgänger als Probelauf, als Übung für den Ernstfall. Der Ernstfall – das ist dann das nächste Band. –

Auto fahren weckt in mir tatsächlich unerfreuliche Gedankenverbindungen. Und Feuer im Sinne von Verbrennung ebenfalls. Ich habe für mich eine Erdbestattung verfügt. Aber es ist der Pflug, der mir am meisten zu schaffen macht, der mir auf eine unergründliche, fast unbewußte Art und Weise zu schaffen macht. Die Lippen werden mir steif, ich habe Mühe, das Wort zu artikulieren, es geht mir damit wie anderen Menschen mit dem Namen eines Tieres, vor dem sie panische Angst haben: Schlange, Spinne, Ratte. Ein- oder zweimal kam es als Lösung in einem Kreuzworträtsel vor, und wenn ich es in die Kästchen schrieb, zog sich alles in mir zusammen, und ich bekam eine Gänsehaut.

Wenn ich einen schlechten Traum habe, kommt immer der

Pflug darin vor, aber sonderbarerweise nie als die moderne Landmaschine, mit der das alles angefangen hat, sondern als ein mit der Hand geführtes oder von Pferden gezogenes Gerät. Erklären kann ich das nicht, ich habe vor so einem Gegenstand nur einmal gestanden, in einem historischen Museum, aber natürlich kenne ich es von Abbildungen.

Alan nannte mich manchmal seinen Stern. Mein Stern, sagte er, weil Stella Stern bedeutet. Einmal sah er zu den Sternen hoch und sagte, er wünschte, er wäre der Himmel, dann könnte er mich aus vielen Augen anblicken; es war wohl ein Zitat. Gestern abend habe ich, wie so oft, vor dem Schlafengehen zu den Sternen aufgeschaut und den Großen Bären gesehen, der auch Großer Wagen oder Ursa Major oder bei uns in England der Pflug heißt. Die Form des Sternbilds erinnert an das Gerät aus dem Museum. Prompt träumte ich von einem Pflüger, einem alten Mann in mittelalterlicher Kleidung, der den Pflug durch ein steiniges Feld schob, nur waren die Schollen, die er umbrach, Asche, und die Flintsteine, die zum Vorschein kamen, waren Knochen. Und als er näher kam, sah ich, daß sein Gesicht das eines gealterten Alan war.

Ich hatte diesen Traum schon oft, auch ohne am Fenster zu sitzen und zu den Sternen aufzuschauen, Dutzende von Malen in den vergangenen Jahren, zweimal, seit ich hier bin. Meist – aber nicht immer – hat der Pflüger Alans Gesicht. Bei meinem letzten Traum war es ein anderer Mann, den ich durch ein Knochenfeld stapfen sah, ein anderes Gesicht, das ich nur einmal in meinem Leben gesehen, aber nie vergessen habe. Nur dieses eine Mal stand es auf jener Leinwand, über die im Traum unsere Erinnerungen flimmern.

Aber das kam wohl daher, daß ich an diesem Tag länger als sonst mit Genevieve zusammengesessen hatte.

Und je schneller ich das eben Gesagte wieder lösche, desto besser.«

14

Maud war für Lena das, was Stella für mich ist, das wurde mir klar, als Maud gestorben war und ich Lenas verweintes Gesicht sah. Sie hatte die ganze Nacht bei ihr gesessen, stellvertretend für die Tochter, die Maud nie gehabt hatte, Mauds Hand in der ihren, um das Leben festzuhalten, bis der Tod dann doch stärker war und sie trennte. Auch wenn man ein Altensilo betreibt, wie Ned das nennt, auch wenn man so hinter dem Geld her ist wie Lena, kann man doch Gefühle haben. Ich überlegte, daß der Mensch in sich ein unheimlicher Widerspruch sein kann, und irgendwie machte mir das angst.

»Man möchte es nicht glauben«, sagte Sharon, »aber sie hat eine lange Warteliste, die Grufties stehen regelrecht Schlange bei uns. Hoffentlich kriegen wir mal wieder einen Mann, Frauen sind so nervig.« Der Wagen des Bestattungsunternehmens stand vor der Tür, als Marianne, diesmal allein, in einem Volvo Kombi vorfuhr. Als sie die Stufen zum Eingang hochging, trugen sie gerade Maud auf einer schwarz verhüllten Bahre die Treppe hinunter.

Ich ging rasch zu ihr hin und nahm ihren Arm, weil ich dachte, sie würde gleich umkippen.

»Ist es...«

»Es ist die alte Mrs. Vernon«, sagte ich, »sie ist heute nacht gestorben. Alles in Ordnung?«

»Ja, danke, Jenny. Sie sind sehr lieb.«

Marianne mag ein bißchen flatterhaft und oberflächlich sein, aber man muß sie einfach gern haben. Ich finde es schön, daß sie weiß, wie ich heiße, und mit mir redet, als ob wir alte Bekannte wären, daß sie nicht angibt oder große Töne spuckt.

»Ich war einen Monat nicht mehr bei Mummy«, sagte sie – es waren fast zwei, aber das sagte ich nicht laut – »und schäme mich richtig. Und weil ich sowieso in Ipswich war, um diesen Fernsehspot zu drehen, sagte ich mir, Marianne, es ist eine Gemeinheit, wenn du bei dieser Gelegenheit nicht Mummy besuchst, über die A 14 bist du ja ruckzuck da. Und dann dachte ich, es wäre zu spät. Das macht mein schlechtes Gewissen. Wie dumm von mir.«

Als ich sie so ansah, fiel mir wieder ein, daß Stella gesagt hatte, sie sähe Rex ähnlich. Ich hatte zwar von Rex Newland noch nicht mal ein Foto gesehen, aber die großen dunklen Augen und die buschigen dunklen Brauen hatte sie nicht von Stella. Sie bilden einen reizvollen Gegensatz zu ihrem Haar, das nicht gefärbt, aber von Natur bestimmt nicht ganz so leuchtend goldrot ist. Und ihre Nase ist ein bißchen gekrümmt, eine Adlernase nennt man das wohl, während die von Stella klein und gerade und auch jetzt noch sehr ansehnlich ist. Sie hatte Jeans und eine weiße Bluse an und trug große silberne Reifen in den Ohren. Ich dachte an das, was Stella von Schauspielerinnen gesagt hatte, wie sie sich herrichten und schminken und daß sie immer so saubere Haare haben.

Ich begleitete sie bis zu Stellas Tür, ging aber nicht mit hinein. Das längliche Päckchen, das sie aus der Tasche holte, war vermutlich eine Stange Zigaretten. Sie war also die geheimnisvolle Quelle, deren Namen Stella nicht hatte preisgeben wollen.

Lena hatte mich gebeten, Mauds kärgliche Habe für die Verwandten zu sichten, falls sich welche fanden. Sie brächte es nicht übers Herz, sagte sie, und diesmal war ich nicht mal sauer auf sie. Als ich damit fertig war und Lois einmal vor dem Haus hin und her geführt hatte – sie soll jeden Tag ein bißchen Bewegung haben –, brachte ich Arthur seinen Tee und richtete ein Tablett für Stella.

Im Zimmer roch es nach Rauch, obgleich sie ein Oberlicht aufgemacht hatten. Wenn man Stella jeden Tag sieht, wie ich, fällt einem wohl die Veränderung nicht so auf. Marianne sah mich hinter Stellas Rücken an und zog eine Jammermiene. Ein bißchen übertrieben, fand ich und fragte, ob sie eine Tasse Tee wollte, aber sie schüttelte den Kopf und gab mir zu verstehen, daß sie ihn später trinken würde. Draußen. Während sie sich von Stella verabschiedete, wartete ich auf dem Gang.

»Ist es nicht unglaublich, wie sehr Mummy sich verändert hat, Jenny? Es war ein furchtbarer Schock für mich«, sagte Marianne.

»Ich weiß. Aber sie hat keine Schmerzen, ist noch völlig klar im Kopf und hat auch keine Schwierigkeiten beim Reden.«

»Kann ich Sie mal kurz sprechen?«

Wir gingen in den Salon, der völlig leer war bis auf Gracie, die, eine von Lenas Katzen auf dem Schoß, in ihrem

Sessel eingeschlafen war. Carolyn hatte für den Tee auf ihrem Wagen keine Abnehmer gefunden. Marianne setzte sich an die Terrassentür, in Stellas Lieblingssessel, von dem aus Stella immer die Schmetterlinge beobachtet hatte. Ich holte uns beiden einen Tee.

»Sie ist völlig klar im Kopf, sagen Sie«, fing Marianne an, »aber haben Sie den Eindruck, daß irgend etwas sie bedrückt?«

Die Geschichten, die sie mir erzählt, dachte ich, und die ihre Kinder aus irgendwelchen Gründen nicht erfahren sollen. »Was zum Beispiel?« fragte ich.

»Ich weiß ja nicht, wie gut Sie meine Mutter kennen, Schätzchen.« Marianne sah mich forschend an, es war, als wenn die dunklen Augen einem bis in die Seele blickten. »Spricht sie manchmal über meinen Vater?«

»Sie erwähnt ihn hin und wieder.«

»Spricht sie davon, wie er gestorben ist? Ich meine, wo er vor seinem Tod war?«

Ich schüttelte den Kopf und wußte selber nicht recht, warum.

»Sie hat den Tod meines Vaters nie verwunden. Nein, ehrlich, Sie brauchen gar nicht so zu gucken. Sie hat ihn nie verwunden. Ich will es Ihnen erzählen, es spielt ja jetzt keine Rolle mehr, es ist so lange her, aber Sie brauchen ihr nicht zu sagen, daß wir darüber gesprochen haben. Er hatte seit langem eine Beziehung zu einer anderen Frau. Ich war erst fünfzehn, aber irgendwie wußte ich es, ich wußte es schon eine ganze Weile. Ganz schön altklug, was? Wie die Amanda in *Private Lives*, ›ihr Herz zerklüftet von ihrer Weltgewandtheit…‹«

Ich sah sie verständnislos an.

»Mummy hatte keine Ahnung. Sie ist so vertrauensvoll, Jenny, so *unschuldig*. Er war mit der Bahn zu dieser Frau gefahren – damals fuhr er nicht mehr Auto –, und auf der Rückfahrt bekam er einen Herzanfall. Wäre er nicht allein im Abteil gewesen… doch was nützt das Wenn und Aber. Als in Bury jemand zustieg, fanden sie ihn und brachten ihn ins Krankenhaus, aber bis sie da ankamen, war er schon tot. Sie hätten es Mummy nie sagen dürfen, sondern den Anstand haben sollen, sie zu belügen. Aber weil dieser trottelige Arzt gefragt hat, ob sie denn wüßte, wo er gewesen war, und ihr das von der Fahrkarte in seiner Tasche erzählt hat, ist dann alles aufgeflogen.«

»Das alles haben Sie mit fünfzehn gewußt?« fragte ich.

»Nein, das nicht, das habe ich mir später zusammengereimt. Aber das von Charmian – so hieß diese Frau – und daß sie in Elmswell wohnte und er hingefahren war – das habe ich gewußt, da hatte Mummy noch keinen Schimmer.«

»Woher wollen Sie das wissen?«

»Das habe ich an der Wirkung gemerkt. An ihrer Reaktion«, sagte Marianne fast im Triumph. »Sie war völlig am Boden zerstört. Hätte sie von der Beziehung gewußt, wäre ihr das nicht passiert.«

»Langsam, Marianne! Von Psychologie verstehe ich nichts, ich bin nur Altenpflegerin, nicht mal Krankenschwester, ich selbst könnte nicht sagen, warum manche Menschen auf bestimmte Dinge so und nicht anders reagieren.«

»Ich weiß nur, daß Sie sehr lieb zu Mummy waren, Sie waren ihr eine bessere Tochter, als ich es bin.«

Eigentlich ist es schlimm, daß die Sätze, die einem in solchen Fällen auf der Zunge liegen und beinah auch über die Lippen kommen, immer Floskeln sind, die man im Fernsehen hört oder in Zeitschriften liest. »Ich tue nur meine Pflicht…« Natürlich habe ich mich gehütet, etwas in der Art zu sagen.

»Sie war also… wie haben Sie es ausgedrückt… am Boden zerstört, nachdem Ihr Vater gestorben war?« fragte ich.

»Nicht unmittelbar danach, das war ja das Erstaunliche, aber vielleicht ist es gar nicht so erstaunlich, Jenny, es ist wohl so, daß der Schock gewisse Dinge verzögert. Es hat Monate gedauert, ehe es sie so richtig traf. Über ein Jahr, eineinhalb Jahre.«

Wie sie das meinte, wollte ich wissen. Woran hatte sie gemerkt, daß Stella so schlecht dran war?

Sie antwortete nicht direkt.

»Daß es Mummy war, die Charmian gefunden hat, kam noch dazu, aber das wissen Sie ja alles.«

»Wie bitte?«

»Kennen Sie die Geschichte nicht? Sie müssen schon entschuldigen, Jenny, aber in meinen Augen gehören Sie irgendwie zur Familie, für mich ist es selbstverständlich, daß Sie in unserem Leben genauso gut Bescheid wissen wie wir. Charmian hat sich erschossen. Mit einer Schrotflinte. Die Einzelheiten kenne ich nicht, es war Monate nach Daddys Tod, aber es war seinetwegen. Sie konnte das Leben ohne ihn nicht ertragen. Mummy hat sie gefunden.«

»Ihre Mutter hat die tote Charmian gefunden?«

»Sie wollte zu ihr. Sie war eifersüchtig auf Charmian gewesen und konnte sie nicht ausstehen, aber nach Daddys Tod hatte sich da wohl einiges geändert, Charmian hat ihr wahrscheinlich leid getan. Jedenfalls ging sie hin und fand Charmian tot in einer Scheune. Damit muß es angefangen haben. Aber ich war so jung, Jenny, ich hatte meinen eigenen Bekanntenkreis und nur die Schauspielerei im Kopf, da gab es sicher vieles, was ich einfach nicht gesehen habe. Aber als ich mit siebzehn zur Schauspielschule ging, hatte sie sich ganz zurückgezogen, sie hatte eine richtige Depression, die jahrelang anhielt.«

»Aber da war Ihr Vater doch schon zwei Jahre tot«, wandte ich ein.

»Ja, genau, es hat direkt vor der Schauspielschule angefangen. Mummy war nicht so sehr deprimiert als... wie sagt man... gramgebeugt, ja, das trifft es. Sie hat viele Sachen einfach aufgegeben, zum Beispiel ist sie nicht mehr Auto gefahren. Wir hatten inzwischen nicht mehr Maret, sondern ein neues Au-pair-Mädchen, eine Norwegerin, Aagot hieß sie – erstaunliche Namen haben die dort –, die mußte nun Richard zur Schule fahren und einkaufen und dergleichen. Mummy hat sich nicht mal mehr in den Wagen gesetzt. Sie war mit dieser Schauspielerin befreundet, mit Gilda Brent und ihrem Mann, wie hieß er gleich...«

»Alan Tyzark.«

»Ja, genau, Alan Tyzark. Mummy war bis dahin oft mit den beiden zusammengewesen, er ist mit uns spazierengefahren, er hatte keine Kinder, war aber sehr kinderlieb, und Mummy war oft mit Gilda weg, aber als sie dann diese Depression hatte, brach sie die Verbindung ab, obgleich sie gerade jetzt Freunde gebraucht hätte. Außer mit uns redete sie nur noch mit den Brownings von nebenan. Ich habe sie gefragt, warum sie sich nicht mehr mit Alan und Gilda treffen wollte, sie könne sich ja von Aagot hinfahren lassen, aber sie mochte nicht.

Ich war drei Jahre auf der Schauspielschule, und wenn ich in den Ferien nach Hause kam, habe ich versucht, sie für alles mögliche zu interessieren. Ich habe mich wohl zu sehr reingehängt, aber in dem Alter möchte man eben am liebsten die ganze Welt verbessern. Ich hab sogar bei den Tyzarks angerufen, ich wollte Gilda bitten, Mummy mal zu besuchen, aber Alan war am Telefon und sagte, Gilda sei verreist. Früher war er immer unheimlich nett zu mir gewesen, aber diesmal – das war das letztemal, daß ich mit ihm gesprochen habe –, tat er, als wären wir uns völlig fremd. Es hatte irgendwie Krach gegeben, das war klar, Mummy stritt damals mit allen, sie ging nirgendwohin, sie nahm kein neues Au-pair-Mädchen, als Aagot wegging.

Sie war nur noch für Richard da. Daddy hatte ihn ins Internat schicken wollen, aber Mummy wollte davon nichts wissen. Sie hat ihn nicht direkt verhätschelt, das nicht, aber sie mochte sich nicht von ihm trennen, man könnte sagen, daß sie nur für ihn lebte. Und ganz allmählich wurde es dann etwas besser mit ihr. Vor zwanzig Jahren war es noch nicht üblich, sich behandeln zu lassen, wenn man eine Depression hatte, da sagte man den Leuten einfach, sie sollten sich zusammenreißen. Ich weiß noch, daß Priscilla, die Frau meines Onkels, zu Mummy sagte: ›Dir kann niemand helfen, Stella, wenn du dir nicht selbst hilfst.‹ Das hat Mummy so übelgenommen, daß sie monatelang kein Wort mit ihr gesprochen hat.

Mit der Zeit hat Mummy sich dann erholt. Gesprochen hat sie nie darüber. Ich kann mich auch nicht erinnern, daß sie je von meinem Vater gesprochen hätte. Aber jetzt... heute hat sie ihn erwähnt. ›Ich habe an deinen Vater gedacht‹, sagte sie, ›und ich bin froh, daß ich ihn geheiratet habe, sonst hätte ich dich nicht gehabt.‹ Rührend, nicht? Aber ich glaube, sein Tod läßt sie nicht los. Ist es nicht unglaublich, Schätzchen, wenn einem beim Tod des eigenen Mannes aufgeht, daß die Ehe mit ihm eine einzige Lüge war?«

Ich konnte ihr nicht sagen, daß sie das falsch verstanden hatte, ich würde mich hüten, ihre Illusionen zu zerstören. Sie wollte kurz noch mal bei Stella vorbeischauen, und als wir den Salon verließen, versuchte ich ihr taktvoll beizubringen, sie sollte mit ihrem nächsten Besuch nicht zu lange warten.

»Wenn es in ein, zwei Wochen ginge...«

»Meinen Sie wirklich, Schätzchen, sie...«

»Ich weiß es nicht. Niemand kann das wissen. Aber sicherheitshalber. Sie freut sich immer so. Könnten Sie zu ihrem Geburtstag kommen?«

»Am 3. Dezember werde ich einundsiebzig, Genevieve«, sagte Stella zu mir, als ich ihr am nächsten Morgen das Frühstück brachte. »Das ist ein Jahr mehr, als dem Menschen normalerweise zugemessen ist. Früher war es ein respektables Alter, ich dürfte nicht jammern...«

»Sie jammern doch auch nicht«, sagte ich.

»Haben Sie eine Minute Zeit? Ich weiß, ich darf Sie nicht über Gebühr beanspruchen, aber wenn Sie fünf Minuten für mich hätten...«

Ich setzte mich aufs Bettende.

»Die arme Marianne ist felsenfest davon überzeugt, daß ich immer noch Rex nachtrauere. Hat sie zu Ihnen etwas darüber gesagt?«

»Sie hat es kurz erwähnt...«

»Sehr lobenswert, Ihre Diskretion! Keine Angst, ich frage nicht weiter.«

Stella war guter Laune. Sie ist nur noch Haut und Knochen, und ihr Atem rasselt, aber ihre Augen funkelten fast vergnügt.

»Ich freue mich immer, wenn meine Tochter kommt, Genevieve, und ich muß gestehen, daß es mich amüsiert, wie falsch sie liegt, das arme Kind. Sie bildet sich doch tatsächlich ein, ich wäre wegen Rex so niedergeschlagen gewesen. Mißverständnisse sind schlimm, aber sie sind wohl unvermeidlich, wenn wir uns ein Stück Privatsphäre bewahren wollen. Rex war mir inzwischen so gleichgültig, daß sein Tod mir nicht mehr bedeutete als der eines Nachbarn, das heißt, der hätte mich wahrscheinlich mehr getroffen, ich mochte John Browning sehr.« Sie seufzte. »Bei Charmian... ja, bei Charmian war das etwas anderes.«

Sie wurde wieder ernst und schob angewidert ihr Butterbrot weg. Sie ißt praktisch nichts mehr, sondern lebt nur noch von Tee und Milchkaffee. Sie sah mich kurz an und gleich wieder weg.

»Charmian...«, sagte sie. »Ich hatte großes Mitleid mit ihr, und hätte sie es gewußt, hätte sie das sehr erbost. Stellen Sie sich vor, Genevieve, sie wußte nicht, wie Rex gestorben ist. Er hatte täglich mit ihr telefoniert, seit Jahren schon. Sogar...« Sie lächelte ein bißchen zynisch und zog die Augenbrauen hoch, so daß ihre Stirn noch mehr Falten bekam. »…sogar, wenn er pro forma wieder mal bei mir war. Tagtäglich, jahrein, jahraus. Aber natürlich nicht am Tag danach. Er war tot, und sie wußte es nicht, sie wartete vergeblich auf seinen Anruf. Erst drei Tage später fragte sie in der Kanzlei nach, und sein Neffe Jeremy hat es ihr dann gesagt. Aber stellen Sie sich vor, Genevieve, wie sie gewartet hat, wie sie sich, obgleich die Angst sie würgte, nicht getraut hatte, bei ihm zu Hause anzurufen. Ein Alptraum. Ich darf gar nicht daran denken.«

Stella hatte über der Nachricht vom Tod ihres Mannes und dem, was sich daraus womöglich für sie ergeben konnte, Charmian völlig vergessen. Oder vielmehr – es war ihr gar nicht in den Sinn gekommen, Charmian zu verständigen. Sie überlegte sogar später, ob sie es bewußt getan, ob sie Charmian absichtlich auf die Folter gespannt hatte. Ich denke, man kann etwas Grausames nicht unbewußt tun. Wenn man es nicht bewußt macht, ist es keine Grausamkeit, aber Stella kann eben nicht aus ihrer Haut. Die ganze Sache war schließlich nicht ihre Schuld, aber sie empfand tiefe Reue. Noch nie habe ihr ein Mensch so leid getan, sagte sie.

Stella wollte Charmian begreiflich machen, daß das Verhältnis sie seit Jahren schon nicht mehr gestört hatte, daß sie Rex seit Jahren nicht mehr liebte. Aber das brachte Charmian nur noch mehr in Rage, sie machte Stella Vorwürfe, weil sie Rex nicht geliebt hatte, der doch »so viel Liebe brauchte«. Stella dachte, Charmian würde sich vielleicht aussprechen wollen, mußte sich aber statt dessen Vorhaltungen anhören, weil sie Rex nicht die Scheidung vorgeschlagen hatte. Warum hatte sie die Ehe aufrechterhalten, wenn sie ihn nicht geliebt hatte? »Mißverständnisse«, sagte Stella, »nichts als Mißverständnisse.«

Aber dann entstand doch noch etwas Neues. Aus dem Tod eines Mannes, der Ehemann der einen und Liebhaber der anderen Frau gewesen war, erwuchs eine Beziehung, die mit der Zeit vielleicht zu einer Freundschaft hätte werden können, aber diese Zeit blieb ihnen nicht. Sie besuchten sich nun öfter, und nach einer Weile sprachen sie nicht mehr über Rex, sondern über die Dinge, die Frauen auf dem Lande beschäftigten, die Häuser, die im Dorf gebaut wurden, die neue Straße, die Rodung der Hecken, den finanziellen Aufwand für die Jagd.

Weil Gilda sich in die meisten Unternehmungen von Stella hineindrängte, kam auch sie öfter mit Charmian zusammen. Sie rief morgens an und fragte, was Stella vorhatte, und wenn sie vormittags bei Charmian vorbeifahren wollte, sagte Gilda, sie würde auch hinkommen. Oder sie lud – auf diese herrische Art, gegen die sich zumindest Stella nur sehr schwer zur Wehr setzen konnte – beide ein. Dann saßen sie zusammen, unterhielten sich und tranken Kaffee. Es muß eine peinliche Situation gewesen sein – drei Frauen, die sich im Grunde nicht grün waren, Charmian, die noch immer Stellas toten Mann liebte, Stella, die Gildas lebendigen Mann liebte, und Gilda, die sich in dem Image der den anderen beiden an Klugheit, Schönheit und Eleganz Überlegenen gefiel.

Und Stella, das »kleine Ding«, mußte sich von den beiden anderen begönnern lassen. Für Charmian war sie die Frau, die ihr Liebhaber geheiratet, aber nie geliebt hatte, außerdem kam sie aus der falschen Klasse, in ihren Augen hatte

Rex weit unter seinem Stand geheiratet. Für Gilda war Stella ein naives »Greenhorn«, und auf dem Heimweg überlegte sie laut, was Rex wohl an Charmian gefunden hatte, und stellte krude sexuelle Vermutungen an. Weil Charmian so unmöglich aussah, mußte es für sein Festhalten an ihr einen anderen Grund gegeben haben, irgendeine Liebestechnik oder eine »physiologische Eigenheit«, wie Stella es ausdrückte. Weiß der Himmel, wie Gilda es ausgedrückt hat.

»Warum haben Sie sich das gefallen lassen?« fragte ich.

»Sie taten mir wohl irgendwie beide leid. Haben Sie mal was von der Mutter der Gracchen gehört?«

Dumme Frage. Natürlich nicht.

»Sie war eine Römerin. Eine Freundin, die auf Besuch kam, hatte ihre Schmuckschatullen mitgebracht, sie breitete den Inhalt vor sich aus und prahlte damit. Die Mutter der Gracchen rief ihre beiden Söhne und sagte: ›Das sind *meine* Juwelen.‹ Ich hatte auch meine Juwelen, Genevieve, ich hatte meine Kinder. Und ich hatte Alan.«

Stella glaubte, daß Charmian anfing, »drüber wegzukommen – so wie ein paar Jahre danach die Menschen, die ihr nahestanden, glaubten, daß Stella allmählich über ihren Kummer hinwegkam. An einem Tag, als sie mit Charmian locker verabredet hatte, auf dem Weg nach Ipswich kurz bei ihr vorbeizuschauen, kam sie gegen elf in Elmswell an. Charmians Wagen stand in der Auffahrt, die nicht zur Garage führte – sie hatte keine Garage –, sondern zu den Nebengebäuden hinter dem Haus.

Obgleich der Wagen dastand, schien niemand zu Hause zu sein. Stella klingelte ein paarmal, und als sich niemand rührte, dachte sie, Charmian müsse wohl im Garten sein. Es war ein schöner Spätsommertag. Charmian züchtete Dahlien, auf die sie sehr stolz war. Stella ging am Haus entlang nach hinten.

»Dort stand eine Reihe hoher Zypressen als Windschutz«, sagte Stella. »Sie waren uralt, viel älter als das Haus. Zypressenholz ist unverwüstlich, wußten Sie das? Die Tore Konstantinopels waren aus Zypressenholz und hielten tausend Jahre.«

Auf der einen Seite der Zypressenreihe war ein großer gepflasterter Hof mit den früheren Stallungen, einer Milchkammer und einem Kühlraum und mit der längst nicht mehr benutzten Remise, aus der andere Leute eine Garage mit einer Wohnung darüber gemacht hätten. Auf der anderen Seite war der ummauerte Garten. An den Mauern aus behauenen Flintsteinen wuchs Spalierobst, und in den Rabatten darunter standen die Dahlien – Riesendahlien, Kaktus- und Pompomdahlien, Bishop of Leandaff und King Albert's Mourning –, standen senfgelbes Helenium und rosa Chrysanthemen und silbrige Artemisien. Stella ging über den Gartenweg, sah sich nach Charmian um und rief nach ihr. Sie erwartete jeden Augenblick, daß sich die hexengleiche Gestalt zwischen den Blumen aufrichten und sie mit der für sie so typischen steifen Armbewegung grüßen würde. Dann ging sie zwischen den hohen, unvergänglichen Zypressen hindurch zurück auf den Hof, schaute in die Ställe, in die Milchkammer, in die Remise. Inzwischen machte sie sich Sorgen, sie dachte, Charmian hätte sich vielleicht geschnitten oder sonstwie beim Gärtnern verletzt und sei zusammengebrochen.

Sie hatte sich tatsächlich verletzt und war zusammengebrochen. Stella fand sie in der Remise. Es war ein unglücklicher Umstand, daß der ersten Toten, die sie mit fünfundvierzig Jahren zu Gesicht bekam, der halbe Kopf fehlte. Das Blut, sagte Stella, das viele Blut, das vergesse ich nie, den Anblick werde ich nie wieder los.

In der gerichtlichen Untersuchung, bei der sie aussagen mußte, erläuterten die für diese Dinge zuständigen Fachleute, wie Charmian es gemacht hatte. Sie hatte ein Jagdgewehr genommen, eine Flinte mit Zwölferbohrung, und weil sie den Lauf nicht in den Mund bekam, hatte sie ihn sich unters Kinn geklemmt, ihn mit der Linken festgehalten und mit dem rechten Daumen den Abzug betätigt. Das Resultat war so schauerlich, daß Stella laut losschrie. Niemand hörte sie, aber sie schrie und schrie.

Damals gab es keine Autotelefone, sagte Stella, aber sie hätte sowieso den Hörer nicht halten, sie hätte nicht fahren können, sie zitterte am ganzen Körper. Sie lief über die High Street, »Charmian ist tot«, schrie sie, »Charmian hat sich umgebracht.« Sie hatte völlig die Fassung verloren, sie wußte kaum, was sie tat, Charmian war sowieso nicht mehr zu helfen, sie wollte, daß man ihr half.

Als dann endlich die Polizei kam, fragte man sie, wen man verständigen, wer ihr zur Seite stehen könne. »Alan Tyzark«, sagte sie, ohne nachzudenken, weil sie ganz automatisch in jeder Situation zuallererst an ihn dachte. In ihrem Schock hatte sie Gilda vergessen, und zufällig war er allein zu Haus und kam sofort.

»Er kam in Gildas Wagen«, sagte Stella. »Ich war auf dem Revier und trank eine Tasse Tee. Sie waren sehr lieb zu mir, sehr zartfühlend. Ich sah aus dem Fenster, und als ich seinen roten Wagen sah, den roten Anglia, dachte ich, das ist nicht Alan, es ist Gilda. Der Anglia war ihr Wagen, sie hatte ihn vor ein paar Monaten gebraucht gekauft.«

»Ein roter Ford Anglia?« fragte ich.

»Er hatte einen grauen Rover. Es waren beides ziemlich alte Modelle, etwas Neues konnten sie sich nicht leisten. Aber in dem roten Wagen saß nicht Gilda, sondern Alan, und er war allein. Er nahm mich in die Arme, ohne auf die Umstehenden zu achten, und sagte: ›Ich bringe dich nach Hause.‹ Er brachte mich nicht nach Bury, sondern in unser Haus, in dem wir uns immer trafen, nach ›Molucca‹. Wir legten uns aufs Bett, wir schliefen nicht miteinander, er hielt mich nur fest, und dort blieben wir bis zum Abend. Er hatte sogar daran gedacht, Richard zu Priscilla zu bringen. Ich weiß nicht, wie er es Gilda erklärt hat, ich weiß nicht, warum er ihren Wagen hatte und sie seinen, ich weiß nicht, was er zu ihr gesagt hat. Ich habe erst Wochen später wieder mit ihr gesprochen.«

»Ist der rote Wagen in der Garage von Ihrem Haus Gildas Wagen?« fragte ich Stella.

Sie sah mich von der Seite an. Mit einem Blick, wie ihn Kinder haben, denen man auf den Kopf zugesagt hat, daß sie etwas angestellt haben, etwas nicht allzu Schlimmes, und die es noch nicht zugeben wollen. Einem schuldbewußten, aber auch belustigten und leicht verärgerten Blick.

»Und wenn es Gildas Wagen wäre?«

»Ich denke, Gilda ist bei einem Autounfall ums Leben gekommen?«

»Jetzt bin ich bei Charmian. Sie hatte mir einen Brief geschickt. Das heißt, sie hatte ihn an mich adressiert, aber eigentlich war er an Rex. An den toten Rex. Eine Art Abschiedsbrief.«

Charmian muß den Brief an jenem Vormittag oder vielleicht am Abend vorher aufgegeben haben. Der Stempel trug das Datum ihres Todestages und traf am Tag darauf bei Stella ein. Charmians Handschrift war nahezu unleserlich, sie tippte alles auf einer uralten Schreibmaschine, die schon bei ihrem Einzug im Haus gewesen war. ICH KANN OHNE DICH NICHT LEBEN, hatte sie getippt. ICH HABE ES VERSUCHT, ABER DIE TAGE SIND ZU LANG. Rechts unten stand ein Krakel, der Charmian heißen sollte, aber auch irgend etwas anderes bedeuten konnte.

Stella wußte, daß sie den Brief an den Coroner hätte weiterleiten müssen, aber sie wollte ihn erst Alan zeigen. Er las den Brief, sah Stella an und sagte: »Genauso geht es mir auch.«

»Aber du würdest dich nicht umbringen«, sagte sie.

»Woher willst du wissen, was ich nach deinem Tod machen würde?«

Sie habe eine Gänsehaut bekommen bei diesen Worten, sagte Stella. »Was soll ich mit ihrem Brief machen?«

»Nichts. Ich kümmere mich darum.« Und er fragte, ob sie wirklich in der Zeitung lesen wolle, daß Charmian die Geliebte von Rex gewesen sei.

Natürlich wollte sie das nicht, und sie glaubte, daß er Charmians Brief deshalb an sich nahm. Damals jedenfalls glaubte sie das.

»Ich will mich nicht strafbar machen«, sagte sie.

Er lachte. »Warum eigentlich nicht? Komm, trau dich

mal was! Außerdem kannst du jetzt nichts mehr machen, ich habe den Brief. Ich werde ihn ins Archiv legen.«

»Du hast kein Archiv«, sagte sie.

»Jetzt schon.«

Stella brauchte sehr viel länger als fünf Minuten, um mir das alles zu erzählen. Sie war heiser geworden, und ihr Gesicht war fahl.

»Sie dürfen sich nicht überanstrengen.« Ich nahm ihr das Tablett ab und legte ihr die Decke über die Knie.

»Das war der Anfang«, sagte sie. »Der Brief, den Charmian mir geschickt hat, war der Anfang.«

»Der Anfang wovon?« fragte ich, aber ich bekam keine Antwort.

In einer Beziehung, wie ich sie habe, geht es anders zu als bei Stella, da gibt es kaum Gelegenheiten, mit dem Mann zu reden, den man liebt. Man ist nie lange zusammen, es sind alles gestohlene Augenblicke, außerdem braucht man die meiste Zeit für die Liebe. Zum Reden, sagte ich mir, haben wir Zeit genug, Ned und ich, wenn wir für immer zusammen sind. Und die Entscheidung, mich für immer mit ihm zusammenzutun, rückte täglich ein Stück näher, aber damals, Ende November, hatte ich zu ihm und auch zu Mike noch nichts gesagt, hatte nichts vorbereitet, es waren alles noch Gedankenspiele.

Unsere Treffen in Stellas Haus liefen inzwischen nach einem festgelegten Schema ab, und auch zum Reden war dabei ein bißchen Zeit vorgesehen. Es war der mildeste November seit Beginn der Wetteraufzeichnungen, aber im Haus war es trotzdem kalt. Ich heizte, so gut es ging, nahm eine Flasche Wein mit nach oben und machte sie auf, damit sie atmen konnte. Wenn er kam, brannten die Kerzen, das Bett war frisch bezogen und warm. Und nachdem wir uns geliebt hatten, notgedrungen unter der schweren Decke – wie sehnte ich mich nach Licht, nach Nacktheit, nach Bewegungsfreiheit für Hände und Lippen –, lagen wir noch eine Weile beisammen und redeten. Viel hatte ich ihm nie zu erzählen, nur ein paar harmlose Geschichtchen aus meinem Alltag. In meinem Leben passiert eben nichts Welterschütterndes, oder vielmehr, er ist das Welterschütternde in meinem Leben, aber er erlebt immer eine Menge, kommt mit klugen und prominenten Leuten zusammen und erzählt mir von dem, was er gemacht hat und was er vorhat.

Als wir uns das nächste Mal trafen, nachdem Stella mir das von dem Brief erzählt hatte, hätte er vielleicht am liebsten überhaupt nicht geredet. Wenn wir zum Ende kommen, zu diesem Moment höchsten gemeinsamen Glücks, öffnet sich meine Seele weit, und ich schreie auf, schreie in seinen Mund hinein, der auf dem meinen liegt. Und wenn wir uns voneinander gelöst haben, hält er mich noch lange fest, streichelt mich, streichelt mein Haar, legt den Kopf an meine Schulter. Daß er von mir abrückt und mir den Rücken dreht – das ist noch nie vorgekommen. Manchmal flüstern wir noch ein bißchen, er steht auf und holt unseren Wein, und in dieser Zeit reden wir dann miteinander, denn oft lieben wir uns danach noch mal, und wir haben ja nicht die ganze Nacht für uns wie andere Liebespaare.

Diesmal holte ich den Wein und schenkte ihn in die Kristallgläser, aus denen Stella und Alan getrunken hatten. Und als ich mit dem Glas in der Hand ans Bett kam, sah ich, daß er schlief. Ich sehe ihm gern beim Schlafen zu, er sieht wunderschön aus im Schlaf, sehr jung und sehr lieb. Andererseits ist es mir nicht recht, wenn er schläft, denn dann ist er nicht bei mir. Ich trank meinen Wein und sah ihn an, und als er sich regte, sagte ich seinen Namen und strich ihm übers Gesicht und küßte ihn. Er war ganz schnell wach, setzte sich auf und lächelte mich an.

Ich fragte ihn nach seiner Arbeit, und er erzählte mir von den Recherchen für eine Sendung über alte Familien in Norfolk. Es war reiner Zufall, daß ich ihn fragte, wie man Geburts- und Sterbedaten in Erfahrung bringen könne und ob das schwierig sei. Daß es da eine zentrale Stelle gab, in der Geburten, Eheschließungen und Todesfälle verzeichnet werden, war mir noch nie in den Sinn gekommen, ich dachte, das steht alles nur in den Kirchenbüchern. Nein, sagte Ned, es gibt dafür ein Haus in London, dort würde er auch die Daten dieser Familienmitglieder nachschlagen.

Und da kam mir der Gedanke, ihn um etwas zu bitten. Das hatte ich noch nie getan, ich hatte nie gesagt, könntest du mir dies besorgen oder jenes für mich tun, aber an sich ist das doch bei zwei Leuten ganz selbstverständlich, wenn sie sich so vertraut sind, sie verlassen sich aufeinander, sie helfen sich gegenseitig. Und es war für mich wie ein Beweis für unsere Verbundenheit, für unsere unverbrüchliche Zusammengehörigkeit, daß ich ihn fragen konnte: »Würdest du das für mich tun?«

»Ob du wohl bei der Gelegenheit einen Todestag für mich rausfinden würdest?«

»Ja, natürlich. Wenn ich kann.«

Er schien sich richtig zu freuen, und ich überlegte,

warum ich ihn nicht schon längst darum gebeten hatte. »Es handelt sich um Gilda Brent«, sagte ich.

»Die Schauspielerin? Hast du mir nicht erzählt, daß eine deiner alten Damen sie kannte?« Er hat ein gutes Gedächtnis. »Ich will sehen, was sich tun läßt. Wann ist sie gestorben?«

»Vor etwa fünfundzwanzig Jahren. Mehr weiß ich nicht.«

»War Brent ihr richtiger Name?«

Ich dachte an die Zigarettenbildchen. Nein, sagte ich, eigentlich habe sie Brant geheißen und nach ihrer Heirat dann Tyzark, und als sie starb, müsse sie um die Fünfzig gewesen sein. Jetzt hätte ich ihm gern noch mehr von dem erzählt, was ich von Stella erfahren hatte, von Charmian und ihrer Liebe zu Rex Newland. Wer verliebt ist, möchte immer gern von Liebe reden. Und Charmians Not, ihre hoffnungslose Liebe hatte eine Saite in mir zum Schwingen gebracht, auch wenn ich nie etwas in der Art erlebt habe und hoffentlich auch nie erleben werde. Aber Ned mochte davon nichts hören.

»Komm, reden wir nicht mehr von diesen alten Leuten, vom Tod und von Sachen, die längst Schnee von gestern sind«, sagte er und nahm mich wieder in die Arme. »Sag mir, daß du mich liebst, Jenny, sag mir, daß du mich liebst.«

15

An dem Samstag, als Stella Geburtstag hatte, sah ich, als ich aus der ›Legion‹ kam – ich hatte für Mum eingekauft –, den Umzugswagen vor der ›Eberesche‹ stehen, eine Art Landrover, sie hatten ihn von einem Mietwagenverleih. Das Haus wird immer möbliert vermietet, sie hatten wohl nicht viel eigene Sachen drin.

Es ging mir durch und durch, als ich Ned sah, das passiert mir immer, wenn es so unerwartet kommt, und es war kein bißchen Freude dabei, weil er so eindeutig etwas mit Jane und Hannah zusammen machte, weil das, was er machte – er brachte eine Bücherkiste heraus und stellte sie ihn den Wagen –, mich so ganz und gar ausschloß. Die Bücher gehörten nicht mir, auch nicht zur Hälfte, ich kannte nicht mal die Titel. Zunächst merkte er nicht, daß ich ihn beobachtete. Jane kam raus und sagte etwas zu ihm, und er antwortete, und ich sehnte mich plötzlich so sehr danach, mit ihm zu sprechen, von ihm gesehen zu werden, daß ich hätte schreien können. Statt dessen sagte ich »Hallo«, und sie drehten sich beide um.

»Hallo, Jenny, wie geht's.« Er redete mit mir wie mit Mum oder seinen Nachbarn. Es half ja nichts, wie hätte er sonst reden sollen, aber es traf mich wie ein Schlag. Ich sah sein Gesicht auf dem Kopfkissen, seine geschlossenen Augen, seine Lippen, die im Schlaf leise lächelten.

Ich dachte, ich würde kein Wort rausbringen, aber dann ging es doch, und ich glaube, daß meine Stimme ganz normal klang. Wann sie denn ausziehen wollten, fragte ich, und Jane sagte, das sei ihr letzter Tag.

»Wir haben ein Haus in Southwold gefunden, Hannah ist so gern an der See.«

Es berührte mich nicht weiter, es konnte mir im Grunde egal sein, ich war nur zweimal in diesem Cottage hier gewesen und hätte sowieso keinen Fuß mehr hineingesetzt.

Und sie würden ja nicht alle in Southwold sein, sondern nur Jane und Hannah. Und Ned war dann bei mir. Sie müsse weitermachen, murmelte Jane und ging ins Haus, und Ned sah mich mit so unverhohlener, so leidenschaftlicher Liebe an, daß er selbst eine unersättliche Person wie mich damit satt machte. »Ruf mich an«, flüsterte ich, und er nickte.

Samstags hatte ich frei, aber heute wollte ich Stella besuchen. Ich fuhr nicht durch die High Street, sondern außen rum, ich wollte nicht noch einmal das Haus sehen, das sich allmählich leerte, wollte nicht noch einmal Ned sehen. Das klingt wohl ein bißchen bescheuert, aber ich kann es erklären. Wenn ich ihn mit Jane zusammen sah, hatte ich immer Angst, Anzeichen von Liebe, von Kameradschaft, von ganz gewöhnlicher Zuneigung zu entdecken, einen Blick aufzufangen, ein bedeutungsvolles Lächeln. Passiert ist das nie, es konnte gar nicht passieren, dazu kannte ich Ned zu gut, aber Angst davor hatte ich trotzdem. Angst davor, daß etwas, was nicht sein konnte, mir den Tag, die Woche, das Leben kaputtmachen könnte.

Die Liebe ist etwas sehr Beängstigendes. Ich habe große Angst davor, ihn zu verlieren, entdeckt zu werden, nein, mehr noch, ich lebe in der Angst, ihm nicht gewachsen zu sein, ihm nicht das geben zu können, was er sich wünscht, ich fürchte, daß er sich ändern könnte, wenn ich ihn enttäusche. Stella hat mir erzählt, daß sie tagtäglich, vor und nach ihren Treffen, Angst vor Gilda hatte und eifersüchtig auf sie war. Auch sie fürchtete, Spuren von Liebe zwischen Alan und Gilda zu entdecken. An einem Sommernachmittag kam sie zu ihnen, sie hörte Stimmen und ging ins Haus, ohne vorher anzuklopfen. Gilda klimperte mit einem Finger eine Melodie auf dem Klavier, und er saß auf dem Klavierschemel neben ihr und sang den Text. Sie hatten versucht, einen alten Schlager zusammenzubringen. Es war eine Läpperei, aber es machte sie fix und fertig. Wie konnte es auch eine Läpperei sein, wenn sie allein und er noch immer bei Gilda war?

Auch das Aktbild machte ihr angst. Manchmal bildete sie sich ein, das schmale Lächeln sei wie im Spott auf sie gerichtet, bildete sich ein, die gemalte Gilda sage zu ihr: »Schau mich an, schau, wie schön ich bin. Kommst du dagegen an?« Und wenn sie sich in dem bewußten Zimmer aufhielten, setzte sich Gilda immer vor das Bild. Sie hatte ein Sofa so hingestellt, daß das Bild gleichsam dahinter aufragte, und auf dieses Sofa setzte sie sich, und Stella mußte in einem Sessel direkt dem Bild gegenüber sitzen. Wenn sie den Blick hob, sah sie, ob sie wollte oder nicht, die nackte Gilda in Stöckelschuhen, die mit der Perlenschnur zwischen ihren Brüsten spielte.

Sie hatte erwartet, daß Alan seine Frau um die Scheidung bitten würde. Sie hatten keine Kinder. Es war keine Geldfrage. Gilda war viel besser gestellt als er. Sie würde einen anderen Mann finden, sie erzählte Stella ständig von den vielen Männern, die in sie verliebt waren. Stella selbst war wohlhabend, das Haus in Bury gehörte ihr, sie hatte von Rex Anteile an der Kanzlei, Aktien, seine Lebensversicherung. Es störte sie nicht, daß Alan nur die Tantiemen von *Figaro and Velvet* hatte und ein kärgliches Einkommen durch die Bilder, die er in Pubs verkaufte.

»Habe ich Ihnen das noch nicht erzählt, Genevieve? Etwas anderes fand er nicht. Er malte Landschaften, und manche Gastwirte stellten die Bilder dann aus. Nicht nur Landschaften«, verbesserte sie verlegen. »Bilder von Hunden und Katzen und jungen Mädchen und Frauen in Krinolinen. Und er zeichnete Dörfer in Norfolk für Weihnachtskarten.

Auf das Geld käme es mir nicht an, sagte ich, ich hätte genug für uns beide, aber der Gedanke, ich würde ihn ernähren müssen, war ihm entsetzlich. Außerdem, sagte er, würde Gilda sich bei der derzeitigen Rechtslage nicht scheiden lassen. Sie würde mich als schuldigen Teil nennen müssen, und das wollte er nicht.«

Sie hatten gehört – oder vielmehr Stella hatte es über Jeremy Newland gehört –, daß eine tiefgreifende Änderung der Scheidungsgesetze bevorstand, sie war schon beinahe spruchreif. Unheilbare Zerrüttung der Ehe sollte als Scheidungsgrund zugelassen werden, wenn man zwei Jahre getrennt gelebt hatte und beide Partner zustimmten, oder nach fünf Jahren, wenn nur ein Partner zustimmte. Und so ist es ja dann auch gekommen. Mum und Dad haben sich auf diese Weise scheiden lassen, das ging problemlos, weil sie beide einverstanden waren, und die Scheidung von ihrem zweiten Mann hat Mum ebenfalls so durchgebracht. Das Gesetz heißt *Zusammenfassendes Ehegesetz 1973*, allerdings finde ich, es müßte eigentlich *Zusammenfassendes Scheidungsgesetz* heißen. Doch für Alan Tyzark lag das 1969 noch in weiter Ferne. Stella sagte, sie habe ihn ja gar nicht unbedingt heiraten wollen. Sie wollte nur mit ihm zusammenleben.

Aber Alan zog nicht mit. »Du kennst Gilda noch nicht«, sagte er. »Sie würde uns das Leben zur Hölle machen.« Das

Haus St. Michael's Farm gehörte ihr allein, und wenn er sich mit Stella zusammentäte, würde Gilda die Scheidung einreichen und ihm alles nehmen, was er besaß. Gilda hatte schon Verdacht geschöpft. Ein- oder zweimal war sie ihm gefolgt, als er mit seinen Bildern zu einem Hotel in Ipswich gefahren war. Als er eines Abends um neun in die Crown Street gekommen war, hatte er ihren Wagen auf der anderen Straßenseite stehen sehen. Sie hatte sich eine neue Rolle geschrieben – die der Privatdetektivin.

Richards Wagen stand auf dem Parkplatz und der von Marianne auch. Ich hätte gar nicht zu kommen brauchen, wo doch ihre Kinder da sind, dachte ich, aber ich hatte ihr ein Geschenk gekauft und eine Karte, und ich brauchte ja nicht lange zu bleiben.

Sharon stand am Empfang, sie ist jeden Samstag da. Sie winkte mich heran und verkündete in dramatischem Flüsterton: »Maud hat Lena fünfzigtausend Pfund vermacht, was sagst du dazu?«

Mir verschlug es die Sprache.

»Ans Tierheim geht dreimal soviel, aber fünfzigtausend sind ganz schön viel Moos, finde ich. Und jetzt versucht sie's bei Stella, wart's nur ab. Sie ist bei ihr drin und kriecht den Kindern in den Hintern, daß es schon nicht mehr schön ist.«

Als ich um die Ecke bog, kam Lena gerade aus Stellas Zimmer. Sie sah erhitzt aus und ein bißchen benommen, wahrscheinlich hatte sie es erst heute früh erfahren. Und statt mir den Kopf zu waschen, weil ich so intim mit einer Heimbewohnerin war, daß ich sogar samstags kam und so weiter, lächelte sie mir katzenfreundlich zu und machte mir sogar die Tür zu Stellas Zimmer auf.

Ich hätte ja erst geklopft, aber es schien keinen zu stören, daß ich einfach hereinspaziert kam. Sechs Geburtstagskarten standen auf Stellas Schreibtisch und zwei auf dem Nachttisch. Auf dem Bett lag zwischen Seidenpapier und rosafarbenem Geschenkpapier ein toller Morgenmantel, abgesteppte Patchworkarbeit in verschiedenen Karo- und Rosenknospenmustern. Richard hatte ihr Bücher mitgebracht, *A Dance to the Music of Time* von Anthony Powell, zwölf Bände. Die guckte ich mir an und dachte, das ist das letzte, was du je lesen wirst, und an seinem Gesicht, seinem Lächeln und seinem traurigen Blick merkte ich, daß er dasselbe dachte.

Ich lieferte meine Karte und die beiden Kassetten ab, für die ich eigens nach Diss gefahren war. Ich verstehe nichts von Musik, aber Richard hatte mal gesagt, daß sie gern Kammermusik hört, und Ned, den ich deswegen fragte, riet mir zu einer Dvořák-Serenade für Streicher und einem Stück von Boccherini. Stella nahm mit einem überraschend kräftigen Griff meinen Kopf in beide Hände und küßte mich. Ihr runzliges Gesicht fühlte sich seidenweich an und war weiß bestäubt wie ein Kuchen mit Puderzucker.

Meine Karte kam zu den anderen auf den Schreibtisch, und die Kassetten stellte sie neben den Rekorder.

»Sie wollen mich zum Mittagessen ausführen, Genevieve«, sagte Stella. »Ich habe gesagt, daß ich kaum was esse, aber Marianne meint, dann eben *nouvelle cuisine.*«

Marianne sah mich fragend an. »Oder meinen Sie, daß es zuviel für sie wird, Genevieve?«

»Wenn sie es möchte…«

»Du weißt ja, wie ungern ich in ein Auto steige, Marianne.«

»Solange ich nicht am Steuer sitze, ist doch alles in Ordnung«, sagte Richard. »Marianne kann Tempo dreißig fahren, und ich setze mich zu dir nach hinten und ziehe dir einen schwarzen Sack über den Kopf.«

Es ging noch ein bißchen hin und her, aber ich merkte – und die Kinder merkten es wohl auch –, daß Stella es gern wollte. Die Autofahrt war das einzige Hindernis, aber auch das war aus dem Weg geräumt, als Marianne sagte, das Restaurant sei nur drei Meilen entfernt, ganz neu, erst im Frühjahr eröffnet. Stella zog ihren beigefarbenen Wollmantel an und zupfte mit angewidertem Gesicht ein Haar vom Kragen. Sie hakte sich bei Richard ein, nicht besitzergreifend, sondern mit einer Art schüchterner Zärtlichkeit.

Ich fuhr eine Meile hinter ihnen her und bog dann nach Tharby ab. Als ich ausstieg, riß mein Schnürsenkel. Im Dienst tragen wir weiße Turnschuhe, und die Senkel halten nie so lange wie die Schuhe. Ich hatte schon die ganze Woche gesehen, daß mein linker Schnürsenkel allmählich ausfranste, hatte aber nichts unternommen, vor allem, weil ich Ersatz nur in Diss bekomme. Es bedeutet Unglück, wenn ein Schnürsenkel reißt, das hat irgendwas mit dem heiligen Markus zu tun, dem auf der Reise nach Alexandria der Schuhriemen kaputtgegangen ist. Warum das ein böses Omen sein soll, weiß ich nicht, aber ich hatte ein ungutes Gefühl, als es passierte.

Mike verglaste gerade den Wintergarten, Radio One lief in voller Lautstärke. Als er mich sah, sagte er: »Entschuldige, ich mach's leiser. Keine Zeit zum Mittagessen. Muß die Scheiben reinbringen, ehe das schlechte Wetter einsetzt.«

Daß zu einem bestimmten Zeitpunkt schlechtes Wetter einsetzt, kann man bei uns eigentlich nicht sagen. Im Dezember kann es genauso schön oder genauso unwirtlich sein wie im Juni. Wir hatten eine Woche keinen Regen mehr gehabt, das meinte er wohl, und es war erstaunlich mild. Er baute den Wintergarten für mich, so erzählte er es überall herum. »Seht euch den Wintergarten an, den ich für Jenny baue.«

Daß der Wintergarten für mich ist, damit begründet und rechtfertigt er das Unternehmen. Die anderen schlucken es, und ich schlucke es auch. »Keine Zeit. Muß Jennys Wintergarten fertig machen«, sagt er zu mir oder: »Ich mache das doch für dich, jetzt gedulde dich mal ein bißchen, ja?«

Ich habe mir nie einen Wintergarten gewünscht, ich will gar keinen. Er macht nur noch mehr Arbeit. Mit Zimmerpflanzen habe ich sowieso kein Glück, im Garten sind jede Menge Usambaraveilchen vergraben, die mir unter den Händen weggestorben sind. Ich würde nie einen Fuß in den Wintergarten setzen, nie die Fenster darin putzen. Worauf warte ich eigentlich noch? Auf welches Stichwort, welchen Auslöser? Vielleicht darauf, daß der Wintergarten fertig wird. Als Ersatz für mich in Mikes Leben. Dann hat er einen Wintergarten, aber ich bin nicht mehr da.

Stella war nach der Fahrt und dem Essen sehr müde. Um halb vier waren sie zurückgekommen, und sie war, noch ehe Marianne und Richard weg waren, in ihrem Sessel eingeschlafen. Sie habe immer noch geschlafen, als sie ihr das

Abendessen gebracht hatte, berichtete Carolyn, und natürlich hatte sie nichts gegessen. Am Sonntag wäre sie am liebsten den ganzen Tag im Bett geblieben, aber das sieht Lena nicht gern. »Wir sind ein Altenwohnheim und kein Hospiz«, sagte sie zu mir. »Wenn sie krank werden und Pflege brauchen, sind sie bei uns an der falschen Adresse.«

Die Erbschaft hatte Lena nur wenige Tage milder gestimmt.

Als ich hereinkam, war Stella auf, aber noch im Nachthemd, über dem sie den neuen Morgenrock trug. Die Cornflakes und das Butterbrot auf ihrem Tablett hatte sie nicht angerührt. Sie trank chinesischen Tee.

»›Eine Hausrobe‹ sagt Marianne dazu«, meinte sie. »Morgenrock ist offenbar altmodisch. Ein wunderschönes Stück, nicht? Ich möchte, daß Sie ihn haben, wenn ich nicht mehr bin.«

Die Kleider der Toten halten nicht lang. Sie trauern dem nach, der sie getragen hat … Vielleicht nimmt ihn Marianne auch zurück, dachte ich. Er hat gut und gern hundert Pfund gekostet.

»Ja, natürlich«, sagte ich, »wenn Sie das möchten…«

»Ich gehe nicht mehr in den Salon.«

»Heute nicht, meinen Sie?«

»Überhaupt nicht mehr. Hier bin ich am besten aufgehoben.« Und dann fügte sie geheimnisvoll hinzu: »Ich habe hier noch genug zu tun.«

Ich fragte, ob ich ihr beim Anziehen helfen oder sie baden sollte. Gracie bade ich immer, auch wenn Lena das nicht wissen darf. Stella schüttelte den Kopf und lachte. Es tat gut, sie lachen zu hören.

»So weit bin ich noch nicht. Ich bin nur müde. Wenn ich mich ausgeschlafen habe, geht's mir wieder besser.«

Und danach ging es ihr wirklich besser. Der menschliche Geist ist was Großartiges. Erstaunlich, wie der Mensch sich noch mal aufrappeln kann, wenn er kämpft. Und an diesem Tag begriff ich, daß Stella angefangen hatte zu kämpfen.

Jemand hatte ihren Sessel umgestellt, er stand jetzt an der Terrassentür. Von dort aus konnte sie, wenn sie wollte, die Welt draußen anschauen, den grünen Rasen, die laublosen Bäume, einen tiefen blauen Horizont. Als ich um vier hereinkam, winkte sie mich heran, nahm, obgleich sie mich schon morgens begrüßt hatte, mein Gesicht in beide Hände und küßte mich auf die linke und die rechte Wange. Ihr abgemagerter Körper verströmte Wogen von White-Linen-Parfüm, sie fühlte sich fast fiebrig an und war mit Energie förmlich aufgeladen.

Vor einem Vierteljahr war sie mir gerade wegen ihrer Zurückhaltung aufgefallen, nie hatte sie ein Wort über ihre Vergangenheit verloren. Und jetzt redet sie pausenlos. Es ist, als wenn man zwei, drei Steine wegnimmt, die einen Fluß gestaut haben, und jetzt schießt das Wasser in einem breiten Strom heraus. Sobald sie die fiebrigen Hände von meinem Gesicht genommen hatte, fing sie an zu reden. Als müßte sie unbedingt noch was loswerden, ehe die Zeit durch das Stundenglas gelaufen, ehe in der oberen Hälfte kein Sand mehr war.

Ich nahm ihre linke Hand. Je gebrechlicher ihr Körper wurde, desto kräftiger wurde ihre Stimme, desto sicherer und gewandter wurden ihre Formulierungen. »Ich habe gesagt, daß das der Anfang war, Genevieve, erinnern Sie sich?

Charmians Brief, das war der Anfang. Der nächste Schritt war der Kinobesuch. Der Tag, als wir zusammen ins Kino gingen, um uns *Edith Thompsons Ende* anzusehen, Gilda und Alan und ich.«

Wenn einer ihrer Filme irgendwo in der Gegend lief, mußte Gilda ihn sehen. Diesen hier hatte sie schon oft, Alan hatte ihn dreimal und sogar Stella hatte ihn einmal gesehen, aber sie mußten trotzdem noch mal hin. Er lief in Ipswich. Auf der Fahrt in Alans Wagen erzählte Gilda von den Dreharbeiten, von den Schikanen des Regisseurs, der ständig an ihr herumgemäkelt und auf möglichst schäbiger Garderobe für sie bestanden hatte, von der Gehässigkeit der Hauptdarstellerin.

»Sie kennen die Geschichte. Sie nannten sich aus unerfindlichen Gründen ›Darlint‹, nicht ›Darling‹. Sie hatte ihrem Mann gemahlenes Glas ins Essen getan oder das jedenfalls behauptet, in Briefen, die sie an Bywaters schrieb und die beim Prozeß gegen sie verwandt wurden. Es war Bywaters, der Thompson auf der Straße erstach, in der Nähe der ehelichen Wohnung, aber Edith wurde ebenfalls gehängt.«

»Ich hab nur das Ende gesehen«, sagte ich.

»Der Film ist nicht weiter wichtig, es ist kein besonders guter Film, ich erwähne ihn nur, weil Alan am Tag darauf mit dem Wer-killt-Gilda-Spiel begann.«

Am Donnerstag, dem 16. August 1969, um Viertel nach fünf habe Alan seinen ersten Wer-killt-Gilda-Witz gemacht. Das Datum habe sich ihr tiefer eingeprägt, sagte Stella, als ihr Hochzeitstag oder die Geburtstage der Kinder oder der Tag, an dem sie Alan kennenlernte. Nur ein Datum hatte sie noch unauslöschlicher in Erinnerung, und das lag noch vor ihnen.

»Das verstehe ich nicht«, sagte ich.

»Kann ich Ihnen nicht verdenken! Warum wir damals darüber gelacht haben, verstehe ich heute selber nicht mehr. In seiner lässig-beiläufigen Art sagte er: ›Komm, tun wir's. Killen wir Gilda!‹«

»Aber es war ein Witz, nicht?« sagte ich verständnislos. »Er hat es nicht ernst gemeint. Es hört sich an wie ein Spiel.«

»Natürlich war es ein Spiel«, sagte sie hitzig, fast eingeschnappt. »Wir haben viele Spiele gemacht, er und ich, wir spielten Häuslichkeit, wir spielten Ehepaar. Einmal haben wir uns sogar angezogen wie die Eltern in den *Figaro-and-Velvet*-Bilderbüchern und einmal wie Mr. und Mrs. Darling in *Peter Pan.*«

Jetzt kam ich langsam nicht mehr mit.

»Mr. und Mrs. Darlint«, sagte sie mit ihrem kehligen Lachen. »Das Wer-killt-Gilda-Spiel war nur eins unter vielen.«

»Aber Sie haben mitgespielt?«

»Ja, ich habe mitgespielt«, bestätigte sie müde. »Das ist mir jetzt peinlich. Es war dumm und kindisch.«

»*Kindisch?*«

»Wohl kaum das richtige Wort, Sie haben recht. Kinder würden so was vielleicht nicht spielen. Wissen Sie, was *folie à deux* bedeutet?«

Ich schüttelte den Kopf. Mit dem Französischunterricht an der Newall Upper School war es nicht weit her gewesen, ich erkannte mit knapper Not, daß es Französisch war.

»Wörtlich übersetzt heißt es ›Irresein zu zweit‹, ›zweifacher Wahn‹. Es ist ein Zustand, in dem zwei eng vertraute Menschen sich gegenseitig zu einer Untat anstacheln, sich immer weiter aufputschen. Zu einem Mord zum Beispiel.«

»Bonnie und Clyde«, sagte ich. »Die Moormörder.«

Sie lachte dieses trockene Lachen, das meist mit einem Hustenanfall endet. Als sie sich erholt hatte, erlebte ich wieder mal diesen unvermittelten Themenwechsel, bei dem sie – meist mit einem freundlichen Lächeln – eine Schublade in ihrem Kopf zu- und eine andere aufmacht.

»Er wollte mich porträtieren«, sagte sie.

»Er hat Sie porträtiert. Das Bild hängt in ›Molucca‹.«

»Er sagte es mir im Beisein von Gilda. Wir waren im Kino gewesen und hatten *Das Geheimnis der Sieben* gesehen, und stellen Sie sich vor: die Figur, die von Gilda gespielt wurde, sagte ›Kleines‹ zu einer anderen Frau. Sogar das stammte also aus einem Drehbuch. Alan saß zwischen uns, und ich sah ihn an, und er sah mich an, und wir fingen beide an zu lachen. Es war taktlos und Gilda reagierte verstimmt.

Und als wir dann bei mir waren – sie waren noch kurz mit hereingekommen –, sagte Alan plötzlich, er würde mich gern porträtieren. Sie fiel sofort über mich her. Marianne machte große Augen und lange Ohren. Gilda hat schreckliche Sachen gesagt, aber vielleicht hatte ich sie verdient. Was meinen Sie, Genevieve?«

»Vielleicht verdienen alle Frauen in unserer Situation solche Sachen«, sagte ich.

Das hatte sie nicht erwartet. Hatte sie gedacht, ich würde versuchen, sie und mich zu rechtfertigen? Sie machte schmale Lippen und schwieg einen Augenblick. Und dann fuhr sie fort.

»›Ist sie nicht ein bißchen alt?‹ fragte Gilda, als wäre ich nicht dabei, und: ›Du hast mir mal gesagt, daß du nur schöne Frauen malen willst.‹ Das war ihre Rache, weil wir im Kino gelacht hatten. Er sei kein großer Maler, sagte sie, Hündchen und Kätzchen und schöne Frauen würde er zur Not noch hinkriegen, aber um eine ganz gewöhnliche Frau in mittleren Jahren zu malen, dazu reiche sein Talent wohl kaum aus. Woraufhin Marianne, das rührende Kind, protestierte: ›Meine Mutter ist aber schön‹, und Alan sagte, er würde sie, Gilda, malen, denn nach dem, was sie eben gesagt hatte, sei dafür wohl nicht viel Talent nötig. Marianne hatte ihren Spaß daran, aber Gilda konnte nicht darüber lachen. Wen Alan auch malen wolle, sagte sie, ihr Haus käme dafür nicht in Frage und er solle nur ja nicht vergessen, daß es *ihr* Haus sei.

Und dann ging sie, und er ging mit, schließlich war sie seine Frau. Er malte mich im Juni in ›Molucca‹, als die Rosen blühten, deshalb habe ich eine rosa Rose in der Hand. Heutzutage braucht man einem Maler nicht mehr als ein- oder zweimal zu sitzen, sie arbeiten mit Fotos. Aber das Bild sollte möglichst ähnlich werden, außerdem arbeitete er nur daran, wenn ich da war.« Stella betrachtete nachdenklich ihre Hand, als hielte sie eine Blume darin.

»In der Zeit, als ich ihm für das Bild saß, entstand das Foto, das Sie gefunden haben, Genevieve. Ein Ehepaar kam an die Tür, um nach dem Weg zu fragen, sie hatten sich verlaufen. Das war noch nie passiert, ich glaube, wir hatten in ›Molucca‹ noch nie Besuch gehabt. Alan beschrieb ihnen den Weg nach Breckenhall, und dann bat er sie, uns zu fotografieren. Sie haben wohl gedacht, wir wären nicht ganz bei Trost. Der Mann staunte sichtlich über mein rosa Seidenkleid und die Perlen, aber er fotografierte uns, wie wir im Vorgarten stehen und einander in die Augen blicken.«

Sie seufzte. Wenn sie kurz die Augen schließt, ist das manchmal ein Zeichen, daß sie das Thema wechseln will. »Wie alt waren Sie, als Ihre Eltern sich trennten, Genevieve?«

»Acht«, sagte ich verblüfft.

»Er hat Ihre Mutter verlassen?«

»Sie hat ihn rausgeschmissen. Er hatte eine andere Frau, sie hieß Kath. Er hatte versprochen, Schluß mit ihr zu machen, aber als er an einem Abend wieder sehr spät kam, weil er bei ihr gewesen war, sagte Mum: ›Jetzt reicht's, raus mit dir, und komm ja nicht noch mal wieder.‹«

»›Sie hat ihn zum Tempel rausgejagt‹, so hieß das früher. ›Sie hat ihm den Laufpaß gegeben‹, hätten wir gesagt. War das Ende August? Anfang September?«

»Ich glaube schon«, sagte ich.

Neds Recherchendienst hatte keine Daten für Gilda Brents Tod gefunden. Naiv, wie ich war, hatte ich mir vorgestellt, Ned würde sich selbst durch die Unterlagen wühlen, aber natürlich hat er dafür seine Leute.

»Du hast mir nicht gesagt, in welchem Monat es war«, sagte Ned. »Sie haben vergeblich das ganze Jahr 1970 durchgeforstet. Und um es ganz gründlich zu machen, habe ich ihnen gesagt, sie sollten auch die Nachrufe in der *Times* durchsehen.«

»Du meinst, daß ein Nachruf für sie in der Zeitung gewesen wäre?« fragte ich.

»Ja, warum nicht? Sie war ein bekannter Filmstar. Schon wegen der *Verlobten* hätten sie bestimmt was gebracht, aber es war nichts drin, und deshalb ist auch nichts dran.«

»Woran?«

»Daß sie 1970 gestorben ist. Schließlich habe ich noch 1979 mit ihrem Agenten gesprochen. Ich denke mir, daß sie gar nicht tot ist, das hätte ich gelesen und bestimmt nicht vergessen. Würde sich vielleicht lohnen, der Sache nachzugehen. Man könnte ein interessantes Feature daraus machen. Was ist aus Gilda Brent geworden? *Eine Dame verschwindet...* so was in der Art.«

Die Luft im Schlafzimmer war wie kalter Nebel. Unsere Münder waren warm, aber unsere Hände nicht. Wenn wir uns streichelten, fühlte sich das an, als ob Eiswürfel über die Haut strichen. Es war nicht mehr die Sommerliebe, das lässig-geruhsame Beisammensein, bei dem wir uns nur locker umfaßten, weil uns so schnell der Schweiß ausbrach. Jetzt war immer in ein paar Minuten alles vorbei, mußte alles vorbei sein, damit wir uns aneinanderschmiegen, aneinander wärmen konnten, während der Atem des einen wie weißer Dampf über die Schulter des anderen wehte.

Dezember, dachte ich, wir haben Anfang Dezember. Ich muß mich vor Weihnachten entscheiden. Ehe Stella stirbt. Ehe die Kälte unerträglich wird. Ehe ich das Haus verliere. Und bei dieser Entscheidung kann mir keiner helfen. Ihn zu fragen wäre sinnlos, er würde nur sagen, ich solle nicht nachdenken. Nachdenken führe zu nichts Gutem, würde er sagen: Hör auf damit und komm zu mir.

16

Stella hatte die besprochenen Bänder gelöscht. Sie waren für ihre Zwecke nicht zu gebrauchen, waren purer Luxus, ein Vorwand, etwas zu sagen, von dem sie gedacht hatte, sie würde es nie über die Lippen bringen. So viel war unterdrückt, so viel im Lauf der Jahre zugesperrt und dichtgemacht worden, daß das Sprechenkönnen eine heilende Wirkung hatte. Fast so wie ein Gespräch mit Genevieve, aber ohne Zeugen konnte sie offener reden, und deshalb war das Gefühl der Erleichterung größer.

»Immerhin hat es etwas gebracht«, sagte sie zu dem Rekorder, »es hat mir diese Dinge von der Seele genommen, aber jetzt sind die Bänder leer, die Worte dahin.

Oder doch nicht ganz? Wenn man etwas aufschreibt und dann vernichtet, wenn man es zerschneidet oder verbrennt und keine Kopie hat, ist der Text unwiederbringlich verloren. Ganz so, habe ich gelesen, sei es mit dem gesprochenen Wort nicht. Töne gehen nicht verloren, werden von den Ohren, die sie hören, nicht absorbiert, sondern erheben sich in die Lüfte, fliegen über die Erdatmosphäre hinaus bis in ferne Sphären. Ein Wort, einmal ausgesprochen, ist ewig und unzerstörbar. Irgendwo da draußen werden meine Worte womöglich von geheimnisvollen Wesen auf anderen Planeten gehört.

Aber das sind Hirngespinste, die ich mir nicht mehr leisten darf. Ich werde noch drei Kassetten besprechen. Ich werde mich hier einschließen, werde mich hinfälliger stellen, als ich bin, damit ich in Ruhe reden kann. Die erste werde ich mir anhören, vor allem auch, um meine Stimme zu testen, denn für die anderen beiden brauche ich alles an Kraft, was ich noch besitze. Ich möchte, daß man hört, wie normal ich bin, eine gute Zeugin, kein seniles, verwirrtes Wrack. Ich möchte, daß meine Zuhörerin von der Wahrheit dessen, was ich erzähle, überzeugt ist; was sie dann damit macht, ist ihre Sache.

Es ist Lady Macbeth, die die Mächte oder Geister (das fällt in Genevieves Fach), die die ›Morddämonen‹ auffordert, sie zu entweiben, an ihre Weibesbrust zu kommen und Galle statt der Milch zu trinken. In der Schule wurde an dieser Stelle immer ausgiebig gekichert, deshalb ist sie mir wohl auch im Gedächtnis geblieben. Aber eben das wünsche ich mir jetzt, so kurz vor meinem Tod: die nachgiebig-weiche Fraulichkeit abzutun, die mich angeblich mein Leben lang ausgezeichnet hat. Alan sagte, ich sei das weiblichste Wesen, das ihm je begegnet sei. Und doch war das, was ich getan, wobei ich mitgetan habe, nicht lieb und fraulich. Wenn ich schon kein Mann sein kann, will ich wenigstens Lady Macbeth sein …«

»– Dies ist der Beginn des ersten Bandes. –

›Aber es war doch ein Witz, nicht?‹ hat Genevieve gesagt. Das wollte sie glauben, und solange ich lebe, mag ich ihr diese Illusion nicht nehmen. Was später geschieht, steht auf einem anderen Blatt, das muß ich riskieren. Sie wollte glauben, daß das Wer-killt-Gilda-Spiel wirklich nur ein Spiel war, und auch ich wollte es glauben und habe es geglaubt. Bei unseren Witzchen über Gifte und rutschige Treppenstufen und einen kleinen Schubs von einer hohen Klippe machte ich insgeheim immer einen Vorbehalt. Worüber wir da reden, er und ich, sagte ich mir, fällt nicht ins Gewicht, solange ich mir sagen kann, es ist alles Unsinn, er meint es nicht ernst, es ist nur ein Spiel. Trotz unserer verbotenen Liebschaft hatten wir uns eine gewisse Unschuld bewahrt, die durch diese *folie à deux* zunehmend gefährdet war. Mir war das durchaus bewußt, aber ich konnte nicht mit ihm darüber sprechen. Eines Tages fuhren wir zusammen an die See, Gilda und ich, nach Dunwich, die Klippen dort sind nicht allzu hoch, aber immerhin... Wir gingen ein Stück den Klippenweg entlang, es war ein wunderschöner Tag, und plötzlich dachte ich: Du könntest sie herunterstürzen. Es klingt unglaublich, aber ich sagte mir tatsächlich, ich könnte heimfahren und ihm sagen, ich hätte seine Frau umgebracht, und er würde sich freuen, er würde mich nur noch mehr lieben.

Natürlich rührte ich sie nicht an, aber ich erzählte ihm, was ich gedacht hatte. Um ihn zu amüsieren. Ihm eine Freude zu machen.

›Warum hast du's nicht gemacht?‹ fragte er.

Er hatte mir erzählt, daß er in der Zeitung etwas von einem besonders wirkungsvollen Gift gelesen hatte. ›Die Frage kann ich dir zurückgeben‹, sagte ich. ›Warum hast *du's* nicht gemacht?‹

›Muß wohl an des Gedankens Blässe gelegen haben. Der dem Entschlusse in die Quere kommt.‹

Wenn man lange genug von einer Sache spricht, sie verinnerlicht, so sagt man wohl heute, wird sie irgendwann Wirklichkeit. Für ihn war aus dem Scherz Ernst geworden. Als wir aufhörten, darüber zu witzeln, kam er allmählich zu der Überzeugung, daß es machbar wäre. Ich merkte das, und es machte mir angst. Aber es war dann doch ein Schock, als er mir Charmians Brief zeigte, den ich völlig vergessen hatte. Ein Psychologe würde sagen, daß ich die Erinnerung verdrängt, daß ich sie abgeblockt hatte. Ich erschrak, als ich den Brief wiedersah, als ich begriff, daß er ihn wirklich behalten, ihn archiviert hatte – so hatte er es ausgedrückt.

Ich hatte den Text vergessen und mußte ihn noch einmal lesen. Beim erstenmal hatte er mich nicht sehr berührt, jetzt aber fand ich ihn unendlich traurig und ergreifend, und natürlich hat mein Gedächtnis dafür gesorgt, daß er mich nie mehr losgelassen hat: ICH KANN OHNE DICH NICHT LEBEN. ICH HABE ES VERSUCHT, ABER DIE TAGE SIND ZU LANG.

›Was hältst du davon, wenn wir es so drehen, als ob Gilda Selbstmord begangen und mir diesen Abschiedsbrief geschrieben hat?‹ fragte Alan.

Natürlich war das grotesk, es hätte nie funktioniert. Der Text war mit der Maschine geschrieben, wohl weil Charmians Handschrift absolut unleserlich war, die gekrakelte Unterschrift hätte ebensogut von Gilda wie von Charmian stammen können, aber Gilda schrieb ganz anders, ihre Unterschrift war durchaus zu entziffern, und sie besaß keine Schreibmaschine. Alan hatte sie nicht verlassen, sie lebte nicht ohne ihn. Ich hätte eine Fülle weiterer Einwände vorbringen können, aber darum ging es mir im Grunde gar nicht. Ausschlaggebend für mich war, daß es für ihn in dieser Phase kein Spiel mehr war, kein Scherz, sondern Wirklichkeit. Trotzdem war ich versucht, das Spiel weiterhin nur als Spiel zu betrachten, die ganze Sache mit einem Lachen abzutun. Mit der Vorstellung, ein Mann könne um meinetwillen auch nur daran denken, seine Frau umzubringen, konnte ich nicht umgehen. Sie gehörte zu einer Welt, die mir fremd war, die in Filmen und Büchern vorkommen mochte, aber mit der ich, eine Witwe mittleren Alters in einer Provinzstadt, nichts zu schaffen hatte.

Ich hätte am liebsten gar nicht mehr darüber gesprochen. So wie es war, konnte es nicht weitergehen. Aber wie dann? Gilda sollte sterben, gewiß, aber eines natürlichen Todes, schnell und schmerzlos. Gibt es einen solchen Tod?

Ich mochte nicht darüber sprechen, aber es half nichts, ich suchte das Gespräch mit Alan und sagte, es müsse Schluß sein mit den Witzchen und erst recht mit den ernsthaften Absichten. Ich sagte, daß sein ständiges Gerede von dem Mord an Gilda ihn veränderte und verdarb, daß er, wenn er nicht achtgab, eines Tages nicht mehr der Mann sein würde, den ich geliebt hatte. Und damit, dachte ich, hatte ich ihn überzeugt.

Es war Sommer. Der Sommer, in dem das Bild entstand. In dem das Ehepaar an unsere Tür kam und nach dem Weg fragte. Das Ehepaar, das wir baten, uns zu fotografieren. Als sie fort waren, ging ich zurück zu meinem Stuhl und nahm mit der Rose in der Hand meine frühere Stellung wieder ein. Alan fing an zu lachen.

›Ein unheimlicher Geselle, was? Der Fotograf aus der Hölle. Hast du seinen spitzen Eckzahn gesehen? Er will sie bestimmt ins Moor treiben und erwürgen.‹

›Laß das‹, sagte ich.

›Komm, Liebling, ich rede von einer fremden Frau, nicht von Gilda. Zum Glück hat er seine Fingerabdrücke auf deinem Fotoapparat hinterlassen, und Recht und Gerechtigkeit werden den Sieg davontragen.‹

Ich ließ die Rose fallen, stand auf und trat zu ihm.

›Gib acht, daß du damit nicht, statt Gilda umzubringen, meine Liebe zu dir tötest‹, sagte ich. ›So weit könnte es nämlich kommen.‹ Damals dachte ich, das könne nie geschehen, aber ich sagte es trotzdem und wiederholte: ›Es wird dich verändern. Es wird dich zu einem Mann machen, der allen Ernstes seine Frau umbringen könnte. Und wenn das geschieht, kann ich dich nicht mehr lieben.‹

Seinen Gesichtsausdruck werde ich nie vergessen. Er wurde ganz blaß. Er sah aus wie ein Kind, das etwas verloren hat, woran es sehr hing, und die Erklärung, die man ihm für diesen Verlust gibt, nicht begreift. Genauso sah Richard aus, als seine Katze vor unserem Haus überfahren wurde. In dem Ausdruck liegt so viel Verwirrung und hilfloses Leid, daß es einem fast das Herz bricht…

Danach ließ ich Genevieves Geburtstagsgeschenk laufen, den Boccherini – wunderschön und zivilisiert –, genau das, was ich brauchte, ein wohltuender Kontrast zu dem, was vorher von der Kassette gekommen war.

Meine Stimme klingt erstaunlich kräftig. Gegen die gelegentliche Heiserkeit kann man nichts machen. Dies ist, wie ich anfangs sagte, der Probelauf, ich werde die Kassette gleich löschen, aber weil ich mich – psychisch, nicht physisch – mit dem Sprechen um so leichter tue, je öfter ich es praktiziere, will ich noch ein bißchen von jenem Sommer erzählen.

Zum Beispiel von dem, was die Bauern damals mit den Hecken anstellten. Uralte Hecken wurden mit den Wurzeln herausgerissen und verbrannt. Weil ich nicht gern zu Fuß

gehe und ein Aufenthalt im Freien – ein Picknick etwa –
mich nicht reizen kann, denken viele Leute, daß mich die
Natur nicht interessiert. Dabei ist Naturkunde seit jeher ein
Hobby von mir – eins von vielen, die ich mit Alan teilte.
Wir hatten den gleichen Geschmack, was Bücher, Bilder,
Musik anging, wir hatten die gleiche Einstellung zum
Leben, wir liebten beide die Wildblumen auf dem Moor
und an der Küste von Sussex und hofften, daß wir eines Tages einen Schwalbenschwanz sehen würden. Wir haßten
den Herbst und Winter und liebten den Sommer. Wir gingen nie zu Fuß, wenn wir mit dem Auto fahren konnten. Auch beim Essen hatten wir denselben Geschmack,
und wir kannten uns noch gar nicht lange, als wir fest-
stellten, daß wir den gleichen Lieblingsdrink hatten, Pink
Gin, eine Mixtur aus Gin und Angostura, obwohl er damals bereits aus der Mode gekommen war. Wird so was
heute wieder getrunken? Könnte man in einem Hotel einen
Pink Gin bestellen, ohne sich verständnislose Blicke ein-
zuhandeln?

Die Spiele, die wir spielten, waren harmlos. Selbst Mr.
und Mrs. Darlint waren irgendwie lieb und naiv. Wir ver-
kleideten uns nicht, weil wir neue Anreize für eine über-
sättigte Phantasie brauchten, sondern weil wir für den
Idealfall probten. Wir waren nicht übersättigt, unsere Liebe
war frisch und neu, jede Vereinigung erregend wie die erste
Erfahrung eines jungen Paares.

Aber ich schweife ab – und jetzt weiß ich nicht mehr, was
ich eigentlich habe sagen wollen. Vielleicht gar nichts Besonderes, vielleicht wollte ich nur üben.

Tonbänder sind besser als das wirkliche Leben. Man tilgt

die Worte und spricht etwas anderes darüber, und danach ist alles wieder in Ordnung. Man braucht gewisse Taten, gewisse Worte nicht vierundzwanzig Jahre mit sich herumzutragen, denn man hat sie gelöscht, sie sind als unsichtbare Wellen zu fernen Planeten geflogen.«

17

Jemand schickte Gilda eine Karte, auf der *Jetzt bist du fünfzig* stand und von der ihr eine angejahrte Dame mit Silberlöckchen und einem Blumenstrauß in der Hand entgegengrinste. Eine Karte ohne Unterschrift. Auch Stella hatte ihr natürlich eine Karte geschickt, eine hübsche Karte, auf der nicht stand, wie alt sie wurde, und sie war befremdet, ja fast schockiert, als Gilda ihr den anonymen Glückwunsch zeigte. Sie hatte gedacht, Gilda würde diesen Meilenstein verschweigen oder sich drum herum lügen, würde die nächsten zehn Jahre neunundvierzig bleiben. Aber Gilda prahlte geradezu mit der Karte und mit den beiden anonymen Briefen, die bei ihr eingegangen waren.

Aus einem Buch – nicht aus der Zeitung – waren Worte ausgeschnitten und auf billiges Briefpapier geklebt worden. Der eine Brief lautete: IHR GATTE HAT EINE ANDERE, der zweite: ALAN LIEBT EINE PERSON, DIE SIE GUT KENNEN. Stella überlegte, warum Gilda ihr die Briefe gezeigt hatte, warum sie ihr und Priscilla und Jeremy, ja sogar Marianne die Geburtstagskarte und diese primitiven Mitteilungen zeigte, ja geradezu aufdrängte.

Sie begann, Menschen, denen sie vertraut hatte – ihre

Nachbarn, Aagot, das neue Au-pair-Mädchen –, voller Argwohn zu betrachten. Als das Interesse an den Briefen in ihrem Bekanntenkreis abgeflaut war, gestand Gilda, daß sie die Karte selbst gekauft hatte, die geschmackloseste und ordinärste, die sie hatte auftreiben können, daß sie selbst die Briefe verfaßt und die Worte aus einem von Alan illustrierten *Figaro-and-Velvet*-Bilderbuch ausgeschnitten hatte. Sie nahm es aus dem Regal und zeigte ihm die verstümmelten Seiten.

Weil es ein Kinderbuch war, hatte Gilda sich bei der Wortwahl einschränken müssen. Sie habe sich mit ihrer Findigkeit gebrüstet, erzählte er Stella, sie sei sehr stolz drauf gewesen, daß sie »Gatte« und »Person« entdeckt hatte, Worte, die in Kinderbüchern nicht allzu häufig vorkommen. Und warum hatte sie sich ausgerechnet dieses Buch ausgesucht? Weil sie ganz vorn, wo der Name des Künstlers stand, von dem die Zeichnungen stammten, ihr »Alan« gefunden hatte. Und vielleicht auch, weil das Buch ihm ans Herz gewachsen war und die mutwillige Zerstörung ihn schmerzte.

Natürlich hatte er sie nach dem Grund gefragt. Warum hatte sie diese Briefe an sich selbst geschickt? Was versprach sie sich davon?

»Ich sah darin eine Möglichkeit, mir reinen Wein einzuschenken.«

»Und dann fiel mir ein«, sagte er zu Stella, »daß sie das in einem ihrer Filme gesagt hat. Einem typischen Ehedrama, in dem eine Frau anonyme Briefe bekommt. Im Film allerdings von einer Feindin.« Er lachte. »Ich sag's ja immer: Gilda ist sich selbst der schlimmste Feind.«

Stella konnte nicht lachen. Hinweise darauf, daß jemand nicht ganz richtig im Kopf war, erfüllten sie – wie die meisten Menschen – mit Furcht. Alan konnte auch darüber Witze reißen. »Es war eine Erstausgabe«, sagte er. »Beim nächsten Mal, hab ich zu ihr gesagt, solle sie *Country Life* nehmen.«

Stella aber ging Gildas rätselhafte Antwort nicht aus dem Kopf. Eine Möglichkeit, sich reinen Wein einzuschenken... Und dann begann Stella zu begreifen. Gilda lebte in einem immerwährenden Rollenspiel, in einer Welt der Verstellung und des Scheins, so daß sie die Wahrheit, die Wirklichkeit, schriftlich vor sich sehen mußte, um sie zu verstehen. Doch selbst das, was nun schwarz auf weiß vor ihr lag, war eine Fälschung, kam aus einem zweitklassigen Film. Weil das die einzige Wahrheit war, die sie kannte?

Gilda kleidete sich noch immer elegant, aufwendig-glamourös, wie sie das ihrem Filmstar-Image schuldig zu sein meinte. Das blonde Haar war inzwischen gefärbt, aber lang und dicht, sie hatte eine gute, wenn auch inzwischen nicht so sehr schlanke als magere Figur. Als sie Stella eröffnete, daß Alan kein Interesse mehr an ihr hatte, daß er nicht mehr mit ihr schlief, hatte sie sich unter dem Bild in Positur gesetzt, mit zurückgeworfenem Kopf und vorgewölbter Brust, das lange Haar fiel nach hinten, die Arme hingen nach unten.

»Er wird mich nie verlassen«, verkündete sie in dramatischem Ton. »Das kann er gar nicht. Das Haus gehört mir und fast alles, was an Geld ins Haus kommt, ebenfalls. Er selbst ist arm wie eine Kirchenmaus.« Sie schnellte vor und streckte die Hände aus. Dann beugte sie sich in dieser vertraulichen Haltung, die sie manchmal einnahm, mit langem Hals und schiefgelegtem Kopf, zu Stella vor. Die großen blauen Augen bohrten sich in Stellas Gesicht. »Eine Frau, die so dumm wäre, etwas mit ihm anzufangen, müßte reich sein. Aber so eine würde ihn ja gar nicht nehmen. Oder was meinst du?«

Stella hätte ihn gern verteidigt, hätte gern gesagt, daß jede Frau sich freuen konnte, so einen Mann zu bekommen, aber sie traute sich nicht. Wenn sie um ihre Meinung gebeten oder direkt befragt wurde, hatte sie immer das Gefühl, daß Gilda schon alles wußte und sie nur auf die Probe stellen, sie aushorchen, Fußangeln legen wollte. ›Die Person, die Sie gut kennen‹ war sie, Stella, und Gilda wartete nur darauf, daß sie es zugab. Manchmal schilderte sie Stella in allen Einzelheiten, was sie sich ausgedacht hatte, um »Alan zurückzubekommen«, und fragte Stella, was sie davon hielt. Und dann ließ sie sich auf das abgewetzte Sofa fallen und richtete an einen unsichtbaren Dritten die verzweifelte Frage, welchen Sinn es denn habe, ein so naives, behütetes kleines Ding um Rat zu fragen.

Trotzdem rechnete Stella ständig mit der Attacke, versuchte sich auf die entscheidende Frage vorzubereiten: »Du bist es, nicht wahr?«

Bis ihr Gilda eines Tages zu ihrer größten Überraschung eröffnete, sie habe – ausgerechnet! – Priscilla im Verdacht.

»Wenn er zu mir nach Hause kam oder nach ›Molucca‹ fuhr, dachte sie, er sei bei Priscilla. Sie und John wohnten bei Ixworth. Ich konnte es nicht sein, weil ich in ihren Augen zu alt war. Priscilla war erst Ende Dreißig.«

So beurteilte Gilda ihre Mitmenschen. Männer wünschten sich Frauen, die jung oder schön oder beides waren. Frauen suchten Ehemänner, die reich, und Liebhaber, die »gut im Bett« waren. Sie war nicht mehr jung, hätte aber freiwillig nie zugegeben, daß sie etwas von ihrer Schönheit eingebüßt hatte, und sagte zu Stella, sie sei überzeugt, daß Alan bei ihr bleiben werde, weil sie ihm jederzeit »den Geldhahn zudrehen« könne.

»Im Frühjahr lud sich eines Tages Gilda bei mir zum Mittagessen ein. Sie wußte, daß Priscilla und Jeremy mit den Kindern und John und Madge Browning kommen würden. Ich freute mich, weil natürlich auch Alan kommen würde. Den Anlaß weiß ich nicht mehr, vielleicht war es der Ostersamstag, vielleicht Richards Geburtstag, da hätte ich aber wohl eine Kindergesellschaft gegeben. Aagot kümmerte sich um das Essen, sie kochte vorzüglich, und später, beim Tee, machte Gilda eine furchtbare Szene.«

Während des Essens und danach hatte sie Priscilla unverwandt angesehen. Stella hatte in aller Unschuld Priscilla neben Alan und Gilda ihr gegenüber gesetzt. Gilda ließ kein Auge von Priscilla und rührte ihr Essen nicht an. Sie war magersüchtig, wenn man davon bei einer Fünfzigjährigen sprechen kann. Damals war dieses Leiden noch völlig unbekannt, man verlor einfach den Appetit, weil man Sorgen hatte oder krank war. Stella dachte, daß Gilda hungerte, um schlank zu bleiben, sie wurde immer dünner, man sah ihre Rippen durch die Kleidung. Sie trug immer sehr enge Sachen, und an jenem Tag hatte sie ein giftgrünes, sehr kurzes Seidenkleid mit breitem schwarzen Gürtel an, der die Taille betonte. Das schöne, angespannte Gesicht war grell geschminkt, ihr goldenes Haar schulterlang.

Sie tat kaum den Mund auf, und das Schlimme war, sagte Stella, daß es nur ihr auffiel, und auch das wohl nur deshalb, weil sie alles, was Gilda in jener Zeit sagte und tat, so genau registrierte. Die anderen unterhielten sich unbekümmert und waren vielleicht sogar ganz froh über Gildas Schweigen. Gilda war recht lästig geworden, sie konnte nur von der Welt des Films in den vierziger und fünfziger Jahren sprechen, sie erzählte, was dieser Schauspieler zu jenem gesagt hatte, erzählte von inzwischen fast vergessenen Berühmtheiten, die sie gekannt hatte, von ihren eigenen Triumphen und wie sie mißverstanden, übergangen und schikaniert worden war. Vermutlich hatte Gilda immer nur diese Themen gehabt, aber als sie jung war, hatten die Leute das hingenommen oder ihr sogar gern zugehört.

Gegen vier brach Gilda ihr Schweigen. Marianne und Priscillas Tochter Sarah brachten Tee und Früchtekuchen herein. Gilda lehnte den angebotenen Kuchen mit einem so nachdrücklichen Kopfschütteln ab, als vermute sie darin wirklich das Gift, das Alan ihr im Scherz zugedacht hatte. Sie wartete, bis Priscilla ein kleines Stück Kuchen mit Marzipan in den Mund gesteckt hatte, dann verlangte sie: »Sag mir, wo du dich mit meinem Mann triffst.«

Das Verblüffende war, sagte Stella, daß sie den Satz erkannte. Sie war vor ein paar Tagen mit Gilda in Sudbury gewesen und hatte sich *Himmel über uns* angesehen. Darin spielte Gilda die Frau eines Air-Force-Bomberpiloten, die ihre Schwägerin – zu Recht – im Verdacht hat, ihren Mann zu lieben, und die Aussprache mit ebendiesen Worten einleitet. Stella dachte deshalb zunächst, Gilda zitiere aus dem Film, um ein Gespräch darüber in Gang zu bringen.

Priscilla kannte sich in Filmen nicht aus, sie ging nie ins Kino. »Was?« fragte sie.

Gilda wiederholte den Satz – genau wie im Film. Patricia Roc, die Schwägerin, bricht zusammen, gesteht alles und verspricht, den Piloten nie wiederzusehen. Zum Schluß geht doch noch alles gut aus, weil die Film-Gilda bei einem Luftangriff ums Leben kommt.

Priscilla aber richtete sich nicht nach dem Drehbuch. Gildas Frage sei ihr unverständlich, sagte sie ganz ruhig, und Gilda antwortete mit weiteren Zitaten aus dem Film, einer regelrechten Anklagerede. Dann kam sie zurück in die Wirklichkeit oder das, was sie dafür hielt, zurück zu wirklichen Leuten. Sie wisse, daß Alan und Priscilla seit Jahren ein Verhältnis hätten, und das müsse aufhören. Aber Jeremy solle die Wahrheit erfahren, und Priscillas Kinder sollten wissen, was für eine Person ihre Mutter war. Und es sei auch Zeit, daß Stella die Augen aufgingen und daß sie begriff, was für Gäste sie sich eingeladen hatte. Priscilla und Jeremy könnten tun, wie ihnen beliebte, aber sie für ihr Teil würde Alan vergeben und ihn wieder zurücknehmen, wenn das Verhältnis sofort aufhörte.

Priscilla wahrte ihre Würde. Sie entschuldigte sich bei Stella, es täte ihr sehr leid, daß ihr dadurch der Tag verdorben sei, sie würde morgen anrufen. »Wir gehen«, sagte sie zu Jeremy. Und zu den Kindern: »Holt eure Mäntel. Keine Widerrede. Kommt jetzt.«

Alan hatte kein Wort gesagt und Stella auch nicht. Als sie es hinterher besprachen, waren sie sich darüber einig, daß sie auch nichts hätten sagen können. Gewiß, Alan hätte es leugnen, aber er hätte nicht abstreiten können, daß er Gilda seit langem betrog. Gilda hatte sich nur auf die falsche Frau versteift. Und weil Stella die richtige war, hatte auch sie es nicht fertiggebracht, für einen der Beteiligten in die Bresche zu springen.

Nachdem Jeremy und Priscilla gegangen waren, bekam Gilda wieder einen Koller – wie damals bei dem Streit um das Kind auf der St. Michael's Farm. Sie zertrümmerte zwei Nippesfiguren von Stella, sie warf sich auf den Fußboden. Es heißt, man solle in so einer Situation den Tobenden ins Gesicht schlagen, aber niemand schlug Gilda ins Gesicht. Marianne machte große, entsetzte Augen und flüchtete nach oben. Nur Richard blieb ungerührt in seiner Ecke sitzen und las das Buch, das Madge Browning ihm mitgebracht hatte.

Doch es sollte noch schlimmer kommen, nachdem Gilda monatelang mit Stella Alans mögliche Untreue erörtert hatte. Stella versuchte, wie schon seit Jahren, den Verkehr mit ihr einzuschränken. Sie hatte ein schlechtes Gewissen, weil sie noch die Rolle von Gildas Freundin spielte, während sie mit Gildas Mann ein Verhältnis hatte. Außerdem hatte sie inzwischen eine tiefe Abneigung gegen Gilda entwickelt.

»Du könntest sie verlassen«, sagte sie zu Alan. »Wir könnten das Haus verkaufen und mit Richard in *mein* Haus ziehen, von meinem Geld leben. Es würde uns gemeinsam gehören.«

Sie sprach sehr ungern über Geld, aber wenn es um Alan ging, überwand sie ihre Hemmungen. Sie versuchte, ihn mit Richard zu ködern, weil sie wußte, daß Alan an ihm hing. Er war so kinderlieb, er hatte ja Kinderbücher illustriert…

»Warum hast du mich nicht machen lassen, als ich sie umbringen wollte?« sagte er.

»Das kam so... so lakonisch, Genevieve«, sagte Stella. »Als ob er davon gesprochen hätte, eine Tür zu schließen oder ein Telefongespräch zu führen. Ich konnte ihm nicht böse sein, ich mußte lachen.«

»Haben Sie nie daran gedacht, ihr einfach die Freundschaft aufzukündigen?«

»Ich habe es versucht. Auch wenn ich meine Freundschaft mit ihr beendet hätte, wäre mir ja Alan geblieben, wir waren nicht mehr auf zufällige Begegnungen angewiesen, sie waren nur eine willkommene Zugabe. Aber der Mensch ist, wie er ist, Genevieve, er kann sich nicht von Grund auf ändern, selbst wenn er es noch so gern möchte. Ich brachte es nicht fertig, mit einer Frau, die meine Freundin gewesen war, zu brechen, ihr zu sagen, ich wolle sie nie mehr sehen. Ich kann nicht ruppig sein. Manchmal bedaure ich das. Und außerdem war ich... ja, ich war schließlich der schuldige Teil. Wenn ich ruppig genug gewesen wäre, mit ihr Schluß zu machen, wäre alles noch schlimmer geworden. Verstehen Sie das?«

Sie wohnten zwanzig Meilen auseinander, aber wenn Gilda kam, sagte sie meist, sie habe »nur mal vorbeischauen wollen«. Häufig tauchte sie dann auf, wenn Richard gerade aus der Schule gekommen war, und Stella überlegte, ob das Absicht war. Manchmal erschrak sie, weil sie glaubte, Gilda starre Richard an. Gilda sagte schon lange nicht mehr, daß sie sich ein eigenes Kind wünschte. Jetzt behauptete sie, Kinder nicht zu mögen. Sie war seit jeher starken Stimmungsschwankungen unterworfen, und in dieser Phase sagte sie nun, sie könne Kinder nicht leiden, sie seien nur lästig, »ein Klotz am Bein«, so drückte sie es aus. Sie habe großes Verständnis für Herodes, der alle kleinen Jungen in Bethlehem hatte umbringen lassen. Und dann lächelte sie und klopfte Richard auf die Schulter, als sei damit alles wieder gut.

In ein Hotel auf dem Land zum Tee zu fahren oder ein Kino ausfindig zu machen, in dem einer ihrer Filme lief, das waren jetzt ihre Lieblingsbeschäftigungen. Sie betrat das Kino hocherhobenen Hauptes und nickte der Frau an der Kasse und den Platzanweiserinnen leutselig zu. Wie eine Prominente am Flughafen erwartete sie, von allen erkannt zu werden, was Stella sehr peinlich war, denn sie war überzeugt davon, daß niemand Gilda wiedererkannte.

Richard war von diesen Unternehmungen natürlich ausgeschlossen. »Überlaß ihn dem Au-pair-Mädchen«, sagte Gilda, als sei er nicht dabei. Sie tat immer so, als könne sie Aagots Namen nicht aussprechen. »Ab und zu brauchst du Erholung von diesem Balg.« Und dann sah sie Richard so an, wie ein Kind ein anderes ansieht, ehe es eine gräßliche Grimasse schneidet und ihm die Zunge herausstreckt. Gilda zog die Grimasse nicht, sie tat nur so, als sei sie kurz davor. Wenn Gilda häßlich über Richard gesprochen hatte, drückte Stella ihn zärtlich, brachte ihn zu Aagot, und dann ging sie zurück zu Gilda und bat sie, nicht solche Sachen zu sagen. Es gehörte Mut dazu, in diesem Ton mit Gilda zu sprechen, und sie hatte Mühe, ihre Schuldgefühle zu unterdrücken. Denn mit welchem Recht machte sie Gilda Vorwürfe? Sie hatte ihr den Mann weggenommen, hatte im Scherz Mordpläne gegen sie geschmiedet, hinter ihrem

Rücken schlimme Dinge über sie gesagt und sie damit ihrem Mann noch mehr entfremdet.

Richard sei ein richtiges Muttersöhnchen, sagte Gilda, er brauche einen Vater, der ihn zu Cricketspielen mitnehmen und ihm zeigen könne, wie man einen Ball kickt. Gilda sprach immer in diesen Klischees: Mütter waren für Küsse und Streicheleinheiten zuständig, Väter für sportliche Betätigung im Freien. Sie hatte eine besondere Art, Stella zuzulächeln. Es war, als habe man ihr in der Schauspielschule beigebracht, auf diese Art Mitleid und Bedauern auszudrücken: mit schiefgelegtem Kopf, hochgezogenen Schultern und Augenbrauen und ebendiesem Lächeln. Das hatte sie mehrmals in *Lora Cartwright* praktiziert. Sehr schade, sagte sie, daß Stella wohl kaum wieder heiraten würde. Sehr schade für sie und für Richard.

Das ging sogar Stella über die Hutschnur, und sie fragte Gilda, was sie damit meinte.

»Du weißt ganz genau, was ich meine, Kleines«, sagte Gilda. »Natürlich braucht er einen Vater, aber eine Tochter im Teenageralter und einen kleinen Jungen würde sich doch nur ein Mann aufhalsen, der sich wahnsinnig in dich verliebt hätte, und das ist wenig wahrscheinlich.«

»In meinem Alter, meinst du?«

»Unter anderem. Ich weiß, daß dir dein Aussehen gleichgültig ist, sonst würde ich es nicht sagen, aber als die Schönheit verteilt wurde, hast du nicht allzu laut ›Hier‹ gerufen, wie?«

Wenn Stella ihr nicht klipp und klar erklären wollte, sie habe genug von ihr, es sei aus und vorbei mit der Freundschaft, waren ihr die Hände gebunden. Ich hätte das getan, und Mum wäre noch viel weiter gegangen, aber Stella schaffte es nicht. Sie drückte sich um ein offenes Wort herum, schützte Krankheiten und andere Verabredungen vor. Einmal ließ sie sich sogar verleugnen und schämte sich sehr, weil sie sich mit Richard oben in einem Schlafzimmer versteckt hatte. Sie habe sich auf den Fußboden gehockt und sich die Ohren zugehalten, sagte sie, um nicht zu hören, wie Gilda an der Haustür von Aagot abgefertigt wurde.

»Haben Sie noch das Spiel gespielt?« fragte ich.

»Das Spiel?«

»Das Wer-killt-Gilda-Spiel. Haben Sie darüber noch geredet?«

»Ach das...«

Es ist mir unbegreiflich, daß Juristen und die Polizei meinen, sie brauchten eine Maschine, die ihnen anzeigt, ob jemand die Wahrheit sagt. Gesicht und Stimme reichen als Lügendetektor völlig aus.

»Nein, das war aus und vorbei, Genevieve, es war ja nur ein Scherz, und nicht mal ein guter.«

Stella hatte noch nie so lange erzählt und hätte gern weitergemacht, aber ich ließ sie nicht. Ich holte ihre Decke und packte sie ein, und dann nahm ich ihre kalten Hände, rubbelte sie ein bißchen und steckte auch sie unter die Decke.

Philippa und Steve waren an ihrem Hochzeitstag essen gegangen, und weil an diesem Abend zwei Serien liefen, *Seaforth* und *Postcards from the Edge*, mußte sie sich entscheiden, welche sie aufzeichnen wollte. Die andere habe ich dann für sie aufgenommen, und gegen acht brachte ich ihr das Video der dritten Folge von *Seaforth* vorbei.

Steve war im Pub. Der Fernseher lief, er läuft immer bei ihr, sie sah sich Peter O'Toole in *Der lange Tod des Stuntman Cameron* an und schrieb dabei ihre Weihnachtskarten. Ich hatte mir keine Gedanken über Weihnachtskarten und hatte auch keine Weihnachtseinkäufe gemacht. In der nächsten Woche hat Mike einen Job in Yorkshire, da ist er vier Nächte weg. Er würde sich alle Weihnachtsparties und Familienfeiern schenken, hat er gesagt, und in den Feiertagen fest an dem Wintergarten arbeiten.

»Sei froh«, sagte Philippa, »daß er Beschäftigung hat.«

»Damit er keinen Unfug anstellt?«

»Das hast du gesagt. Aber er ist wohl auch nicht der Typ dafür.«

»Ich weiß nicht«, sagte ich. »Und es ist mir auch egal. Ich verlasse ihn.«

Sie machte den Fernseher aus, und das will was heißen. Und dann erzählte ich ihr von Ned. Daß er mich von Anfang an gebeten hatte, mit ihm wegzugehen, und daß ich mich lange gesträubt hatte. Sie hörte zu, sie nickte, aber ich sah ihr an, was sie dachte: Nicht zu fassen, daß so ein Mann eine wie dich will. Mal so, zum Zeitvertreib, das schon, aber für immer? Auch ich hatte es ja zuerst kaum glauben wollen, aber es geschehen eben doch noch Zeichen und Wunder, und der Liebestrank und die Farnblätter im Schuh hatten wohl das Ihrige dazu getan.

»Wann willst du es Mike sagen?«

»Nächste Woche. Wenn er aus Yorkshire zurückkommt. Wenn du es bis dahin für dich behalten könntest…«

»Du kannst dich drauf verlassen. Morgen um zwei, wenn du im Dienst bist, läuft übrigens ein Film von deiner Gilda

Brent. Soll ich ihn für dich aufnehmen? *Himmel über uns,* 1945, schwarzweiß und ehrlich gesagt schnarchlangweilig.«

Mike war beim Verglasen, als ich zurückkam. Er unterbrach seine Arbeit für fünf Minuten, um mir einen Vortrag über automatische Fensteröffner zu halten. Das sind mit Öl gefüllte Riegel, durch die automatisch die Fenster aufgehen, wenn die Sonne scheint und das Öl sich ausdehnt. Nächste Woche erwartet er die Bodenfliesen, Spezialware aus Italien in Ecru und Elfenbein und Schwarz. Ob ich es einrichten könnte, zu Hause zu sein, um sie entgegenzunehmen, wollte er wissen. Ich sagte ja, weil ich ein langes Hickhack vermeiden und mich auch nicht fragen lassen wollte, warum ich, wo er das schließlich alles für mich machte, nicht wenigstens auf den Fliesenmann warten konnte.

Marienkäfer bringen Glück, und in diesem Winter haben sich viele ins Haus geflüchtet. Ob sie irgendwo Winterschlaf halten? Ich passe immer sehr auf, daß sie nicht zu Schaden kommen. Mum hat mir erzählt, daß sie Nick nur gekriegt hat, weil sie einen Marienkäfer zertreten hatte. Natürlich möchte sie ihn jetzt nicht mehr missen, sie findet es gut, daß nach uns Mädchen noch ein Junge gekommen ist, aber damals war es schon ein Schlag. Sie ist aus Versehen auf den Marienkäfer getreten, und statt ihn zu begraben, dreimal auf das Grab zu treten und *Marienkäfer flieg nach Haus* herzusagen, hat sie ihn mit dem Staubsauger aufgesaugt, und am gleichen Abend passierte das mit Nick.

Morgens fand ich zwölf Marienkäfer im Badezimmer und in dem von Stella noch mal fünf. Ich weiß immer nicht recht, was ich im Winter mit ihnen machen soll. Aber weil kein Frost war, nahm ich sie vorsichtig in die Hand und setzte sie vor Stellas Fenster an eine schöne trockene Stelle unter der Skimmia. Ein Gedicht fiel mir ein, das ich oft von Granny gehört habe und das ich – im Gegensatz zu all den Sachen, die wir in der Schule lernen mußten – immer noch auswendig kann:

Hier dies Marienwürmchen hab ich aus dem Gras genommen,
mit schwarzen Punkten, rotem Rock ist es zu mir gekommen.
Flieg, Käferchen, nach Süd und Nord, nach Osten und nach Westen
und such' den einzig treuen Mann, den Liebsten mir, den Besten.
Nach Westen Siebenpunkt den Flug gerichtet hat,
Holt mir den Liebsten heim aus der verworfnen Stadt.

Stella lachte. So wie man lacht, wenn einem etwas sehr gefallen hat. »Was Sie alles wissen, Genevieve! Woher haben Sie denn das?«

Von Granny, sagte ich und dachte an den Mann, den ich liebe, den ich aus der verworfenen Stadt zurückholen würde, was das auch heißen mag. Vielleicht würde einer der Marienkäfer, die ich gerettet hatte, zu ihm nach Norwich fliegen.

Stella war noch im Bett und wäre gern liegengeblieben, aber Lena hatte gesagt, sie müsse aufstehen. Sie könne sich später wieder hinlegen, aber die ganze Zeit im Bett zu bleiben sei nicht gut für sie, außerdem habe sich Marianne für den Nachmittag angemeldet.

»Bis kurz vor dem Mittagessen könnten Sie doch aber ruhig liegenbleiben«, sagte ich.

»Allmählich kommen die Schmerzen«, sagte sie. »Ich muß ja froh sein, daß ich bis jetzt noch keine hatte.«

Was soll man da sagen? Ich setzte mich aufs Bett und nahm ihre Hand. Ihr Griff war noch fest, aber sie hatte sich die Nägel geschnitten und kurz gefeilt. Sie sah mich forschend an, wie so oft in letzter Zeit, als wollte sie mich auf die Probe stellen, als überlegte sie, ob sie mir vertrauen könnte.

»Haben Sie noch den Schlüssel zu meinem Haus, Genevieve?«

Ein komisches Gefühl, das Rotwerden. In meiner Kinderzeit, als wir noch Kohlefeuer hatten, bin ich mit meinem Gesicht oft nah an die Flammen herangegangen, um die Wärme auf der Haut zu spüren. Das Rotwerden fühlt sich genauso an, wie eine Flamme, die die Haut erhitzt. Sie sah mich an, sie muß die Röte gesehen haben, die mir ins Gesicht stieg. Ich nickte. Sie wird den Schlüssel zurückhaben wollen, dachte ich.

»Dann ist es ja gut«, sagte sie. »Ich wollte nur wissen, wo er ist.«

Und nun mußte ich es ihr natürlich sagen. Das schlechte Gewissen würgte mich, die Worte wollten heraus. Ich war wieder ein Schulkind, das etwas zu gestehen hat. Es tut mir leid, Miss, ich war's. Ich holte tief Luft.

»Ich war in Ihrem Haus, Stella. Mit Ned. Wir haben uns dort getroffen. Natürlich hätte ich Sie vorher fragen müssen, ich weiß auch nicht, warum ich es nicht gemacht habe. Das heißt, ich weiß es natürlich. Ich dachte, Sie würden nein sagen.«

»Sie waren in meinem Haus?«

»Wir wußten nicht, wohin. Es tut mir leid, Stella, ich hätte fragen müssen.«

Sie drückte mir lächelnd die Hand.

»Das freut mich.«

»Es *freut* Sie?«

»Es ist ein schöner Gedanke, ein glückliches Liebespaar dort zu wissen. Wir waren sehr glücklich, wenn wir da waren, Alan und ich. Nur einmal waren wir da und waren nicht... nicht glücklich.«

Mir lief es kalt den Rücken herunter, das geht mir immer so bei einem bösen Omen.

»Einmal nicht?«

»Beim letztenmal. War Ihnen nicht kalt dort?«

Ich erzählte ihr von den Ölöfen. Ich erzählte ihr, daß ich das Haus geputzt und überall Blumen hingestellt hatte.

»Ich wollte Zentralheizung einbauen lassen. Aber dann hätten wir Handwerker bestellen müssen, und sehr viel mehr Leute hätten gewußt, daß das Haus mir gehörte. Es war ja immer noch ein Geheimnis. Aber ich denke, ich hätte es in dem Herbst machen lassen.« Ihr Kopf sank nach unten, das passiert ihr jetzt immer öfter. »In dem Herbst nach dem Sommer, von dem ich Ihnen erzählt habe. Nur haben wir den nicht mehr erlebt.«

»Nicht mehr erlebt? Aber Sie sind doch hier.«

Stellas Lachen klingt jetzt dünn und gespenstisch. »Gerade noch. Und ein Weilchen muß ich auch noch bleiben.« Sie legte sich zurück. »Glauben Sie, daß man gegen den Tod ankämpfen kann?« fragte sie leise.

»Eine Weile schon. Nicht für immer.«

»Nein, natürlich nicht für immer. Ich dachte nur, weil Sie doch an so eigenartige Dinge glauben, wüßten Sie vielleicht etwas, womit man dem Tod ein Schnippchen schlagen kann.« Sie lächelte. »Aber lassen wir das. Wissen Sie noch, wie wir den Dalmatiner gesehen und Sie gesagt haben, ich solle mir etwas wünschen?«

Natürlich wußte ich das noch. »Mein Wunsch wird jetzt wahr«, sagte ich. »Und Ihrer?«

»Es stimmt natürlich, daß wir den Herbst erlebt haben, Genevieve. Nur nicht zusammen. Gildas Verdacht fiel nach Priscilla auf alle möglichen Frauen – sämtliche weibliche Bekannte und Nachbarinnen. Sie erzählte mir unaufhörlich von den Beweisen, die sie gegen Alan hatte, groteske Dinge wie Lippenstift am Taschentuch und blonde Haare auf seinem Sakko. Es war alles erfunden oder Einbildung.«

»Aber auf Sie ist Gilda nicht gekommen?«

»Ich war zu alt. Wie ich ja auch zu alt gewesen war, mich von Alan porträtieren zu lassen. Viel später, bei der großen Aussprache, hat sie das auch ausdrücklich gesagt. ›Warum sie? Warum nicht ein junges Mädchen?‹ Männer lieben junge Mädchen, Männer lieben nur schöne Frauen. Das war die Welt, in der sie lebte, die Welt…«

»…schlechter Filme?« fragte ich.

Sie lächelte. »Wenn Sie so wollen… Den ganzen Sommer redete Gilda von Alans Frauen. Sie stellte ihn als ein Ungeheuer hin, so wie ich es mit Rex gemacht hatte. Ich könnte nicht sagen, was sie davon wirklich geglaubt hat, ob es nicht auch nur eine Szene in dem Drehbuch war, an das sie sich hielt. Anstelle des wirklichen Lebens, Genevieve… Es kam mir manchmal vor, als ob sie ihr Leben in Phasen eingeteilt hatte. Die aufregende Glitzerwelt der Jugend, die Ehe mit einem Mann, der sie bis zum Wahnsinn liebte, und jetzt die mittleren Jahre, in denen er Seitensprünge machte und sie um ihn kämpfen mußte. Als ob sie sich gesagt hätte, das ist nun mal die Bestimmung der Frau und ich muß ihr gehorchen.

Sie hatte die Rolle der betrogenen Ehefrau in so vielen Filmen gespielt, daß die Worte ihr nur so zuflossen. Ich glaube, sie wußte gar nicht, woher der Text stammte, wenn sie sagte, sie habe ihm die besten Jahre ihres Lebens geschenkt und er habe sie weggeworfen wie einen alten Schuh. Es war das, was betrogene Ehefrauen in schlechten Filmen sagten, deshalb mußte es ebendieser Text sein.

Wenn sie ihm nachfuhr, machte sie nur das, was die Frau in *Eine Frau klagt an* gemacht hatte. Sie erzählte es ihm sogar, sie brüstete sich damit, daß sie ihm nach Norwich gefolgt war und in einem Café auf ihn gewartet hatte. Sie habe allein an einem Tisch gesessen, sagte sie, und alle hätten sie angestarrt. Jemand habe sie um ein Autogramm gebeten. Sie sei außer sich gewesen vor Kummer, sie habe kaum gewußt, was sie tat, dem Autogrammjäger habe sie gesagt, sie würde sich umbringen. Ob ihr klar sei, daß sie ihm gerade den Höhepunkt aus *Eine Frau klagt an* erzählt hatte, wollte Alan wissen, woraufhin sie prompt anfing zu toben und mit Möbelstücken zu werfen. Daß jemand ihr auf den Kopf zusagte, sie spiele Theater, konnte sie nicht vertragen. Arme Gilda.«

Ich habe Stella wohl ziemlich baff oder zumindest ratlos angesehen. Schließlich sagte ich: »Trotzdem begreife ich nicht, warum er sie nicht verlassen hat. Was hinderte ihn daran?«

»Zum Schluß hat er sie ja verlassen.«

»Er hat sie verlassen und ist zu Ihnen gekommen?«

»O ja.«

»Warum haben Sie das nicht gleich gesagt?«

»Ich weiß nicht. Ich wollte es sagen. Er hat sie meinetwegen verlassen. Aber das ist das Ende der Geschichte, Genevieve. Das Ende überhaupt, wenn Sie so wollen...«

»Ein Happy-End«, sagte ich, auch wenn ich ein ganz komisches Gefühl dabei hatte.

»Wissen Sie, was ich mir gewünscht habe, als wir den Dalmatiner sahen? Ein Happy-End.«

Wenn sie keine weiteren Worte verlieren will, läßt sie einen das deutlich merken. Sie macht dann ganz abrupt Schluß und redet nicht weiter. Sie nahm ihren Rekorder und legte eine Kassette ein. Dann griff sie lächelnd nach meinem Arm, um mich am Aufstehen zu hindern.

Vielleicht finde ich doch noch Gefallen an der klassischen Musik, die sie so gern hat. Ned zuliebe bilde ich mich mit meinem Lexikon weiter und versuche, Neues zu lernen. Ich bemühe mich, gute Bücher zu lesen, Kunst zu verstehen, warum also nicht auch Symphonien und Opern? Eine dünne klimprige Musik ertönte, fremd, wenn man Country and Western gewohnt ist. Ich hörte eine Weile zu und versuchte mitzukommen. Dann ließ ich vorsichtig Stellas Hand los, gab ihr einen Kuß und ging zu Gracie.

Als ich Stunden später wieder draußen vorbeikam, dämmerte es schon. Unter ihrer Tür war kein Licht zu sehen. Vielleicht schläft sie, dachte ich. Dann hörte ich ihre Stimme, leise, wie im Gespräch, aber es war ein stetiger Monolog. Im Gegensatz zu vielen anderen hier lausche ich nicht an Türen. Ich blieb nur kurz stehen. Irgend etwas hielt mich davon ab, die Tür aufzumachen oder zu klopfen.

300

Unten in der Halle stand Stanley, der gerade mit den Hunden rausgehen wollte. Ich fragte ihn, ob Stella Besuch habe, aber er schüttelte den Kopf. Eine Mrs. Browning war dagewesen, aber um zwölf wieder gegangen.

Stella hatte Selbstgespräche geführt.

Philippa hatte mir das Video von *Himmel über uns* durch den Briefschlitz gesteckt.

Das Badezimmer war voller Marienkäfer. Ich überlegte, was das zu bedeuten hatte, und rief Mum an, bekam aber nur Len an den Apparat, Mum war zu Granny gegangen. Also sammelte ich alle Marienkäfer in einem Seidentuch, schüttelte es auf dem Blumenbeet aus und deckte sie mit welkem Eichenlaub zu.

Dann machte ich mir eine Tasse Tee und sah mir *Himmel über uns* an. Es ging wieder um die Royal Air Force, die Schlacht um England und Ehefrauen, die in der Heimat auf vermißte Spitfire-Piloten warten. Gilda Brent, eine dieser Ehefrauen, sah Joan Crawford in diesem Film besonders ähnlich, und ihre Garderobe war Hollywood pur, Schneiderkostüme, Fuchskragen mit Schwanz und Schnäuzchen, Schleierhütchen und Stöckelschuhe – und das bei einer Frau, die ihre Sachen angeblich nur auf Kleiderkarte bekam.

Mir wurde ganz komisch, als ich all die Sätze hörte, die, wie ich von Stella wußte, Gilda auch im wirklichen Leben gesagt hatte. »Ich habe ihm die besten Jahre meines Lebens geschenkt.« Und: »Warum sie? Warum nicht ein junges Mädchen?« Gegen Ende des Films fragt sie die Frau des Fliegerhauptmanns, die von Glynis Johns gespielt wird: »Glaubst du wirklich, du kannst ihn mir wegnehmen?«

Aber ebendas hatte Stella ja letztlich doch geschafft. Und Gilda hatte das Weite gesucht, war aus ihrem Leben verschwunden. Mit den Überlegungen, sie umzubringen, war ein für allemal Schluß, das war ja auch nie ernst gemeint gewesen. Nicht richtig ernst. Sie hatten es nie wirklich tun wollen.

Stella und Alan hatten dann bestimmt zusammen in ›Molucca‹ gewohnt, mit Richard, der gelernt hatte, Alan als seinen Vater anzusehen. Für Marianne stand ein Zimmer bereit, wenn sie in den Ferien kam. Gilda hatte Alan ihren Wagen dagelassen, und er und Stella hatten ihn behalten. Sie brauchten nur einen Wagen, deshalb hatten sie ihren verkauft und den von Gilda behalten. Sie waren glücklich.

Ned hat mir mal von der Theorie des parallelen Universums erzählt. Dabei geht es darum, was gewesen oder passiert sein könnte, wenn man einen anderen Weg gegangen wäre. Diese zweite Möglichkeit läuft gleichzeitig ab, aber in einer anderen Welt. Zum Beispiel gibt es die eine Welt, in der ich mit Mike lebe, und eine andere, die richtige Welt, für Ned und mich. So muß es auch Stella und Alan gegangen sein, aber ihre richtige Welt war nicht so, wie ich mir vorstellte, sondern eine böse Parallelwelt voller Chaos und Vernichtung, in der von einem Happy-End keine Rede sein konnte.

»Wie man sich verhält, wenn man eine Aussage bei der Polizei machen muß, weiß ich nur aus Kriminalromanen, aber ich glaube nicht, daß ich so etwas ohne konkrete Fragen, ohne jemanden, der einem auf die Sprünge hilft, zustande brächte. Ich werde deshalb diese Kassette besprechen, bis ich alles gesagt habe oder bis ich so müde bin, daß ich aufgeben muß. Je nachdem, was eher kommt, wie Alan zu sagen pflegte.

Zweck der Übung ist es, zu erzählen, was Gilda Brent oder Gwendoline Brant und dann Gwendoline Tyzark widerfahren ist. Ich werde bald tot sein, aber ich mag nicht sterben und sie am Leben oder zumindest amtlich am Leben lassen, was für viele auf dasselbe herauskommt. Denn niemand ist wirklich tot, dessen Ableben nicht aktenkundig gemacht, durch Brief und Siegel – oder heutzutage per Computer – bestätigt worden ist. Und deshalb ist Gilda nicht tot und wird nie sterben, sie wird das ewige Leben haben, wenn wir uns nicht äußern, Alan oder ich. Und Alan ist nicht mehr da.

Diese Sätze habe ich geübt, nein, ich habe sie aufgeschrieben und abgelesen, aber von jetzt an werde ich alles so erzählen, wie es mir gerade in den Sinn kommt.

In dem Sommer nach dem Tod ihres Vaters hatten meine Kinder vierzehn Tage mit unseren Nachbarn Madge und John Browning und ihren beiden Söhnen in einem Cottage in Südcornwall Ferien gemacht. Richard war zum erstenmal ohne mich verreist, aber er hatte viel Spaß mit seinen

Freunden von nebenan gehabt, mit denen er auch zur Schule ging. Als 1970 die Brownings das Cottage wieder mieteten, freute er sich, als sie ihn aufforderten mitzukommen. Und ich freute mich auch. Daß wir uns recht verstehen: Die Trennung von ihm freute mich ganz und gar nicht, ich hätte ihm nie zugeredet, wenn er keine Lust gehabt hätte, aber er wollte gern mit, und das bedeutete, daß ich zwei Wochen mit Alan allein sein würde, etwas Wundervolles und Nie-dagewesenes, denn fast zur gleichen Zeit wollte auch Gilda ihre Freundin in Südfrankreich besuchen, das machte sie fast jedes Jahr, wenn auch normalerweise nicht im Hoch-sommer. Marianne war siebzehn, verständlicherweise hatte sie keine Lust, ihre Ferien bei mir zu verbringen, und ein Urlaub in Cornwall mit einem Ehepaar in mittleren Jahren und drei kleinen Jungen konnte sie auch nicht reizen, ob-wohl sie mit eingeladen war.

Am 20. August machte sie sich mit drei Freundinnen auf den Weg an die Costa Brava und nach Mallorca, sie wollten drei Wochen bleiben, und ein bißchen besorgt war ich schon, aber ich sagte mir, daß man sich auf Marianne ver-lassen konnte, sie war in mancher Beziehung sehr reif für ihr Alter. Und natürlich kam sie nicht zu Schaden, sondern genoß ihre Ferien in vollen Zügen, es war ihre Mutter, die zu Schaden kam. Am 25. August holten die Brownings Richard ab und fuhren mit ihm nach Cornwall. Ich habe diese Daten im Gedächtnis, als hätte ich sie aufgeschrieben und auswendig gelernt. Aber sie sind nie aufgeschrieben worden.

Gilda reiste ab oder gab vor abzureisen – oder hätte ich das nicht sagen sollen? Warum eigentlich nicht? Ich betrachte es nicht als meine Aufgabe, Spannung zu erzeugen, ich erzähle eine Geschichte, die schaurig genug ist, auch ohne daß man es spannend macht. Am 28. August verließ sie die St. Michael's Farm in ihrem Wagen, einem roten Ford Anglia aus den frühen sechziger Jahren, dessen Kühlerhaube aussah wie ein grämlich verzogenes breites Maul voller Zähne, ich mußte immer an einen grinsenden Piranha denken, vielleicht, weil es ihr Wagen war.

Am nächsten Tag fuhren wir nach ›Molucca‹, Alan und ich, um dort für immer zusammenzubleiben. Aber das wußte ich vorher nicht.

Wir planten unseren Aufenthalt schon seit Wochen, er war unser wichtigstes Gesprächsthema, mit dem wir dem Gerede von Mord und Totschlag den Garaus machen wollten. Es war unser neues Spiel, wir überlegten, was wir unternehmen, was wir essen, wann wir an die See fahren, wann wir die ganze Nacht durchmachen und den ganzen nächsten Tag im Bett bleiben würden. Das Wer-killt-Gilda-Spiel war abgetan, die komplizierten, irrwitzigen Pläne zur Beseitigung Gildas, die wir gemeinsam ersonnen hatten, waren endgültig ad acta gelegt, wir spielten wieder trautes Heim, spielten gewissermaßen Flitterwochen.

Die meisten Liebespaare hätten sich wohl ein Hotel in einem Ferienort ausgesucht oder wären nach Paris gefahren. Das hätte ich mir nicht leisten können, nicht für uns beide – ich mußte schließlich an die Ausbildung meiner Kinder denken –, und er hätte nichts beisteuern können. Seine einzige Einnahmequelle waren inzwischen die Landschaftsbilder, die er für zehn Pfund in Pubs verkaufte, und Zeichnungen von Katzen für Geburtstagskarten. Aber davon abgesehen zog es uns beide nach ›Molucca‹. Dort trafen wir uns seit sechs Jahren, dort hatten wir Mann und Frau gespielt. Was wir gemeinsam zusammengetragen hatten, war dort, unsere Bücher, unsere Schallplatten, unsere Bilder und unsere Garderobe. Geschirr und Besteck und Bettwäsche gehörten uns gemeinsam, waren eigens für dieses Haus gekauft. In der Küche hatten wir unsere Lieblingsgerichte gekocht, dort hatten wir alle Gerätschaften, die wir brauchten. Gin und Angostura für unseren Lieblingsdrink standen in der Anrichte, unser Lieblingswein, ein weißer Burgunder, lag im Weinregal. Wenn wir zusammen waren, machten wir keine Kompromisse, wir aßen und tranken nur das, was uns schmeckte, machten nur das, wozu wir Lust hatten, wir waren völlige Hedonisten.

Nur eins fehlte uns noch: Wir hatten nie die Nacht miteinander verbracht. Ist das nicht lächerlich? Seit zehn Jahren waren wir ein Liebespaar und hatten noch nie eine ganze Nacht nebeneinander im Bett gelegen. Wir sehnten uns beide danach. Als im Jahr davor meine Kinder verreist waren, hatten wir uns oft in ›Molucca‹ getroffen, aber da war Gilda, schon mißtrauisch geworden, zu Hause und spionierte ihm nach, er hätte unmöglich über Nacht wegbleiben können.

Wenn man verliebt ist, möchte man den geliebten Menschen in allen nur denkbaren Situationen, unter allen nur denkbaren Umständen erleben, möchte ihn ständig vor Augen haben. Ich hatte Alan schlafen sehen, aber nie im Dunkel der Nacht, hatte nie erlebt, daß ein Traum ihn zum Lächeln brachte oder seine Lider angstvoll zucken ließ. Ich hatte ihn nie morgens aufwachen sehen, ich wußte nicht, ob er sich leicht oder schwer damit tat, ob er dalag und den neuen Tag langsam auf sich zukommen ließ oder mit Schwung aus dem Bett sprang, frühmorgens schon so hellwach war wie am Mittag.

Wir wollten diese Nächte, zehn Nächte, wenn alles gutging, gemeinsam genießen. Es gehörte zu unserem Spiel, uns auszumalen, wie wir am frühen Abend mit dem passenden Essen und dem passenden Getränk beginnen, was ich anhaben, was wir sagen würden. Gilda wollte erst am Ende der zweiten Septemberwoche zurücksein, Marianne ebenfalls, und Richard erwarteten wir erst am 8. September, zwei Tage vor Schulbeginn. Wie genau ich mich an diese Daten erinnere! Ich hätte bei der Polizei wohl doch eine Aussage machen können. Sogar Aagot war weggefahren, nicht nach Hause, nach Norwegen, sondern zu ihrem Freund, der in Durham studierte und einen Ferienjob in Newcastle hatte. Ich hatte ihr dafür sogar meinen Wagen geliehen. Allerdings war das nicht reine Menschenfreundlichkeit. Nur weil der fahrbare Untersatz und das Benzin sie nichts kosteten, hatte sie sich diese Reise leisten können.

Aus den gemeinsamen Nächten ist dann nichts geworden, nicht aus zehn Nächten, ja nicht mal aus einer gemeinsamen Nacht. Wir haben nie eine ganze Nacht nebeneinander im selben Bett geschlafen. Das heißt nicht, daß wir nicht eine Nacht zusammen verbracht hätten, es waren sogar zwei Nächte, die längsten meines Lebens, aber darauf komme ich noch.

Hoffentlich hält meine Stimme durch, man hört schon, wie heiser sie ist. Ich werde morgen weitermachen…

Alan holte mich in seinem Wagen ab, dem alten grauen Rover, den er hatte, seit ich ihn kannte. Es war elf Uhr vormittags, der 29. August, und sehr heiß. Wir wollten gleich nach ›Molucca‹, wollten dort eine Kleinigkeit essen und dann an die See fahren. Für den Abend hatten wir ein romantisches Dinner in einem schönen Hotel geplant, denn danach kam ja unsere erste gemeinsame Nacht. Ich glaube, er hat viele Arbeiten gemacht, die ihm eigentlich gegen den Strich gingen, nur um dieses Dinner bezahlen zu können.

In den Augen einer jungen Frau von heute war ich wohl einigermaßen bizarr angezogen. Aber man kleidete sich damals konventioneller, und ich – ja, ich war wohl besonders konventionell. Im Grunde zog ich mich nicht viel anders an als in den Fünfzigern, es war eine Mode, die mir stand: Kleider mit engem Oberteil, schmaler Taille, breitem Gürtel und weitem Rock, Strümpfe, hochhackige Schuhe. Ich besaß keine einzige lange Hose, trug nie Pullis oder Strickjacken. Als Alan mich abholte, hatte ich ein beigefarbenes Leinenkleid mit rosa und blauem Blumendruck und hochhackige beigefarbene Lackschuhe an, ich trug eine Brillantuhr am Handgelenk und Perlenohrringe. Das Kleid war sehr tief ausgeschnitten, und um den Hals hatte ich eine doppelte Perlenkette. Das Haar war zu einem kurzen Pagenkopf nach innen gerollt, stark toupiert und mit reichlich Spray befestigt. Heutzutage würde sich eine Frau nicht mal für eine Abendgesellschaft so aufdonnern. Marianne geht abends in Jeans und indischer Baumwollbluse zum Essen.

Ich weiß nicht recht, warum ich mich so lange bei meiner Garderobe aufgehalten habe, aber es ist vielleicht doch nicht so unwichtig, wie es scheint. Mein Aufzug machte alles womöglich noch schlimmer. Ich hatte keine – ja, wie soll ich sagen, keine passenderen Sachen in ›Molucca‹, nur Kleider und Pumps und einen Regenmantel aus changierender Seide, der hübsch aussah, aber kein richtiger Regenschutz war, vielleicht haben Sie ihn im Kleiderschrank gefunden. Staunen Sie, daß ich mich an all diese Einzelheiten, daß ich mich an alles so genau erinnere?

Es war sehr heiß. Wir hatten alle Wagenfenster heruntergekurbelt, spürten aber keinen Windhauch. Die Bauern nutzten die Windstille, um ihre Felder abzubrennen. Wenn man nicht achtgab, konnte es passieren, daß man dabei die Hecken mit abbrannte, aber bei Wind war diese Gefahr natürlich noch viel größer, und deshalb war ihnen so ein Tag natürlich hochwillkommen. Am Horizont hing ein dichter hellgrauer Rauchschleier, der das Blau verdeckte und durch den sich – wie aus Schornsteinen an einem Winterabend – dunklere Rauchspiralen zogen.

Das Abflämmen diente, soweit ich weiß, der Vernichtung des Unkrauts, gepflügt wurde danach. Es muß wohl Felder gegeben haben, wo der Bauer oder einer seiner Leute vor Ort blieb, um das Feuer zu beobachten, aber das habe ich nie erlebt. Ich sah nur das Feuer, das ungebremst und unbewacht durch die Gassen zwischen den Stoppeln raste, sah das ganze Feld in Flammen stehen, sah die schwarzen Rauchwolken, die alles in erstickende Finsternis hüllten. Schnitzel von verkohlten Halmen tanzten in der Luft wie Fliegenschwärme. Ich kurbelte alle Fenster hoch. Schon hatte sich eine pulvrig-fettige Schwärze an meinen Händen festgesetzt, die nach abgebrannten Streichhölzern roch.

Unterwegs hielten wir einmal an, wir brauchten Lebensmittel, und Alan kaufte eine Flasche Champagner. Ich glaube, abgesehen von dem Mann im Laden haben wir auf der Fahrt von Waveney nach Curton keine Menschenseele gesehen. Eine Weile fuhren wir hinter einem Wagen her, zwei kamen uns entgegen. Vor einem Vierteljahrhundert war diese Gegend sehr abgelegen, unverdorben, wie man damals sagte. Suffolk war mit die unverdorbenste Grafschaft von ganz England, und das galt wohl auch für die Grenzgebiete zu Norfolk. Aber das wissen Sie sicher, Ihre Mutter und Ihre Großmutter werden Ihnen davon erzählt haben. An manchen Stellen konnte man zwanzig Meilen fahren und nur Felder und Wälder und in einiger Entfernung vielleicht drei kleine Gehöfte und fünf, sechs einzeln stehende Häuser sehen. Das Breckland war damals noch fast unerforschte Wildnis, die Moore lagen still und einsam da.

Als wir nach ›Molucca‹ kamen, hatten wir den dichten Rauch hinter uns. Blauer Himmel stand über dem Moor, und wir konnten tief Luft holen, ohne dabei verkohlte Gerstenreste einzuatmen. Es war sehr still. Die Vögel singen nur bei Sonnenaufgang und ehe sie sich zum Schlafen zurechtsetzen, nie über Mittag. Oft vergingen Stunden in ›Molucca‹, ohne daß auf der Straße hinter dem Haus ein einziges Auto vorbeifuhr.

Denken Sie jetzt, wir wären gleich zusammen ins Bett gegangen? Über diese Phase waren wir hinaus, hätten es aber vielleicht getan, wenn wir wie im August des Jahres davor nur den Tag zur Verfügung gehabt hätten. Aber wir dachten ja, wir hätten zehn Nächte vor uns. Ja sogar das ganze Leben, denn als wir das Haus betraten, sagte Alan zu mir:

›Das ist kein Ferienspaß, mein Herz. Das ist auf immer. Ich gehe nicht mehr zurück. Ich habe sie verlassen.‹

Er nahm mich in die Arme und küßte mich. Ich küßte und drückte ihn, und wir tanzten…

Die Zeit zwischen damals und jetzt begann am 1. September.

Da war der 29. August und der nächste Tag und die Nacht darauf und der nächste Tag, und dann folgten vierundzwanzig Jahre. So sehe ich es jetzt, am Ende dieser Jahre. Damals habe ich es wohl nicht so gesehen.

Heute würde man das, was ich hatte, eine klinische Depression nennen, ein Begriff, den ich von Richard habe. Man hätte mich behandelt, mit Medikamenten, einer Therapie, Beratungsgesprächen. Damals hatte ich nichts. Ich trieb ziellos durch graue, lichtlose Tage.

Ich erwarte kein Mitleid. Von wem auch? Niemand wird dies hier je hören. Und anders als Alan habe ich auch kein Mitleid verdient. Ich hatte meine Kinder. Er hatte niemanden. Seine Not war groß, aber ich konnte nichts tun, um sie zu lindern. Schon der Gedanke an ihn, sein Name, die kleinste Erinnerung lähmte mich. Selbst wenn ich es gewollt hätte – und natürlich wollte ich es –, wäre es mir rein physisch unmöglich gewesen, zum Hörer zu greifen oder seine Nummer zu wählen. Ich habe ihm geschrieben. Und die Briefe nie abgesandt. Woher ich weiß, daß dasselbe für ihn galt? Daß auch er gern angerufen hätte, mir zu schreiben versuchte? Ich weiß es, das genügt.

Da die Geschichte nicht in einem von Gildas Filmen spielt, fand die Trennung nicht auf der Stelle und nicht unter dramatischen Umständen statt. Gilda sagte immer, ich wüßte nichts vom Leben, aber daß es darin so nicht zugeht, weiß ich doch. Wir trafen uns an dem Tag vor Richards Rückkehr, nicht in ›Molucca‹, sondern in einem Hotel, in dem wir manchmal gegessen hatten. Wir saßen in der Bar, nicht mit unserem vertrauten Lieblingsdrink, sondern er hatte einen Whisky vor sich und ich irgendwas mit Wermut. Es war, als hätten wir uns beide vorgenommen, alles anders als früher zu machen.

Das, was geschehen war, stand zwischen uns, und daß wir darüber nicht sprechen konnten, war uns beiden klar. Das Merkwürdige war, daß wir auch sonst nichts fanden, worüber wir hätten sprechen können. Wir, die wir uns immer so viel zu erzählen, die wir so viele Gemeinsamkeiten hatten, über die wir ständig sprachen, wenn wir zusammen waren, hatten uns nichts zu sagen. Wir gehörten nicht zu den Paaren, die in »geselligem Schweigen« beieinander sitzen können. Das Schweigen, das sich auf uns senkte, war nicht gesellig. Es war ein Vakuum, das sich, je länger es anhielt, mit einer Art Panik füllte. Weil wir leeres Gerede ablehnten oder allenfalls mit Dritten betrieben hatten, mochten wir uns darauf auch jetzt nicht einlassen.

Nicht, daß wir unbedingt von ihr oder von dem Geschehenen hätten sprechen wollen; es war einfach so, daß das Geschehene alles andere verdrängt hatte. Manche Menschen brüsten sich damit, daß sie in der Gegenwart leben, aber versuchen Sie es einmal – Sie werden merken, daß es nicht geht. Wir haben es versucht. Wir versuchten, die Vergangenheit auszulöschen, weil sie zu grauenhaft war, versuchten, weil wir uns keine Zukunft vorstellen konnten, im Hier und Jetzt zu leben. Und mußten feststellen, daß es keine Gegenwart gab, sondern nur eine lauernde Leere, die einen, wenn man den Halt verlor und hineinstürzte, in den Wahnsinn treiben würde.

Ich wollte nicht, daß er mich anfaßte, nicht einmal meine Hand sollte er berühren, und wenn es ihm anders erging, so ließ er es sich nicht anmerken. Wir leerten unsere Gläser und sagten, wir müßten nun wohl zurück. Wohin? In zwei leere Häuser. Bevor wir uns trennten, sagte er gezwungen, in möglichst beiläufigem Ton: ›Ich komme am Samstag mal vorbei, wenn es dir recht ist, ich möchte gern meinen Sohn sehen.‹

An der Art, wie er mit Richard sprach, als er zu uns kam, merkte ich, daß es ein Abschied war. Was für den Jungen nur freundlich interessiert geklungen haben mag, hatte für mich die Melancholie letzter Worte. Und als Richard in den Garten gegangen war, fragte Alan:

›Es wird nichts mehr, was?‹

›Nein.‹

›Es war wunderschön mit dir‹, sagte er. ›Das Beste, was ich je erlebt habe. Du wirst mich wohl nicht küssen wollen. Komischerweise habe ich eigentlich auch keine Lust dazu. Ja, so geht's manchmal. Ich will dich nicht länger aufhalten. Sag Richard, ich laß ihn grüßen.‹

Als Richard wieder mit der Schule angefangen hatte, fuhr ich nach ›Molucca‹. Das Autofahren machte mir angst, ich zitterte am ganzen Körper. Das Haus sah schlimm aus. Ich räumte auf, ich leerte Aschbecher und spülte Gläser. In einer Vase standen Blumen, sie waren noch frisch, und ich brachte es nicht übers Herz, sie wegzuwerfen. Es waren

Schmucklilien, die auch Liebesblumen heißen. Wenn das keine Ironie ist... Aus unerfindlichen Gründen – glaubte ich wirklich, ich würde dieses Haus noch einmal betreten? – nahm ich Alans Zeichnungen von den Wänden und legte sie in die Anrichte. Das Foto von uns beiden, das der Mann aufgenommen hatte, der nach dem Weg gefragt hatte, nahm ich aus dem Rahmen und legte es zu den Zeichnungen.

Ich schaltete den Kühlschrank aus, sah aber nicht hinein. Wir hatten Schinken darin und ein Stück Käse und den Champagner. Ich hielt es für sehr unwahrscheinlich, daß ich je wieder Champagner trinken würde. Ich ging nach oben, um das Kleid zu holen, das ich an jenem Tag und in der Nacht darauf getragen hatte, ich wollte es zur Reinigung bringen, aber als ich die Schranktür aufmachte und mir der rußig-schweflige Geruch in die Nase stieg, wurde mir übel. Ich schob es ganz nach hinten und machte die Tür wieder zu.

Zum Schluß ging ich in die Garage und sah noch einmal nach Gildas Wagen. Niemand würde ihn dort suchen, das wußte ich so genau, wie ich wußte, daß dies mein Haus war und ich Stella Newland hieß. Wenn ich ihn hätte wegschaffen lassen oder wenn ich versucht hätte, ihn auf andere Weise zu beseitigen, wäre das natürlich etwas anderes gewesen. Für den Fall, daß ich das Haus hätte verkaufen wollen zum Beispiel. Aber ich wollte das Haus nicht verkaufen.

Ich fuhr nach Hause. In dieser Nacht wurde ich krank, es war der Beginn einer Art Grippe, die sich über längere Zeit hinzog. Als ich mich erholt hatte, sagte ich zu Aagot, daß ich nie wieder Auto fahren würde.

Freunde und Bekannte machten mir das Leben nicht leichter – im Gegenteil. Es schien, als hätten sich alle verabredet, mich nach Alan und Gilda zu fragen. Wo stecken die beiden? Warum kommen sie nie mehr her? Warum besuchst du sie nicht mehr? Wenn ich ›alle‹ sage, meine ich im Grunde wohl Marianne. Oder vor allem Marianne. Priscilla tat seit der Szene zu Ostern, als hätte es Gilda nie gegeben. Jeremy beglückwünschte mich dazu, daß ich mir Alan und Gilda, diese Chaoten, vom Hals geschafft hätte.

Madge Browning erzählte mir, sie habe Alan in Diss getroffen, an der Bushaltestelle. Sie hatte ihn nicht gefragt, warum er keinen Wagen hatte, sie hatte auch nicht nach Gilda gefragt, aber er hatte es ihr von sich aus erzählt. Gilda hatte ihn verlassen und war nach Frankreich gegangen. Es traf mich sehr. Nicht das, was er von Gilda gesagt hatte und daß sie nach Frankreich gegangen war, das mußte er ja sagen, sondern daß Madge ihn gesehen, mit ihm gesprochen hatte und … ach, ich weiß nicht. Und dann mischte sich Marianne ein. Sie rief ihn an, fragte, warum er mich hatte fallenlassen. Macht man so was als Freund? Ich sei krank, ich brauchte ihn, er solle gefälligst so schnell wie möglich vorbeikommen. Welch bittere Ironie! Ich glaube wirklich, sie wollte uns verkuppeln, wollte eine Ehe stiften.

Ich habe meine Kinder fast nie gescholten, sie war ganz fassungslos, weil ich so aufgebracht war. Sie hatte es gut gemeint, das arme Kind, schließlich war sie gerade erst achtzehn. Natürlich kam er nicht, er wollte es ebensowenig wie ich, wir wußten beide, daß es sinnlos gewesen wäre. Ich habe ihn nach diesem September vor vierundzwanzig Jahren nie wiedergesehen. Es wäre schön, wenn ich sagen könnte, daß ich täglich an ihn denke und nie aufgehört habe, ihn zu lieben, aber das stimmt nicht, denn wenn ich an ihn denke und versuche, mich auf unsere Liebe zu besinnen, erinnere ich mich nur an brennende Felder und einen grünen Schal und Blut im Gras. Und all das verdunkelt die schönen Erinnerungen, so wie Rauch die Sonne verdunkelt...

Auf den nächsten beiden Bändern soll es – wie sagt Marianne immer? – voll zur Sache gehen. Ich sollte sie wohl eigentlich beschriften, und jedenfalls soll Richard dafür sorgen, daß Genevieve sie bekommt, wenn ich tot bin. Vielleicht gehen sie ja auch verloren, und sie wird nie hören, was ich zu sagen hatte, oder sie überspielt sie, ohne zu wissen, daß sie besprochen sind. Was soll's? Ich habe keine Lust, rätselhafte Botschaften auf die Kassetten zu schreiben, ich lasse es einfach darauf ankommen.

Aber es ist mir doch wichtig – warum, das wird sich noch zeigen –, daß gerade sie es erfährt. Eine dramatische und fatalistische Sicht, ich weiß. Das ist nun meine Art, dem Leben, dem vom Schicksal vorgezeichneten Muster einen gewissen Sinn zu geben.

Und was soll sie dann machen?

Ich schwieg, Schritte verhielten vor der Tür, gingen weiter.

Was sie dann machen soll, hatte ich mich gefragt. Was sie möchte. Oder auch gar nichts. Ganz wie sie will.«

19

Ich betrat nun das Land, das Niemehr heißt. Es ist ein wunderliches Land, in dem alles, was man tut, besonders schwer wiegt. Mike war nach Leeds gefahren, ich hatte ihm den letzten Kuß gegeben; nie mehr. Nie mehr würde ich zu ihm »Na dann bis Freitag« sagen, nie mehr würde ich bis zum hinteren Gartenzaun gehen, um die letzten verwelkten Blumen aus der Wandvase wegzuwerfen, nie mehr würde Stella unten essen, vielleicht nie mehr ein Kreuzworträtsel machen, eine Zigarette rauchen.

Ich verließ das Haus, das nun nie mehr mein Haus sein würde, ohne Wehmut. Es interessierte mich nicht mehr, ich hatte es mir nicht ausgesucht. Es war einfach ein Haus, das Mike und ich mit einer Hypothek gekauft hatten, nicht, weil es uns gefiel, sondern weil wir uns ein anderes, besseres nicht leisten konnten. Den meisten Leuten, die ich kenne, geht es nicht anders: Sie leben nicht so, wie sie es sich mal vorgestellt haben, sondern so, wie es am besten und vernünftigsten ist. Ich überlegte, ob sich diese zweckmäßige, wirtschaftliche, Zwängen unterworfene Lebensweise für mich jetzt ändern, zum Besseren wenden würde.

Es hätte nicht mehr lange gedauert, bis mein – unser – Haus zu einem gemütlichen kleinen Knast geworden wäre, einem Knast mit zwei Strafgefangenen und zwei Wärtern, und ich wollte weg, ehe es dazu kam und solange ich einen Grund dazu hatte. An diesem Tag wollte ich arbeiten und nicht in diesem Haus herumsitzen, und deshalb sagte ich zu Lena, ich würde nicht meinen freien Tag nehmen, sondern mit Carolyn tauschen.

Als ich vor Stellas Tür stand, hörte ich wieder Stimmengemurmel. Sie hatte keinen Besuch, sondern führte Selbstgespräche. Es klang fast gruselig, ein bißchen so, als wenn eine der Frauen aus unserer Familie einen Zauberspruch aufsagt. Nur machte Stella keine Pausen, um eine Kerze anzuzünden oder Schwefelpulver in den Ring zu schütten. Einer meiner Fingernägel streifte über das Holz der Tür, ehe ich klopfte, und das leichte Scharren genügte ihr als Warnung. Die Stille war so jäh wie eine Explosion, ich meinte fast zu hören, wie sie zusammenfuhr. Sie hatte wohl Lena oder Pauline erwartet – wann hatte ich zum letztenmal geklopft? –, denn als ich hereinkam, saß sie in ihrem Sessel, hatte den neuen Patchwork-Morgenmantel fest um sich gezogen und sah aus wie das verkörperte schlechte Gewissen. Dann ging das schöne, vertraute Lächeln über ihr welkes Gesicht. Sie streckte die Arme aus. Ich küßte sie, und sie drückte mich matt an sich. Nie mehr. Sie wolle ja nicht jammern, sagte sie, aber die Schmerzen seien jetzt schlimm, Lena habe ihr versprochen, den Arzt zu holen, und als es klopfte, habe sie gedacht, er sei es. Als ich eine Stunde später mit Gracies Tablett an ihrer Tür vorbeikam, legte ich ganz gegen meine sonstige Gewohnheit das Ohr an die Türfüllung. Stella schlief nicht, sie redete wieder, man konnte nichts verstehen, aber es hörte sich nicht an, als ob sie einem Arzt ihre Symptome schilderte.

Als ich am nächsten Morgen in ihr Zimmer kam, lag sie noch im Bett, und an ihrer Farbe und der Art, wie sie dalag, sah ich, daß sie an diesem Tag nicht aufstehen würde.

Sie hatte sich verändert. Das Aussehen von Sterbenden ein paar Tage vor ihrem Tod ist unverkennbar. Die Augen quellen vor, das Gesicht sinkt ein. Ich wusch ihr Gesicht und Hände und kämmte sie. Sie wollte gern, daß ich mich zu ihr setzte, und ausnahmsweise hatte Lena nichts dagegen. Ihre rechte Hand kam unter der Decke hervor und tastete nach meiner. Fest zugreifen konnte sie nicht mehr, die Finger waren schwach und zittrig. Aber nach einer Weile konnte sie sich aufsetzen, sie fragte nach ihrem Haus, wollte wissen, ob es mir gefiel, ob ich als abergläubische Person, wie sie sich ausdrückte, dort irgend etwas Unerfreuliches, irgendwelche bösen Mächte oder Elemente gespürt hätte. Nein, sagte ich, ich hätte immer nur ein gutes Gefühl gehabt, ein zufriedenes, tröstlich-friedliches Gefühl.

»Kein verworfenes Haus, Genevieve?«

Ich dachte an das Gedicht vom Marienkäfer, der den Liebsten heimholen sollte. Wer würde mich Genevieve nennen, wenn sie nicht mehr da war? Ich hielt ihre Hand, antwortete aber nicht. Das war der letzte klare Satz, den ich von Stella hörte, denn die Schmerzen verschlimmerten sich ständig, und nachmittags gab der Arzt ihr Morphium. Mit veränderter, dünner und rasselnder Stimme hauchte sie, im Vertrauen darauf, daß ich sie schon verstehen würde: »Er hat sie verlassen und ist zu mir gekommen. Meine Kinder wissen das nicht.«

»Ich werde ihnen nichts sagen«, versprach ich.

»Ich wünschte, ich hätte es geschafft…« Sie setzte neu an. »Ich wünschte, ich hätte mich damit abfinden können… ja, abfinden…« Sie weinte. Aber vielleicht tränten ihr auch nur die Augen.

Am nächsten Morgen war an Frühstück nicht zu denken.

Sharon war schon froh, daß sie Stella dazu gebracht hatte, einen Schluck Tee zu trinken.

»Sie läßt allmählich los«, sagte sie. »Jetzt dauert es nicht mehr lange.«

Richard stand mit seinem Arztkollegen im Salon. Zum erstenmal überkam mich so etwas wie Scheu vor Stella, irgendwie hatte ich Hemmungen, einfach hineinzugehen wie sonst, ich hatte das dumme Gefühl, als müßte ich um Erlaubnis bitten. Wenn der Tod kommt, sieht man vieles anders. Ich lauschte vor der Tür, horchte in die Stille hinein, klopfte. Keine Antwort, nicht einmal ein Flüstern. Ich trat ein.

Sie saß im Bett und sah mit großen Augen zur Tür. »Marianne«, sagte sie. »Kommt dein Vater?«

Ich erschrak, dabei war ich auf Middleton Hall schließlich Irrereden, Verwechslungen, Gedächtnislücken gewohnt. Aber Stella war immer anders gewesen, sie hatte einen so klaren Kopf gehabt, sich so präzise ausgedrückt.

Unter der pergamentdünnen Haut zeichnete sich der Schädel ab. Ich trat ans Bett und küßte sie. »Danke, Liebling, wie nett von dir«, sagte sie und dann: »Morgen geht es los, nicht wahr? Ich wünsche dir eine wunderschöne Zeit.«

Wenn sie so sind, hilft es nichts, zu streiten oder sich zu nerven, man muß einfach auf sie eingehen. Sicher würde es schön werden, sagte ich, und das stimmte ja auch, jede Minute mit Ned war schön, war ein ganz großes Glück für mich.

»Wir haben auf Iona Flitterwochen gemacht, dein Vater und ich.«

Das hatte sie nie erwähnt, als sie mir von ihrer Hochzeit

mit Rex erzählte, und vielleicht stimmte es ja auch nicht. Morphium fördert alle möglichen in der menschlichen Seele vergrabenen Träume und falschen Erinnerungen zutage. Wenn sie mich mit Marianne verwechselte, für wen würde sie wohl ihre Tochter halten, die Schauspielerin mit dem langen rotblonden Haar? Die Tür ging auf, und Richard kam herein. Sie wird ihn für Alan halten, dachte ich, sie wird denken, daß Alan wiedergekommen ist. Aber sie ließ sich nichts anmerken. Sie schenkte ihm ihr warmherziges Lächeln, das konnte sie noch. Ich stand auf, und sie sagte: »Du bringst deinen Wagen nicht von der Stelle, Gilda, das muß die Werkstatt machen.«

Richard sah mich an. »In Ordnung«, sagte ich.

Auf dem Gang traf ich Marianne, sie faßte mich erregt am Arm. »Ich komme doch nicht zu spät?«

Mum hat das Zweite Gesicht, sie kann wahrsagen, kein Wunder, wenn man bedenkt, daß sie das siebte Kind von Granny ist und Granny auch ein siebtes Kind war, zumindest das siebente, das am Leben geblieben ist. Heutzutage hat keiner mehr sieben Kinder, vielleicht haben Janis und ich Mums Gabe deshalb nicht geerbt, aber in dem Moment wußte ich plötzlich, wann Stella sterben würde.

»Freitag«, sagte ich. »Erst am Freitag.«

»Woher wissen Sie das, Jenny?«

»Ich weiß es eben.«

Marianne trug Grün, einen dunkelgrünen Mantel über schwarzen Hosen und einem schwarzen Pullover. Mir lief es kalt den Rücken runter. Früher hieß es, daß Grün eine Unglücksfarbe ist, weil die Feen Grün tragen und gewöhnlichen Sterblichen diese Farbe nicht gönnen, aber daran glaube ich natürlich nicht. Nur habe ich eben sehr oft erlebt, daß ein Unglück passiert ist, wenn jemand Grün getragen hat, und da kommt man dann doch ins Grübeln. Wer sich ein grünes Kleid kauft, hat Granny immer gesagt, muß sich bald darauf ein schwarzes kaufen. Bei der Hochzeit von Mum und Dennis durfte es zum Essen nicht mal grünes Gemüse geben, sie duldete kein Salatblatt auf dem Tisch. Grün am Leib, für Liebe kein Verbleib, sagt das Sprichwort.

Marianne hakte sich unter und betrat mit mir Stellas Zimmer. Stella zupfte am Bettzeug. Das habe ich schon oft gesehen, aber bisher hat es mir noch niemand erklären können. Warum liefen Stellas Hände wie im Krebsgang über den Rand der Decke, den Saum des Bettuchs? Sie hatte die Augen geschlossen, aber die Hand ging über das Bettzeug hin wie die eines Pianisten über eine Tastatur. »Warum macht sie das«, fragte Marianne. »Ich weiß es nicht«, flüsterte ich, »das wissen nur die Toten.« Sie und Richard blieben den ganzen Tag bei Stella, sie waren noch da, als ich nach Hause fuhr.

Das Telefon läutete, als ich hereinkam. Ob ich irgendwann mal soweit bin, daß mich beim Klang von Neds Stimme kein Schauer überläuft und sich mir nicht die Haare aufstellen? Ich hoffe es sehr, ich wünsche mir, daß er für mich einmal ganz normal und selbstverständlich ist, denn das bedeutet, daß ich ein ganzes Leben lang Zeit gehabt habe, mich an ihn zu gewöhnen.

»Morgen abend, Jenny?« fragte er.

»Ich muß dir was sagen. Wir können morgen drüber reden.«

»Du hast ein wärmeres Plätzchen für uns gefunden.«

»So könnte man es ausdrücken«, sagte ich. »In Stellas Haus werden wir uns jedenfalls nicht mehr treffen.«

»Das hört sich ja sehr geheimnisvoll an.«

»Ist es gar nicht. Wir können jetzt ganz offen drüber sprechen. Hör zu, Ned, ich mache das, was du möchtest, ich verlasse Mike und komme zu dir. Es tut mir leid, daß ich es nicht schon längst gemacht habe, es war dumm von mir, ich hätte dich nicht so auf die Folter spannen dürfen, wo du mich so oft darum gebeten hast. Ich hab mich furchtbar blöd benommen.«

Er seufzte erleichtert, es hörte sich richtig schön an.

»Hast du es ihm schon gesagt?«

»Noch nicht, ich wollte das Treffen mit dir abwarten.«

Er setzte an, um etwas zu sagen, mit ganz lieber, zärtlicher Stimme, da klingelte es an meiner Haustür. Ich sah durch die Milchglasscheibe den Umriß von Janis, ihre Hochfrisur, die großen Ohrringe.

»Ich liebe dich«, sagte ich. »Muß jetzt Schluß machen. Bis morgen.«

Janis waren die Teebeutel ausgegangen, sie hatte nur noch einen einzigen, und der Laden macht um halb fünf zu. Ich gab ihr zwanzig aus meiner Großpackung, und sie erzählte mir eine lange Geschichte von ihrer Freundin Verna, die sich am offenen Fenster das Haar gekämmt, die ausgekämmten Haare um den Finger gewickelt und rausgelegt hatte, und dann hatte eine Elster sie in den Schnabel genommen und war damit weggeflogen.

»Im Dezember?« fragte ich.

»Um so schlimmer. Es war eben zu milde. Wer denkt

denn dran, daß sie jetzt schon Nester bauen! Sie hat sofort wahnsinnige Kopfschmerzen gekriegt. Mum sagt, sie muß innerhalb eines Jahres sterben, aber wir sollen es ihr nicht sagen. Mum kann nichts machen.«

Sie wollte den Wintergarten sehen, und ich ging mit ihr ins Eßzimmer und zeigte ihr Mikes Werk.

»Du hast Glück«, sagte sie. »Peter kann keine Dose aufmachen, ohne daß er Wundstarrkrampf kriegt.«

Während ich auf den Mann mit den Fliesen wartete, ging ich durchs Haus und überlegte, was ich mitnehmen und was ich dalassen sollte. Von den Hochzeitsgeschenken wollte ich nichts, die konnte Mike alle behalten. Ich würde meine Bücher mitnehmen und mein *Chambers Dictionary,* aber nicht den CD-Player, und der Fernseher war zu schwer. Dreizehn Jahre. Eben *weil* es dreizehn Jahre waren, würde Mum sagen. Dreizehn Jahre Ehe – der Hochzeitstag, für den sie einen besonderen Namen hat. Der erste Hochzeitstag ist die Baumwollhochzeit, der zweite die Papierhochzeit, bei fünf Jahren feiert man Holzhochzeit, bei zwölf die Seide-und-feines-Leinen-Hochzeit. Daß man nach fünfundzwanzig Jahren Silberhochzeit und nach fünfzig Jahren Goldene Hochzeit hat, weiß jedes Kind. Und der dreizehnte Hochzeitstag ist eben die Schwefelhochzeit.

Vielleicht weil es eine so explosive Zeit ist. Oder so hart und dunkel wie Schwefelstein. Ich hatte Mum nie danach gefragt und überlegte jetzt, ob ich sie deswegen mal anrufen sollte, aber da kam der Mann mit den Fliesen. Und als er weg war, rief ich, obgleich ich gerade erst eine Stunde weg war, nicht Mum an, sondern Middleton Hall. Pauline war am Apparat. Nein, Stellas Zustand war unverändert. Sie war sehr matt und schwach, schlief fast nur noch, aber das lag an dem Morphium, das ihr der Arzt gegeben hatte. Marianne war weggefahren, aber Richard war noch da, sie hatten sich Zimmer in dem Hotel in Thelmarsh genommen.

Ich hatte kaum aufgelegt, da rief Mike an. Er wollte wissen, ob die Fliesen gekommen waren. Ich war froh, daß er nicht das sagte, was er früher immer gesagt hat, daß ich ihm fehle und daß er sich aufs Nachhausekommen freut, denn damit hätte er mir ein schlechtes Gewissen gemacht. Ich stellte mir vor, wie ich es ihm am Freitag abend sagen und wie er wohl reagieren würde. Wahrscheinlich würde er mich fragen, ob das der Dank dafür sei, daß er mir »meinen« Wintergarten gebaut hat. Als er tschüs gesagt hatte und nicht mal »Na dann bis Freitag«, fielen mir eine Reihe Frauen im Dorf ein, die sich an ihn heranmachen würden, wenn ich weg war, und ich überlegte, welche er nehmen würde. Lange würde er bestimmt nicht solo bleiben.

Als ich am Donnerstag zum Dienst kam, erfuhr ich als erstes, daß Lena sich bei Stanley mit der Grippe angesteckt hatte. Statt ihre Bazillen überall zu verstreuen, hatte sie sich vernünftigerweise ins Bett gelegt. Stella war allein. Als ich sie küßte, spürte ich, daß sie mir ihre Wange zuwandte, aber das war lange Zeit das einzige Anzeichen dafür, daß sie bei Bewußtsein war. Zum erstenmal dachte ich in diesem Zimmer, vielleicht weil es plötzlich so still und ruhig hier war, an die Geheimnisse, die in Stellas Kopf eingesperrt waren und dort flüsternd und ungehört herumgeisterten.

Nach einer halben Stunde, als ich gerade gehen wollte, ich mußte mich ja auch um Gracie und Arthur kümmern, machte sie die Augen auf und fragte: »Liebling?«

»Ja, Stella?«

»Was hast du mit ihr gemacht?«

Das war, auch wenn ihre Stimme nicht mehr laut und kräftig war, so klar und deutlich zu verstehen, daß ich unwillkürlich zusammenfuhr. Dachte sie, Alan Tyzark säße bei ihr? Und wartete sie darauf, daß er es abstritt, daß er sie beruhigte? Sie drehte das Gesicht zur Seite, ich hörte einen Laut, der kein richtiges Schnarchen war, sondern mehr ein schweres, mühsames Atemholen. Sie war eingeschlafen, aber das hatte nichts zu bedeuten, sie konnte jeden Augenblick wieder aufwachen. Ich saß da und sah sie an und wünschte, sie würde aufwachen, mochte sie aber auch nicht spüren lassen, daß ich darauf wartete, und sie damit aufwecken, das wäre mir grausam vorgekommen. Manchmal bin ich ganz froh, daß ich nicht Mums Gabe geerbt habe, die Menschen zum Sprechen zu bringen.

Am späten Vormittag kam Richard, eine Stunde später Marianne mit den Kindern. Der Ältere muß mindestens siebzehn sein, denn er saß am Steuer, als sie nach fünf Minuten bei ihrer Großmutter schon wieder davonfuhren in ihrem Volvo. Ich ging hinein. Stella war bei Bewußtsein, zumindest waren ihre müden Augen offen, und auf den Wangen sah man Tränenspuren. Marianne wischte ihr behutsam mit einem Zellstofftuch das Gesicht. Weil ich glaubte, ich würde Stella nie wiedersehen – was sich als falsch erwies –, versuchte ich das, was ich sonst immer sage, wenn ich mich von ihr verabschiede, irgendwie feierlicher, endgültiger zu sagen. »Auf Wiedersehen, Stella.«

Ich küßte sie, und ihre Wange zuckte. Marianne legte mir kurz die Hand auf den Arm, ihr grüner Ärmel streifte meinen blauen. Es dämmerte, und ehe Richard aufstand, um die Nachttischlampe anzuknipsen, meinte ich eine Frauengestalt stumm wartend zwischen Fenster und Wand stehen zu sehen. Granny hätte gesagt, das ist der Tod, der gekommen ist, um Stella abzuholen, aber als das Licht anging, sah ich, daß nur der Vorhang schief hing, er hatte sich an der Ecke von einem Bilderrahmen verhakt.

Vielleicht hätte ich nicht gehen sollen. Ein Mensch, den ich liebte, der mir vertraut war, würde diese Welt verlassen, Stella lag im Sterben, und ich wollte weg, um – wie sagt man so schön –, um meiner Lust zu frönen. Klingt komisch, ich weiß, aber es ist eben wirklich so, daß das Zusammensein mit Ned die größte, tiefste Lust ist, die ich kenne.

Gewiß, Stellas Sohn und ihre Tochter waren bei ihr, sie war ohnehin kaum mehr bei Bewußtsein, in ihrem Zimmer hatte ich sowieso nichts zu suchen, solange die Kinder da waren. Aber ich hätte ja im Haus bleiben, ich hätte im Salon warten können für den Fall, daß ich gebraucht wurde. Ich hätte sogar mit einer Kollegin von der Nachtschicht tauschen können. Früher, vor einem Jahr noch, hätte ich es getan. Ehe ich Ned kennengelernt, ehe ich mich in ihn verliebt hatte.

Denn letztlich war die Liebe schuld, jene Liebe, die sich über das Gute in einem hinwegsetzt und die edleren Empfindungen der Freundschaft und des Pflichtgefühls und der Herzensgüte, die ja auch eine Art von Liebe ist, vergessen macht. Sie ist so überwältigend, so fordernd wie ein Sturm, der einen umbläst, oder eine Brandungswelle, die einen auf den steinigen Strand wirft, daß man nicht widerstehen kann und auch nicht widerstehen will. Stella zuliebe habe ich mich dieser Riesenkraft nicht entgegengestemmt, und ich bin nicht sicher, ob ich es Granny oder meiner Mutter oder dem eigenen Kind zuliebe getan hätte.

Es war nicht so, daß ich ein richtig schlechtes Gewissen hatte. Ich schämte mich ein bißchen und hatte das Gefühl, daß Lena mich schief ansah und Carolyn mir einen komischen Blick zuwarf, aber ich machte die Tür hinter mir zu und trat hinaus in die kalte Nachtluft. Daß ich Stella im Stich gelassen hatte, ging mir nach, aber auf das Treffen mit Ned zu verzichten war undenkbar, ohne ihn war für mich alles wüst und leer.

Der Rauhreif hatte meine Windschutzscheibe in ein Badezimmerfenster mit Farnblattmuster verwandelt, und ich mußte an die Farne in Neds Schuh denken, die ihn schnell zu mir bringen würden. Auch damit bewegte ich mich im Niemehrland; nie mehr würden wir uns in einem fremden kalten Haus treffen, würden uns in einem Bett lieben, das einer anderen Frau gehörte.

Um sieben wollte Ned da sein. Bis dahin hatte ich zwanzig Kerzen und die beiden Ölöfen angezündet, und im Haus hing die vertraute, aber nicht sehr erfreuliche Geruchsmischung aus Wachs und Paraffin. Manche Leute müssen bei gewissen Parfüms, bei einem Geruch nach Holzrauch oder dem Bukett eines bestimmten Weins an ihre Liebesgeschichten denken. Vielleicht weil ich nicht aus diesen Kreisen komme, sondern eine ganz gewöhnliche Frau aus der Arbeiterklasse bin, gehört zu der Erinnerung an meine Liebe der Geruch nach brennendem Öl, dem armseligsten, billigsten Heizmaterial, das es gibt.

Während ich auf Ned wartete, dachte ich nicht an so was,

ich hatte keine Ängste oder Vorahnungen. Ein wenig entwickeltes Selbstwertgefühl nennt man das, was ich gehabt hatte und was auf andere Weise auch Stella hatte, aber durch Ned war ich ein gutes Stück weitergekommen. Dank seiner Liebe hatte ich gelernt, auch mich zu lieben. Durch ihn wußte ich nun, daß ich wer bin, daß ich gut aussehe, daß ich mehr Grips habe, als man mir zutraut, daß ich genausoviel wert bin wie andere Leute.

Ich saß dicht an einem der Ölöfen und breitete die Hände über dem Rost aus. Nur mein Gesicht und meine Hände waren warm, überall sonst spürte ich die Kälte mit jeder Minute stärker, aber selbst das störte mich nicht, denn es war das letzte Mal, die Kälte im Haus und mein ständiger Kampf dagegen gehörten nun bald der Vergangenheit an. Später würden wir herzlich darüber lachen.

Die Vorhänge bleiben immer offen, bis er da ist. Wenn er kommt, ziehe ich sie zu, um uns vor der Welt draußen abzuschirmen. Ich hatte mich dick eingemummelt, Bluejeans, warmer blauer Pullover, blaues Wolltuch, alles in Blau, wohl um gegen Mariannes Grün anzugehen. Was oder wen ich damit vor Schaden bewahren wollte, wußte ich allerdings nicht. Für Stella war es sowieso zu spät. Ich wollte wohl ihn vor den Gefahren der Straße schützen, dem Glatteis und dem gefrierenden Nebel, den Zwanzigtonnern auf der Gegenfahrbahn. Vor sich selbst wollte ich ihn schützen, vor dem Pfeifen in der Dunkelheit. Ich selbst glaubte an diesem Tag ausnahmsweise keinen Schutz nötig zu haben, ich war in Sicherheit, war endlich am Ziel.

Ein- oder zweimal ging ich ans Fenster und hielt nach ihm Ausschau. Draußen stand klar und glitzernd die Dunkelheit. Wenn ein Auto vorbeifuhr, sah man den Rauhreif, der auf den Hecken und wie eine Schicht weißer Farbe auf den Zweigen lag. Zehn Autos fuhren vorbei, ich habe sie gezählt, ich wartete darauf, daß ein Scheinwerferpaar aufleuchtete und das gleißende Licht mich traf, wenn er von der Straße abbog und den schmalen Weg zum Haus hochfuhr.

Ich wartete vergeblich. Er kam nicht. Es war nicht das erste Mal, daß er zu spät kam, er hat eine viel längere Strecke zu fahren als ich, und manchmal ist es nicht so einfach für ihn, rechtzeitig wegzukommen. Einmal hat er mich an die fünfundzwanzig Minuten warten lassen. Halt mal – mache ich mir denn immer noch vor, ich hätte sie nicht gezählt? Siebenundzwanzig Minuten waren es, nicht fünfundzwanzig, und nach achtundzwanzig Minuten bekam ich es mit der Angst zu tun.

Die Zeit vergeht unheimlich langsam, wenn man wartet. Und so schnell, wenn man mit dem Menschen zusammen ist, den man liebt. Es ist, als ob es zwei verschiedene Sorten von Zeit gibt, eine, wenn man glücklich ist, und eine andere, wenn man Angst hat. Während ich dort am Fenster stand und wartete, kroch die Zeit so langsam dahin wie nie zuvor. Jede Sekunde war wie ein Tropfen, der sich vor meinen Augen vom Wasserhahn löste.

Und draußen tat sich nichts. Keine Bewegung, nur die leere Straße und die Felder, die sich in der Dunkelheit verloren. Ich sah deutlich, wie der Rauhreif sich auf Gras und Hecken senkte, erst feucht, dann weiß glitzernd. Eine Eule rief in der Dunkelheit, und es überlief mich kalt. Der Ruf der Eule hat Arges zu bedeuten, hörte ich Granny sagen, als ich dort oben stand und wartete, so hatte sie es immer zu Janis und mir gesagt, als wir klein waren und nachts die Eule rufen hörten.

Es konnte ihm so viel passiert sein, es *kann* ihm so viel passiert sein, denn ich weiß es ja noch nicht. Ein Zusammenstoß, ein Arbeitsunfall, etwas, was Jane oder er gesagt oder getan haben, wovon niemand mir erzählt hat. Aber ich hatte vor allem Angst um sein Leben. Angst, daß ihm etwas zugestoßen war. Nichts konnte ihn davon abhalten, zu mir zu kommen, es mußte schon etwas sehr Schlimmes passiert sein, wenn er an diesem ganz besonderen Abend, an dem wir über unsere Zukunft sprechen wollten, nicht hatte kommen können.

In so einer Situation denkt man an schreckliche Sachen, die anderen Leuten passiert sind oder von denen man gehört hat. Ich dachte an Charmian Fry, die sich von Rex Newland verabschiedet und dann tagelang auf seinen Anruf gewartet hatte. Von Rex, der nicht anrief, der nie wiederkam, weil er im Zug gestorben war. Angenommen, Ned war am Steuer seines Wagens zusammengebrochen... Ich ließ den vergangen Tag Revue passieren und überlegte, womit ich womöglich die Schicksalsmächte verärgert hatte. Gracie hatte Salz verschüttet, und ich hatte es versäumt, eine Prise über meine linke Schulter zu werfen. Ich hatte einen Handschuh fallen lassen und nicht selber aufgehoben.

Ich blieb bis neun in ›Molucca‹. Es waren lange Stunden, die längsten meines Lebens. Ich ging im Haus auf und ab, ich weiß nicht, wie oft ich die Treppe hinauf- und hinuntergegangen bin, ich trat hinaus in die Kälte, lief bis zur Straße, sah in der Dunkelheit nach rechts und nach links, als könnte mein Wille, mein Blick ihn heranholen. Ich rang die Hände, das hatte ich noch nie gemacht, ich hatte es auch noch nie bei jemandem gesehen, aber wenn du außer dir bist vor Angst und Sorgen, machst du das wirklich, du ringst die Hände in deiner Verzweiflung und sagst: »Gott, Gott, lieber Gott hilf mir!«

Als ich alle Kerzen ausgeblasen und die Dochte gelöscht hatte und der Geruch noch durchdringender geworden war, wie immer in diesem Moment, stand ich mit Wachs an den Fingern in der Dunkelheit und hätte am liebsten geheult wie ein Schloßhund, aber das war mir zu peinlich, auch wenn ich allein war, auch wenn das Haus ganz für sich stand. Als ich die Haustür aufmachte, drängte die kalte Luft hinein, es war, als wollte sie mich verhöhnen. Sie trieb mir die Tränen in die Augen, und ich stolperte zu meinem Wagen.

Er war über und über bereift, und ich rieb mit Zeitungen an der Windschutzscheibe herum, bis ich klamme Finger hatte. In meinem Zustand hätte ich eigentlich gar nicht fahren dürfen. Ich wollte nur weg. So schnell wie möglich. Es war ein Glück für mich – Glück? –, daß es so lange nicht geregnet hatte und deshalb auf der Fahrbahn kein Glatteis, nur diese Reifschicht war. Als ich die Haustür aufmachte, fing das Telefon an zu läuten, meine Hände zitterten, ich fummelte ungeschickt am Schloß herum und hatte schreckliche Angst, es würde aufhören, bis ich dran war. Ned… Natürlich Ned…

Es war nicht Ned, es war Richards Stimme.

»Ich bitte sehr um Entschuldigung, daß ich um diese Zeit anrufe, Genevieve, aber meine Mutter hat nach Ihnen verlangt. Sie hat sich ein bißchen mit uns unterhalten, sie ist völlig klar, aber sehr schwach.« Mir fiel ein – ich vergesse das immer wieder –, daß er ja Arzt ist. »Möglich, daß wir ihr sehr bald wieder Morphium geben müssen. Es ist, als hätte sie alle Kraft zusammengenommen, um nach Ihnen zu fragen.«

»Ich komme sofort«, sagte ich.

Der Anruf brachte mich mit einem Ruck in die Wirklichkeit zurück. Es war heller Wahnsinn gewesen, nachts in einem dunklen, eiskalten Haus herumzulaufen und auf jemanden zu warten, der nicht kam, weil er aus irgendwelchen Gründen nicht kommen konnte, es war total bescheuert, sich derart verrückt zu machen. Ich tat, was ich schon vor Stunden hätte tun sollen, ich wählte seine Nummer in Norwich. Ich hatte keine Hemmungen mehr, bei ihm zu Hause anzurufen. Gehörte er nicht schon mehr mir als ihr?

Sein Anrufbeantworter meldete sich. Ich hörte zum erstenmal seine Stimme den üblichen Text hersagen, es war kein schönes Gefühl. Noch vor dem Piepton legte ich auf, setzte mich wieder in den Wagen und fuhr nach Middleton Hall.

Der große, schwere Mann, der Mariannes Lebensgefährte ist, saß im Salon und rauchte eine Zigarre. Aus den Ratgeberspalten in den Zeitschriften weiß ich immerhin so viel über Psychologie, daß ich überlegte, ob Marianne sich immer Typen aussucht, die ihrem Vater ähnlich sind.

In Stellas Zimmer war es unerträglich heiß, der Gegensatz zu dem Haus, aus dem ich kam, hätte nicht größer sein können. Es roch, als hätte jemand den Flakon mit dem White-Linen-Parfüm verschüttet. Richard und Marianne

saßen rechts und links vom Bett. Stella war ohne Bewußtsein. Sie atmete röchelnd, mit offenem Mund, es ist das Sta-
dium, in dem du anfängst, die Atemzüge zu zählen, weil
jeder der letzte sein kann.

Marianne drückte mir die Hand und ging mit mir in eine
Ecke. »Ich glaube nicht, daß sie noch was sagen kann, aber
sie hat mich gebeten, Ihnen etwas auszurichten. Ich habe es
aufgeschrieben, aber ich weiß nicht, was es bedeutet.«

Ich weiß es auch nicht. Auf einen Notizblockzettel hatte
Marianne geschrieben: *Im Haus und im Garten ist nichts.*

»Haben Sie schon mal versucht, mich zu erreichen?«
fragte ich.

»Richard hat es um sieben und noch mal um acht versucht, aber Sie haben doch auch ein Recht auf Privatleben,
Schätzchen, bitte denken Sie nicht, daß ...«

»Nein, ich weiß.«

Im Haus und im Garten ist nichts. Warum hatte sie das
mir sagen lassen, warum hatte sie es nicht einem der Kinder
gesagt?

»Ich gehe dann wohl besser«, sagte ich. »Sie wollen sicher
mit ihr allein sein.«

Ich war schweißüberströmt. Marianne hatte wieder
meine Hand genommen. Granny ist zwar eine halbe Hexe,
liest aber auch viel in der Bibel. »Unser Leben währet sie-
benzig Jahre«, zitiert sie und setzt aus Eigenem hinzu:
»Und wenn du eine Zugabe kriegst, kannst du dich freuen.«
Stella hatte eine Zugabe von einem Jahr bekommen, einundsiebzig ist nicht sehr alt heutzutage, sagte ich mir, aber
ich war noch nicht fertig damit, als ich vom Bett her etwas
hörte, was für jeden, der schon mal an einem Sterbebett ge-

334

standen hat, unverkennbar ist: das Rasseln, mit dem der Mensch seinen letzten Atemzug tut. Es ist ungeheuerlich, dieses Geräusch, es überläuft mich jedesmal kalt, sooft ich es auch schon gehört habe. Der letzte Atemzug kam rasselnd aus dem armen, eingesunkenen Runzelmund, dann lag sie still.

Richard seufzte. Er sah seine Mutter an und nickte mir zu. Ich nickte auch. Marianne legte den Kopf auf die Arme und fing an zu weinen. Ich berührte die wächserne Haut, das Handgelenk, spürte keinen Puls und flüsterte ein Lebewohl. Gern hätte ich ihr noch einen letzten Kuß gegeben, aber das war zunächst mal Sache der Angehörigen.

Ich ging raus, um Bescheid zu sagen. Stanley war am Empfangstresen in der Halle. Ich sagte es ihm und ging, ohne mich durch seine Fragen aufhalten zu lassen. Alle meine Ängste waren wieder da, schreckliche Bilder jagten sich in meinem Kopf, mir war eiskalt in dem heißen, stickigen Haus. Ich begegnete Pauline, die gerade Dienstschluß hatte, sagte ihr, daß Stella gestorben war, und versuchte von Lenas Büro aus noch einmal, Ned anzurufen.

VIERTER TEIL

20

Es ist immer noch ein komisches Gefühl, hier zu sein, und trotzdem habe ich mich noch nirgendwo so zu Hause gefühlt. Allerdings bin ich auch noch nie so allein gewesen. Aber das muß sein, nur so kann ich das ertragen, was passiert ist. Was mir passiert ist. Nur wenn man allein ist, kann man nachts weinen, ohne daß jemand fragt, warum.

Die Fahrt nach Middleton Hall dauert nun nicht mehr fünf Minuten, sondern eine Viertelstunde, und ich habe es weiter zum Einkaufen. Manchmal überlege ich, wie ich zurechtgekommen wäre, wenn ich das hier nicht gehabt hätte. Ich hätte mir wohl was in Diss gesucht, ein möbliertes Zimmer mit Frühstück ohne Kochmöglichkeit. Denn als es vorbei war, als ich wußte, daß es keine Hoffnung mehr gab, hätte ich nicht bei Mike bleiben können. Ich wußte, daß sich da nichts mehr zurechtrücken ließ. Philippa sah es nicht so.

»Ein Glück, daß du nie was zu Mike gesagt hast«, erklärte sie. »Jetzt könnt ihr einfach weitermachen wie gehabt.«

Philippa hat es gut gemeint. Sie hatte noch nicht ausgesprochen, da überlegte ich, wie das wohl wäre: mit einem Mann zu leben, an dem mir nichts mehr lag, alles, was ich für den anderen noch empfand, vor ihm wegsperren zu müssen. Mein erster Weg führte zu Mum. Wenn eine Ehe kaputtgeht, ist das so üblich: Man geht zurück zur Mutter. Sie konnte mich nicht gebrauchen, das sagte sie mir ganz offen, aber sie sagte auch, daß sie Verständnis dafür hatte. Weil die Tochter bei der Mutter eben immer noch ein Zuhause hat, auch wenn sie schon fast ein Dritteljahrhundert alt ist.

In den ersten Tagen wußte ich nicht, wohin. Ich konnte nicht denken, nicht planen, ich konnte nur mechanisch meine Arbeit machen. Es hatte mich voll erwischt. Mein junger Körper fühlte sich alt und kaputt an, mein Kopf war leer. Nein, nicht ganz. Er war darin. Nur er.

Der Tag nach Stellas Tod war ein Freitag. Damit hatte ich also auch unrecht gehabt, mit meiner Hellseherei, meinem Gedöns vom Zweiten Gesicht. Vielleicht hatte ich auf den Freitag getippt, weil das bekanntermaßen ein Unglückstag ist. Die meisten Unfälle passieren an einem Freitag, und es ist ein ganz schlechter Tag für neue Unternehmungen. Der alte Mr. Thorn, für den mein verstorbener Großvater gearbeitet hat, fing mit der Ernte nie an einem Freitag an, und seine Leute fanden das ganz in Ordnung. Ich dachte damals auch so – jetzt ja nicht mehr – , und an jenem Freitag überkam mich sofort nach dem Aufwachen das beklemmende Gefühl kommenden Unheils.

Ehe ich aus dem Haus ging, rief ich noch mal bei Ned an, hörte aber wieder nur den Text vom Anrufbeantworter. Ich hatte ihn noch nie im Büro angerufen, und schon bei dem Gedanken wurde mir ganz anders. Ich hatte wohl zu oft in Büchern und Zeitschriftengeschichten gelesen, was für schlimme Folgen es haben kann, wenn man seinen verheirateten Liebhaber auf der Arbeitsstelle anruft. Außerdem nervt es mich, wie diese Leute reden. Aber mit der Zeit werden solche Ängste immer unwichtiger vor der einen großen Angst und dem Wunsch, sich Gewißheit zu verschaffen. Ich glaube, an diesem Vormittag hätte ich mir notfalls mit Gewalt und an Sicherheitsbeamten vorbei Zutritt zu einer Privatklinik verschafft und die Angehörigen weggedrängt, um an sein Bett zu kommen. Denn so stellte ich mir das inzwischen vor: daß er verletzt irgendwo im Krankenhaus lag.

Von Lenas Büro aus rief ich sofort das Studio an. Es war noch zu früh, auch dort lief der Anrufbeantworter. Eine Nachricht zu hinterlassen war sinnlos. Was hätte ich sagen sollen, wer hätte zurückgerufen? Als ich durch die Halle zur Treppe ging, kamen die Leute vom Beerdigungsinstitut über den Gang, der dicke Stanley watschelte hinterher. Sie hatten etwas schwarz Verhülltes auf ihrer Bahre. Stellas Leiche. Ich sah ihnen nach. Wäre sie noch am Leben gewesen, hätte ich sie wohl um Hilfe gebeten, hätte sie gefragt, was ich tun sollte.

Ich half Gracie beim Aufstehen, brachte Lois in den Salon und setzte sie in den Rollstuhl, den sie neuerdings hat, und las Arthur den Wirtschaftsteil der Zeitung vor. Danach war es zehn vorbei, die Hunde liefen herum, aber Lena ließ sich nicht blicken. Sharon verzog sich widerspruchslos, als ich sagte, ich wollte ein Privatgespräch führen. Ich hatte die Nummer verlegt und schlug sie gerade im Telefonbuch nach, als ich Richard ins Zimmer seiner Mutter gehen sah. Ich wählte das Studio und fragte nach Ned.

Wer ihn sprechen wolle, hieß es. Darauf war ich nicht gefaßt, sonst hätte ich mir irgendeinen prominenten Namen zurechtgelegt. »Charmian Fry«, hätte ich sagen können, das hätte gepaßt, denn ich steckte ja in ihrer Haut, ich hatte Angst, die Wahrheit zu erfahren, und konnte doch ohne sie nicht leben.

Ich wartete eine kleine Ewigkeit und ließ mich von der Musik berieseln, *Greensleeves*, wir hatten es in der Schule gesungen. »Es tut mir weh, mein liebstes Lieb, daß du so jäh von mir geschieden, ich liebte dich so lang, so lang, du warst mein größter Schatz hienieden.« Komisch, wie gut ich mir den Text gemerkt habe, es sind schließlich fünfzehn Jahre her. Dann meldete sich eine andere Stimme und sagte, Ned Saraman sei heute nicht im Haus. Sie war von so klirrender Höflichkeit, diese Stimme, daß ich wie gelähmt war und mich nicht durchsetzen konnte. »Kann ich ihm etwas ausrichten«, fragte die Stimme, »mit wem spreche ich bitte?« Ich nannte meinen Namen, aber mehr sagte ich nicht, mehr konnte ich nicht sagen. Zumindest wußte ich nun, daß er nicht verletzt in einem Krankenhausbett lag – aber wußte ich das wirklich?

Ich versuchte es wieder bei ihm zu Hause, hörte wieder den Text vom Band. »Du mußt stark sein«, redete ich mir zu. »So schwer dir das auch fällt, du mußt ruhig überlegen, wo er sein könnte. Bleib ruhig, setz dich, atme tief durch, überlege. Such dir einen Platz, wo du fünf Minuten ungestört bist.« Ich ging in Stellas Zimmer. Richard stand am Fenster und hatte die *Times* in der Hand. Ich entschuldigte mich, ich würde gleich wieder gehen.

»Nein, bitte bleiben Sie. Ich wollte die Sachen meiner Mutter abholen.«

Das Bett war abgezogen, auf der Matratze lag ein großer Koffer.

»Das ist die Zeitung vom Samstag«, sagte Richard. »Sie hat das Kreuzworträtsel nicht zu Ende gebracht.«

»Ein Zeichen«, sagte ich. »Sie hat es sonst immer fertig gemacht. Soll ich ihre Sachen einpacken?«

»Da wäre ich Ihnen wirklich sehr dankbar.«

Das blaue Kleid mit den großen Punkten, das geblümte Kleid mit Jacke, der beigefarbene Wollmantel. Ich legte sie so zusammen, wie Granny es immer gemacht hat, die Vorderseite nach unten, erst die linke, dann die rechte Seite eingeschlagen, die Ärmel flachgestrichen und parallel hingelegt. Ich holte tief Luft.

»Dürfte ich Sie was fragen?«

Jetzt wird er denken, ich möchte etwas von ihren Sachen haben, sagte ich mir. Das fehlte noch! Die Kleider der Toten halten nicht lang, sie zerfallen zu Staub wie ihre Besitzer...

»Ja, natürlich, nehmen Sie sich, was Sie mögen. Nach allem, was Sie für meine Mutter getan haben...«

»Darum geht es nicht. Wenn man rauskriegen will, wo jemand ist, ich meine, wenn man jemanden dringend sprechen will...« Ich erklärte ihm, worum es ging, einigermaßen unverfänglich, denke ich, als wäre Ned nur ein flüchtiger Bekannter, der mal ein Cottage bei uns im Dorf gemietet hatte. Ich stellte es als eine geschäftliche Sache dar.

»Ich mache es für Sie.« Er fragte nicht, ob er es machen sollte, ob es mir recht war, sondern griff sich ohne weiteres den Apparat auf Stellas Nachttisch.

Ich wäre am liebsten nicht dabeigewesen, hätte mich am liebsten irgendwo verkrochen, um dann wieder hereinzu-

341

kommen und zu hören, daß alles in Ordnung war, daß Ned am Apparat war und mich sprechen wollte. Aber ich konnte mich nicht verkriechen, ich mußte dableiben. Doch auf Holz klopfen konnte ich. Während Richard wählte, hielt ich mich mit beiden Händen an der Kante von Stellas Nußbaumschreibtisch fest, spürte die gesunde Maserung in dem Holz, das Heilkraft hat.

Richard hat eine Stimme wie Ned, solche Stimmen werden in den Privatschulen gemacht und in Oxbridge, und sie imponieren den Leuten, da gibt's gar nichts, weil sie Autorität rüberbringen, Sachkenntnis und Überlegenheit. Es war sehr sonderbar, ihn Neds Namen aussprechen zu hören, wie in einem Traum, in dem man Sachen macht, die man im wirklichen Leben nie machen würde, und mit wildfremden Leuten redet wie mit alten Bekannten. Er fragte nach Ned, ich hörte wieder Musik, diesmal nicht *Greensleeves,* sondern den *Lincolnshire Poacher.* Viel von Musik können die Leute, die solche Sachen einrichten, nicht verstehen, wenn sie da nur Stücke spielen, die sogar ich kenne. Ich hielt den Atem an, wartete darauf, statt der Musik Neds Stimme zu hören. Aber ich hörte nur Richard.

»Hier Richard Newland. Ja, Dr. Newland.«

Stille. Gebrabbel.

»Zu Hause kann ich ihn nicht erreichen.« Gebrabbel.

»Dann geben Sie mir bitte jemanden, der es weiß.«

Und dann war mein Kopf ganz leer, es war, als wenn ich im Nichts hing und nur die Schreibtischkante zum Festhalten hatte. Ich sah nur die weißen Wände, den offenen Koffer und Richards knabenhaft schmalen Rücken mit den spitzen Schulterblättern, die sich unter dem Jackett abzeichneten. Das blaue Keid lag ganz oben im Koffer, und die großen Punkte fingen vor meinen Augen an zu tanzen.

»Ja«, sagte Richard. Und: »Verstehe.« Und: »Wann kommt er zurück?«

Die Punkte kollerten durcheinander. Ich ließ den Schreibtisch los, lehnte mich ans Bett und guckte auf das Muster aus roten Spiralen auf dem rosa Matratzenbezug. Die Spiralen drehten und verschoben sich, als wären sie es, die mit dumpfem Dröhnen in meinem Kopf kreisten. Richard legte auf und wandte sich um. Ich nahm alle Kraft zusammen und richtete mich auf.

»Alles in Ordnung?« fragte er.

»Ja, natürlich.«

»Er ist auf Urlaub. Auf Skiurlaub, heißt es. Innsbruck. Nein. Interlaken. Am 3. Januar ist er zurück. War es sehr wichtig?«

Ich konnte nicht sprechen, ich konnte nur ein bißchen den Kopf schütteln. Steif wie ein Roboter ging ich um das Bett herum und nahm das nächste Kleid vom Bügel. Mein Herz fühlte sich an, als hätte es aufgehört zu schlagen, die Luft blieb mir weg. »Über Weihnachten kommt bei uns alles so lange zum Stillstand«, sagte Richard. »Meist sind es zwei Wochen, anderswo nur ein paar Tage. Hierzulande haben die Leute sich offenbar damit abgefunden, daß um Weihnachten herum nichts läuft und niemand gebraucht wird oder greifbar sein muß.«

»Danke«, sagte ich. »Danke, daß Sie angerufen haben.«

Ich wickelte Stellas Schuhe in die *Times* und legte sie obenauf. Die Schmuckkassette steckte ich in eine Ecke.

»Meine Mutter wollte, daß Sie den Morgenrock bekommen, den Marianne ihr zum Geburtstag geschenkt hat. Bitte nehmen Sie ihn.«

»Sie hat ihn einmal getragen«, sagte ich.

Er mißverstand mich. »Er ist so gut wie neu.«

Ich muß irgendwie beängstigend ausgesehen oder bedrohlich geguckt haben; er wich einen Schritt zurück.

»Fühlen Sie sich nicht wohl, Jenny?«

»Doch, alles bestens.« Ich machte den Koffer zu.

Er griff nach dem Kassettenrekorder und dem halben Dutzend Kassetten in der Plastikbox und legte mir beides in den Arm. »Es war ihr Wunsch, daß Sie das bekommen. Bitte sagen Sie nicht nein. Sie haben so viel für sie getan, Sie waren mehr als eine Pflegerin, Sie waren ihr eine Freundin. Meine Mutter hat Sie geliebt.«

»Ich weiß«, sagte ich, drückte Kassettenrekorder und Morgenrock an mich und machte mich davon. Ich hätte kein Wort mehr herausgebracht.

Zunächst war es ein Schock. Ich war wie betäubt. Aber in diesem Zustand bleibt man nicht lange, irgendwann muß man wieder anfangen zu denken, und sehr bald dachte ich mir Gründe aus. Bis zum Nachmittag hatte ich mir zurechtgelegt, was passiert sein mußte. Er hatte Jane gesagt, daß er sie meinetwegen verlassen würde, und Jane hatte eine schreckliche Szene gemacht. Sie hatte auf der Reise mit ihm und Hannah bestanden, der Urlaub war vermutlich schon seit Monaten geplant, und sie hatte so furchtbare Drohungen ausgestoßen – daß er sonst Hannah nie wiedersehen würde zum Beispiel –, daß ihm nichts anderes übriggeblieben war, als zu tun, was sie verlangte.

Diese Theorie stand auf sehr wackligen Füßen, aber damals sah ich das nicht so, ich wollte es nicht so sehen, wollte nicht darüber nachdenken, wieso er mich dann nicht wenigstens hatte anrufen können. Meine Theorie paßte nur, wenn Jane ein Monster war, eine wie Gilda Brent, obgleich ich keinen Grund dafür hatte, so etwas anzunehmen.

Abends kam Mike zurück und machte sich sofort wieder an die Arbeit im Wintergarten. Ich rief noch einmal bei Ned zu Hause an. Inzwischen hätte ich mich fast gewundert, wenn sich nicht der Anrufbeantworter gemeldet hätte. Trinken ist keine Lösung für mich, jedenfalls hatte ich mir das bis dahin eingebildet, allerdings war ich auch noch nie so schlecht drauf gewesen, hatte noch nie so dringend eine Antwort gebraucht. Früher mal hätte ich zu Mike gesagt, komm, mach Schluß und geh mit mir in die ›Legion‹, aber das war lange her, oder so kam es mir jedenfalls vor. Ich ging allein.

Es war bitter kalt und schneite leicht. Es muß schon den ganzen Tag geschneit haben, denn am Boden lagen Schneewehen, sie waren mir nur noch nicht aufgefallen. Bei scharfem Wind stechen die Schneeflocken wie Nadeln. An den Winterabenden sieht die ›Legion‹ immer sehr anheimelnd aus mit dem warmen gelben Licht hinter den rautenförmigen Scheiben und einer großen Lampe an der Wand, die das schaukelnde Wirtshausschild mit dem römischen Legionär beleuchtet.

Mum stand hinter der Theke, und Janis ging ihr zur Hand. Mum erklärte einem Mann, den ich noch nie gesehen hatte, was er machen mußte, um seine Mäuse loszuwerden. »Haben Sie einen Zettel? Schön, dann schreiben Sie: *Euch*

Mäuse ernstlich ich ermahne, schreibt Flucht von hier auf eure Fahne.« Er notierte sich den Reim auf der Innenseite seines Scheckbuchs.

»Geht in die Mühle vor der Stadt, freßt dort nach Herzenslust euch satt. Macht euch davon im Nu, und laßt mein Haus in Ruh. Haben Sie das? Wenn Sie das an die Wand pinnen, sind Sie Ihre Mäuse ein für allemal los.«

Mäuse wegzureimen war mir nicht neu. Mum riet es allen Leuten, auch bei Ratten, aber es hilft nicht, ich weiß nicht, warum mir das erst in diesem Moment aufging. Das heißt, ich hatte es schon vorher gewußt, aber nicht zur Kenntnis genommen. Ich glaube, an dem Abend habe ich angefangen, nicht mehr auf Vorzeichen und Zaubersprüche zu vertrauen, den Aberglauben aufzugeben. Vielleicht war das der eigentliche Anfang vom Ende, daß ich nun Aberglauben sagte wie andere Leute auch. Der Mann, der seine Mäuse loswerden wollte, war offenbar zufrieden und ging, vielleicht erzählte er jetzt allen von den wundertätigen Mäusereimen. Ich ging zur Theke und bestellte bei Mum einen Gin Tonic.

»Was bringt dich her?« fragte sie.

Es gibt nicht viele Mütter, zu denen man so was sagen kann. Ich sah ihr in die Augen.

»Die Verzweiflung.«

»So ist das also ... Und wo ist dein liebender Ehemann?«

»Mit diesem tollen Anbau beschäftigt«, sagte Janis. »Was hat die Frau für ein Glück ...«

Vor Janis sagte Mum kein Wort über Ned, aber ich wußte, daß sie sich ihr Teil dachte. Ich hab's geschnallt, hätte sie gesagt. Als Len hereinkam, fiel sie sofort über ihn her. »Wie oft soll ich dir noch sagen, daß du diese roten Dinger, diese Weihnachtssterne, nicht auf die Theke stellen sollst? Und wenn tausendmal Weihnachten ist… Außer dir weiß jeder Mensch, daß rote Blumen Unglück bedeuten.«

Vielleicht habe ich deshalb, als ich am nächsten Vormittag im Blumengeschäft ein Gesteck für Stellas Beerdigung in Auftrag gab, nur rosa und weiße Blumen bestellt. Ich wußte nicht, was ich auf die Karte schreiben lassen sollte. Wir einigten uns schließlich auf *In Liebe Genevieve.*

Mike fließte den Boden, Radio Norfolk plärrte in voller Lautstärke Hits von Patsy Cline, »I Fall to Pieces« und »After Midnight« – sehr passend. Ich dachte die ganze Zeit, Ned wird mir schreiben, er wird mir von diesem Interlaken aus schreiben, oder er wird anrufen, wenn er mal allein an ein Telefon kommt. Und dann dachte ich: ›Wenn er es nun nicht macht, wenn ich nun bis zum dritten Januar warten muß? Ich kann nicht so lange warten. Ich werde verrückt.‹

Um sechs ging ich wieder in die ›Legion‹. Der Weihnachtsschmuck war nun komplett, eine Woche vor dem Fest, Papierschlangen und goldene Ketten, die Mum sonst als Modeschmuck trägt. Ungelogen. Keine roten Blumen, aber jede Menge Stechpalmenzweige, die Sorte ohne Dornen natürlich. ›Wenn der Ilex, der Weihnachten in die Stube kommt, glatte Blätter hat, ist die Frau das Jahr über Herr im Haus.‹ Ich fragte Len nach Mum, und er sagte, sie käme noch, aber ein bißchen später, und das war immerhin ein Trost, denn ich hatte mich entschlossen, sie um Rat zu fragen. Wenn ich sie allein sprechen konnte, würde ich sie fragen, was ich machen sollte.

Ich ging mit meinem Gin Tonic wieder an meinen Tisch.

Früher oder später würden irgendwelche Bekannten auf-
kreuzen. Außer Len und mir waren nur vier Leute da. Ich
wußte nicht, ob ich mit jemandem reden wollte oder nicht,
eigentlich wartete ich nur darauf, daß der Drink wirkte, um
nicht mehr zu spüren, was ich durchmachte. Ich wollte nur
noch alles vergessen, um dann nach Hause zu schwanken
und tief und fest zu schlafen.

In diesem Moment kam sie herein. Die blonde Frau, die
zweimal auf der Straße nach Curton an mir vorbeigefahren
war, als ich auf Ned gewartet hatte, und die an dem Abend
ins Pub gekommen war, als wir alle dagewesen waren und
Ned und Jane auch. Sie war allein, blieb einen Augenblick
stehen und sah sich um.

Sie heißt Linda, aber das wußte ich da noch nicht. Linda
Owen. Ich war meinen Aberglauben noch nicht los, auch
wenn ich inzwischen das Kind beim Namen nannte, und
sah bestürzt, daß sie unter ihrem Kunstpelzmantel einen
giftgrünen Hosenanzug trug. Um den Kopf hatte sie ein in
Grün und Rost gemustertes Tuch, auf dem Schneeflocken
glitzerten. Es hatte wieder angefangen zu schneien, nachdem ich gekommen war.

Sie sah mich an und sagte »Hallo«, auch wenn wir uns ja
gar nicht richtig kannten. Len schenkte ihr ein Glas halb-
trockenen Weißwein ein, und sie setzte sich damit an einen
Tisch in einer entfernten Ecke. Ich mußte andauernd zu ihr
hinsehen, und dabei wurde mir immer ungemütlicher. Es
war, als ob sie ihre grünen Klamotten nur angezogen hätte,
um mich zu ärgern, natürlich war das Unsinn, aber ich
empfand es so. Der Hosenanzug leuchtete grell wie eine
Verkehrsampel oder wie die Signalstreifen auf den Jacken

der Straßenarbeiter. Als Len den Fernseher hinter dem Tresen anmachte, hätte ich beinah laut aufgeschrien. Über den Schirm flitzten knallbunte Gestalten – rot und blau und orange – auf Skiern über blendendweißen Schnee. Linda Owen nahm ihr Glas und kam auf mich zu.

Ich sah ihr entgegen, unsere Blicke trafen sich. Sie hatte das Tuch abgenommen, sich aber nicht gekämmt, ihr Haar war zerzaust, eine Strähne fiel ihr über ein Auge. Sie griff nach dem Stuhl mir gegenüber und sagte: »Wir kennen uns nicht, aber wir haben uns schon ein paarmal gesehen.«

»Ja«, sagte ich.

»Mein Name ist Linda Owen.«

»Jenny«, sagte ich. »Jenny Warner.«

»Es ist vielleicht aufdringlich, aber ich möchte Ihnen gern was sagen. Darf ich mich setzen?«

Ich nickte.

»Sehen Sie Ned Saraman noch?«

Sekundenbruchteile davor hatte ich gewußt, was sie fragen würde, vielleicht kommt da doch Mums Gabe in mir durch. Aber es war schon eine komische Formulierung. Jemanden zu »sehen« klingt irgendwie komischer, als wenn man sagt, er »geht« mit einem. Es bedeutet, mit jemandem zu schlafen, bedeutet Verliebtheit, Liebe, Leidenschaft – mit »sehen« im eigentlichen Sinn hat es herzlich wenig zu tun. Genaugenommen gar nichts, wenn man darunter versteht, daß man dem anderen ins Herz sieht und seine Gedanken kennt.

Und merkwürdigerweise war ich mir in diesem Moment nicht sicher, wie ich ihre Frage beantworten sollte. Aber ich nickte und sagte ja und fragte, warum sie das wissen wollte. Ich war nicht böse oder gekränkt. Nichts von alledem.

»Ich hab gesehen, wie Sie sich mit ihm getroffen haben«, sagte sie. »Zweimal. Und dann hab ich Sie hier mit ihm gesehen. Bitte fassen Sie das nicht falsch auf, aber ich hab Ihnen angemerkt, wie Sie zu ihm stehen. Eigentlich hätte ich damals schon was sagen sollen, aber ich hab mich nicht getraut. Heute trau ich mich auch nur, weil – ja, weil Sie allein hier sind und ich erst in einer halben Stunde verabredet bin.«

»Was wollten Sie mir denn sagen?« fragte ich mühsam.

»Thelmarsh Cross, wo Sie sich mit ihm getroffen haben, das war auch unser Treffpunkt.«

»Wie meinen Sie das?«

»Vor mir war eine gewisse Rosie Ferrell, mit der konnte er sich nicht in Thelmarsh Cross treffen, sie wohnte in Sheringham. Wie die davor hieß oder wo sie sich getroffen haben, weiß ich nicht.«

»Das ist nicht wahr«, sagte ich. Er hatte vor mir Jane noch nie betrogen, das hatte er mir oft genug erzählt. »Und wenn es wahr ist…« – meine Güte, wie kläglich! – »…wenn es wahr ist, hat es nichts zu bedeuten. Jetzt hat er mich. Für immer. Er liebt mich.«

Sie sah mich an – ohne billiges Mitleid, ohne jede Spur von Verachtung. Fast verständnisvoll. »Ich hole uns was zu trinken«, sagte sie.

Mum war gerade gekommen, in ihrem schrillsten Outfit wie immer am Samstagabend, vielleicht besonders aufgemotzt, weil es der Samstag vor Weihnachten war, schwarzer Minirock, eng wie eine Bandage, königsblaues ärmelloses T-Shirt mit dem Schriftzug *Die donnernde Legion* in goldenen Lettern, darunter ein Gossard Wonderbra, den sie weiß Gott nicht nötig hat. Sie sah mich an und zog eine Augenbraue hoch. Was sie sich in diesem Moment gedacht hat, weiß ich nicht, aber als sie Linda die Drinks gab, sagte sie: »Auf Rechnung des Hauses.«

»Ach ja? Schönen Dank auch.«

»Sie ist meine Mutter«, sagte ich. »Aber das mit Ned sehen Sie falsch. Ich wollte eigentlich noch nicht drüber sprechen, aber wir ziehen zusammen, er verläßt seine Frau. Wenn er von seiner Reise zurückkommt. Bis dahin soll es eigentlich noch unter uns bleiben, aber weil Sie gefragt haben…«

»Er wird sich nie von Jane trennen, Jenny. Und von seiner Tochter auch nicht. Das Asthma ist nicht so schlimm, wie er immer tut, aber verlassen würde er die beiden nie. Jane ist goldrichtig für ihn.«

Ich hatte es satt, immer wieder zu sagen, daß sie sich irrte. »Es sollte noch unter uns bleiben, ich dürfte gar nicht darüber sprechen.« Das hatte ich auch schon mal gesagt. Und dann sagte ich was Neues. »Ich weiß, Sie meinen es gut.« Sie schwieg. »Ned hat gesagt, daß er Jane jederzeit verlassen würde, daß es allein meine Entscheidung ist. Ich hätte nie gedacht, daß ich das mal jemandem erzählen würde, aber so ist es. Zuerst wollte ich nicht, ich habe mich lange gesträubt, weil ich fand, daß es unrecht war, aber dann… dann habe ich nachgegeben.« Ich hatte eine Idee, und mir wurde ein bißchen leichter ums Herz. Sie war eifersüchtig, weil er sich von ihr getrennt hatte und zu mir gekommen war. Und weil man das ganz so nicht sagen kann, sagte ich: »Ich kann mir vorstellen, daß man das schwer verkraftet, aber mich liebt er wirklich. Bei mir ist es was anderes.«

351

Sie lachte nicht, und dafür werde ich ihr ewig dankbar sein. Sie ist eine nette Frau, die Linda, wir sind inzwischen ziemlich befreundet und sehen uns oft. Schließlich haben wir ja so einige Gemeinsamkeiten. Sie lachte nicht, im Gegenteil, sie machte ein ganz unglückliches Gesicht.

»Hör zu, Jenny, er macht das ständig, es ist seine Masche. Sie weiß Bescheid und nimmt es hin, weil sie weiß, daß er nie von ihr weggehen wird. Sie mieten irgendwo ein Cottage, meist für ein Jahr. Vor zwei Jahren waren sie in Breckenhall. Ich mache dort im Dorfladen die Poststelle. Danach hatten sie ein kleines Haus in Weybourne, an der Küste. Gut findet sie's natürlich nicht, was er da treibt, aber zumindest weiß sie immer so ungefähr, wo er steckt.«

»Mit mir hat das nichts zu tun«, sagte ich.

»Mir hat er auch gesagt, ich soll mit ihm weggehen, Jenny. Das macht er immer, wenn er genau weiß, daß eine von sich aus nein sagen wird. Bei Frauen mit Pflichtgefühl, die an ihre Ehe denken oder an ihre Kinder. Ich hab eine Tochter, tagsüber kümmert sich meine Mutter um sie, und er wußte, ich würde sie nicht von Mutter und von ihrer Vorschule wegnehmen. Ich war ungefährlich, bis ich es mir anders überlegte.«

»Anders überlegte? Wieso?«

»Meine Tochter war fünf geworden. Jetzt, wo sie sowieso in eine andere Schule müßte, könnte ich sie mitnehmen, hab ich zu ihm gesagt. Jetzt würde ich mit ihm gehen. Er hatte gesagt, daß er uns eine Wohnung in Dereham suchen würde, allerdings war das schon eine Weile her. Nur interessehalber: Wann hat er dich zum letztenmal gebeten, mit ihm zu gehen?«

Ich wußte es nicht mehr, es lag lange zurück, und da wurde mir plötzlich eiskalt. Ich trank einen Schluck Gin, er schmeckte wie Desinfektionsmittel. Wann hatte Ned zum letztenmal mit mir darüber gesprochen? Vor Monaten. Etwa um die Zeit, als wir anfingen, uns in Stellas Haus zu treffen. In meiner Verliebtheit hatte ich nicht darauf geachtet.

»Darum hat er dich also auch gebeten?« sagte ich.

»Es tut mir leid, Jenny. Ich bin inzwischen drüber weg, aber bei dir wird es eine Weile dauern, das merke ich schon.«

Etwas begann in mir zu rumoren, in meinem Kopf. Von manchen Sachen sagt man, daß man sie nicht glaubt, aber insgeheim glaubt man sie doch. Es war etwas, was eigentlich nicht sein durfte, es war eine... eine Freveltat. Später, viel später, habe ich das Wort im Lexikon nachgeschlagen. »Eine besonders gemeine oder bösartige Kränkung, ein mutwilliger Übergriff« stand da, neben vielem anderen, aber das paßte schon ganz gut, eine besonders gemeine und böswillige Kränkung steckte in meinem Kopf und wollte raus, um laut loszuschreien.

»Aber er hat mich darum *gebeten*«, sagte ich, quengelig wie ein Kind. »Wenn ich nun ja gesagt hätte?«

»Letztlich hast du ja gesagt.«

Und du siehst ja, wohin es dich gebracht hat. Das sagte nicht Linda, das sagte ich mir, während ich sie ansah und vergeblich versuchte, sie zu hassen. Und dann dachte ich – bisher hatte ich mich darum immer gedrückt – an das Telefongespräch in der letzten Woche, als ich ihm gesagt hatte, ich würde es machen, wir würden für immer zusammensein. Er hatte mir keine Antwort gegeben. Keine richtige

Antwort. Er hatte geseufzt, vor Erleichterung, hatte ich gedacht und zu ihm gesagt, wir würden in Stellas Haus darüber sprechen. Und er war nicht gekommen. Er hatte nicht angerufen, er war nicht in Stellas Haus gekommen, er hatte seinen Anrufbeantworter angestellt und war mit Frau und Kind in dieses Interlaken gefahren. Zum Skilaufen. Weil er das immer so oder ähnlich machte, wenn eine Frau ihm eröffnete, sie würde alles stehen- und liegenlassen und mit ihm gehen.

Behutsam sagte sie: »Fairerweise muß man wohl eins dazu sagen: Er ist wie eine Frau, die es nur machen kann, wenn sie glaubt, daß der Mann sie liebt. Und daß sie ihn liebt. Er kriegt ihn nicht hoch, wenn er nicht sagt: Ich liebe dich, ich liebe dich. Es ist krankhaft. Er ist echt krank, der arme Kerl. Ein Fetischist, und sein Fetisch ist die Liebe. Aber das dürfte kein Trost für dich sein. Er sucht sich immer die aus, von denen keine Szenen zu befürchten sind. Und wenn sie doch mal ausflippen, springt Jane in die Bresche, sie hat inzwischen reichlich Übung in so was. Ich bin nach Norwich gefahren und hab ihr alles erzählt, aber geholfen hat es nicht, sie wußte es schon. Mit so einer Frau hat ein Mann das Große Los gezogen: Sie weiß Bescheid, aber sie nimmt es hin, weil sie ihn liebt. Im Grunde hat er überhaupt nichts zu verlieren.«

Ich konnte es immer noch nicht glauben. Es war nichts Greifbares wie der Wintergarten oder Stellas Tod oder daß Richard mir den Kassettenrekorder geschenkt hatte. Es war einer von diesen Träumen, bei denen man nicht weiß, daß man träumt, und nach dem Aufwachen eine ganze Weile braucht, um zu begreifen, daß alles nicht wahr ist.

Es war dumm und demütigend, immer wieder »Er hat mich geliebt« zu sagen – aber ich konnte nicht anders, ich wiederholte es wie eine Litanei. An seinem Stolz hält man am längsten fest, doch zum Schluß ist man auch den los. »Er hat mich immer gebeten, ich soll sagen, daß ich ihn liebe«, sagte ich und wußte, daß ich damit genau den Typ beschrieb, den Linda geschildert hatte.

»Hat er sich im Hotel mit dir getroffen?« fragte sie. »Oder habt ihr es immer unter der Hecke gemacht? Entschuldige, aber bei mir war es genauso...«

»Ich konnte das Haus von einer Bekannten benutzen.«

»Für die Bleibe hast *du* also gesorgt, ja, das kommt mir bekannt vor. Ist er mit dir essen gegangen, hat er dir Geschenke gekauft? Wahrscheinlich hat er gesagt, du sollst ihn auf einer Auslandsreise begleiten, das ist weiter kein Aufwand, es geht sowieso alles auf Spesen, und er hat ein Doppelzimmer. Aber hat er dir was aus dem Duty-free-Shop mitgebracht?«

Ich stand auf. Ich hätte gern den Tisch umgeschmissen, wie man es manchmal im Kino sieht. Mum ahnte wohl so was, sie machte die Klappe hinten am Tresen auf und kam einen Schritt näher. Mein Kopf fiel vornüber, ich würgte.

»Ich hol noch was zu trinken«, sagte Linda. »Ich bin uns noch eine Runde schuldig.«

»Nein«, sagte ich. »Das hilft nicht.«

»Doch, es hilft.«

Ich hatte weiche Knie und setzte mich wieder. »Ich will nichts trinken.«

»Daß du es so schwer nimmst, hätte ich nicht gedacht.«

Sie drehte sich um und winkte dem Mann zu, der gerade

reingekommen war. Er war nichts Besonderes, ein jüngerer Typ, hellhaarig und untersetzt, einer von denen, die überall sofort an die Theke gehen.

»Ich lasse dich jetzt ungern einfach hier sitzen«, sagte sie. »Ich kann ihm sagen, daß es heute nicht geht, so viel liegt mir nicht an ihm. Wenn du willst, bring ich dich nach Hause.«

»Nicht nötig«, sagte ich. »Ich bin jetzt ganz gern allein. Ich muß allein damit klarkommen.«

»Es tut mir wahnsinnig leid, Jenny. Ehrlich.«

21

Hätte ich – wie Gilda – mein Leben als Rollenspiel verstanden, wäre ich jetzt die von einem Verführer verlassene Dorfschöne gewesen. Aber Rollen werden dem echten Leid, dem lebendigen Menschen nicht gerecht. Ich war wie betäubt. Ich brachte kein Wort heraus. Wie benommen vor Kummer ließ ich einen Becher fallen, der in Scherben ging, stolperte über den Teppich, rappelte mich wieder hoch. Ich hatte mir das Schienbein aufgeschrammt, und darüber mußte ich plötzlich weinen. Ein Laut in der Stille.

All das kriegte Mike überhaupt nicht mit. Er war immer noch beim Fliesen. Ich machte das Essen, den üblichen Sonntagsbraten, und wir saßen uns am Tisch gegenüber und aßen, das heißt, er aß. Ich stocherte nur herum. Er merkte nichts, er sagte nichts, er las nicht mal Zeitung oder die Gebrauchsanweisung auf dem Fliesenkarton, er dachte nur an seinen Wintergarten. Seinen Traumwintergarten, seinen

Kristallpalast. Hätte er in diesen Worten mit mir darüber gesprochen wie von einer Vision, von seinem Werk, wäre es für uns beide vielleicht immer noch nicht zu spät gewesen.

Ehe er wieder an die Arbeit ging, machte er dann doch noch den Mund auf: Mein Gesicht war tränennaß, und er fragte, ob ich Schnupfen hätte. Gegen halb vier ging ich zu Philippa.

Wenn man manche Leute so reden hört, könnte man denken, daß es auf dem Land immer nur schön ist. Aber das können eigentlich nur Leute behaupten, die dort nicht ständig leben. Ein Dorf in East Anglia an einem Sonntagnachmittag im Winter wirkt irgendwie beängstigend, fast gruselig. Die Landschaft ist grau und nebelverhangen, die Dorfstraße lang und gerade. Die Häuser sind geduckt, und die Bäume sind geduckt, und der Himmel ist wie ein großer Deckel aus stumpfem, gehämmertem Zinn. Gegen vier geht die Straßenbeleuchtung an, aber bis dahin ist es noch eine halbe Stunde, im Augenblick wirken die geduckten Häuser dunkel und verschlossen, die Fenster sind matt und blind, nur in einer Zimmerecke sieht man das Auge des Fernsehers leuchten. Draußen ist kein Mensch, doch die Autos stehen Stoßstange an Stoßstange auf beiden Straßenseiten, ein paar sind neu und glänzend, aber nicht viele. Ohne Auto kommt man in Tharby nicht aus, allerdings können sich die meisten hier nur eine alte Klapperkiste leisten.

Wenn von einer Autowelt die Rede ist, denkt man an Städte wie Los Angeles, an verstopfte Schnellstraßen und Autobahnkreuze und chromblitzende Limousinen, die über Hängebrücken gleiten. Die typische Autowelt aber ist das ländliche England, wo du ohne Auto nur ein halber

Mensch bist, wo der Bus einmal in der Woche fährt und es keine Züge mehr gibt. Mein Dad hat schon gewußt, warum er Autos gesammelt und sein Herz an den Verbrennungsmotor verloren hat. Vor kurzem stand irgendwo in einem Leserbrief, daß wir alle aufs Auto verzichten müßten. Um unsere Erde, die Umwelt, die Ozonschicht zu retten. Aber der Leserbriefschreiber hat gut reden, er wohnt in der Stadt und kommt zu Fuß oder mit dem Bus zu seiner Arbeitsstelle. In Tharby sitzt du ohne Auto wie im Gefängnis. Sobald du siebzehn bist, siehst du zu, daß du den Führerschein machst und irgendwie an einen fahrbaren Untersatz kommst. Hinter Philippas Wohnzimmerfenster stand ein Weihnachtsbaum, aber die Lichter brannten nicht. Als ich klingelte, guckte sie raus, und ich glaube, sie hat es mir gleich angesehen. Auf dem Fernseher lief ein Video von *Es geschah eines Nachts,* aber sie machte ihn aus, ohne daß ich sie darum gebeten hätte. Wir küssen uns nie, aber sie streckte die Arme aus, und wir hielten uns lange Zeit fest, ganz still und ruhig, ohne daß sie mir dabei auf den Rücken klopfte, wie das die meisten Leute machen, wenn sie einen umarmen. Katie und Nicola kamen herein und guckten mich groß an. Ich erzählte Philippa von Ned und wie sehr ich ihn liebte und was er getan hatte, obgleich ich es immer noch nicht so ganz glauben, den Tatsachen nicht ins Gesicht sehen konnte. Darüber zu sprechen tat so weh, daß ich laut weinen mußte, als ich es versuchte. Aber ich erzählte ihr alles, so gut es ging. Als Nicola meine Tränen sah, fing sie auch an zu weinen, und ich mußte plötzlich an Janis und mich denken, als wir klein gewesen waren.

Philippa legte einen Arm um Nicola und einen um mich.

Und dann sagte sie das, was ich schon mal erzählt habe, wie gut es sei, daß ich nichts zu Mike gesagt hätte und daß wir jetzt weitermachen könnten wie gehabt. Sie verstand mich nicht, und das war ja auch kein Wunder. Man darf von den Menschen nicht erwarten, daß sie einen verstehen, das weiß ich inzwischen. Wenn sie zuhören und lieb sind, ist das schon viel.

»Ich geh jetzt nach Hause und bring es ihm bei«, sagte ich.

»Und wo willst du dann hin?« fragte sie. »Warum jetzt?«

»Weil ich nachts weinen möchte, wenn mir danach ist, und das kann ich nicht, wenn er neben mir liegt.«

Und plötzlich mußte ich lachen. Philippa machte ein ganz unglückliches Gesicht, sie wußte nicht, woran sie bei mir war, und das konnte man ihr schließlich nicht verdenken. Ich wußte es ja selber nicht. Inzwischen war es draußen stockdunkel, und die Straßenbeleuchtung brannte. Die ›Legion‹ sah wunderschön aus mit den bunten Lichtern an der alten Fichte und einem großen Kranz aus Stechpalmenzweigen an der Tür. Zum Glück hat Mum nur bei Blumen was gegen Rot. In scharlachroten Neonlettern leuchtete ein ›Allen Gästen ein frohes Weihnachtsfest‹ an der Fachwerkfassade.

Ich ging nach Hause und sagte Mike, daß ich ihn verlassen würde.

Es ging ihm nicht ein. Ich kriegte ihn nicht mal dazu, daß er aufhörte zu arbeiten. Ich müsse mit ihm reden, sagte ich, es sei sehr wichtig, aber ich sprach gegen eine Wand. Er habe sich vorgenommen, den Wintergarten bis Weihnachten fertig zu machen, sagte er, und müsse sich ranhalten, weil wegen der Feiertage dann bis Freitag erst mal Schluß sei.

»Da stimmt doch was nicht mit dir«, sagte er, während er an seinen Fliesen rummörtelte. »Andauernd willst du mit mir reden, andauernd hältst du mich von der Arbeit ab und verlangst, daß ich was anderes mache, erst willst du unbedingt einen Wintergarten haben, und jetzt läßt du mich nicht in Ruhe schaffen...«

Jetzt reichte es mir. Ich hätte nie einen Wintergarten haben wollen, sagte ich, das habe er sich nur eingebildet. Ehe sei Geben und Nehmen, erklärte er, ohne darauf einzugehen, das solle ich doch bitte schön nicht vergessen, und ob ich vielleicht PMS hätte, ein prämenstruelles Syndrom. »Die Jungs auf der Baustelle haben erzählt, daß ihre Freundinnen so was haben und daß es ihnen ganz schön auf den Sack geht.« Und da mußte ich natürlich wieder lachen. Kein Wunder, daß er an meinem Verstand zweifelte.

Ganz ohne Erklärung wollte ich nicht aus dem Haus gehen. Ich packte alles, was mir gehörte, in drei Koffer und legte sie in den Wagen. Er arbeitete unentwegt weiter und pfiff dabei vergnügt vor sich hin.

»Ich verlasse dich, Mike. Ich wollte es dir sagen, aber du hörst ja nicht zu.«

»Sei nicht albern«, sagte er.

»Ich gehe in die ›Legion‹«, sagte ich. »Zunächst mal. Ich verlange nichts von dir. Das Haus kannst du behalten. Ich will kein Geld.«

Er dachte wohl immer noch, daß ich Witze machte, auch wenn mein Ton ja nun wirklich nicht danach war.

»Nimm die Waschmaschine«, sagte er, »und laß mir den Wagen.«

»Es ist mein Wagen«, sagte ich.

Das stimmte. Und in der Autowelt braucht man einen Wagen fast noch nötiger als eine Bleibe. Mum machte gerade auf, sie stellte Nüsse auf die Theke und gefüllte Pastetchen, weil schon fast Weihnachten war. Sie empfing mich nicht gerade mit offenen Armen, aber natürlich schickte sie mich nicht weg. Ich hatte nie dort gewohnt, als sie das Pub übernommen hatte, war ich schon verheiratet, also brachte ich meine Koffer in das Gästezimmer mit Blick nach hinten raus, über die Felder. Ich setzte mich aufs Bett und dachte an all das, was ich Stella zu erzählen hatte. Für die Sache mit Ned hatte sie bestimmt mehr Verständnis als Philippa. Und dann fiel mir ein, daß Stella tot war. Ich fing an zu weinen und konnte nicht mehr aufhören. Ich weinte nicht um mich, sondern um Stella, die ich nie mehr sehen, mit der ich nie mehr sprechen würde.

Die Beerdigung war am Mittwoch. Wir gingen alle hin, Lena und Stanley, Sharon und Pauline und ich. Das Blumengeschäft hatte zwei Fehler bei meiner Bestellung gemacht. Sie hatten rote und rosa Blumen für den Kranz genommen und *In liebendem Gedenken* auf die Karte geschrieben. Daß sie den Text geändert hatten, ärgerte mich, aber die roten Nelken zwischen den rosa Chrysanthemen störten mich nicht. Etwas Schlimmeres konnte mir eigentlich jetzt nicht mehr passieren.

Ich war noch nie auf einer Erdbestattung gewesen, die meisten Leute lassen sich ja heutzutage verbrennen. Stella hatte verfügt, daß sie eine Erdbestattung haben wollte, und ihre Kinder hatten sich – was gar nicht so selbstverständlich ist – an die Wünsche ihrer Mutter gehalten. Wir sangen: »Wenn des Leibes Mühsal endet, wenn am End des Lebens

Lauf…« und zogen durch den Regen zum Friedhof. Marianne, die neben ihrem Lebensgefährten gegangen war, hakte sich bei mir ein, und das freute mich, auch wenn ich spürte, daß sie es nicht so sehr meinetwegen machte, sondern weil sie selbst Halt suchte.

Und dann standen wir vor einer tiefen Grube, die mit synthetischem grünem Zeug ausgeschlagen war, auf das der Regen pladderte. In der Ferne grollte ein Wintergewitter. Der Pfarrer sagte das, was sie immer sagen, Asche zu Asche und Staub zu Staub, und eine Frau, die wohl Priscilla Newland war, warf eine Handvoll Erde auf den Sarg. Marianne warf keine Erde und Richard auch nicht. Sie luden uns noch auf ein Glas Sherry ins Hotel ein, aber Lena sagte mit ihrem katzenfreundlichen Lächeln: »Danke vielmals, aber die Pflicht ruft, und das gilt für uns alle.«

Carolyn hatte in Middleton Hall die Stellung gehalten, wie Lena es nannte, und unseren neuen Bewohner in Empfang genommen. Das war schlimmer als die Beerdigung, fast so schlimm wie Stellas Tod: ein Neuer in ihrem Zimmer. Daß es ein Mann war, muß Sharon gefreut haben. Er ist einundachtzig, ein pensionierter Brigadekommandeur und früherer Jagdleiter, der sich für Bücher über den Zweiten Weltkrieg begeistert. Es sieht so aus, als ob er seine ganze Bibliothek mitgebracht hat. Was muß das für eine Familie sein, die ihn so kurz vor Weihnachten ins Altersheim schickt? Fest steht schon jetzt, daß er es nicht gut findet, wenn Lena ihn Tommy nennt.

Ich kam später als sonst weg und war erst um sechs wieder in der ›Legion‹. Im Gastraum saß Mike vor einem Bier. Er fiel sofort über mich her. Wann ich zurückkommen würde, wollte er wissen. Schön, ich hätte ihm ja nun meinen Standpunkt klargemacht, aber mittlerweile sei das nicht mehr witzig, und ich solle gefälligst nach Hause kommen. Bis Weihnachten wolle er den Wintergarten fertig haben, aber daraus könne nichts werden, wenn er meinetwegen jeden Abend in der ›Legion‹ sitzen müsse.

Hätte ich mir jemals Gedanken darüber gemacht, wie es wohl wäre, meinen Mann zu verlassen, wäre ich auf eins bestimmt nicht gekommen: daß er mich nicht ernst nehmen würde. Bis heute weiß ich nicht, ob das eine raffinierte Masche von ihm war oder ob er es einfach nicht begriffen hatte, ob die Vorstellung, ich könnte ihn tatsächlich verlassen wollen, über seinen Horizont ging. Wie soll man mit so was umgehen? Wenn ich mich auf mein Zimmer verzog, kam er mir nach, wummerte an die Tür und sagte, ich solle endlich mit dem Quatsch aufhören, meinen Mantel anziehen und ihm die Wagenschlüssel geben, er würde mich nach Hause fahren. Jeden Abend das gleiche Lied. Als Variante hatte er am Montag gebracht, er sei es leid, sich sein Abendessen selber zu machen, und am Dienstag, ob ich nicht wissen wolle, wie der Boden jetzt aussah, nachdem er alles gefliest hatte.

In einem Pub kann man sich nicht verstecken. Gestern war ich zu Janis gegangen, aber er war hinterhergekommen und hatte dort an die Tür gewummert, und deshalb setzte ich mich heute in den Wagen, fuhr eine halbe Stunde in der Gegend herum und stellte mich auf einen Rastplatz, bis ein Lieferwagen vorbeikam, dessen Fahrer blinkte und mich anhupte. Hier auf dem Land kann man vierzig Meilen fahren und viel Benzin verplempern und bringt dabei noch keine Stunde herum. Jetzt blieb mir nur noch eins. Ich fuhr den nassen, schmutzigen Weg hoch und stellte den Motor ab. Zehn Minuten blieb ich in der Dunkelheit sitzen; erst dann ging ich ins Haus.

Stella war tot, und ich hatte in ›Molucca‹ nichts mehr zu suchen. Ich konnte kaum glauben, daß nicht überall Licht brannte, daß nicht Richard und Marianne das Haus erkundeten und sich fragten, warum ihre Mutter es so lange vor ihnen geheimgehalten hatte. Aber nein, am Tag ihrer Beerdigung würden sie das wohl nicht machen, das war einzusehen. Sie würden morgen kommen.

Ich zündete die Kerzen an und nahm eine mit hinauf, um den Ölofen zu holen. Das war mein letzter Besuch in Stellas Haus. Unten im Wohnzimmer hatte ich nicht das Gefühl, auf Ned zu warten, das hatte ich nur einmal gemacht, sonst hatte ich immer oben im Schlafzimmer am Fenster gestanden, wir waren so gut wie nie zusammen im Wohnzimmer gewesen. Doch die Kälte war hier genauso durchdringend, diese Kälte, die sich mir in den letzten Tagen meiner Liebesbeziehung am stärksten eingeprägt hatte und geradezu ein Symbol dafür geworden war. Ich setzte mich auf den Fußboden, dicht vor den Ölofen, und hielt meine Hände an die schwarz gestrichene Trommel. Warum kann ich nicht böse auf ihn sein, dachte ich. Warum kann ich ihn nicht hassen? Warum kann ich nur immer wieder das eine fragen: Warum, warum, warum?

Das Haus roch nach Öl. Rosa Paraffin ist angeblich geruchlos, aber in Wirklichkeit stinkt es nur ein bißchen weniger als das blaue. Auch das wird mich an meine Liebe erinnern. ›Sollte ich mal ein eigenes Haus haben‹, dachte ich, ›werde ich es nicht mit Öl heizen, mir kommt kein Öltank in den Garten.‹

»Im Haus und im Garten ist nichts«, hatte Stella gesagt. Sie hatte es für mich aufschreiben lassen, und ich rätselte daran herum, als ich dort auf dem Fußboden saß und mir die Hände wärmte, aber ich kam nicht weit. Im Grunde konnte ich an nichts und niemanden außer Ned denken, auch wenn es bitter weh tat, mir vorzustellen, wie er im Winterurlaub mit Jane und Hannah lachte und die Schneeflocken in seinem Haar glitzerten. Ich dachte an ihn, ohne es zu wollen. Ich konnte nicht anders.

Als es fast zehn war, drehte ich den Docht zurück und blies die Kerzen aus. Ich mußte so zurückfahren, wie ich auch sonst immer gefahren war. Als ich glücklich gewesen war, nach der Liebe, wenn meine Haut sich warm anfühlte und mein Mund weich von Neds Küssen. Ich kam an dem Haus vorbei, das er gemietet hatte. Die Fenster waren nachtschwarz. Im Pub war es laut und rauchig. Um Viertel nach neun habe Mike aufgegeben und sei nach Hause gegangen, sagte Mum.

»Dennis war genauso«, sagte sie. Sie meinte ihren zweiten Mann. »Jeden Abend kam er her, man konnte die Uhr nach ihm stellen. Das hörte erst auf, als ich mit Ron verheiratet war.«

»Er ist nicht deinetwegen gekommen, Diane«, sagte Len. »Ihm ging's um das Bier.«

Ich sah Mike erst am 24. Dezember wieder. Es war halb elf, Mum hatte gerade aufgemacht. Er würde über Weihnachten zu seinen Eltern gehen, falls ich es mir nicht anders

überlegt hätte und endlich vernünftig geworden sei, sagte er.
Und da sei ein Brief für mich gekommen. Er hielt mir den
Brief mit ausgestrecktem Arm hin, als ob er schlecht roch.

Es hört sich ganz schön blöd an, aber ich dachte tatsächlich, der Brief wäre von Ned. Ich bekomme kaum Briefe,
wer sollte mir auch schreiben? Meine Bekannten und Verwandten wohnen alle in meiner Nähe. Ich bekomme Post-
wurfsendungen und Rechnungen, aber keine Briefe und selten mal eine Ansichtskarte. Deshalb dachte ich, der Brief
müßte von Ned sein. Das Blut stieg mir ins Gesicht, mein
Herz raste. Er hat mich eben doch nicht so behandelt wie
Linda Owen, dachte ich. Er liebt mich, wie konnte ich an
ihm zweifeln, jetzt wird sich alles aufklären, verzeih mir,
Ned!

Kann einem das alles wirklich in dem kurzen Augenblick
durch den Kopf gehen, in dem einem jemand einen Brief-
umschlag in die Hand drückt? Doch, bestimmt. Und einen
Lidschlag lang kann man auch davon träumen, daß alles
wieder gut wird, Fehler zurechtgerückt werden, die Liebe
aus allen Mißverständnissen gestärkt hervorgeht.

Der Brief war in Diss abgestempelt, die Adresse getippt
und der Name, Mrs. G. Warner, ebenfalls. Mir war, als ob
die Sonne sich verzogen hatte. Genau so. Als ob das Licht
mit einem Schlag verschwunden und alles trist und grau in
grau war.

»Fröhliche Weihnachten«, sagte ich zu Mike. »Sag deinen
Eltern, daß wir auseinander sind.«

»Daß ich dich zum Psychiater schicke, werd ich ihnen
sagen.«

Ich ging nach oben und stellte mich mit dem Brief ans

Fenster, durch das trübes Dämmerlicht fiel. Er war von einer Anwaltskanzlei in Diss und begann mit *Sehr geehrte Mrs. Warner.* Zuerst verstand ich überhaupt nichts. Was hatte jener Satz, jene altmodische Formulierung dort zu suchen, die ich Stella im August vorgelesen hatte: ... *eines schuldenfreien Grundeigentums unter dem Namen Molucca, befindlich in Thelmarsh, Grafschaft Norfolk.* Ich hatte den Satz wiederholt, als wir im Oberen Salon von Middleton Hall gestanden und über die Felder gesehen hatten. Die Felder, die maisgrün gewesen waren und gänseweiß und blond wie kurz geschnittenes Haar. Jetzt las ich ihn noch einmal, und plötzlich war alles klar.

Stella hatte mir ihr Haus vermacht.

22

Wenn Marianne und Richard sich zurückgesetzt gefühlt hätten, wäre das nicht weiter verwunderlich gewesen, aber es war Lena, die es krummnahm. In diesem Haus bleibt nichts geheim, sage ich immer, aber ganz so ist es eben nicht, ich brauche nur daran zu denken, wie erfolgreich Stella ihr Geheimnis gehütet hatte.

Es war der zweite Januar, ein Montag und eigentlich ein Feiertag – aber nicht, wenn man Pflegerin im Altersheim ist. Ich war kaum da, da ließ Lena mich durch Carolyn ins Büro rufen.

Sie trug einen neuen Jogginganzug aus lila Velours, wohl ein Weihnachtsgeschenk von Stanley, mit einer gelben Strickjacke darüber. Die Hunde saßen rechts und links von ihr und hatten strikte Anweisung, so grimmig dreinzuschauen, wie das Labradors möglich ist. Zu Lena hätten Dobermänner oder Rottweiler besser gepaßt. Und dann hatte sie auch noch das Pech, daß Ben mit dem Schwanz auf den Boden klopfte, sobald er mich sah.

»Herzlichen Glückwunsch«, sagte sie. »Sehr schwierig kann es allerdings kaum gewesen sein. Als wenn man einem schwachsinnigen Kind einen Schokoriegel wegnimmt. Küßchen hier, Händchenhalten da – und schon ist man Hausbesitzerin.«

Ich hielt den Mund, ich sagte nichts von Edith und Maud und von der Heiligen der Letzten Tage. Heutzutage ist es nicht so einfach, Arbeit zu finden, und ich brauchte den Job.

»Mir tun nur die Kinder leid«, sagte Lena. »Da kommt eine und setzt sich ins gemachte Nest wie... wie...«

Ein Kuckuck, hätte ich gern gesagt, ließ es aber bleiben.

»Eine Hyäne«, trumpfte Lena auf, obgleich der Vergleich ja nun wirklich nicht recht paßte. »Dieser reizende Dr. Newland. Jetzt werden sie wohl das Testament anfechten, er und seine Schwester.« Solche Sachen schnappt sie in amerikanischen Krimis auf. »Und das kann man ihnen ja auch nicht verdenken. Ich bestätige ihnen gern, daß die alte Lady Newland schon seit Monaten nicht mehr ganz dicht war.«

»Sie müssen tun, was Sie für richtig halten«, sagte ich.

Als der Brief gekommen war, hatte ich sofort Richard angerufen und ihm gesagt, ich könne das Haus nicht annehmen. Zu Marianne sagte ich dasselbe. Beide ließen nicht locker. Das Haus würde leerstehen, wenn ich es nicht nahm, ihnen lag nichts daran. Sie hatten keine Beziehung dazu, sie hatten ja nicht mal gewußt, daß ihre Mutter es besaß.

»Und wenn Sie mich nicht irgendwann mal auf eine Tasse Tee einladen«, sagte Richard, »werde ich es wohl nie kennenlernen.«

An dem Tag, als sie sich so feingemacht und sich überwunden hatte, in Richards Wagen zu steigen, hatte er sie zum Anwalt gefahren. Sie hatte ihm gesagt, daß sie mich in ihrem Testament bedenken wollte, aber was ich bekommen sollte, hatte sie ihm nicht verraten. Das mit dem Haus hatte die beiden wahrscheinlich sehr viel mehr überrascht, als sie sich mir gegenüber anmerken ließen. Leute ohne Schuld, Leute mit einem untadeligen Lebenswandel besitzen keine geheimen Häuser. Sie werden sich ihre Gedanken gemacht und Angst vor der Wahrheit gehabt haben.

Ich stand vor Lena und wartete auf den Rausschmiß. Einer der Hunde erhob sich, kam zu mir und leckte mir die Hand.

»Laß das, Sam!« Sie guckte mich an, guckte zur Decke hoch, und dann sagte sie: »Was stehst du hier noch rum? Tommy wartet auf sein Frühstück. Wenn du ihn immer schön Sir nennst, vermacht er dir vielleicht seine Kriegsbibliothek.«

Und damit war die Sache erledigt. Kein Wort weiter. Am Mittwoch hatte ich meinen freien Tag und zog ein. Marianne und Richard wußten, daß ich keine Bleibe hatte, und da die Angehörigen einverstanden waren, hatten auch die Anwälte nichts dagegen. Mum versprach, daß sie Mike nicht verraten würde, wo ich war. Lange wird sich meine neue Adresse natürlich nicht geheimhalten lassen, denn Lena kennt sie, und Janis kennt sie, und beide sind nicht gerade Muster an Diskretion. Philippa sagte, sie würde sich lieber foltern lassen wie Dustin Hoffman in *Der Marathon-Mann,* als einen Ton zu sagen.

Es war ganz sonderbar, als wieder Strom im Haus war. Ich machte den Boiler an, und aus den Hähnen kam richtiges heißes Wasser. Ich bestellte Kohle und machte Feuer in den Kaminen. Aber in dem Schlafzimmer konnte ich nicht bleiben, ich hatte es versucht und träumte, daß Ned neben mir lag und mich in den Armen hielt. »Es ist ja endlich warm«, sagte er, »warum ist es denn warm?« Als ich aufwachte, war das Bett leer, und am Morgen schaffte ich es zusammen mit den anderen Möbeln in eins der Zimmer nach hinten hinaus.

Der magische Tag, der 3. Januar, an dem er aus Interlaken zurückkommen sollte, war vorbei. Ich redete mir nicht ein, daß er bei mir zu Hause angerufen und aufgegeben hatte, weil ich mich dort nicht meldete. Wenn einem Mann eine Frau wichtig ist, findet er sie auch. Er ruft sie auf ihrer Arbeitsstelle an, er fährt zu dem Haus, in dem er sich mit ihr getroffen hat, er erkundigt sich in dem Pub, das ihre Mutter betreibt. Er gibt nicht einfach auf. Es sei denn, er hat es darauf angelegt, sie loszuwerden. So mühelos und unkompliziert, wie er das bei mir geschafft hatte.

In Stellas Testament war festgelegt, daß ich nicht nur das Haus erbte, sondern alles, was darin war. Galt das auch für den roten Ford Anglia in der Garage? Ich traute mich nicht, mit meiner Frage zu einem Anwalt zu gehen, ich hatte gehört, daß sie astronomische Summen für so was nehmen, aber Richards Rat war kostenlos. Von seiner Mutter wüßte ich, daß der Wagen früher Gilda Brent gehört hatte, sagte ich. Er überprüfte das anhand der Fahrzeugsteuer, und es stellte sich heraus, daß als Besitzerin – oder Fahrzeughalterin, so nennt man das wohl – eine Mrs. Gwendoline Tyzark eingetragen war.

»Ich kann mich nur noch dunkel an sie erinnern«, sagte er. »Marianne hatte sie gern, aber ich mochte sie nicht, ich hatte Angst vor ihr. Irgendwie verwechselte ich sie mit Cruella de Ville in *Pongo und Perdita*. Ich dachte, sie würde einen Pelzmantel aus mir machen wollen.«

»Und wem gehört der Wagen jetzt?« fragte ich.

»Ihr vermutlich.«

»Ihre Mutter hat gesagt, daß sie tot ist. Am besten lasse ich den Wagen erst mal stehen.«

Ich könne ja eine Suchanzeige in die Zeitung setzen, meinte er, und ich erkundigte mich, wieviel so was kosten würde. Vierzig, fünfzig Pfund, hieß es. Soviel Geld hatte ich nicht, ich mußte sehr rechnen, und vielleicht würde sich überhaupt niemand melden. Aber in Gedanken beschäftigte ich mich sehr viel mit Gilda. Auch für mich war es so was wie ein Spiel. Nicht das Wer-killt-Gilda-Spiel, sondern ein Vielleicht-lebt-Gilda-Spiel. Ein Versuch, mich abzulenken. So richtig klappte das natürlich nicht. Wenn man einen Menschen geliebt und verloren hat, so wie ich Ned geliebt und verloren hatte, beschäftigen einen nicht nur Liebe und Kummer, sondern auch Groll und tiefe Verbitterung, so etwas wie Entrüstung oder Empörung, daß jemand einen derart täuschen und hintergehen, derart belügen und demütigen konnte. Irgendwo habe ich mal gesagt, daß Neds Liebe viel für mein Selbstwertgefühl getan hat. Da kann man sich ja vorstellen, was es für mein Selbstwertgefühl bedeutete, als ich erfuhr, daß er mich nie geliebt hat. Er hatte mich benutzt, um seine Sucht zu stillen, von Frauen geliebt zu werden. Von beliebigen Frauen – nur jung und nett anzusehen mußten sie sein, ihm ständig sagen, daß sie ihn liebten, und sich das auch von ihm sagen lassen. Alles, was Mum offen ausgesprochen und Philippa angedeutet hatte, daß er mich um meines Aussehens und meiner Figur willen geliebt hatte, stimmte also. Nur daß er ein Liebesfetischist war, das hatten sie weder ausgesprochen noch angedeutet. Weil sie nicht wußten, daß es so was gibt.

Und deshalb mußte ich mich, wenn ich nicht verrückt werden oder einen Nervenzusammenbruch bekommen wollte, mit anderen Dingen beschäftigen. Es gab da neuerdings einen Schalter in meinem Kopf, auf den drückte ich, wenn meine Gedanken zu Ned gingen. Er schaltete Ned aus und Gilda ein. So war es jedenfalls gedacht. Es klappte nicht immer, oft klappte es nicht, oder es klappte eine Weile, und dann schummelten sich die Gedanken an Ned und an das, was er getan hatte, an dem Schalter vorbei und verdrängten alles andere.

Aber wenn ich im Gilda-Modus war, wie heutzutage Leute sagen, die was von Technik verstehen, dachte ich oft daran, daß sie angeblich Alan wegen eines anderen Mannes verlassen hatte, und mit der Zeit kam mir das immer merkwürdiger vor. Stella hatte nie von einem anderen Mann in Gildas Leben gesprochen, nur unbestimmt von irgendwelchen Verehrern. War plötzlich einer aufgetaucht, der sie Knall auf Fall weggeholt hatte? Es gibt ja die sonderbarsten Dinge, aber so recht überzeugend fand ich das nicht. Und wäre sie mit einem Liebhaber nach Frankreich gegangen, wäre sie doch damit Stella und Alan entgegengekommen, es hätte keine Probleme mit der Scheidung gegeben, und auch wenn sie nur zusammengezogen wären, hätten sie von Gilda nichts zu fürchten gehabt. Früher oder später hätten sie heiraten können.

Aber dazu war es nicht gekommen, mehr noch, Stella und Alan hatten sich nie wiedergesehen. Laut Marianne war ihre Mutter im Herbst 1970 schon eine ganze Weile deprimiert, wollte nicht mehr Auto fahren, hatte den ganzen Haushalt Aagot übergeben. Das klang ganz danach, als hätte sie sich im Sommer von Alan getrennt. Im August, dem Monat, in dem Gilda, wie Stella mir anfangs erzählt hatte, gestorben war. Für mich war es klar, daß Stellas Depression nichts mit Rex zu tun hatte, sondern auf den Bruch mit Alan zurückging.

Aber wo war Gilda? Laut Stella war sie tot. Ihr Tod war nirgends verzeichnet. Kann jemand sterben, ohne daß es amtlich beglaubigt wird? Ja, unter bestimmten Umständen schon. Es fiel mir nachts ein, als ich in dem größeren der beiden Hinterzimmer im Bett lag. Ich hatte geschlafen und war mit einem Ruck wach geworden. Mein erster bewußter Gedanke galt wie immer Ned. Allerdings habe ich die Hoffnung, daß das vielleicht nicht immer so sein wird. Ich drückte den Gilda-Schalter, und sofort fielen mir wieder Stellas letzte Worte ein: *Im Haus und im Garten ist nichts.* Und plötzlich war dieser bisher so sinnlose Satz völlig klar.

Inzwischen war es Frühling geworden, es wurde zeitig hell. Ich stand auf und sah aus dem Fenster aufs Moor hinaus. Die Bäume und Sträucher waren noch nicht grün, sondern goldbraun überhaucht von dicken Knospen, die

373

Zweige des Hartriegels waren scharlachrot, die der Weiden hellgelb. Über dem Moor lag ein geisterhaftes Licht, wie man es oft vor Sonnenaufgang hat, das bläulich-perlmuttfarbene Licht der Morgendämmerung. Man hörte die ersten Vögel, sie schienen nicht so sehr zu singen als miteinander zu schwatzen. Ich sah in den Garten hinunter, denn inzwischen war es wieder ein Garten und nicht mehr die Wildnis, die das immer weiter vorrückende Moor aus diesem Stück Land gemacht hatte. Von meinem ersten Wochenende an habe ich im Garten gearbeitet, gerodet, gegraben, gepflanzt. Auch das lenkt mich ein bißchen von Ned ab.

Jetzt, im März, war es wieder ein richtiger Garten mit Rasen und Blumenbeeten und einem Weg. Ich begriff, was Stella gemeint hatte: Gilda ist tot, aber ihre Leiche ist nicht im Garten vergraben oder irgendwo im Haus, unter den Dielenbrettern oder in einem Schrank, versteckt. Warum hatte Stella gedacht, daß ich auf eine so ungeheuerliche Idee kommen könnte? Weil ich womöglich gedacht hatte, das Wer-killt-Gilda-Spiel sei mehr als ein Spiel gewesen? Als sie im Sterben lag, war ihr eingefallen, daß sie das Haus mir zugedacht hatte, und sie hatte mir unbedingt noch sagen wollen, daß ich ohne Angst darin leben konnte. Es war ja durchaus möglich, daß ich sonst auf schlimme Gedanken gekommen wäre, mir eingebildet hätte, in dem Boden, den ich mit meinen Händen bearbeitete, seien Knochen vergraben oder in einem Kellerwinkel läge ein verpacktes Leichenbündel.

Und weil Stella mich inzwischen so gut kannte, hatte sie vielleicht etwas noch Ärgeres befürchtet: daß ich denken könnte, in dem Haus geistere die tote Gilda herum. Sie konnte ja nicht wissen, daß mir mein Aberglaube verlorengehen würde, mein Glaube an das Übernatürliche, mit dem ich aufgewachsen war, der Glaube an Zauber und Gespenster, Vorzeichen und Magie. Denn all diese Dinge, die mir einmal Halt und Stütze waren, habe ich verloren, so wie manche Kirchgänger ihren Glauben verlieren. Sie hatten mir nicht den versprochenen Schutz gewährt, sondern mich im Stich gelassen, und ich konnte mich nicht wie die Christen damit trösten, daß Gott alles am besten weiß und seine Wege unergründlich sind, denn ich hatte keinen Gott gehabt, sondern nur blaue Klamotten und Marienkäfer und vierblättrige Kleeblätter.

An diesem Tag oder im Lauf der Woche suchte ich aber dann doch im Haus und um das Haus herum nach Spuren und Fingerzeigen, nach Hinweisen auf Gildas Schicksal. Die Sachen hingen noch in dem Kleiderschrank, der als einziges Möbelstück in dem Zimmer stehengeblieben war, das Ned und ich gemeinsam benutzt hatten. Erstens war er zu schwer zum Transportieren, und zweitens wußte ich nicht, was ich mit Stellas Sachen machen sollte, mit den beiden Morgenröcken, den Sommerkleidern, dem wunderschönen bräutlichen Kleid mit den Schmutzflecken und dem versengten Saum, dem femininen Regenmantel. Ich durchsuchte sämtliche Taschen, aber Stella war nicht der Typ, der irgendwas in Taschen versteckt oder etwas Schriftliches aufgehoben hätte. Falls die beiden sich Liebesbriefe geschrieben hatten, waren sie nach dem Lesen sofort in Flammen aufgegangen.

Ich blätterte alle Bücher durch, fand aber nur einen einzigen Zettel. Zwischen dem Vorsatzblatt und dem Deckel von *Figaro's Great Adventure* lag eine Einkaufsliste in Stellas oder auch in Alans Schrift. *Briefumschläge, Streichhölzer, Gin* hatte einer von ihnen geschrieben, *Tomaten, Salat, Lammkoteletts, Weetabix.* Die Liste interessierte mich nicht, dafür das Kinderbuch um so mehr. Ich hatte vergessen, wie bezaubernd Alan Tyzarks Zeichnungen waren. Ich verstehe nichts von Kunst und kann zu der Technik nichts sagen, aber sie sahen aus wie besonders hübsche Fotos mit einem kleinen zusätzlichen Touch, einer Anmut und Heiterkeit, die keine Kamera vermitteln kann, einer Farbe und Stofflichkeit, die schöner war als das wirkliche Leben. Und ich dachte mir, daß der Mann, der so wunderhübsche, zärtliche Zeichnungen machte und meine Stella, die die Sanftheit selbst war, nie diese schreckliche Tat begangen haben konnten, die ich manchmal vermutete, ja daß sie nie im Leben zu etwas Schrecklichem fähig gewesen wären.

Nach einiger Zeit sagte ich mir, daß ich Gildas Erinnerung wohl nur lebendig erhielt, um mich damit abzulenken, und daß es Zeit wurde, sie zu begraben – was mit der wirklichen Gilda vielleicht nie geschehen war. Und dann schlug ich wenige Tage nach meinem dreiunddreißigsten Geburtstag im April und Richards dreiunddreißigstem Geburtstag zwölf Tage davor – er hatte mich zum Abendessen ausgeführt, um beide Anlässe zu feiern – das Fernsehprogramm in der Zeitung auf und entdeckte Neds und Gildas Namen Seite an Seite.

Die Verbindung machte mir angst, sie hatte für mich etwas fast Satanisches, obgleich ich ja eigentlich allem Okkulten abgeschworen hatte. Und ich wußte auch nicht, was ich mir unter einer Sendung vorzustellen hatte, die als eine Recherche über einen spurlos verschwundenen Filmstar angekündigt wurde. Wenn die Idee von Ned stammte, woher hatte er sie dann, wie war er darauf gekommen? Da fiel es mir ein: Ich hatte ihn darauf gebracht. In diesem Haus, an einem frostigen Liebesabend mit Gänsehaut und eiskalten Händen hatte er mir erzählt, was er für mich recherchiert hatte, und dabei den Ausdruck benutzt, der ein Filmtitel und vielleicht auch ein Buchtitel ist und der nun auch der Titel seiner Sendung war: *Eine Dame verschwindet.*

Ich sah sie mir an. Unseren Fernseher hatte ich, wie gesagt, Mike überlassen. Wenn ich was sehen wollte, ging ich zu Philippa oder zu Janis. Zunächst nahm ich meinen fernsehlosen Zustand als Vorwand, mir Neds Sendung nicht anzusehen, aber ich hielt nicht durch, ich konnte den ganzen Tag an nichts anderes denken. Während ich Arthur badete und Tommy die Nägel schnitt und Gracie vorlas, dachte ich andauernd an diese Sendung. Nicht oder nur zu einem kleinen Teil wegen Gilda, sondern aus einem sehr kläglichen Grund. Vielleicht, dachte ich, sehe ich Ned, vielleicht hat er das eine oder andere Interview selbst gemacht oder stellt die Sendung vor oder spricht den Kommentar. Ich wäre sogar mit ein paar Worten aus dem Off zufrieden gewesen. Nur um wieder mal Neds Stimme zu hören.

Dumm von mir, nicht? Dumm und jämmerlich, nach allem, was er mir angetan hatte, auf ein Wiedersehen oder auch nur Wiederhören zu hoffen. Das predigte ich mir auch die ganze Zeit, und tagsüber blieb ich stark. Ich würde mir die Sendung nicht ansehen, ich würde keinen Gedanken mehr darauf verschwenden, ich würde den Gilda-Schalter drücken. Nur war mir damit diesmal nicht geholfen, denn das brachte mich auch wieder zurück zu der Sendung, bei der es ja um sie ging. Schließlich gab ich klein bei, rief Philippa an und fragte, ob ich vorbeikommen und sie bei ihr sehen könnte. Ich fragte Philippa und nicht Janis, weil Philippa meine Freundin ist und über Janis womöglich Mum Wind von der Sache bekommen hätte, und das wollte ich vermeiden. Mum ist schrecklich in ihrem Zorn auf Ned, wie eine Löwenmutter, deren Junges man mutwillig verletzt hat, und auch mit mir ist sie streng, sie hat mir ordentlich die Meinung gesagt, weil ich trotz ihrer Warnungen so dumm gewesen bin. Sie wollte ihn und seine Familie mit einem Fluch belegen, irgendwas mit einem fünfzackigen Stern in einem Kreidekreis. Dazu ist es dann nicht gekommen – nicht weil ich mich wütend dagegen verwahrt hätte, sondern weil ich gelacht habe, nur um gleich darauf in Tränen auszubrechen.

Ich hätte mir die Sendung lieber allein angesehen, aber wenn man irgendwo zu Besuch ist, kann man die anderen nicht bitten, doch mal eben aus dem Zimmer zu gehen. Und dann kam Ned überhaupt nicht vor. Nur als Name im Abspann. Ein Name, der einmal Zauberwirkung hatte und mich jetzt nur traurig und elend machte, ja mir geradezu peinlich war. Zunächst wußte ich natürlich noch nicht, ob er auftauchen würde, ich rutschte nervös herum, überlegte, was Philippa wohl von mir denken mochte, und hoffte, ich würde nicht hörbar nach Luft schnappen oder aufschreien müssen, wenn plötzlich sein Gesicht auf dem Schirm stand.

Erst später, als ich wieder in ›Molucca‹ war, konnte ich das, was ich gesehen hatte, überdenken und bewerten. Ned oder Neds Team war von der These ausgegangen, daß Filmstars, die zu ihrer Zeit Ikonen waren – ja, so hat er sie genannt, Ikonen –, schneller als andere berühmte Leute in Vergessenheit geraten. Wenn eine Filmschauspielerin nicht gerade Garbo oder Hepburn hieß oder ihre Streifen Kultfilme geworden sind, kann es ihr passieren, daß eines Tages kein Mensch mehr von ihr spricht. So war es Gilda Brent, geborene Gwendoline Brant, gegangen.

Der Name Brant hatte einen fremdländischen, vielleicht sogar deutschen Klang, was damals nicht gut ankam, deshalb hatte sie ihn in Brent geändert. Und Gilda hatte sie sich nicht nach dem Rita-Hayworth-Film genannt, wie viele Leute dachten – der wurde erst 1946 gedreht –, sondern nach einer Operngestalt.

Einiges davon wußte ich. Die erste Überraschung war die Feststellung des Kommentators, daß Gildas Mann Alan Tyzark tot war. Er war vor zwei Jahren in seinem Haus in Tivetshall St. Michael, Norfolk, gestorben. Es überlief mich kalt bei dem Gedanken, daß er nach wie vor dort gewohnt hatte, daß er und Stella sich aber nie wiedergesehen hatten. Ob sie gewußt hatte, daß er gestorben war? Hatte sie mir ihre Geschichte vielleicht deshalb erzählt? Weil sie wußte, daß er tot war, weil jemand es ihr gesagt oder sie eine Todesanzeige gelesen hatte? Die nächste Entdeckung – die nächste Überraschung, wenn man so will – war die Tatsache, daß St. Michael's Farm leerstand und nicht an einen anderen Besitzer gehen, nicht verkauft oder vermietet werden konnte, weil Gilda Brent offenbar noch lebte. Jedenfalls war weder hier noch in Frankreich, wohin sie angeblich gezogen war, ihr Tod aktenkundig.

Ihr Agent hatte 1972 und noch einmal 1976 vergeblich versucht, Kontakt mit ihr aufzunehmen. Eine Cousine in Indien und die Freundin in Frankreich hatten immer wieder an sie geschrieben, aber keine Antwort bekommen. St. Michael's Farm ist ziemlich abgelegen, die nächsten Nachbarn wohnten eine halbe Meile weit weg in einem Cottage. Ein Fernsehjournalist hatte mit ihnen gesprochen, das Ehepaar wohnte seit dreißig Jahren dort. Früher hatten sie Gilda Brent in ihrem roten Ford in der Gegend herumfahren sehen, die Frau hatte einmal mit ihr gesprochen, als sie zur St. Michael's Farm gekommen war, um fürs Rote Kreuz zu sammeln, aber seit zwanzig Jahren, vielleicht länger, hatten sie Gilda nicht mehr zu Gesicht bekommen. Die Leute im Dorf behaupteten, sie sei mit einem anderen Mann durchgebrannt, und die Posthalterin sagte, das habe sie aus bester Quelle, nämlich von Gildas eigenem Mann. Ob das nun stimmte oder nicht – Gilda war jedenfalls verschwunden, als habe die einsame Landschaft, in der sie gelebt hatte, sie einfach verschluckt.

Sie hatten sehr gründlich recherchiert. Sogar das Bild hatten sie gefunden, das Alan für *Eine Frau klagt an* gemalt und durch das er Gilda kennengelernt hatte. Es hing noch in einem Büro in Soho, das inzwischen einer Firma gehörte, die Werbefilme fürs Fernsehen dreht. Sie zeigten es in der Sendung, Gilda hatte ein grünes Abendkleid an und sah sehr jung aus. Von dem Aktbild war nicht die Rede.

»Na, das war kein Meisterstück«, sagte Philippa hinterher. »Da hätte ich wahrhaftig mehr draus machen können, wenn ich so gebildet wäre wie dieser Armleuchter.«

Komisch, viele Leute glauben, daß sie einem einen Gefallen damit tun, wenn sie einen Menschen schlechtmachen, den man geliebt und der einem weh getan hat. Aber es ist gut gemeint, es zeigt, daß sie zu einem stehen. Jetzt, wo ich meinen Liebsten verloren habe, weiß ich erst, was ich an meinen Freunden habe.

Es war wohl ein ziemlich verdrehter Einfall – aber an meinem freien Tag fuhr ich nach Tivetshall St. Michael, um mir das leere Haus anzusehen. Auf der Fahrt überlegte ich, daß auf diese Idee nach der Sendung womöglich auch noch andere Leute gekommen waren, daß zehn, zwölf Wagen auf der kleinen Straße stehen und Menschenmassen mit Fotoapparaten sich vor den Fenstern drängen würden. Aber als ich hinkam, war niemand da.

Auf der Landkarte sieht man, wie viele unbebaute Flächen es in diesem Teil Norfolks gibt. Die Landschaft ist sehr flach, und die Straße zwischen dem Cottage und der Farm führt durch dichten Wald. Über eine lange Allee, einen geraden, sandigen, mit Linden bestandenen Weg, geht es zum Haus. Ich rollte durch das offene Tor und legte mir für den Fall, daß ich angehalten wurde, Ausreden zurecht, aber niemand ließ sich blicken. Das Haus sah genauso aus wie in Neds Film, nur schäbiger und verfallener, ein trostloser Anblick. Mir fiel ein, was er mal zu mir gesagt hatte, auf Fotos und auch im Fernsehen sei alles schöner als im wirklichen Leben – bis auf die Menschen vielleicht.

Um das Unkraut im Garten hatte sich seit Jahren niemand gekümmert. Der Rasen war gemäht, aber nur notdürftig, da hatte sich jemand auf seinen Mäher gesetzt und lustlos seine Runden gedreht, während er eine Zigarette rauchte und sich vom Walkman berieseln ließ. Das Haus hätte einen neuen Anstrich und das Dach neue Ziegel gebraucht. An der Seite hatte sich ein Abflußrohr halb von der Hauswand gelöst. Ich guckte durchs Fenster, aber was ich dort sah, fand ich so traurig, daß ich gleich wieder wegsah. Alles war trist und verkommen wie in den vielen Trödelläden, die es hier herum in den kleinen Städten gibt. Stumpfbraune Möbel, kaputt und zerschrammt, abgetretene Teppiche, Bilder und Spiegel an die Wand gelehnt, häßliche, dick eingestaubte Nippesfiguren.

Das alles war deprimierend, aber der Tag war wunderschön, die Sonne schien, der Himel war hellblau, an den Weißdornhecken war frisches grünes Laub. So übel die Zeit und der Verfall dem Haus mitgespielt hatten – die Narzissen waren noch da und wiegten sich im hohen Gras, die Kirschbäume waren ein weißes Blütenmeer. Aus dem Wald kam das rhythmische Pochen des Spechts, der auf der Suche nach Insekten mit dem Schnabel Löcher in die Borke einer Fichte schlug. Und dann mußte ich wieder an die kuriose Theorie denken, daß es diese Landschaft war, die Gilda verschluckt hatte und für immer verborgen hielt.

Kurz nach der Sendung und nach meinem Besuch auf der St. Michael's Farm bat mich Mike in einem Brief um die Scheidung. Mir fiel ein Stein vom Herzen. Er hatte so oft und so verbissen erklärt, er würde sich nie scheiden lassen, daß ich schon gefürchtet hatte, ich würde fünf Jahre auf meine Freiheit warten müssen. Jetzt aber will er sich wegen unheilbarer Zerrüttung der Ehe scheiden lassen, sobald wir zwei Jahre getrennt gelebt haben. Er hat eine Frau kennengelernt, von der er weiß, daß sie ihn so glücklich machen wird, wie ich es nie gekonnt hätte. Das hatte mir alles schon Mum erzählt. Ich wollte meinen Ohren kaum trauen, denn es war keine neue oder ganz tolle Frau, sondern Angie Green, die Nichte von Jill Baleham, die trotz der Pille schwanger geworden war. Sie ist schon zu ihm gezogen, sagt Janis, mit dem Baby, und zum Essen setzen sie sich immer in den Wintergarten. An einen Ikea-Tisch. Na, hoffentlich geht es gut mit den beiden, ich wünsche ihm nichts Schlechtes.

Ganz allmählich tut der Gedanke daran, daß ich Ned verloren habe und wie ich ihn verloren habe, nicht mehr so sehr weh. Die Traurigkeit ist noch da und die Einsamkeit, aber das Messer, das mir durch und durch ging, so daß ich aufstöhnte vor Schmerz, schürft jetzt nur noch die Haut. Ich denke immer noch ständig an ihn, aber das nächtliche Weinen, zu dem ich allein sein mußte, wie ich damals zu Philippa gesagt habe, hat aufgehört.

Dabei hat mir auch das geholfen, was Linda Owen mir über ihn erzählt hat. Nachdem ich weiß, daß er dieses Bedürfnis hat, geliebt zu werden und selbst zumindest Liebe vorzutäuschen, ist die Demütigung nicht mehr ganz so schlimm. Er war nicht der Typ, der einer Frau Märchen erzählt, um sie sich zu angeln. Vielleicht waren es ja genaugenommen gar keine Märchen, denn in dem Moment, als er diese Dinge sagte, glaubte er daran. Ich versuche ihn als einen kranken Menschen zu sehen, einen mit einer unsichtbaren Krankheit, den ich für eine Weile habe heilen können. Noch wohnt er ganz in mir, ich sehe sein Gesicht, ich höre ihn sprechen, aber ich weiß, daß es nicht immer so sein wird. Ich kann mir vorstellen, daß irgendwann Minuten und später Stunden vergehen, ohne daß ich an ihn denke, ohne daß ich höre, was er zu mir gesagt hat. Daß er mich fürs ganze Leben haben wollte zum Beispiel. Vielleicht kommt es irgendwann sogar so weit, daß ich sagen kann: Ich habe seit gestern kein einziges Mal an ihn gedacht.

Zunächst aber muß ich jetzt sehen, daß ich mein Leben wieder in den Griff bekomme. Middleton Hall ist eine Sackgasse, als Pflegerin hat man keine Aufstiegschancen und bekommt weniger bezahlt als ein Landarbeiter. Früher, als ich dachte, ich würde irgendwann sowieso aufhören und mir Kinder anschaffen, war das nicht weiter wichtig, aber so, wie's aussieht, hat sich das wohl zerschlagen, und deshalb will ich eine richtige Ausbildung machen – keine halben Sachen! – und staatlich geprüfte Krankenschwester werden. Ich habe mich beworben und einen Ausbildungsplatz bekommen. Im September fange ich an.

Daß mir Stella dieses Haus vermacht hat, ist ein großer Segen. Die Sorge um ein Dach über dem Kopf, die so viele Leute haben, bleibt mir erspart. Und dann habe ich ja auch durch sie Richard kennengelernt, diesen guten, verläßlichen Freund. Philippa kommt mich manchmal besuchen, allerdings ist das hart für sie, weil ich keinen Fernseher habe, deshalb gehe ich meist zu ihr. Mum und Granny und Janis sind sehr nett zu mir, sie behandeln mich wie ein armes verletztes Geschöpf, das man mit Liebe und Weißer Magie wieder gesundpflegen kann.

Manchmal kommt Linda Owen vorbei und geht mit mir ins Pub, in den ›Schwan‹ in Breckenhall, nicht in die ›Legion‹, da trinken wir dann unser Bier wie zwei Kumpels. Wir reden über Männersachen, über Autos zum Beispiel,

384

aber auch übers Einkaufen und über die laufenden Kosten, die anfallen, wenn man ein Haus hat. Nur nicht über Ned, dieses Thema ist tabu. Mein Jahr mit ihm hat mich aber etwas Wichtiges gelehrt: daß es sinnlos ist, sich für jemand anders umkrempeln zu wollen. Wenn man so was macht, dann nur für sich selber. Ich schäme mich immer noch, wenn ich daran denke, wie ich Sachen aus dem Lexikon gebüffelt und Wörter im *Chambers Dictionary* nachgeschlagen habe – ganz zu schweigen von meinen Versuchen, klassische Musik verstehen zu wollen –, nur um Ned zu imponieren. Vielleicht habe ich deshalb die Kassetten noch nicht angehört, die Stella aufgenommen und mir zusammen mit dem Rekorder vermacht hat.

Sie wollte unbedingt, daß ich den Rekorder bekomme. Hätte ich das gewußt, hätte ich ihr gesagt, daß ich ihn nicht brauche, ich habe seit Jahren einen Walkman. Bisher habe ich ihn kaum benutzt, aber wenn du so viel allein bist wie ich, mußt du ab und zu Stimmen oder Musik hören, du brauchst etwas, was die Stille vertreibt, sonst denkst du am Ende, du hast was an den Ohren.

Jetzt, an den Sommerabenden, gehe ich viel im Moor spazieren. Der schmale Weg fängt an meinem Gartentor an, schlängelt sich zwischen Weiden und Holunder und Mädesüß hindurch und führt über Lichtungen mit schilfbestandenen flachen Tümpeln wieder zurück in stillen Buschwald. Andere Leute treffe ich da nie, in diese Ecke kommt keiner, es ist so still, daß man hört, wenn ein Wasserkäfer über einen Teich läuft. Und dort habe ich an einem Abend der letzten Woche einen Schwalbenschwanz gesehen.

Mit allem anderen habe ich auch Stellas Schmetterlings-buch geerbt. Dort steht, daß der Schwalbenschwanz der einzige Schmetterling in Großbritannien ist, dessen Hinterflügel seitlich zu einem Schwänzchen ausgezogen sind. Wunderschön waren sie, diese Flügel, weit gespannt – geklaftert, heißt es in dem Buch – und gelb und schwarz und rot gezeichnet. Er setzte sich auf die Blüte einer Feldraute und ließ sich mit ausgebreiteten Flügeln von der Abendsonne bescheinen, ab und zu flatterte er ein bißchen damit und spreizte sie wieder.

Ich bin wahrscheinlich eine dumme Gans, aber als ich an Stella dachte, die sich so sehr gewünscht hatte, einen Schwalbenschwanz zu sehen, mußte ich weinen. Und plötzlich empfand ich die Stille im Moor als bedrückend, und auf dem Rückweg fielen mir die Leute ein, die in Bury oder in Diss mit Kopfhörern und einem Walkman in der Tasche herumlaufen, und ich sagte mir, das probierst du jetzt auch mal.

Am nächsten Tag – vorgestern – habe ich mir auf dem Heimweg eine Packung Batterien gekauft, zwei in den Walkman gesteckt und mir zum erstenmal Stellas Kassetten richtig angesehen. Sie hat gar nicht viel aufgenommen, acht von zehn Bändern sind leer. Auf den anderen beiden stehen keine Titel, die hätten mir allerdings auch nicht viel gesagt, denn die einzigen klassischen Musikstücke, von denen ich die Titel kenne, sind *Nessun Dorma* und die *Wassermusik*. Stella hatte auf die Etiketten mit Druckbuchstaben »Band 1« und »Band 2« geschrieben, ohne jeden Hinweis auf den Inhalt.

Am besten fange ich ganz von vorn an, dachte ich und

legte »Band 1« in den Walkman. Inzwischen tat es mir fast leid, daß ich nicht ein bißchen tiefer in die Tasche gegriffen und mir das Album *Luxury Liner* von Emmylou Harris gekauft hatte, das ich in dem Geschäft mit den Batterien gesehen hatte. Aber durch Stellas Musik war ich dann zumindest auf meinen Streifzügen durch das Moor mit der Stille nicht mehr ganz allein.

Es war ein warmer, ganz windstiller Abend. Überall um mich herum war spätsommerlich Abgelebtes – Samenstände statt Blüten, müde Blätter an reglosen Zweigen, sechs Fuß hohe, welke Nesseln, die aber immer noch brennen konnten. Ich hatte wohl ein bißchen Angst davor, die Kassette zu starten, Angst davor, von einer Musik überfallen zu werden, die ich womöglich nicht verstand oder nicht zu würdigen wußte. Ich legte den Daumen auf den Startknopf, drückte ihn aber erst, als ich mitten im Moor war. In einer Lichtung, wo nach der langen regenlosen Zeit die Tümpel ausgetrocknet, die Grasflächen aber noch grün waren und von den Karnickeln kurzgehalten wurden, setzte ich mich auf einen umgestürzten Baumstamm und startete den Walkman.

Ich hörte ein Surren und etwas wie Meeresrauschen, und dann Stellas Stimme, sanft und sehr klar. Ich erschrak so sehr, daß mir eiskalt wurde und eine Gänsehaut mich überlief. *Das ist das erste Band,* sagte Stellas Stimme. *Das zweite folgt. Sie sind beide beschriftet.*

Ich stoppte das Band. Ich schaltete den Walkman aus. Dann holte ich tief Luft. Einmal und noch einmal. Ich zählte bis zehn. Sei vernünftig, sagte ich mir. Und dann ließ ich das Band wieder anlaufen.

23

»– Das ist das erste Band. Das zweite folgt. Sie sind beide beschriftet. –

Liebe Genevieve – so würde ich am liebsten anfangen, wie bei einem Brief, aber ich schreibe Ihnen ja nicht, sondern ich spreche gewissermaßen mit Ihnen. Inzwischen habe ich viel Übung darin, in dieses Gerät zu sprechen. Überrascht Sie das? Ich habe Ihnen wohl überhaupt häufig Überraschungen bereitet. Zuerst dachten Sie, ich hätte rein gar nichts erlebt, ich sah es Ihnen an, jetzt aber werden Sie womöglich denken, ich hätte zuviel erlebt für ein Menschenleben.

Bei unserem allerletzten Gespräch haben Sie mir gesagt, Ihr Wunsch würde nun in Erfüllung gehen. Damit meinten Sie natürlich das Zusammenleben mit dem Mann, den Sie lieben. Sie meinten, daß er seine Frau verlassen und zu Ihnen kommen würde. Ich freue mich für Sie und hoffe, daß Sie jetzt sehr glücklich sind. Ich habe Ihnen erzählt, daß Alan zum Schluß Gilda verließ, um ganz bei mir zu sein. Zu den vielen Dingen, die ich Ihnen nicht erzählt habe, gehört auch, daß er mir das erst sagte, als wir zusammen in ›Molucca‹ waren. Wir wollten dort zehn Tage Urlaub machen, meine Kinder waren verreist, und Gilda war in Frankreich, jedenfalls unseres Wissens nach. Während er uns hinfuhr, traf er seine Entscheidung. Monatelang, jahrelang hatten wir immer wieder darüber gesprochen. Es sei ein ganz spontaner Entschluß gewesen, sagte er. Eben noch hatte er sich auf einen Urlaub mit mir eingestellt, eine Minute später war er für ein ganzes Leben mein.

Er sagte es mir, als wir die Haustür hinter uns zumachten: ›Das ist auf immer. Ich gehe nicht mehr zurück. Ich habe sie verlassen.‹

Ich hatte uns etwas zu essen machen wollen, etwas Leichtes, Sandwiches vielleicht, aber in diesem Moment war uns beiden nicht nach Essen zumute. Er legte den Champagner in den Kühlschrank. Das war der, den Sie gefunden haben, wir sind nicht mehr dazu gekommen, ihn aufzumachen. Wir hätten ihn warm trinken sollen, so, wie wir ihn mitgebracht hatten.

Wir fielen uns immer wieder in die Arme, wir waren trunken von nichts. Dann mixte er uns Pink Gins zum Anstoßen, bis der Champagner kalt war. Wir tanzten – Gesellschaftstanz, Genevieve, sagt Ihnen das überhaupt etwas? –, wir tanzten mit den Gläsern in der Hand, drehten uns im Walzertakt ohne Musik.

›Als ich vor dem Laden stand‹, sagte er, ›habe ich mir gedacht: Was soll das eigentlich? Ich bin nicht auf Urlaub hier, sondern für immer. Ich gehe nicht mehr zurück. Und da habe ich den Champagner gekauft. Unverantwortlich, nicht? Daß ich es nicht mit dir besprochen, daß ich dich nicht gefragt, sondern einfach entschieden habe. Bist du mir böse?‹

›Du kanntest mich‹, sagte ich. ›Du kennst mich. Warum sollte ich dir böse sein? Es ist das, was ich mir immer gewünscht habe.‹

Und dann tanzten wir weiter. Tanzten im Tangoschritt quer durchs Zimmer, und Alan sang *When they Begin the Beguine*, er hatte mir ein Glas Wein eingeschenkt, und dann hörten wir den Wagen.

Daß ein Wagen vorbeifuhr, kam ganz selten vor. Daß ein Wagen die Auffahrt hochkam, war fast einmalig. Wir hatten uns aufs Sofa gesetzt und hielten uns in den Armen. Ich stand auf und sah das Piranhamaul, noch ehe ich Gilda sah. Die rote Karosserie, die fauchende Schnauze mit den gefletschten Zähnen in einem puterroten Gesicht schienen geradewegs auf mich losgehen zu wollen. Aber sie gingen nicht auf mich los. Der Wagen hielt genau parallel zu Alans grauem Rover. Wir sind ein Paar, schien er zu sagen, wir gehören zusammen, wir werden einander zur Seite stehen. Ich stieß einen leisen Laut aus und tastete blindlings mit der Hand nach Alan. Verstecken! Das ist der erste Gedanke, der einem in so einer Situation kommt. Aber das ging natürlich nicht. Hätten wir an so etwas gedacht, hätten wir so etwas erwartet, hätten wir den Wagen nicht dort stehenlassen, hätten das Fenster nicht aufgemacht, hätten uns nicht in dieses Zimmer gesetzt, wo uns jeder sehen konnte. Hatten wir uns nicht eigens ein Haus mit Garage gesucht, in der man notfalls einen Wagen verschwinden lassen konnte? Aber der Gedanke war da, ich sprach ihn sogar aus: ›Verstecken!‹

Alan behielt die Nerven, ich hatte es nicht anders von ihm erwartet. ›Uns oder den Wagen? Kommt drauf an, womit wir uns leichter tun‹, sagte er und lachte. Tatsächlich – er lachte. ›Ja, was hätte ich denn machen sollen‹, sagte er später zu mir.

Gilda stieg aus und knallte die Wagentür zu. Sonderbar, was einem so alles auffällt. Zum erstenmal sah ich, wie unnatürlich mager sie war, nur noch Haut und Knochen und langes offenes Haar. Sie trug grüne Hosen und eine ärmellose schwarze Bluse und grüne Sandalen mit Keilabsatz, um den Hals hatte sie ein grünes Chiffontuch und auf der Nase eine dunkle Sonnenbrille, die ihrem Gesicht jeden Ausdruck nahm. Sie blieb einen Augenblick stehen und betrachtete das Haus, uns sah sie dabei wohl nicht.

›Am besten machen wir auf‹, sagte Alan, ›sie schlägt uns sonst die Tür ein.‹

Wir gingen beide hin, aber er ging voraus. Er machte auf. Wortlos drängte sie sich an uns vorbei und ging nach oben. Wir hörten sie im Schlafzimmer herumgehen, wahrscheinlich schnüffelte sie in den Koffern herum, suchte nach Nachtzeug. Alan drückte kurz meine Hand und ließ sie wieder los. Wir sagten nichts.

Gilda kam wieder herunter und ging ins Wohnzimmer. Wir folgten ihr. Sie sah sich überall um. So ausgiebig, als habe sie vor, das Haus zu kaufen. Dann wandte sie sich an mich. ›Es ist wohl dein Haus?‹

Ich nickte.

›Eben. Wovon hätte er es auch kaufen sollen? Er hatte doch nie was.‹

Ich hatte meine Stimme wiedergefunden. ›Es ist mein Haus. Ich habe es vor sechs Jahren gekauft.‹

›Dein Mann, der arme Teufel, hat es gekauft, meinst du wohl. Hast du die Summe vom Haushaltsgeld abgezweigt?‹

Der Text war aus *Lora Cartwright,* es überlief mich kalt, als ich ihn erkannte.

›Warum bist du nicht in Frankreich?‹ fragte Alan.

›Gute Frage. Ich wollte gar nicht nach Frankreich.‹ Sie sah mich an. ›Letzte Woche bin ich ihm hierher nachgefahren. Ich hatte ja keine Ahnung, daß du es bist. Herrgott noch mal, warum gerade du? Warum hat er sich nicht wenigstens eine gesucht, die ein bißchen was hermacht? Der *coup de grâce* war für heute vorgesehen.‹ Sie setzte sich und sagte mit einem Blick auf unsere Gläser: ›Gib mir was zu trinken, bitte.‹

Alan holte Gin und Sherry, den weißen Burgunder, eine Flasche Tonic und ein Tablett mit Gläsern aus dem Eßzimmer. Sie ließ sich einen ordentlichen Schluck eingießen, mir schenkte Alan einen steifen Gin ein und sich auch.

Erst als sie getrunken hatte, sagte Gilda: ›Ich dachte, du bist meine Freundin.‹

Es war ein Zitat aus *Eine Frau klagt an,* aber es berührte mich sehr. Was sollte ich sagen? Nicht, daß es mir leid tat, es tat mir nicht leid, aber die Bemerkung, der Vorwurf, wie man es auch nennen will, traf mich bis ins Mark, auch wenn es ein Satz war, den sich vor vielen Jahren ein Drehbuchautor ausgedacht hatte. Ich zuckte die Schultern, ich schüttelte den Kopf. Jetzt kam Alan dran. ›Warum sie? Warum nicht ein junges Mädchen? Sie ist fast in meinem Alter und sieht viel älter aus als ich.‹

Sie erwartete keine Antwort, sie hatte es gesagt, um mich zu verletzen. Vermutlich war auch das aus einem Film. Aus einem, den ich nicht gesehen hatte. Und dann legte sie los. Das meiste von dem, was sie sagte, ist mir in Erinnerung geblieben, wenn auch nicht alles, aber ich mag es nicht wiederholen, es tut nichts zur Sache. Sie hielt Alan ihr Glas hin, und er schenkte uns allen Gin nach. Wir tranken ununterbrochen, während wir redeten. Zumindest ich hatte noch nie so viel getrunken.

Im Grunde aber – und das war das Paradoxe an der Situation – gab es nicht viel, was sie sagen konnte, womit sie uns hätte einschüchtern können. Natürlich versuchte sie es. Sie würde sich nie von Alan scheiden lassen, erklärte sie, so leicht würde sie es uns nicht machen. Sie würde Marianne und Richard sagen, was für ein Mensch ich sei und was ich getan hätte, sie würde es unseren Freunden und Nachbarn sagen, Priscilla und Jeremy und anderen aus der Familie. Mehr noch, sie würde gegen mich klagen, wegen Abspenstigmachen des Ehemannes, und ich fragte mich, woher sie wohl wußte, daß so etwas überhaupt möglich war – oder früher möglich gewesen wäre.

›Warum nimmst du nicht endlich diese blöde Brille ab‹, sagte Alan.

Sie setzte die Sonnenbrille ab. Ihre Augen waren rot, nicht nur die Lider, die Augen waren blutunterlaufen, das Weiß um die blaue Iris schimmerte rötlich. Sie sah aus wie jemand, den beim Fotografiertwerden das Blitzlicht geblendet hat, so daß auf dem Bild die Augen weit aufgerissen und gerötet sind.

Alan stellte drei Weingläser auf das Tablett und schenkte uns weißen Burgunder ein. Gin hätte ich nicht mehr heruntergebracht, aber den Wein konnte ich trinken.

Das Schlimmste war überstanden. Es war ein großer Schock, eine tiefe Erschütterung gewesen. Jetzt aber, da ich ihre leeren Drohungen hörte, sagte ich mir, daß dies vielleicht sogar die beste Lösung war. Ich sprach es nicht aus, nicht einmal in Gedanken formulierte ich es so konkret, aber so empfand ich es. Ich schöpfte Hoffnung. Zum Teil kam das wohl auch vom Trinken, es war eine gewisse Euphorie, aber als Gilda anfing, mich zu beleidigen, als sie mich dumm und naiv und unwissend nannte, eine miese kleine Intrigantin auf Schulmädchenniveau, als sie Alan fragte, was um Himmels willen er an mir fand, kränkte mich das nicht. Ich wußte, daß sie damit seine Verachtung für sie nur schürte, seine Liebe zu mir festigte. Ich vertraute blindlings auf seine Liebe und seine Treue, und das mit Recht. Daran fehlte es nicht.

›Sie war tatsächlich ein Schulmädchen, als wir uns kennenlernten‹, sagte Alan, ›wir sind in eine Klasse gegangen.‹

Gilda legte eine Hand ans Gesicht und lief rot an. ›Was sagst du da?‹

Es stellte sich heraus, daß sie es nicht gewußt hatte, und das traf sie tiefer als alles andere. Die augenfälligen Täuschungen sind nicht die schlimmsten. Daß er mich vor ihr gekannt hatte, daß ich Dinge über ihn wußte, die sie nicht wissen konnte, brachte sie nun erst recht in Rage. Sie schrie, sie tobte, sie warf mit allem, was ihr unter die Finger kam. Sie schmetterte zwei Gläser an die Wand. Sie warf mit der leeren Weinflasche, die durchs offene Fenster flog und auf Alans Wagen landete. Alan hielt sich aus der Schußlinie und griff nicht ein. Er kannte ihre Tobsuchtsanfälle, er wußte, daß sie nie von langer Dauer waren und regelmäßig mit einem Tränenstrom endeten.

Viele kleine Gegenstände gingen an jenem Nachmittag zu Bruch. Die Stelle an der Wand, die Gilda mit einer Silberschale traf, kann man vermutlich immer noch erkennen. Das war Gildas letztes Wurfgeschoß, danach fing sie an zu weinen und zu schluchzen. Was Alan empfand, weiß ich nicht. Ich hatte entsetzliche Gewissensbisse. Zum erstenmal hätte ich Gilda am liebsten in die Arme genommen und getröstet. Aber das wäre wohl der Gipfel an Zynismus und

Scheinheiligkeit gewesen. An meinen Gefühlen für Alan änderte das nichts. Ich wollte ihn für mich. Als meinen Mann. Als Vater für Richard. Für immer.

– Ich muß erst einmal aufhören und mich erholen. Vielleicht kann ich erst morgen weitermachen… –

Eine ganze Weile blieben wir alle drei still sitzen. Die Ginflasche war leer. Dann stand Alan auf und holte Whisky aus dem Eßzimmer, Gin war nicht mehr da. Ich hatte ihm nie Vorschriften gemacht, hatte nie zu ihm gesagt, tu dies nicht, tu das nicht, hör auf zu trinken, und auch in diesem Moment sagte ich nichts. Ich vertraute ihm, er würde es schon richtig machen. Wenn er noch etwas zu trinken brauchte, brauchte er es eben, er mußte es wissen. Ich hielt die Hand über mein Glas, er schenkte seins halb voll. Wir hatten alle drei Kette geraucht, in den beiden Aschbechern türmten sich die Kippen.

Gilda hörte von einer Sekunde zur anderen auf zu weinen. So war es immer. Als hätte sie sich leer geweint. Alan hatte nicht gesagt, daß es ihm leid tat oder daß er versuchen würde, es ihr so leicht wie möglich zu machen, und er hatte ihr nichts mehr eingeschenkt, weil sie noch heimfahren mußte. Ich schöpfte Hoffnung, habe ich vorhin gesagt, und in diesem Moment war ich fast glücklich, es war gut gelaufen, fand ich, und ich sage nicht: Gott verzeih mir für diese Gedanken, denn ich habe dafür gebüßt. Dafür und für alles andere. Vierundzwanzig Jahre lang.

Mir fiel ein Stein vom Herzen, als Gilda aufstand und verkündete, sie würde nun gehen. Dann sagte sie zu Alan: ›Und du kommst bitte mit.‹

Die Drohungen, die Trennung, das Abspenstigmachen schienen vergessen. Sie nahm ihn mit, sie wollte einen Schlußstrich ziehen, einen neuen Anfang machen.

›Daß wir uns recht verstehen‹, sagte sie zu mir. ›Mit dir spreche ich kein Wort mehr.‹

Ich nickte und nahm es hin.

›Ich komme nicht mit, Gilda‹, sagte Alan. ›Ich habe dich verlassen, ich gehöre zu Stella. Eines Tages werden wir heiraten.‹

Darauf ging sie nicht ein. ›Du hast dich sinnlos betrunken, damit du nicht fahren kannst‹, warf sie ihm vor.

Vielleicht stimmte das sogar. Er überredete sie heimzufahren. Nach so einer Szene war sie meist so nachgiebig, daß er mit ihr machen konnte, was er wollte. Als wir in ›Molucca‹ angekommen waren, Alan und ich, hatten wir zusammen achtzig Zigaretten gehabt, jetzt waren es nur noch acht oder neun. Er zündete ihr eine an und gab ihr den Rest aus der Packung. Daß er zuviel getrunken hatte, merkte ich nur daran, daß er eine etwas schwere Zunge hatte.

›Ich komme jetzt nicht mit, Gilda, aber ich komme später vorbei. Mit Stella. Ich werde mich nie wieder von Stella trennen, das muß dir klar sein.‹

Sie antwortete nicht. So lächerlich es klingt – wir begleiteten sie beide hinaus wie ein Ehepaar den Gast. Auf der Schwelle, wo jetzt der Vogelbeerbaum steht, wie du sagst, auf der mit Glas- und Porzellanscherben übersäten Schwelle, sammelte sie Speichel im Mund und spuckte mich an. Die Spucke traf meine Wange und lief mir übers Gesicht.

Im Grunde hätte ich mich darüber nicht aufregen dürfen, genaugenommen hatte ich es verdient. Aber es ging mir durch und durch. Ich sah auf und wich schwer atmend zurück. Albern, nicht? Ich hatte ein zu behütetes Leben geführt. Was war mir schon groß widerfahren, abgesehen davon, daß ich Charmian Fry gefunden hatte? Gilda hatte ja recht, wenn sie mich naiv nannte, wenn sie ›Kleines‹ zu mir sagte. Alan zog sein Taschentuch heraus und wischte mir das Gesicht ab. Er tat das, was meine Mutter gemacht hatte, als ich klein war, er feuchtete das Taschentuch mit der Zunge an und wischte mir damit die Wange. Ich sah es als symbolische Handlung. Es gibt nicht viele Menschen, für die man so etwas tut.

Gilda ging zu ihrem Wagen. Ich blieb, wo ich war, mein Gesicht fühlte sich an wie mit Gift bespritzt, daran änderte auch Alans liebevolle Geste nichts. Er tat ein paar Schritte auf ihren Wagen zu. Sie setzte sich ans Steuer und steckte den Zündschlüssel ins Schloß. Und dann passierte das Schreckliche, aus dem alles andere erwuchs, das heißt, es passierte nichts, denn Gildas Wagen sprang nicht an. Sie versuchte, den Motor anzulassen, sie trat aufs Gaspedal, immer wieder, viel zu oft. Der Motor rührte sich nicht.

Ich wußte nicht, warum. Die Wärme? Das Alter des Wagens? Die Batterie war leer, aber das erfuhr ich erst später. Der Wagen hatte sie bis zu uns gebracht, und während sie im Haus gewesen war, hatte die Batterie den Geist aufgegeben.

Alan versuchte es ebenso erfolglos wie sie. Ich stand unter der Tür und sah zu. Es war halb fünf. Die ganze Zeit hatten wir im Haus gesessen, hatten Gilda reden lassen, ohne ihr zu widersprechen, und hatten getrunken. Viele Stunden waren vergangen, Rauch stand vor dem blauen Himmel.

Jenseits des Feldes auf der anderen Straßenseite stieg eine schwarze Wolke hoch. Es war sehr heiß. Alan stieg aus.

›Er springt nicht an‹, sagte er. ›Ich fahre dich nach Hause, und wir verständigen eine Werkstatt. Stella kommt mit.‹

›Nein‹, sagte sie.

›Stella kommt mit. Du kannst natürlich auch laufen. Es sind nur acht Meilen.‹

›Setz sie nach hinten‹, sagte Gilda. ›Ich bin deine Frau, ich gehöre nach vorn.‹

Natürlich würde ich hinten sitzen, sagte ich, mir sei das gleich. Das stimmte nicht, es war mir nie gleich gewesen, wenn wir zu dritt weggefahren waren, Gilda und Alan vorn und ich auf der Rückbank, aber ich sagte mir, es ist das letzte Mal, danach sitze dann ich neben ihm. Für immer.

Mein Mund war trocken, ich ging in die Küche und trank einen Schluck Wasser. Die Eitelkeit bleibt einem fast bis zum Schluß, ich sah in den Spiegel, richtete das Haar, schminkte die Lippen. Daß er sich eine hätte suchen sollen, die ›ein bißchen was hermacht‹, ging mir nach. Wir täten unseren Töchtern einen Gefallen, wenn wir ihnen beibringen würden, keinen Wert auf ihr Äußeres zu legen, wenn wir alle Spiegel zerschlagen würden. Ich selbst habe mich nicht daran gehalten, meine Tochter ist genauso eitel geworden wie ich.

Wir schlossen das Haus ab. Ich setzte mich auf die Rückbank, Gilda setzte sich auf den Beifahrersitz, alles war wie sonst. Damals gab es noch keine Sicherheitsgurte, das heißt, manche Wagen hatten sie schon, aber man brauchte sie noch nicht zu benutzen, die Gurtpflicht wurde erst zehn Jahre später eingeführt.

Die Einstellung zu Alkohol am Steuer war anders als heute. Ich weiß noch, wie Jeremy von einer Geschäftsreise nach Schweden Geschichten von Leuten mitbrachte, die sich nicht trauten, auch nur ein Glas Wein zu trinken, ehe sie sich ins Auto setzten, und von einem Bekannten, dessen Schwager wegen Schnellfahrens im Gefängnis oder in einem Arbeitslager gelandet war. Wir waren damals der Meinung, man könne ruhig so viel trinken, wie man wollte, wenn man nur keinen Unfall baute. John Browning brüstete sich damit, er sei einmal einäugig nach Peterborough und zurück gefahren, weil er so viel getrunken hatte, daß er alles doppelt sah. Daß Alan sich ans Steuer setzte, nachdem er eine halbe Flasche Gin und außerdem noch Whisky und Wein getrunken hatte, war für mich kein Grund zur Sorge, ich machte mir überhaupt keine Gedanken darüber, sondern hatte – so sah ich es wohl damals – an Wichtigeres zu denken.

Nach einer knappen halben Meile steckten wir in einem Dunst, wie er im vorigen Jahrhundert an heißen Tagen über den Industriestädten gelegen haben muß – und das im Jahre 1970 mitten auf dem Land. Schuld daran war das Abbrennen der Felder, aber zunächst sahen wir keinen Rauch. Doch wir sahen auch keinen Himmel. Dichter Nebel hing unbeweglich-düster über Feldern und Wäldern. Es roch wie in einem verräucherten Zimmer.

Die Straße war leer. Nicht ganz leer natürlich, aber ich glaube, wir haben vor dem Unfall nur einen Wagen überholt. Alan fuhr sehr schnell, das heißt, er fuhr wohl nicht mehr als fünfzig Meilen, aber das ist viel für schmale Straßen, die über eine Viertelmeile gerade verlaufen und einen dann mit jähen Rechtskurven überraschen. Er wollte Gilda so schnell wie möglich nach Hause bringen, er wollte sie los sein. Als wir durch Curton kamen, mußte er Tempo wegnehmen. In der Hitze, unter der Decke aus würgendem Rauch schien dort alles zu schlafen. Die Werkstatt am Ende des Dorfes, Curton Cars Ltd., das letzte Haus des Ortes, nahm ich gar nicht zur Kenntnis. Ich sah nur Alan und Gilda, die nebeneinander vor mir im Wagen saßen, und die dunstig-flache, stille Landschaft, die an uns vorüberzog.

Gleich nach Curton gab er wieder Gas. Wir schwiegen – sagte ich das schon? Wir saßen da und schwiegen uns an. Keiner hatte ein Wort gesagt, nachdem Gilda festgestellt hatte, sie sei Alans Frau und ich müsse nach hinten. Ich sehe noch ihr langes blondes Haar mit den Silberfäden, das über die Rücklehne des Beifahrersitzes hing, und das grelle Smaragdgrün ihres Schals. Ich erinnere mich, daß ich keinen Blick von Alans Händen auf dem Lenkrad ließ. Ich hatte solche Sehnsucht nach seiner Berührung, daß es weh tat. Es war viele Stunden her, seit ich seine Hände, seinen Mund auf meiner Haut gespürt hatte. Wenn wir zusammen waren, berührten wir uns ständig, und weil das jetzt nicht ging, fühlte ich mich ausgeschlossen, ausgehungert.

Er fuhr in den engen Kurven sehr schnell, und auf den geraden Strecken noch schneller. Als wir auf einer Buckelbrücke einen kleinen Fluß überquerten, machte der Wagen einen Satz, und Gilda schrie leise auf. Er muß mindestens fünfzig Meilen auf dem Tacho gehabt haben, als der Rauch sich vor uns über die Straße wälzte. Ganz unerwartet schob sich diese dichte, schwarze, fast senkrecht stehende Wand über die Hecke und verschlang den Wagen.

Haben Sie so was schon mal erlebt? Können Sie es sich vorstellen? Wenn man im Auto sitzt, ist man ganz auf sein Sehvermögen, auf die sichtbare Welt angewiesen, und wenn einem die Sicht genommen wird, weil die Windschutzscheibe zersplittert oder der Wind ein Stück Pappe dagegen weht, ist man so blind wie ein Mensch ohne Hornhaut.

Die schwarze Wolke machte uns, machte Alan blind. Sie legte sich vor die Windschutzscheibe wie eine Schicht grauer Farbe. Ich spürte, wie er zusammenzuckte, wie der Sitz vor mir ruckte, spürte den Reflex, mit dem er auf die Bremse stieg, spürte, wie der Wagen hochsprang und bockte. An den Aufprall selber erinnere ich mich nicht, nur an den Knall, die laute Explosion, die gar keine war, sondern nur der heftige Zusammenstoß, das lauteste Geräusch, das ich je gehört habe.

Die Wagentüren sprangen auf. Habe ich das selbst gesehen, oder hat er es mir erzählt? Ich weiß es nicht. Aus einem Instinkt heraus, mich selbst zu schützen und das, was ich liebte, aber auch, weil ich mich so sehr nach seiner Berührung sehnte, hatte ich Sekundenbruchteile vor dem Aufprall von hinten die Arme um ihn gelegt und hielt ihn fest. Die Sitzlehne war zwischen uns wie ein Puffer, aber ich hielt ihn, so fest ich konnte. Ich hätte ihn davor bewahrt, in die Windschutzscheibe zu fallen oder vom Lenkrad durchbohrt zu werden, sagte er, ich sei sein Sicherheitsgurt gewesen. Ich weiß es nicht, ich kann das nicht beurteilen.

Vielleicht habe ich ihn wirklich vor dem Sturz aus dem Wagen bewahrt, als die Türen aufsprangen. Gilda hatte niemand festgehalten. Das war das erste, was ich feststellte, als ich die Augen aufschlug: daß Gilda nicht da war. Gilda war verschwunden, der Beifahrersitz leer. Aber erst einmal sagte und fragte ich nichts. Ich hielt Alan fest, ich hatte mein Gesicht an seinen Nacken gelegt wie ein schnupperndes Tier. Undeutlich überlegte ich, daß es schön sein mußte, so eng beieinander für immer zu verharren, die Augen zu schließen, vielleicht sogar zu schlafen. Ich spürte den Puls, der in seinem Hals klopfte, hörte seinen keuchenden Atem.

Als er meinen Namen nannte, war es nur eine tonlose Schwingung. ›Stella.‹

Ich hob den Kopf. Mein Mund war naß von seinem Schweiß. Als ich meine Hände ansah, merkte ich, daß sie voller Blut waren, und fing an zu weinen. Es ist das typische Verhalten nach einem Verkehrsunfall: Man zittert und gibt angstvolle Laute von sich, man hat seine Lippen nicht in der Gewalt, sie zucken und flattern, der ganze Körper bebt. Meine Hände waren mit ungezählten winzigen Schrammen bedeckt, und meine Finger hatten dieselbe Farbe wie die Nägel. Das Geräusch des Aufpralls war noch in meinem Kopf, wiederholte sich immer wieder und hallte nach wie schweres Geschützfeuer.

Er stieg aus, schwankte kurz und richtete sich auf, dann kam er nach hinten, half mir beim Aussteigen und nahm mich in die Arme. Ich weinte immer noch, ich weinte und wimmerte, aber dann nahm ich mich zusammen und hörte auf. Alan wischte mir die Hände ab, mit dem Taschentuch, das er benutzt hatte, um mir Gildas Speichel vom Gesicht zu wischen. Auch seine Hände bluteten, er hatte eine Wunde an der Stirn, aus der Blut lief.

›Wo ist Gilda?‹ fragte ich. Meine Zähne schlugen aufeinander.

›Ich weiß nicht.‹

Der Rauch war weitergezogen, die Luft war voll von heißem, beißendem Dunst, und dahinter erkannte ich jetzt eine riesige Landmaschine, einen Mähdrescher oder eine Heupresse. Sie stand halb auf der Fahrbahn und halb auf dem Seitenstreifen, und Alan war hinten in sie hineingefahren. Der Wagen hing wie angeschweißt an der gelben Abschlußplatte, die Vorderräder in der Luft, die Kühlerhaube zusammengequetscht wie eine Blechdose.

Wir hatten bis dahin nur diesen einen Wagen gesehen, aber jetzt kam wieder einer. Ob der Fahrer uns bemerkt hat, weiß ich nicht, er reagierte jedenfalls nicht auf Alans Winken. Alan wandte sich mit geballten Fäusten wieder zu mir um und fluchte, das hatte ich noch nie bei ihm erlebt. Als dann der Lieferwagen von der Werkstatt in Curton auftauchte, kam uns das wie ein ganz erstaunlicher Zufall, eine außergewöhnliche Schicksalsfügung vor, was es im Grunde aber nicht war. Der Mann von der Werkstatt kam auf dem Heimweg jeden Abend um fünf an dieser Stelle vorbei.

Aber noch war es nicht soweit. Alan fluchte.

›Wir müssen Gilda suchen‹, sagte ich. ›Wo ist Gilda?‹

Der Seitenstreifen war an die sechs Meter breit und mit Bäumen bewachsen, dahinter war ein Graben und die Hecke. Schließlich fanden wir sie. Unter einem Baum im hohen Gras. Ich sage ›wir‹ – aber es war Alan, der sie fand. Ich biß die Zähne zusammen und verkrampfte die Hände ineinander. Er kniete sich neben sie und sah ihr ins Gesicht. Sie schlug die Augen auf und murmelte etwas. Sie schien unverletzt. Wie durch ein Wunder waren wir alle noch einmal davongekommen.

Zumindest glaubte ich das in diesem Augenblick. Und dann sagte ich etwas ganz Groteskes: ›Alles in Ordnung, Gilda?‹

Ihr Blick war fest auf Alan gerichtet, wieder sagte sie etwas, was ich nicht verstand.

›Sie berappelt sich schon wieder‹, sagte er. ›Laß sie erst mal in Ruhe, dann ist sie bald wieder obenauf.‹

Es war bizarr, aber in diesem Moment war mir das nicht bewußt. Er kannte sie, er kannte sich in diesen Dingen aus, er mußte es wissen.

Sie war ja nur ein paar Meter aus dem Wagen geschleudert worden, den grünen Schal hatte sie noch um den Hals. Und dann sah ich das Blut an ihrem Haar, das Blut, das aus ihrem Hinterkopf sickerte und die Grashalme bräunlichrot färbte.

›Ich glaube, sie ist mit dem Kopf an den Baumstamm geprallt, Alan‹, sagte ich.

Er sah nicht Gilda an, sondern den Baum. Es war ein ganz gewöhnlicher Baum, ich weiß nicht mehr, was für einer, wenn ich es je gewußt habe. Die dunkelbraune Borke war rauh, ich sah keine Spuren, nur die der Natur, die Borke war so voller Risse und Schrunden, als wären schon Hunderte von Menschen gegen den Stamm geprallt.

Ich zitterte immer noch, wenn auch nicht mehr so heftig. Allmählich fand ich mich wieder in der Wirklichkeit zurecht. Meine Hände hatten aufgehört zu bluten. Ich setzte mich ins Gras. Ich trug Strümpfe und Stöckelschuhe, ein Strumpf hatte eine Laufmasche. Eigenartig, was einem so alles auffällt. Ich dachte an Charmian und wie lächerlich ich mich damals aufgeführt hatte, wie ein dummes Kind, schreiend war ich über die Dorfstraße gelaufen. Ich sagte zu Alan: ›Einer von uns wird nach Curton zurückgehen und einen Krankenwagen holen müssen.‹

Und da kam der Lieferwagen. Ein roter Lieferwagen, an einer Seite stand in weißen Buchstaben ›Curton Cars Ltd.‹. Dem Mann am Steuer wäre es gar nicht in den Sinn gekommen, einfach weiterzufahren. Sein Fenster war heruntergekurbelt, er nickte uns zu und fuhr auf den Seitenstreifen. Dann stieg er aus und kam zu uns herüber. Ein großer, gut aussehender Mann im Overall, viel jünger als wir, um die Dreißig.

Er guckte sich Alans Wagen mit der eingedrückten Kühlerhaube an, der wie angeschweißt an dem gelben Koloß hing, und dann guckte er Alan an. Er stellte die Frage, die alles entschied. Später sah ich in ihm eine irgendwie übermenschliche Figur aus einer griechischen Tragödie, sah ihn als Schicksalsboten, der gekommen war, um uns vor eine Wahl zu stellen, uns eine Antwort nahezulegen.

Er stellte die Frage. ›Ihr wart nur zu zweit, ja?‹

Eine simple, beiläufige Frage. Um ein Haar hätte ich verneint, hätte gesagt, nein, nein, wir waren zu dritt, da ist noch jemand mit einer Verletzung… Ich schwieg. Er hatte nicht mit mir gesprochen, sondern mit Alan. Dem Mann. Ich war die Frau, für ihn war klar, daß ich nicht am Steuer gesessen hatte und deswegen nichts wissen konnte. Außerdem war ich es gewohnt, Entscheidungen den Männern zu überlassen. Was wußte ich denn schon? Ich konnte ein Auto fahren, aber von der Funktion eines Verbrennungsmotors hatte ich nur eine sehr unbestimmte Vorstellung. Er wiederholte die Frage behutsamer, er dachte wohl, wir ständen unter Schock.

›Ihr wart nur zu zweit, ja?‹

Alan schloß die Augen, machte sie wieder auf und sagte sehr schnell: ›Ja. Nur zu zweit.‹

Ich sagte keinen Ton, aber wie ich das geschafft habe, weiß ich bis heute nicht. Ich hatte die Hand vor den Mund gelegt. Meine Finger waren voller Schrammen, ich schmeckte das Blut. Der Mann von der Werkstatt ging inzwischen prüfend um das Autowrack herum.

›Wer auf dem Schleudersitz da gesessen hat‹, er sah mich an, ›muß gründlich über Bord gegangen sein.‹

›Meine Frau‹, sagte Alan.

Jetzt wird er ihm das von Gilda erzählen, dachte ich, wird ihm Gilda zeigen, aber er meinte mich. Ich war seine Frau.

›Glück gehabt.‹ Er besah sich Alans blutiges Gesicht, seine blutigen Hände und zwinkerte ihm zu. ›Da haben Sie sich wohl beim Rasieren geschnitten?‹

Alan lächelte. Ich konnte es kaum fassen, daß er lächeln konnte. ›Ich habe leider so schrecklich behaarte Hände.‹

Sie lachten beide, ein vielsagendes Männerlachen. Die Kungelei der Kerle, so sagt Marianne dazu.

›Nicht nötig, die Polizei zu bemühen, was? Wenn keinem was passiert ist…‹

›Nein‹, sagte Alan.

›Wenn sich's vermeiden läßt, hält man die besser raus.‹

›Ja‹, sagte Alan. Er sagte es sehr nachdenklich. Wie jemand, der noch im Lernstadium und dankbar für jeden Rat ist. Der gewisse Grundkenntnisse in einer Fremdsprache hat, aber sehr genau hinhören muß, um verborgene Untertöne zu erfassen. Er folgte mit dem Blick den Bewegungen des Mannes von der Werkstatt. Und dann machte er ein paar

Schritte zur Seite und stellte sich so, daß sein Körper die Sicht auf Gilda verdeckte. Von der Straße aus konnte man sie unmöglich sehen, sie lag im hohen Gras, aber vorsichtshalber schirmte er die verborgene Frau auch noch ab.

In diesem Moment wurde mir bewußt, wie still sie dalag. Warum schrie oder stöhnte sie nicht, warum flüsterte sie nicht irgendwas? Ein leichter Windhauch, der erste an diesem Tag, bewegte die Blätter über ihr. Ich sah in eine andere Richtung.

Der Mann von der Werkstatt sagte, er würde nach Curton zurückfahren und seinen ›Kram‹ holen, einen Abschleppwagen und eine Zugstange. Das würde allenfalls zehn Minuten dauern. Höchstens. Alan blieb, wo er war, bis der Lieferwagen sich entfernt hatte. In seinem Gesicht stand etwas, was ich noch nie darin gesehen hatte. Berechnung, nüchternes Kalkül, ich weiß nicht, wie ich es nennen soll.

›Ich schaffe Gilda aus der Sonne‹, sagte er. ›Die Sonne tut ihr nicht gut.‹

Ich war eine erwachsene Frau, eine Frau von siebenundvierzig Jahren. Warum habe ich nicht darauf bestanden, einen Krankenwagen kommen zu lassen? Warum habe ich mich nicht dafür stark gemacht, die Polizei zu verständigen? Ich weiß es nicht, ich wußte es auch damals nicht. Vielleicht war es der Schock, vielleicht hatte es etwas mit dem zu tun, was unmittelbar vor dem Unfall geschehen war, mit dem Unfall selbst oder mit meinem Alkoholspiegel. Ich hatte keine Kraft, keinen eigenen Willen mehr. Ich nahm wahr, daß sich wieder Rauch über uns hinwälzte, daß ich hustete und meine blutverschmierten, von verkohlter Gerste geschwärzten Hände ansah, daß noch ein Wagen vorbeifuhr, ohne anzuhalten, daß Alan sich bückte und Gilda aufhob.

Er trug sie in den Schatten. Aber war es denn überhaupt so sonnig gewesen? War sie im Schatten der Hecke wirklich soviel besser dran als in dem rauchigen Dunkel unter dem Baum? Dort, wo sie jetzt lag, hätte sie allenfalls ein eigens eingesetzter Suchtrupp gefunden. Alan fragte, ob ich mich nicht lieber in den Wagen setzen wollte, zumindest hätte ich es da bequemer. Ich schüttelte den Kopf.

›Wir waren nur zu zweit, hast du gesagt?‹ fragte ich und bekam eine sonderbare Antwort.

›Aus meiner Sicht waren wir nur zu zweit.‹ Und dann: ›Weißt du, ich wäre ja nie darauf gekommen, wenn er es mir nicht suggeriert hätte.‹

›Wie meinst du das?‹

›Ich wollte gerade anfangen zu jammern, daß Gilda verletzt ist und wir einen Krankenwagen brauchen und die Polizei und Gott weiß was, da hat er mir diese großartige Idee geliefert, daß wir nur zu zweit waren.‹

Er gab mir eine Zigarette und zündete sich auch eine an. Ich setzte mich ins Gras und schlang die Arme um die Knie, ich saß da in meinem feinen Kleid und meinen Stöckelschuhen und legte den Kopf auf die Knie und machte die Augen zu. Ich hatte rasenden Durst, das kam wohl vom Trinken.

Alan war weggegangen. Einmal hob ich den Kopf und sah mich um, konnte ihn aber nirgends entdecken. Ich sah nur die Straße und das hohe Gras und den Baum mit der schrundigen Borke, dann machte ich die Augen wieder zu. Durch die Lider schimmerte rötliches Licht. Der Mann von der Werkstatt war immer noch nicht wieder da. Ich sehnte mich nach einem großen Schluck Wasser und nach Schlaf. In meinem Kopf pochte es.

Eine kleine Ewigkeit verging, es müssen an die zehn Minuten gewesen sein. Ich machte die Augen auf und rappelte mich hoch. Gildas Sonnenbrille hatte sich in einem Zweig verfangen. Inzwischen hatte ich Blut am Kleid, aber auf dem geblümten Stoff sah man das nur, wenn man Bescheid wußte. Ich streckte die Hand nach der Sonnenbrille aus. Alan kniete neben Gilda. Ich konnte sie nicht erkennen, das Gras war zu hoch, fast wie Heu, hohes Gras mit hohen Stauden dazwischen, Wermut und Disteln und Rainfarn und Weidenröschen. Er stand auf und kam zu mir.

›Schrei nicht‹, sagte er. ›Halt dir den Mund zu. Sie ist tot.‹«

24

»– Ich mußte aufhören, weil jemand mit dem Kaffee kam. Inzwischen habe ich nicht mehr genug Kraft, einen Stuhl unter die Türklinke zu klemmen. Es war nur Sharon, und für die bin ich sowieso eine arme alte Irre, so daß sie sich nicht darüber wundert, wenn ich unverständliche Selbstgespräche führe. Jetzt ist sie weg. Ich fahre fort. –

Wir standen am Straßenrand und warteten auf den Mann von der Werkstatt. Alan kniete sich neben mich ins Gras. Er nahm meine Hände.

›Sie ist tot‹, wiederholte er. Und dann, ganz unvermittelt: ›Willst du sie sehen?‹

Ich schüttelte den Kopf. Ich brachte kein Wort heraus.

Er war sehr blaß. Sein Augen glänzten wie von Tränen.

409

Was er gesagt hatte, war so ungeheuerlich, daß ich es nicht begriff, daß ich ihn nur wortlos anstarren konnte.

›Ich höre dein Herz schlagen‹, sagte er.

›Aber sie kann nicht tot sein‹, stieß ich hervor. ›Das ist doch unmöglich.‹

›Du mußt ganz ruhig bleiben, mein Herz.‹ Er war die Ruhe selbst. ›Hör zu … Da kommt unser *garagiste* – die Franzosen haben natürlich ein eigenes Wort für so was …‹ Wieder nahm er meine geschundenen, geschwärzten Hände in die seinen, die genauso geschunden, genauso geschwärzt waren. ›Sag nichts, mein Herz, der Schock hat dir die Sprache verschlagen, überlaß alles mir. Es ist besser so.‹

Der Mann von der Werkstatt verbreitete tröstliche Munterkeit. Wir hätten wirklich unheimliches Glück gehabt, sagte er immer wieder. Mein seltsames Benehmen – dabei hatte ich schließlich nur einen Schock und ein paar Kratzer an den Händen – war ihm unverständlich, er musterte mich milde, aber auch leicht abschätzig, so wie eben Männer eine Frau ansehen, die ›Theater macht‹. Er sagte zu Alan, der daran bestimmt noch nicht gedacht hatte, er wisse, wem der Mähdrescher gehöre, er könne ihm den Namen des Besitzers geben. Dann befestigte er – aber ich will gar nicht erst versuchen zu beschreiben, was er tat, ich weiß nicht, wie man diese Dinge, die Werkzeuge, die Verfahren nennt. Das Ende vom Lied war jedenfalls, daß er den Wagen von dem Mähdrescher wegzog und an seinen Lieferwagen ankoppelte. Während er damit beschäftigt war, sprach er kein Wort mit mir. Nicht aus Unhöflichkeit. Aber ich war eine Frau, ich verstand nichts davon. Männersache.

Wir setzten uns zu ihm in den Lieferwagen. An der

410

Windschutzscheibe hing an zwei Schnüren ein Hufeisen mit den Enden nach oben. Er folgte meinem Blick und zwinkerte mir zu. ›So herum hängt es, damit das Glück nicht rauslaufen kann.‹

Für Alan hatte er keine spezielle Anrede, aber mich nannte er ›Ma'am‹, und einmal sprach er Alan gegenüber von mir als ›Ihre Frau‹. Ich ließ es durchgehen, ich sagte nicht: Ich bin nicht seine Frau, und auch Alan sagte nicht: Sie ist nicht meine Frau.

›Nur Mut, Ma'am‹, sagte er. ›Davon geht die Welt nicht unter. Wie wär's mit einem Lächeln?‹

Den Gefallen konnte ich ihm nicht tun. Ich zitterte. Wir ließen Alans lädierten Wagen auf dem Hof der Werkstatt stehen und gingen ins Büro, und der Mann fragte, ob ich eine Tasse Tee wollte.

Ich muß ›der Mann‹ sagen, weil ich seinen Namen nie erfahren habe, und Alan wußte ihn wohl ebensowenig, er war ja auch nicht weiter wichtig. Auf dem Schreibtisch stand ein Foto, ich saß da und sah es mir an, während er den Tee für uns machte. Zwei kleine Mädchen waren darauf und noch ein Kleinkind, ein Junge, und als er zurückkam, fragte ich, ob das seine Kinder seien. Er freute sich offenbar über die Frage und sagte mir, wie sie hießen. Ich sagte, die Älteste müsse etwa so alt sein wie mein Sohn. Wir redeten eigentlich nur, um irgendwas zu sagen. Um nicht über den Unfall sprechen zu müssen.

Alan fragte den Mann, ob er ein Starthilfekabel hätte, damals wußte ich nicht, was das ist, aber der Mann sagte, klar hätte er das, und als wir den Tee getrunken hatten, fuhr er uns nach ›Molucca‹. Wenn wir wollten, würde er sich mit dem Bauern in Verbindung setzen, dem der Mähdrescher gehörte, sagte er, aber Alan meinte, das würde er selber machen.

Gildas Wagen stand vor dem Haus, das hatte ich ganz vergessen, ich hatte vergessen, daß er nicht angesprungen war. Der Mann von der Werkstatt machte die Motorhaube auf, holte aus seinem Auto dieses Ding, das er Starthilfekabel nannte, und schloß es an die Batterie des Anglia an. Ich ging ins Haus und fing an, Flaschen, Gläser und Zigarettenstummel wegzuräumen. Damit hatten meine Hände etwas zu tun, und ich brauchte nicht nachzudenken. Als ich zu Gildas Wagen zurückkam, lief der Motor, Alan saß am Steuer und hatte den Fuß auf dem Gaspedal.

›Ich hab dasselbe Modell‹, sagte der Mann. ›Müßte jetzt okay sein. Ich drück die Daumen.‹

Ich sehe ihn noch vor mir, wie er die Hände mit den eingeschlagenen Daumen hob. Unser Schicksalsbote… Aber wir haben für ihn die gleiche Rolle gespielt. Er setzte sich in seinen Lieferwagen und fuhr los. Nach Hause zu seinen drei Kindern, dachte ich, bis Alan mich eines Besseren belehrte.

Ich setzte mich neben ihn in Gildas Wagen. Hundertmal hatte ich auf diesem Platz gesessen, wenn ich mit Gilda zum Tee oder ins Kino gefahren war, aber noch nie neben ihm. Alan fing an zu reden, als sei nichts geschehen. Der Mann von der Werkstatt hatte ihm erzählt, daß er unseretwegen viel zu spät nach Hause kommen würde. Er hatte gelacht und Alan zugezwinkert, aber die Sache hatte einen ernsten Hintergrund. Es sei seine letzte Chance, hatte seine Frau gesagt. Wenn er noch ein einziges Mal so spät käme, sei ›der Ofen aus‹, dann würde sie ihn vor die Tür setzen. Und weil er nun sowieso zu spät dran war, würde er sich noch mit einer gewissen Kath treffen, mit der er sich verabredet hatte, dann hatte das Zuspätkommen sich wenigstens gelohnt. ›Wenn schon, denn schon‹, sagte er.

›Warum erzählst du mir das?‹ fragte ich.

›Ich dachte, es macht dir vielleicht Spaß.‹

Ob er die Polizei anrufen wollte, fragte ich, oder ob ich es machen sollte. Das klang kalt und hart. Er sah mir in die Augen und schüttelte sehr nachdrücklich den Kopf. Er schob sich zwei Zigaretten zwischen die Lippen, zündete sie an und gab mir eine.

›Niemand wird die Polizei anrufen‹, sagte er.

›Wir müssen‹, sagte ich.

›Es geht einfach nicht. Überleg doch mal, mein Herz. Niemand ist verletzt, haben wir zu dem Mann von der Werkstatt gesagt. Wir haben ihn in dem Glauben gelassen, daß du meine Frau bist und daß wir nur zu zweit im Wagen waren.‹

Ich versuchte, die Schuld abzuwälzen. ›Das hat er uns in den Mund gelegt.‹

›Ja, aber wir hätten es nicht zu sagen brauchen, und er hätte auch nicht unbedingt anhalten müssen. Der Satz 'Sie ist nicht meine Frau' lag mir schon auf der Zunge, aber ich hab ihn nicht herausgebracht. Ich mußte an den Witz von dem Mann denken, der nur dann mit einer Frau schlafen kann, wenn er sich vorbetet: 'Sie ist nicht meine Frau, sie ist nicht meine Frau...' Wenn ich das jetzt sage, dachte ich, muß ich am Ende noch lachen.‹

Seine sorglos-unbeschwerte Art war etwas, was ich immer besonders an ihm geliebt hatte, aber in diesem Moment graute mir davor. ›Wir haben ihm nicht gesagt, daß Gilda verletzt ist‹, sagte er. ›Geschweige denn, daß sie überhaupt dabei war.‹

›Aber Gilda ist nicht verletzt. Sie ist tot.‹

›Eben. Was würdest du der Polizei erzählen? Daß wir einen Unfall hatten, daß Gilda aus dem Wagen geschleudert wurde und wir dem Mann von der Werkstatt, der den lädierten Wagen abgeschleppt hat, nichts davon gesagt haben. Daß wir es ihm nicht gesagt haben, weil sie inzwischen tot war. Außerdem ist diese Dame nicht meine Frau, und ich war betrunken. Würden wir das der Polizei erzählen? Und wenn nicht das, was dann?‹

Wir hätten die Polizei verständigen sollen, sagte ich, die Polizei und einen Krankenwagen, ehe wir das Auto hatten abschleppen lassen. Warum hatten wir das nicht getan?

Weil der Mann von der Werkstatt uns auf diese Idee gebracht hatte, erwiderte Alan. Ein Geschenk des Himmels. Ein Freund in der Not. Ein guter Samariter. Einer von denen, die nicht ihres Weges gingen.

›Ich lasse den Motor am besten laufen‹, sagte er. Ich sah ihn verständnislos an. ›Für den Fall, daß die Batterie wieder schlappmacht. Wenn du soweit bist, können wir fahren.‹

›Wohin?‹

›Gilda holen.‹

Ich hätte fast laut aufgeschrien und legte schnell beide Hände über den Mund.

›Deshalb habe ich ihn gebeten, den Wagen wieder flottzumachen‹, sagte er.

Wir fuhren zurück. Inzwischen kannte ich diese Strecke fast in- und auswendig. Der Mähdrescher stand noch da. Bis auf ein paar Schrammen am gelben Lack hatte Alans Wagen keine Spuren hinterlassen. Alles war unverändert: der Seitenstreifen, die hohen Gräser, die hochwuchernden Unkrautstauden, die Hecke dahinter, die Bäume. Hatte ich gedacht, alles sähe plötzlich anders aus? Nur Himmel und Luft hatten sich verändert, der Rauch war fast weg, und durch den Dunst drang die Abendsonne…

– Dies ist die erste Seite des zweiten Bandes. –

Alan fuhr den Wagen auf den harten, trockenen Seitenstreifen und wendete, so daß der Wagen mit dem Heck zum Gebüsch stand. Ein Lastwagen fuhr vorbei, dann ein Motorrad, in der Gegenrichtung näherte sich ein Personenwagen: Rush-hour in Curton. Alan machte den Kofferraum auf und holte zwei Campingsessel heraus, die er wohl in der Garage gefunden hatte. Er klappte sie auf und stellte sie zusammen mit einem Campingtisch auf den Seitenstreifen. Auf den Tisch stellte er eine Flasche Wein und legte eine Packung Zigaretten dazu.

Es ist erstaunlich, wie rasch man sich in so einer Situation in das Szenario (wie Marianne sagen würde) eines Krimis hineinfindet. Man registriert Dinge, die man bisher nur aus Büchern kannte. Ich sagte: ›Jetzt werden sich alle, die uns sehen, später an uns erinnern. An ein Paar beim Picknicken.‹

›Danach wird sie niemand fragen‹, gab er zurück. ›Mir geht es nicht um später, sondern darum, jetzt nicht aufzufallen.‹ Er deutete auf den Campingsessel. ›Komm, setz dich. Zigarette?‹

Wir rauchten unsere Zigaretten, wir bewunderten den

Blick, die gemähten gelben und die vom Abflämmen schwarzgebrannten Felder. Ein Streifenwagen kam vorbei, der Fahrer nickte uns freundlich zu.

Ich habe mich immer über die Leute gewundert, die aufs Land fahren, nur um sich irgendwo an den Straßenrand zu setzen. Jetzt waren wir selbst solche Leute. Verliebten würde das nie in den Sinn kommen, so was machen nur Ehepaare. Niemand hätte uns für ein schuldbeladenes Liebespaar gehalten. Wir saßen an einem schönen Abend an einem Campingtisch, rauchten und tranken Wein, und hinter uns im Gras lag Alans tote Frau.

Als die Rush-hour vorbei und der letzte Wagen heimwärts gerollt war, packten wir den Tisch und einen der Campingsessel wieder in den Wagen, den anderen benutzten wir als Trage.

Alan nahm ihren Kopf, ich nahm die Füße. In ihrem Haar hingen Grassamen. Wir legten sie auf die Trage, brachten sie zum Wagen und ließen sie behutsam in den Kofferraum gleiten. Sie war sehr leicht, keine neunzig Pfund. Ich sah kurz in das leblose Gesicht. Das grüne Tuch hatte sie nicht mehr um den Hals, es lag auf ihrer Brust. Schon in diesem Moment war ich ganz sicher, daß sie das Tuch um den Hals gehabt hatte, als sie in Alans Wagen gestiegen war.

Wir legten den Campingsessel über die Tote und schlugen den Kofferraumdeckel zu. Das klingt sehr nüchtern und sachlich, aber in mir sah es ganz anders aus. Mir war unwirklich zumute, wie in einem Traum, während ich Alan beim Abtransport von Gildas Leiche half. Gleich werde ich wach, dachte ich, dann sitze ich auf dem Sofa, mit dem Kopf an seiner Schulter, vom Wein benebelt, und der Tanz ist zu Ende. Ich denke mir, daß allen Menschen so zumute sein muß, denen etwas abverlangt wird, was völlig außerhalb ihrer normalen Lebenserfahrung liegt. Als habe ihr Leben sich plötzlich in einen Alptraum verwandelt.

Kein einziger Wagen war inzwischen vorbeigekommen. Alles war still und friedlich. Wir fuhren zurück nach ›Molucca‹. Alan machte die Garage auf und fuhr Gildas Wagen hinein, Gildas Leiche in Gildas Wagen. Es war genau der Zeitpunkt, den wir ursprünglich für unser romantisches Abendessen reserviert hatten.

›Ich bade rasch‹, sagte er, ›und dann brauche ich einen Schluck gegen den Katzenjammer. Und du?‹

›Ich weiß nicht‹, sagte ich. ›Ich weiß nicht, was ich machen soll.‹

Beiläufig, in leichtem Plauderton, sagte er: ›Apropos Katzen, mein Stern: Wußtest du, daß Besuch ins Haus steht, wenn die Katze sich putzt oder einen Buckel macht? Und daß die Schwindsucht bekommt, wer Katzenhaare verschluckt?‹

Und dann mußte ich plötzlich an Richard denken. An Richard, der dort unten in Cornwall seinen Spaß hatte, der wahrscheinlich den ganzen Tag am Strand gewesen war, jetzt beim Abendessen saß und bald zu Bett gehen würde. Ich dachte, wie schrecklich es für ihn war, eine Mutter zu haben, die solche Dinge tat. Als Alan herunterkam, gebadet, mit gewaschenen Haaren und in sauberen Sachen, hatte ich mich noch nicht vom Fleck gerührt und rauchte die dritte Zigarette.

In diesem Aufzug – schmutzig, das Haar zerzaust und

voller Rußflocken, mit blutigen Händen, die nackten Beine zerkratzt, das Kleid mit verkohlten Getreideresten und Erde und Blut bedeckt – hatte er mich noch nie gesehen. Er mußte lachen.

›Wie siehst du bloß aus, mein Herz! Wie das kleine Mädchen mit den Schwefelhölzern. Oder Mrs. Guy Fawkes…‹

Er hatte sich offenbar wieder erholt, war vergnügt und ganz wie sonst.

›Als ich dort saß‹, sagte ich, ›ehe der Mann von der Werkstatt zurückkam und du neben ihr gekniet hast, was hast du da mit ihr gemacht? Hast du ihr etwas angetan, Alan?‹

Wieder lachte er. ›Wie meinst du das?‹

›Sie ist nur ein, zwei Meter weit geschleudert worden. Vielleicht ist sie mit dem Kopf gegen den Baumstamm geprallt, vielleicht auch nicht. Kann man an so was sterben?‹

›Sie ist daran gestorben.‹

›Alan‹, setzte ich an. ›Hast du…?‹ Aber ich brachte die Frage nicht zu Ende.

Die Worte, die ich nicht über die Lippen gebracht hatte, liest man in Romanen oder hört man im Fernsehen, aber nie im wirklichen Leben. In einem Theaterstück oder einem Film akzeptiert man sie, erwartet man sie geradezu, im Alltag aber klingen sie klischeehaft, ja grotesk. Ich hatte sie nicht ausgesprochen, aber er wußte, was ich hatte sagen wollen. Er wußte häufig, was ich dachte. Aber er antwortete ganz unbefangen und mit einem Lächeln: ›Natürlich nicht! Was denkst du denn von mir?‹

›Du warst mit ihr allein. Und zwar sehr lange.‹

›Ich war oft lange mit ihr allein. Das war ja das Elend.‹

Er ging zum Telefon und wählte die Nummer, die der Mann von der Werkstatt ihm gegeben hatte. Ich hörte ihn mit dem Bauern sprechen, dem der Mähdrescher gehörte. Er entschuldigte sich sehr höflich, machte sogar ein Witzchen über eine unwiderstehliche Macht, die ihn zu einem unbeweglichen Gegenstand hingezogen habe. Ich ging nach oben und badete. Morgen muß ich mir unbedingt flache Sandalen kaufen, dachte ich, während ich mein feines, schmutziges Kleid in den Schrank hängte und ein anderes anzog. Ich kämmte mich und überlegte, ob ich mich schminken sollte. Bist du wahnsinnig, dachte ich, aber natürlich schminkte ich mich, noch vor der Hinrichtung hätte ich mich geschminkt. Hätte der Mann, der die Guillotine bediente, meinen Kopf hochgehoben, hätten die Zuschauer Rouge auf meinen Wangen, Lippenstift auf meinem Mund gesehen.

Als ich wieder herunterkam, war ich aufgeputzt wie zu einer Party oder zu einer Hochzeit. Alan saß da und trank Tomatensaft oder – was wahrscheinlicher war – eine Bloody Mary.

›Vitamin C ist nie verkehrt‹, sagte er . ›Netter Kerl, der Bauer. Hat uns auf einen Drink eingeladen. Ich habe gesagt, daß ich dich erst fragen muß und zurückrufen würde.‹

›Was hast du gesagt?‹

›*War* nur ein Scherz. Ist doch keine Affäre, hat er gesagt, ein paar Pinselstriche, und die alte Mühle ist wieder tipptopp in Ordnung.‹

›Wie spät ist es?‹

›Zwei nach acht. Das Ganze hat uns um unser Abendessen

gebracht. Vor allem wegen des Transportproblems. Wir haben einen Wagen, aber genaugenommen haben wir keinen. Wie die Leute in Spanien mit ihrer toten Großmutter.‹

›Was für Leute?‹ fragte ich.

Die Geschichte von dem Ehepaar, das mit der Großmutter von Frankreich nach Spanien fährt – die inzwischen wohl ganz England kannte –, war bis dahin an mir vorbeigegangen. Die alte Dame stirbt, und sie packen die Leiche in den Kofferraum, um sie nach Frankreich zurückzubringen. Sie lassen den Wagen zehn Minuten auf dem Marktplatz stehen, um etwas zu trinken, und als sie wiederkommen, ist die Leiche auf Nimmerwiedersehen verschwunden. Sie haben die Geschichte vermutlich schon mal gehört, und zwar immer wieder, ebenso wie die anderen unbeglaubigten Anekdoten von der Katze, die den Chihuahua frißt, und dem Mann, der einen Zahn in seinem Hamburger findet.

Ich fand sie nicht zum Lachen. ›Wie kannst du nur…‹, sagte ich zu Alan.

Er zuckte die Schultern. ›Ich bin hysterisch, hör einfach nicht hin. Ist was zu essen im Haus?‹

›Nur das, was wir uns eigentlich zu Mittag machen wollten.‹

Das Gespräch ist mir in all seiner Banalität wortwörtlich im Gedächtnis geblieben. Die ganze Zeit hätte ich gern noch einmal jene Frage gestellt, aber ich traute mich nicht. Nach einer Weile verließ er das Haus, er hatte nichts gesagt, aber ich wußte, wohin er wollte. Ich sah, wie er Gildas Wagen aus der Garage holte. Wir würden essen gehen, sagte er, in den ›Weißen Hirsch‹ in Thelmarsh, da bekäme man auch um diese Zeit noch was. Ich sah den Wagen an, den Kofferraum.

420

Ich solle mir keine Sorgen machen, sagte er, darum habe er sich gekümmert. Allerdings wäre das, was in der Geschichte mit der Großmutter passiert sei, im Grunde für uns ein Segen.

Beim Essen versuchte ich zunächst mit ihm zu reden, als sei nichts geschehen. Ich sprach über Richard. Ich brachte die Sprache auf mein Haus in Bury und auf die Frage, ob wir dort oder in ›Molucca‹ leben sollten. Nach einer Weile versiegte mein Redestrom, er hatte ohnehin nicht viel zum Gespräch beigetragen, und dann saßen wir da und schwiegen uns an. Ich bekam keinen Bissen herunter, aber er aß – scheinbar mit Appetit – drei Gänge und trank viel. Die Nacht war warm, fast schwül. Es hatte sich aufgeklärt, durch das Fenster im ›Weißen Hirsch‹ sah man eine Fülle von Sternen. Ich sagte – und das sah mir gar nicht ähnlich –: ›Ich wünschte, wir könnten zu Fuß zurückgehen.‹

Alan konnte immer noch Witze machen. Er schlug an sein Glas. ›Müssen wir vielleicht sogar.‹ Als er gezahlt hatte, fragte er: ›Warum hast du das gesagt?‹

›Was?‹

›Warum hast du *zurück* gesagt und nicht *nach Hause*?‹

›Ich weiß nicht‹, sagte ich, aber natürlich wußte ich es ganz genau.

Auf dem Rückweg fuhr ich. Ich fuhr langsam und vorsichtig. Ich stellte den Wagen in die Garage. Sie lag, in ein Schottenplaid gewickelt, an der Wand. Und in diesem Augenblick dachte ich: Wenn das alles vorbei ist, werde ich mich nie mehr ans Steuer eines Wagens setzen. Als wir ins Haus kamen, war es fast Mitternacht. Wir gingen nach oben und legten uns aufs Bett.

›Hast du etwas mit ihr gemacht?‹ fragte ich.

›Ob ich sie umgebracht habe, meinst du‹, sagte er mit schwerer Zunge.

›Ja, das meine ich.‹

›Natürlich nicht.‹

›Bitte sag mir die Wahrheit, Alan.‹

›Ich habe sie nicht umgebracht.‹

Ich zog mich aus, streifte Nachthemd und Morgenrock über, wusch mir das Gesicht und kämmte mich. Ohne ihn anzusehen, fragte ich: ›Wenn du ihr nichts getan hast…‹ – das Wort *umgebracht* wollte mir nicht über die Lippen –, ›verstehe ich nicht, warum wir es nicht der Polizei sagen, warum wir sie nicht wegbringen lassen können.‹

Er war eingeschlafen. Ich legte mich neben ihn. Wir sind wie Flüchtlinge, dachte ich, wie zwei einander wildfremde Menschen, die vor einer Katastrophe zu fliehen versuchen und die, weil sie keine andere Schlafstätte gefunden haben, zusammen auf einem Bett liegen müssen. Ich ließ mir meine Fragen noch einmal durch den Kopf gehen und konnte sie nun selbst beantworten. Wir hätten von Anfang an die Wahrheit sagen sollen, und das hätten wir wohl auch getan, hätte uns nicht der Mann von der Werkstatt einen Ausweg gezeigt, einen Fingerzeig gegeben.

Es war nicht seine Schuld, niemand hatte uns gezwungen, seinen Rat zu befolgen, aber er hatte ihn gegeben, und wir hatten ihn angenommen. Wir hatten zugelassen, daß er und vielleicht auch der Bauer von mir als Alans Frau sprach. Wir hatten uns in Campingsesseln auf den Seitenstreifen gesetzt und in der Rush-hour von Curton Picknick gespielt. Wir hatten Gildas Leiche abtransportiert. Wir waren mit dem

Wagen nach Thelmarsh zum Essen gefahren. Die tote Gilda lag fünf, sechs Meter von uns entfernt auf dem Garagenboden. Es war zu spät, die Wahrheit zu sagen, für alles war es zu spät. Ich stand auf und legte mich unten aufs Sofa. Dort schlief ich ein. Ich schlief, bis die Vögel wach wurden und das ganze Haus von ihrem Gesang im Moor erfüllt war.

Wir blieben zusammen, aber wir sagten nichts. Wir gingen herum, räumten auf, machten Kaffee, machten uns etwas zu essen, aber es dauerte lange, bis einer von uns den Mund aufmachte. Schließlich fragte er: ›Willst du wirklich wissen, warum?‹

›Nein‹, sagte ich. ›Ich weiß, warum.‹

Er lächelte schmal. ›Na also…‹ Er hatte einen entsetzlichen Kater. ›Ich leg mich wohl am besten noch mal hin.‹

Es war heiß geworden, wieder hing Rauch in der Luft, allerdings nicht so viel wie am Vortag. Ich hatte mich hinter dem Haus auf den Rasen gelegt, ich schlief nicht, sondern sah in den Himmel und überlegte, wie wohl normale, ganz gewöhnliche Menschen ihre Zeit verbrachten. Was trieben sie den lieben langen Tag, was gab es die ganze Zeit zu tun? Gegen Mittag kam Alan zu mir heraus.

›Du weißt, was wir jetzt tun müssen?‹

›Ich denke, ja.‹

›Komm ins Haus.‹

Dann saßen wir uns im Wohnzimmer gegenüber.

›Ich habe mir überlegt, wie wir es machen können. Haben wir genug Öl?‹

Ich sah ihn an, als habe er die Frage in einer obskuren Fremdsprache gestellt.

›Heizöl meine ich. Haben wir genug im Haus?‹

›Zwanzig Liter. In der Garage.‹

Er würde noch welches kaufen, sagte er. Dann erklärte er, wie er es machen wollte, wie *wir* es machen müßten. Ich sagte nichts, ich saß nur da und schüttelte den Kopf, es war keine Verneinung, sondern ein Ausdruck des Staunens, des Schreckens.

›Und Benzin‹, sagte er. ›Oder ist das zu gefährlich?‹

Unser Telefon funktionierte nicht. Während Alan weg war, ging ich in meinen Stöckelschuhen fast eine Meile zur nächsten Telefonzelle und opferte mein ganzes Kleingeld, um bei Madge Browning anzurufen und mich nach Richard zu erkundigen. Irgendwie hatte ich das dunkle Gefühl, ihm sei, während wir hier dieses Schreckliche taten und planten, etwas noch Schrecklicheres widerfahren, er sei ertrunken oder gestürzt und schwer verletzt. Aber nein, er war gesund und munter, war gerade für eine Stunde zum Mittagessen im Haus, er kam ans Telefon und erzählte mir von der Farm und den Tieren und vom Strand.

Den Vorsatz, mir Sandalen zu kaufen, führte ich dann doch nicht aus. Es war mir inzwischen gleich, ob meine hohen Hacken abbrachen oder ich Blasen an den Füßen bekam.

Alan war vor mir zurückgekommen, sein Gesicht leuchtete auf, als er mich sah, er nahm mich in die Arme, er habe sich solche Sorgen gemacht, ohne mich sei seine Welt zusammengebrochen. Wo ich gewesen sei. Ich sagte es ihm, ich duldete es, daß er mich in den Armen hielt. Dann setzten wir uns an den Tisch, aßen etwas von dem, was er mitgebracht hatte, tranken eine Flasche Rotwein und schliefen. Aber nicht zusammen.

Stillschweigend hatten wir es so geregelt, daß ich mich oben aufs Bett legte, während er das Sofa im Erdgeschoß nahm. Ich schlief sehr fest. Als ich aufwachte, ging die Sonne unter. Von einem der unbenutzten Hinterzimmer aus sah ich sie in zornigem Orangerot am diesigen Himmel hinter dem Moor stehen. Alan war nicht im Haus. Ich ging in die Garage. Der Kofferraum stand offen, und Gildas Leiche lag wieder darin.

Das grüne Tuch war nirgends zu sehen. Ich erinnerte mich deutlich, daß sie es um den Hals gehabt hatte, als sie gestern – wirklich erst gestern? – hergekommen war, und daß es lose auf ihrer Brust gelegen hatte, als wir die Leiche aufnahmen, um sie hierher zurückzubringen. Alan erschrak. Er hatte wohl nicht erwartet, daß ich mich über die Tote beugen würde, um ihren Hals zu betrachten. Sie war kalt und steif, irgendwelche Spuren oder jene dunklen Würgemale, von denen in Kriminalromanen immer die Rede ist, waren nicht zu sehen.

Er wußte, wonach ich suchte, ich sah es ihm an, aber er sagte nichts. Er stellte das Paraffin und die beiden Benzinkanister, die er gekauft hatte, in den Kofferraum und legte einen Stoß Zeitungen dazu, die sich im Lauf der Jahre im Haus angesammelt hatten.

›Zieh das schmutzige Kleid an‹, sagte er.

›Warum?‹

›Es wird noch schmutziger werden.‹

Er klappte den Kofferraumdeckel zu, stieg ein und fuhr rückwärts aus der Garage heraus.«

An dieser Stelle war das Band zu Ende, ich habe es umgedreht.

»Ich erinnere mich nur an einen Satz von ihm, ehe wir in den Wagen stiegen: ›Ich hab vorhin das Gelände erkundet, ich glaube, ich weiß eine Stelle.‹

Es war ein abgelegener, gottverlassener Winkel am Ende der Welt. Mag sein, daß dort inzwischen ein paar Häuser stehen und noch mehr Hecken verschwunden sind. Damals war die Gegend öde und menschenleer. Endlose Felder, dazwischen hier und da ein Wäldchen oder das helle Band eines sich dahinschlängelnden Feldwegs. Einige Felder waren schon abgeflämmt und geschwärzt, andere waren, nach dem Abflämmen umgepflügt, von sattbraunen, mit weißen und grauen Kieselsteinen gesprenkelten Furchen durchzogen.

Es dämmerte; nirgends Licht in einem Haus, nirgends eine Straßenbeleuchtung. Der Mond schien nicht oder war noch nicht aufgegangen. Die Landschaft verlor allmählich ihre Farbe, sie war nicht mehr grün und erdbraun, sondern grau in allen nur denkbaren Schattierungen und schwarz von den verkohlten Feldern. Aber wozu diese lange Beschreibung? Das alles ist jetzt nicht mehr von Belang.

Alan fand den Weg in der Dunkelheit so gut wie am hellen Tag. Er hatte die Stelle vor ein paar Stunden ausfindig gemacht. Er bog in eine Lindenallee ein und fuhr den Wagen rückwärts in das Feld, das er ausgeguckt hatte. Zwischen den Baumreihen zog sich eine tiefe doppelte Spurrinne durch das feste, ausgetrocknete Erdreich. Es gab kein Tor, nur eine Öffnung, über den Graben waren Bretter ge-

426

legt. Das Feld war erst kürzlich – gestern wahrscheinlich – abgeflämmt worden, und der Bauer hatte bei dieser Gelegenheit auch einen Teil der Hecke gerodet – eine uralte Hecke aus Eiche und Weißdorn, Ahorn und Heckenrosen, Holunder und Hartriegel –, um sein Feld zu vergrößern. In einem unordentlichen Haufen lag halbverkohltes Holz, lagen Äste und krumme Wurzeln glimmend am Rand der geschwärzten Stoppeln. Aus Astgabeln und knorrigen Zweigen stiegen dünne Rauchfäden hoch. Vor ein paar Stunden, sagte Alan, habe es hier noch lichterloh gebrannt.

Sie haben mir einmal erzählt, Genevieve, daß die Bauern eigentlich zwei Meter Abstand zwischen der Hecke und dem Feld lassen sollten, das sie abbrennen, aber daran hatte sich hier niemand gehalten, der Bauer hatte die Hecke absichtlich verbrannt. Ein Baum stand da, dessen Äste aussahen wie verbrannte Arme, an denen – eingeschrumpft, gekräuselt und geschwärzt – noch die Blätter hingen. Ein Blatt, steif wie ein gerolltes Stück Papier, sank gerade kreiselnd zu Boden.

Wir fingen mit den Zeitungen an. Ich schürte das Feuer in der Asche so, wie ich es bei Tante Sylvia gelernt hatte, erst zusammengeknülltes Zeitungspapier, dann dünne Äste, dann ein, zwei dickere Scheite, die überall herumlagen, im Gras und in den tiefen Gruben, wo fünfhundert Jahre lang die Hecke gestanden hatte. Manche waren angesengt, die meisten aber weißes, rohes Holz, von der Axt versehrt und zersplittert. Alan goß Heizöl darüber, und dann legten wir Gildas Leiche auf den Scheiterhaufen.

Nicht weit von dort, im südlichen Suffolk, gibt es einen Ort, in dem im 16. Jahrhundert ein Mann bei lebendigem

Leib verbrannt wurde. Später haben sie ihm ein Denkmal gesetzt. Er gehörte zu den Märtyrern, die von Mary Tudor zum Tode verurteilt worden waren, weil sie sich weigerten, wieder katholisch zu werden. Wie lange hat es wohl gedauert, bis er verbrannt war? Gewiß, damals standen die Leute nicht unter dem Zwang, die Leiche zu beseitigen. Aber wo sind seine Überreste abgeblieben? Das steht nirgends, das sagt einem keiner. Vielleicht hatten sie wie wir das Feuer viele Stunden brennen lassen. Wir brauchten die ganze Nacht. Einen lebendigen Menschen zu verbrennen ist noch verhältnismäßig einfach. Eine Leiche durch Feuer zu zerstören ist ein langwieriges und mühseliges, ein grausiges Stück Arbeit.

Ich versuchte, so lange nicht hinzusehen, bis sie nichts Menschenähnliches mehr hatte, und darauf brauchte ich gar nicht lange zu warten. Dem Geruch aber entkam ich nicht. Ich versuchte es. Ich hielt mir die Nase zu. Ich wandte mich ab und erbrach mich in den Graben. Dann sah ich hin. Was da liegt, ist nur ein ganz gewöhnliches Stück Holz, sagte ich mir, ein besonders sperriger Eichenzweig vielleicht. Es roch jetzt anders, bitter und würgend. Es roch nach Schwefel.

Alan hatte Gin mitgebracht. Wir tranken ihn aus der Flasche. Ich hatte mich übergeben, aber vielleicht lag es an dem Gin, daß ich keinen Augenblick fürchtete oder erwartete, hinter uns auf den Feldern plötzlich ein Auto, das Blaulicht eines Streifenwagens oder einen Trupp erboster, in breiter Formation über die Wiese vorrückender Männer auftauchen zu sehen. Hin und wieder tranken wir einen Schluck, der unverdünnte Gin gab uns die Kraft, immer wieder Brennbares nachzulegen, das Feuer in Gang zu halten. Nur einmal sahen wir uns an und fanden wir uns in einer seltsam teilnahmslosen Umarmung zusammen.

Wir ließen die Flammen niederbrennen, scharrten mit einem langen Ast Schlacke und Asche zusammen, und wenn alles ausgekühlt war, legten wir Holz nach, türmten weitere Scheite auf das Stück Holz, das kein Holz war. Alan machte eine Benzinbombe. Er füllte die Ginflasche mit Benzin, stopfte sein Taschentuch in den Flaschenhals und wies mich an, in Deckung zu gehen.

›Ich wollte schon immer mal einen Molotowcocktail basteln‹, sagte er.

Er zündete den Stopfen an und warf die Flasche. Dabei ist dann das Heck des Wagens angesengt. Benzin brennt nicht gleichmäßig wie Heizöl, es explodiert. Das hätte ich wissen müssen, jeder, der das Prinzip des Verbrennungsmotors begriffen hat, weiß das, aber bis zu jenem Abend war ich in vieler Beziehung sehr ahnungslos. Gildas Scheiterhaufen explodierte mit lautem Dröhnen, die Flammen schlugen hoch, sekundenlang war es taghell. Wir kamen beide mit dem Schrecken davon, allerdings versengte sich Alan die Brauen und Haarspitzen.

Wir wußten, daß wir uns nicht mit halben Sachen zufriedengeben, daß wir nicht sagen durften, jetzt können wir aufhören. Wir brauchten nicht darüber zu sprechen, wir wußten beide, was nottat: völlige Vernichtung, Verwandlung in eine unkenntliche Masse. Wir mußten weitermachen, bis das, was zu verbrennen wir hergekommen waren, eins geworden war mit dem verkohlten Holz, den geschwärzten Steinen.

Es wurde Tag, die graue Dämmerung vor Sonnenaufgang

zog herauf, ehe wir das erreicht hatten. Die Stelle, an der wir uns die ganze Nacht gemüht hatten, sah nicht viel anders aus als vor unserer Ankunft: verkohltes Holz aus einer gerodeten Hecke, leise glimmende Glut auf zehn, zwölf Quadratmetern Asche. Wir waren erschöpft, wir waren betrunken, verdreckt, elend und fast von Sinnen. Schlimm war auch, daß wir nicht miteinander sprachen. Wir schwiegen uns an, aber wir waren nicht still, Alan stöhnte wie unter kaum erträglichen Schmerzen, mich schüttelte ein trockenes, tränenloses Schluchzen. Aber wie uns zumute war, tut nichts zur Sache, ich muß mich vor Selbstmitleid hüten.

In meinem Haus legten wir uns hin und schliefen, diesmal ging er nach oben, und ich legte mich aufs Sofa. Ich überließ ihm das Bett, weil er schwere Arbeit geleistet hatte. Seine Haut war versengt, seine Hände waren voller Blasen. Ich sah noch, wie er sich bäuchlings aufs Bett fallen ließ, doch hätte ich es niemals fertiggebracht, mich neben ihn zu legen. Später, nachdem wir wieder einmal gebadet und uns umgezogen hatten, gingen wir in den Garten und setzten uns ins warme, trockene Gras. In der Ferne hörte ich es klappern und rattern, ein Farmer nutzte das gute Wetter zur Ernte oder zum Pflügen. Ich hatte Kopfschmerzen, und Alan wird es nicht anders gegangen sein.

Er war nervös, so kannte ich ihn gar nicht. Wir würden noch mal hinfahren und nachsehen müssen, sagte er immer wieder. Er könne sich nicht erinnern, in welchem Zustand wir die Stelle hinterlassen hatten. Waren wirklich alle Spuren beseitigt?

›Bitte sag mir‹, bat ich, ›was du in der Zeit gemacht hast, als der Mann von der Werkstatt weg war.‹

›Nachdem er uns gesagt hatte, was wir machen sollten, meinst du?‹

Ich streckte in einer ungeduldigen Bewegung die Arme aus und bewegte wie abwehrend die Hände aus dem Handgelenk. Das hatte ich bei Alan noch nie gemacht.

›Nachdem er uns in den Mund gelegt hatte, wir wären nur zu zweit gewesen.‹ Sein Blick war fern und fremd. ›Du meinst, ob ich sie umgebracht habe.‹

›Ja, das meine ich.‹

›Nein, und noch mal nein. Wie oft soll ich dir das denn noch sagen? Ich habe überhaupt nichts gemacht. Wichtig ist, in welchem Zustand wir letzte Nacht alles hinterlassen haben. Oder vielmehr heute früh. Ich weiß es nicht mehr, ich habe zuviel getrunken.‹

›Ich weiß es noch. Alles war beseitigt. Vorher hätten wir sowieso nicht aufhören können, das war uns beiden klar.‹

›Ich möchte trotzdem, daß wir noch mal hinfahren.‹

Ich ging zu ihm, auf Händen und Knien kroch ich zu ihm hin und hockte mich vor ihm ins hohe Gras.

›Sag mir die Wahrheit. Hast du sie umgebracht?‹

›Herrgott noch mal. Sie wäre sowieso gestorben. Der Aufprall war tödlich. Ich habe ihr das Tuch abgenommen. Ich habe es ihr vor Mund und Nase gehalten, nur einen Augenblick, eine Sekunde, ich weiß nicht, warum. *Das kannst du nicht machen,* habe ich mir dann gesagt, *was zum Teufel machst du da.* Ich habe das Tuch weggenommen, es waren fünfzehn Sekunden, allerhöchstens, nicht der Rede wert. Ich habe das Tuch weggenommen, und sie war tot.‹«

25

Ich saß draußen im Garten in einem Campingsessel und überlegte, ob es der war, den sie als Trage für Gilda benutzt hatten. Er hat sie nicht umgebracht, sagte ich mir, sie wäre so oder so gestorben.

Ich hatte das grüne Tuch dabei, ich hatte es mir übers Gesicht gelegt und meine Hände dagegengedrückt und trotzdem noch Luft bekommen. Es ist dünn und durchsichtig, man könnte es sich als Smogschutz umbinden und trotzdem normal atmen.

Andererseits bin ich nicht krank, ich bin viel jünger, als Gilda damals war, und nicht bei einem Autounfall verletzt worden. Er hatte wohl auch kräftigere Hände als ich, aber ich konnte trotzdem nicht glauben, daß man mit diesem Tuch einen Menschen ersticken kann.

Warum hatte er es ihr dann übers Gesicht gelegt? Warum? Weil er sie hatte umbringen wollen, es konnte gar nicht anders sein. Er fürchtete, sie könnte sich wieder erholen, da hatte er ihr das Tuch ans Gesicht gedrückt, um sie zu töten, hatte es sich sofort wieder anders überlegt – fünfzehn Sekunden, das ist doch sofort, nicht? – und das Tuch weggenommen. Und da war sie tot. Hatte er sie nun umgebracht oder nicht? Und wenn er sie hatte umbringen wollen… Nein, das ist mir alles zu kompliziert, ich kann es nicht entwirren, ich weiß es nicht.

Ich hörte mir die zweite Seite an, sie ist nur zur Hälfte bespielt, und dann hört sie auf.

»Ich erinnere mich ganz genau. An jedes Wort, jede Geste. Alles ist glasklar und scharf umrissen, wie mit einem Messer herausgearbeitet. Ich bat ihn zu wiederholen, was er gerade gesagt hatte. Er tat es fast patzig, wie ein Kind. Und ich hörte es mir an wie eine strenge Mutter, die das Für und Wider einer Strafe abwägt. Ich wußte, was er jetzt sagen wollte, und ich kam ihm zuvor: ›Schon gut. Ich wollte es auch. Du warst es nicht allein.‹

›Sie wäre ohnehin gestorben, Stella, ich glaube nicht einmal, daß ich ihren Tod beschleunigt habe.‹

›Von dem Moment an, als der Mann uns fragte, ob wir nur zu zweit sind, haben wir beide gehofft, haben wir uns beide gewünscht, daß sie stirbt.‹

›Gespielt haben wir es ja weiß Gott oft genug‹, sagte er. ›Aber letztlich war es dann doch ganz anders als das Werkillt-Gilda-Spiel.‹

Als wir zu der Brandstätte zurückfuhren, wußte ich, daß zwischen uns alles aus war. Auch er wußte es, aber er wollte es noch nicht wahrhaben.

Wir müßten zusammenbleiben, sagte er ein um das andere Mal, wir müßten uns gegenseitig Rückendeckung geben. Für den Fall, daß jemand Fragen stellte. Daß das Vernichtungswerk nicht vollendet war. Daß Überreste gefunden wurden, Knochen, Zähne. Sie war seine Frau gewesen, es waren ihre Knochen, ihre Zähne, von denen er sprach. ›Für den Fall, daß die Polizei kommt‹, sagte er. ›Wir müssen fest zusammenstehen.‹

Nirgends brannten mehr Stoppeln, das Abbrennen der Felder war beendet, die Luft war klar, der Himmel ein hohes, weißes, sonnenloses Wolkendach. Es war ganz windstill. Wir hatten den 1. September, der Sommer war vorbei, alles war vorbei. Und ich sah dies als den Weg ins absolute Nichts, in die Apokalypse.

Je näher wir herankamen, desto größer wurde meine Furcht. Ich hatte das Gefühl, daß dort etwas auf uns wartete. Nicht die Polizei oder ein Suchtrupp. Nicht die Behörden, nicht der Arm des Gesetzes. Sondern die Vergeltung. Ich glaube nicht an übernatürliche Dinge, glaubte auch damals nicht daran – und doch sah ich voller Beklemmung außerirdische Kräfte, rächende himmlische Heerscharen, eine nur vage umrissene personifizierte Gerechtigkeit auf uns zukommen. Ich sagte sogar: ›Laß uns umkehren.‹

›Kommt nicht in Frage. Wir sind hergekommen, um uns Gewißheit zu verschaffen. Ich möchte nachts schlafen können.‹

Es war sehr still. Wir waren keinem einzigen Wagen begegnet, waren von keinem einzigen Wagen überholt worden. Ein Fasan lief kreischend und flügelschlagend vor uns über die Straße; ich schrie auf und verkrampfte die Hände ineinander.

Als wir die Stelle fast erreicht hatten, hörten wir das gleichförmige Tuckern eines Traktors, das man so selbstverständlich mit dem Herbst auf dem Land assoziiert, wie man das früher wohl mit dem Wiehern und dem Hufschlag der Pferde getan hat. Das Geräusch verunsicherte uns, und Alan nahm Gas weg. Das letzte Stück rollten wir im Schneckentempo über den schmalen Weg.

Natürlich war da kein Racheengel, niemand, der am Tor gewartet hätte, um uns vor die Schranken eines Gerichts zu laden. Alan parkte den Wagen auf dem Seitenstreifen. Er

434

streckte mir die Hand hin, aber ich hatte meine Hände ver-
schränkt und vor die Brust gedrückt. Wir sahen zu dem Feld
hinüber, und er blieb stumm, aber ich stieß einen leisen
Klagelaut aus, ich winselte wie ein Welpe. Alan machte
große Augen.

Das Feld war nicht mehr schwarz, sondern braun, sämtliche Spuren des Feuers waren getilgt, der Bauer hatte rasch
entschlossen die ganzen fünfzig Acres unter den Pflug genommen. Die Stoppeln waren abgeflämmt, die Hecke war
gerodet und vernichtet, und jetzt zog die Pflugschar ihre
Furchen über das Feld, zermalmte und vergrub Halme,
Asche und Schlacke.

Er war fast fertig. Zum letztenmal wendete der Traktor
auf dem heckenlosen Feld. Langsam und schwerfällig wie
ein großes plumpes Tier oder ein Tank rollte er am Rand der
Lindenallee den Hang hinunter, es sah aus, als käme er un-
erbittlich auf uns zu, um an uns Vergeltung zu üben. Aber
ich konnte den Mann in seiner Kabine erkennen, es war
ein ganz gewöhnlicher Mann mittleren Alters mit rotem
Gesicht und schütterem hellem Haar, der eine Zigarette
rauchte. Der Rauch wehte aus der Kabine, ein durchschei-
nendes Gespenst des Gewesenen.

Alan fuhr noch ein Stück weiter, um nicht gesehen zu
werden. Nach hundert Metern hielt er an. Im Rückspiegel
sahen wir den Traktor mit dem Pflug durch das Gatter rollen und mit einiger Mühe auf den Weg einbiegen. Er fuhr
heim. Zu einer wartenden Frau, vielleicht zu einem ausgie-
bigen ländlichen Abendessen, zu seinen Kindern, seiner Familie, seinen Freunden, zu Frieden und schönen Dingen. Im
Vorbeifahren hob er grüßend die Hand.

Alan wendete, fuhr wie am Abend zuvor die Lindenallee hoch, und dann rollten wir auf den Brettern, die über dem Graben lagen, zu dem Feld hinüber. Man sah nichts Schwarzes mehr, keine Spur von Schwarz, keine verkohlten Wurzeln oder Zweige. Die Erde war von einem satten Kastanienbraun, weich wie Brotkrumen, hier schlugen bestimmt nicht viele Steine gegen die Pflugschar. Das Feld war gekonnt und gleichmäßig gepflügt, in parallelen Furchen, die aussahen wie die Rippen eines gestrickten Kleidungsstückes. Es war, als sei hier nie abgeflämmt worden, alle Brandspuren waren getilgt, der krümelig-weiche Boden hatte sie geschluckt, für immer verschwinden lassen.

›Nachdem sie Karthago niedergebrannt hatten‹, sagte Alan beiläufig, ›haben sie alles untergepflügt, damit niemand die Überreste findet.‹

Ich sah ihn an. Was er damit meinte, wollte ich wissen.

›Gilda ist unser Karthago‹, sagte er.

Wir stellten den Wagen in die Garage. Gildas grünes Tuch war noch im Kofferraum, ich ließ es dort liegen. Ich hätte nicht gewußt, was ich damit machen sollte. Vom Verbrennen hatte ich genug. Alan versuchte, mich in die Arme zu nehmen, und als das mißlang, griff er nach meinen Händen. Aber es war sinnlos. Nicht, daß ich ihn nicht mehr geliebt hätte; ich verdiente ihn nicht mehr und er mich nicht. So einfach war das.

Wir aßen eine Kleinigkeit, glaube ich. In der Küche, im Stehen. Wir tranken einen Schluck Gin. Nicht Pink Gin, sondern Gin pur aus Wassergläsern. Ich sagte ihm nicht, wie mir zumute war, ich erklärte nichts.

Er sagte: ›Jetzt kann ich nie Witwer werden. Denn Gilda ist ja nicht tot.‹

Wie er das meinte, fragte ich.

›Wie könnte ich sagen, sie ist tot? Wie könnte ich es beweisen?‹

›Ist das denn nötig?‹

›Das Haus, in dem ich wohne, ist ihr Haus. Was an Geld da ist, gehört ihr. Mein Wagen ist Schrott, aber mit ihrem kann ich nicht fahren, sie ist damit in Frankreich.‹ Er sah mich an. ›Ich könnte nie ein zweites Mal heiraten.‹

Jetzt hatte ich begriffen, und es überlief mich kalt.

›Sie ist verschwunden, aber sie wird immer dasein. Sie ist so unwiderruflich tot, wie ich es mir nur wünschen könnte, und dabei lebendiger, als ich es mir je hätte träumen lassen.‹

Es gab ein langes, lastendes Schweigen.

›Fahren wir nach Hause‹, sagte ich schließlich.

›Wo ist Zuhause?‹

Nicht in ›Molucca‹. Nicht mehr. Gilda war dort gewesen, die tote Gilda hatte dort gelegen, ich meinte ihre Asche zu riechen. Ich sagte so höflich, wie ich es zu John Browning oder einer von Mariannes Freundinnen gesagt hätte: ›Könntest du mich bitte nach Bury bringen, ehe du zur St. Michael's Farm zurückfährst?‹

Er schüttelte den Kopf. Sein Glas war leer, und er schenkte sich nach. ›Ihren Wagen kann ich nicht nehmen, das sagte ich schon, er ist ja angeblich in Frankreich. Ich kann nicht riskieren, daß man ihn hier sieht.‹ Er leerte das Glas in einem Zug und schloß kurz die Augen. ›Von Thelmarsh aus geht ein Bus, ich habe keine Ahnung, wann er fährt. Ich stelle mich einfach an die Haltestelle.‹

Das hat er dann auch getan. Auf dem Weg dorthin hat er mir, ohne zu fragen oder etwas zu sagen, von einer Telefonzelle aus ein Taxi bestellt, das Bahnhofstaxi von Thelmarsh. Aufmerksam und rücksichtsvoll, wie er war, hatte er häufig meine Wünsche vorweggenommen. Das Taxi kam, ich schloß ab und ließ mich nach Bury zurückbringen. Es war vor acht und noch nicht dunkel. Auf der Fahrt dachte ich daran, wie lieb es von ihm war, mir ungefragt ein Taxi zu bestellen, und ich mußte weinen.

Viel mehr bleibt nicht zu sagen. Ich bin müde, und die Brust tut mir weh. Das war übrigens noch nicht unser endgültiger Abschied. Wir haben uns noch zweimal wiedergesehen, einmal in meinem Haus und einmal in einem Restaurant. Dort aßen wir zusammen, wir dachten, es ginge vielleicht doch, wir könnten uns irgendwie aussöhnen. Aber es ging nicht. Das Feuer stand zwischen uns und die umgepflügte Brandstätte. Das, und die fünfzehn Sekunden, in denen er Gilda das Tuch vors Gesicht gehalten hatte. Ich träumte viel davon; jahrelang. Nicht von dem Tuch oder dem Feuer, sondern von der Pflugschar, die sich unablässig drehte und alles zermalmte und in die Tiefe zog.

Inzwischen ist viel Zeit vergangen. Ich muß manchmal an die *folie à deux* denken, an die Paare, die sich zusammentun, um einen Ehemann oder eine Ehefrau zu ermorden. Es scheint, daß sie einander hinterher noch ins Gesicht sehen, miteinander leben, sich weiter lieben können. Wie machen sie das? Wie schaffen sie es, zu vergessen und wieder ein normales Leben zu führen? Wie können sie nachts nebeneinanderliegen, sich beim Essen gegenübersitzen, lachen und reden und Geselligkeit pflegen?

Ich hatte ihn preisgegeben, aber auch er hatte mich im Stich gelassen. Er sah mich an, als wir aus dem Restaurant kamen, und fragte: ›Warum haben wir es gemacht? Ich weiß es nicht mehr. Weißt du es noch?‹

Und als ich keine Antwort gab, sagte er: ›Geben wir dem *garagiste* die Schuld.‹

Einmal habe ich ihn danach noch gesehen. Und dann nie wieder…«

Richard wird gleich hier sein. Wir wollen im ›Weißen Hirsch‹ in Thelmarsh was trinken, und ich werde ihm das von meinem Krankenpflegekurs erzählen, ich denke, es wird ihn freuen. Die Kassetten in ihren schwarzen Hüllen liegen vor mir auf dem Tisch, und es scheint, als ob die Frau auf dem Bild sie unter gesenkten Lidern anschaut. Was soll ich damit machen?

Ich werde weder Richard noch Marianne etwas erzählen, Gott bewahre, und Richard übergeben werde ich sie auch nicht.

Ich habe sie zu einem bestimmten Zweck geerbt. Oder zumindest aus einem bestimmten Grund. Denn schließlich war es mein Vater, der den Stein ins Rollen gebracht hat. Der Mann, der gefragt hat: »Ihr wart nur zu zweit, ja?«, war mein Dad. Es war mein Dad, der ihnen den Rat gab, ihnen den Floh ins Ohr setzte, der davon abriet, die Polizei zu holen, ihnen ein Bild seiner Kinder zeigte, ein Bild seiner Tochter mit dem ausgefallenen Namen. Und so, wie er bei ihnen den Stein ins Rollen brachte, lösten auch sie etwas bei ihm aus. Es war ein reziprokes Schicksal (ich habe nicht umsonst in meinem *Chambers Dictionary* herumgelesen).

Wäre er nicht in jenem Augenblick vorbeigekommen, wäre alles ganz anders verlaufen. Er wäre früh nach Hause gekommen, wie er versprochen hatte, Mum hätte ihn nicht vor die Tür gesetzt, er hätte nicht Kath geheiratet, sondern wäre bei uns geblieben, und ich wäre bei ihm gewesen, als er starb. Vielleicht. Aber vielleicht auch nicht.

Denn ich glaube nicht an Schicksal. Ich glaube nicht an eine Vorbestimmung oder einen vorgezeichneten Lebensplan, sondern an den Zufall und daß wir uns das, was uns geschieht, selbst zuzuschreiben haben. Ich werde die Bänder herausziehen und verbrennen, das ist mein gutes Recht, finde ich.

Heute abend wollte ich Richard Stellas Sachen geben, die Sachen, die noch im Schrank hängen, aber ich habe es mir anders überlegt. Er will sie wahrscheinlich gar nicht haben, und ich kann sie gut gebrauchen. Es gießt in Strömen, und wenn wir ausgehen, werde ich Stellas Regenmantel aus silbrig changierender Seide anziehen. Er ist sehr schick und inzwischen wieder ganz modern.

Die Kleider der Toten tragen sich genauso gut wie alle anderen. Warum habe ich das nicht schon längst begriffen?

*Bitte beachten Sie auch
die folgenden Seiten*

Barbara Vine
im Diogenes Verlag

Die im Dunkeln sieht man doch
Roman. Aus dem Englischen von
Renate Orth-Guttmann

Der Fall der Vera Hillyard, die kurz nach dem Krieg wegen Mordes zum Tod durch den Strang verurteilt und hingerichtet wurde, wird wieder aufgerollt. Briefe, Interviews, Erinnerungen, alte Photographien fügen sich zu einem Psychogramm, einer Familiensaga des Wahnsinns. Schicht um Schicht entblättert Barbara Vine die Scheinidylle eines englischen Dorfes, löst zähe Knoten familiärer Verflechtungen und entblößt schließlich ein Moralkorsett, dessen psychischer Druck nur noch mit Mord gesprengt werden konnte.

»Barbara Vine ist die beste Thriller-Autorin, die das an Krimi-Schriftstellern nicht eben arme England aufzuweisen hat. Ein Psycho-Thriller der Super-Klasse.« *Frankfurter Rundschau*

Es scheint die Sonne noch so schön
Roman. Deutsch von Renate Orth-Guttmann

Ein langer, heißer Sommer im Jahr 1976. Eine Gruppe junger Leute sammelt sich um Adam, der ein altes Haus in Suffolk geerbt hat. Sorglos leben sie in den Tag hinein, lieben, stehlen, existieren. Zehn Jahre später werden auf dem bizzaren Tierfriedhof des Ortes zwei Skelette gefunden – das einer jungen Frau und das eines Säuglings...

»Der Leser glaubt auf jeder zweiten Seite, den Schlüssel zur Lösung des scheinbar kriminellen Mysteriums in Händen zu halten, doch – der Schlüssel paßt nicht, sperrt nicht, klemmt... Keine Frage, dieser Roman ist ein geglückter Thriller, ein famos geglückter, wofür diese Autorin auch bürgt.« *Wiener Zeitung*

Das Haus der Stufen

Roman. Deutsch von
Renate Orth-Guttmann

Eine der großen Lügnerinnen der Welt, nennt Elisabeth die junge Bell. Und trotzdem, oder vielleicht deswegen: noch nie zuvor war Elisabeth von einer Frau dermaßen fasziniert. Selbst als Bells kriminelle Vergangenheit offenkundig wird, kann sich Elisabeth nicht aus ihrer Liebe zu Bell lösen. Immer wieder findet sie Erklärungen und Entschuldigungen für das unglaubliche Verhalten dieser mysteriösen Frau.

»Barbara Vine alias Ruth Rendell ist in der englischsprachigen Welt längst zum Synonym für anspruchsvollste Kriminalliteratur geworden.«
Österreichischer Rundfunk, Wien

Liebesbeweise

Roman. Deutsch von
Renate Orth-Guttmann

»*Liebesbeweise* ist Barbara Vines bisher eindringlichster Exkurs in die dunklen Geheimnisse der Obsessionen des Herzens. Dieser Roman betrachtet und prüft mancherlei Arten von Liebe: die romantische Liebe, die elterliche Liebe, die abgöttische Liebe, die besitzergreifende Liebe, die selbstlose Liebe, die erotische Liebe, die platonische Liebe und die kranke Liebe.«
The New York Times Book Review

»Wer die englische Autorin kennt, weiß, daß es in *Liebesbeweise* wieder um ein veritables Verbrechen geht, daß dieser Kriminalroman aber in Wirklichkeit wieder ein Reisebericht über eine zerklüftete Landschaft emotionaler Verstrickungen ist. Die Landschaften wechseln bei Barbara Vine, gleich bleibt die suggestive Verführungskraft, mit der sie ihre Leser in immer neue Abgründe zieht. Man wird süchtig...«
profil, Wien

König Salomons Teppich
Roman. Deutsch von Renate Orth-Guttmann

Welcher fliegende Teppich trägt uns – wie ehedem Salomon – heute überallhin? Die Londoner U-Bahn! Von ihr aber gibt es Geschichten zu erzählen, die alles andere als märchenhaft sind. Hart und verwegen geht es zu in den Tunneln der Tube, wo die Gesetze der Unterwelt gelten. Eine Geschichte der U-Bahn schreibt der exzentrische Jarvis. Und gleichzeitig steht er einem Haus vor, in dem die unterschiedlichsten Außenseiter Unterschlupf finden, wenn sie nicht gerade in der U-Bahn unterwegs sind.

»Zum geheimnisvollen, bedrohlichen Labyrinth werden die Stationen, Tunnels, Lift- und Luftschächte der Londoner U-Bahn in *König Salomons Teppich*. Barbara Vine, die Superfrau der Crime- und Thrillerwelt, ist in absoluter Hochform. Ergebnis: hochkarätige, bei aller mordsmäßigen Spannung vergnügliche Literatur.« *Cosmopolitan, München*

Astas Tagebuch
Roman. Deutsch von Renate Orth-Guttmann

Einsam im fremden England, vertraut Asta, eine junge Dänin, die Freuden und Nöte ihres Familienalltags einem Tagebuch an: Erziehung der Söhne, Probleme mit dem Mann, ihre Bemühungen um Eigenständigkeit in der anderen Umgebung, das Nahen des Ersten Weltkriegs... Kein leichtes Schicksal, wäre nicht Swanny, ihre Lieblingstochter, die der Mutter treu zur Seite steht. Doch ob Swanny überhaupt Astas Tochter ist? Und könnte es Verbindungen geben zu dem skandalösen Mordprozeß im Fall Roper? Barbara Vine kombiniert meisterhaft ein Familiendrama mit einer Kriminalgeschichte.

»Das bislang Beste aus der Feder von Barbara Vine alias Ruth Rendell.« *Literary Review, London*

Keine Nacht dir zu lang

Roman. Deutsch von Renate Orth-Guttmann

In einem gespenstisch stillen Haus mit Blick auf die graue Weite der Nordsee will sich Tim Cornish, 25, vielversprechender Absolvent von Englands angesehenstem Studiengang für Kreatives Schreiben, seine Erinnerungen von der Seele schreiben, die ihn wahnhaft bedrängen. Sie geraten ihm immer mehr zur Beichte, einer Beichte, die nicht er vollenden wird... Zwei Jahre sind seit der Tat vergangen, als er anonyme Briefe erhält und täglich mit der Aufdeckung seines Verbrechens rechnen muß. Dabei begann sein Eintritt in die Erwachsenenwelt so verheißungsvoll, als er in den Bannkreis eines einige Jahre älteren Mannes geriet. Sein Begehren nimmt ihn in Beschlag – bis seine Liebe von Ivo Steadman erwidert wird. Und wer hätte ahnen können, daß Tim gewissermaßen am anderen Ende der Welt, in Alaska, einer Frau begegnen würde, die sein Gefühlsleben abermals völlig umkrempeln sollte, ihn ins Verbrechen treibt?

»Ganz normaler Undank, normale Selbstsucht, Liebe und Angst, ganz normales Versagen – das ergibt unter gewissen Umständen eine explosive Mischung. Das Genie von Barbara Vine besteht darin, uns vor Augen zu führen, was für ein wackliger Zustand die Normalität ist, daß der Durchschnittlichkeit das Böse nicht fremd ist. Es ist nicht etwas, das irgendwo und irgendwem geschieht, sondern sich in uns und an uns vollzieht.« *The Sunday Times, London*

»Barbara Vines Buch wirkt wie eine Droge: Hat man sich einmal darauf eingelassen, läßt es einen bis zum Schluß nicht mehr los.« *Berliner Zeitung*

»Dieser neue subtile Seelen-Krimi von Barbara Vine ist eine faszinierende Dreiecksgeschichte, in der Mord letzten Endes zwangsläufig ist.« *Brigitte, Hamburg*

Patricia Highsmith
im Diogenes Verlag

»Die Highsmithschen Helden, gewöhnt an die pflaumenweiche Perfidie und hämisch-sanfte Tücke des Mittelstandsbürgertums, trainiert aufs harmlose Lügen und Verstellen, begehen Morde so, als wollten sie mal wieder Ordnung in ihre unordentlich gewordene Wohnung bringen. Da gibt es keine moralischen Skrupel, die bremsend eingreifen, da herrscht nur die Logik des Faktischen. Meist sind es Paare, enttäuschte Liebhaber, Beziehungen, die in der Sprachlosigkeit gestrandet sind, sich nur noch mittels Mißverständnissen einigermaßen arrangieren, ehe das scheinbar funktionierende Getriebe einen irreparablen Defekt bekommt. Diese ganz normalen Konstellationen sind es, übertragbar auf alle Gesellschaften, die die Autoren und Filmer im deutschsprachigen Kulturraum so faszinieren. Denn Patricia Highsmith findet für ihre seelischen Offenbarungseide immer die schauerlichsten, alptraumhaftesten Rahmen, die ihren ›Beziehungskisten‹ den rechten Furor geben.
Die Highsmith-Thriller sind groteske, aber präzise Befunde unserer modernen bürgerlichen Gesellschaft, die an Seelenasthma leidet.«
Wolfram Knorr / Die Weltwoche, Zürich

Der talentierte Mr. Ripley
Roman. Aus dem Amerikanischen
von Barbara Bortfeldt

Ripley Under Ground
Roman. Deutsch von Anne Uhde

Ripley's Game
oder Der amerikanische Freund
Roman. Deutsch von Anne Uhde

Der Junge, der Ripley folgte
Roman. Deutsch von Anne Uhde

Ripley Under Water
Roman. Deutsch von Otto Bayer

Venedig kann sehr kalt sein
Roman. Deutsch von Anne Uhde

Das Zittern des Fälschers
Roman. Deutsch von Anne Uhde

Lösegeld für einen Hund
Roman. Deutsch von Anne Uhde

Der Stümper
Roman. Deutsch von Barbara Bortfeldt

Zwei Fremde im Zug
Roman. Deutsch von Anne Uhde

Der Geschichtenerzähler
Roman. Deutsch von Anne Uhde

Der süße Wahn
Roman. Deutsch von Christian Spiel

*Die zwei Gesichter
des Januars*
Roman. Deutsch von Anne Uhde

*Kleine Geschichten
für Weiberfeinde*
Eine weibliche Typenlehre in siebzehn Beispielen. Deutsch von Walter E. Richartz. Zeichnungen von Roland Topor

*Kleine Mordgeschichten
für Tierfreunde*
Deutsch von Anne Uhde

Der Schrei der Eule
Roman. Deutsch von Gisela Stege

Tiefe Wasser
Roman. Deutsch von Eva Gärtner und Anne Uhde

Die gläserne Zelle
Roman. Deutsch von Gisela Stege und Anne Uhde

Ediths Tagebuch
Roman. Deutsch von Anne Uhde

Der Schneckenforscher
Elf Geschichten. Deutsch von Anne Uhde. Mit einem Vorwort von Graham Greene

Leise, leise im Wind
Zwölf Geschichten
Deutsch von Anne Uhde

Ein Spiel für die Lebenden
Roman. Deutsch von Anne Uhde

Keiner von uns
Elf Geschichten
Deutsch von Anne Uhde

Leute, die an die Tür klopfen
Roman. Deutsch von Anne Uhde

Nixen auf dem Golfplatz
Erzählungen. Deutsch von
Anne Uhde

Suspense
oder Wie man einen Thriller schreibt.
Deutsch von Anne Uhde

Elsie's Lebenslust
Roman. Deutsch von Otto Bayer

*Geschichten von natürlichen
und unnatürlichen
Katastrophen*
Deutsch von Otto Bayer

Meistererzählungen
Deutsch von Anne Uhde, Walter E. Richartz und Wulf Teichmann

Carol
Roman einer ungewöhnlichen Liebe.
Deutsch von Kyra Stromberg

*›Small g‹ –
eine Sommeridylle*
Roman. Deutsch von Christiane Buchner

Drei Katzengeschichten
Deutsch von Anne Uhde

Zeichnungen

*Patricia Highsmith –
Leben und Werk*
Mit Bibliographie, Filmographie und zahlreichen Fotos. Herausgegeben von Franz Cavigelli, Fritz Senn und Anna von Planta